Jeaniene Frost vit en Floride. Elle n'est pas une vampire, même si elle admet qu'elle a la peau pâle, une prédilection pour les vêtements noirs et qu'elle aime faire la grasse matinée dès qu'elle en a l'occasion. Elle adore aussi visiter les vieux cimetières.

Jeaniene Frost

Au bord
de la tombe

Chasseuse de la nuit – 1

Traduit de l'anglais (États-Unis) par Frédéric Grut

Milady

Milady est un label des éditions Bragelonne

Titre original : *Halfway to the Grave*
Copyright © 2007 by Jeaniene Frost
Publié en accord avec Avon Books, une maison d'édition
de HarperCollins Publishers. Tous droits réservés.

© Bragelonne 2009, pour la présente traduction.

Illustration de couverture :
© Larry Rostant, représenté par Artist Partners Ltd.

ISBN : 978-2-8112-0241-5

Bragelonne – Milady
35, rue de la Bienfaisance - 75008 Paris

E-mail : info@milady.fr
Site Internet : http://www.milady.fr

*À ma mère qui a toujours cru en moi,
même quand je n'y croyais pas.*

Remerciements

Je dois tout d'abord remercier Dieu pour m'avoir pourvue d'un sens de l'humour et d'une imagination tordus. Puisque aussi loin que je m'en souvienne j'ai toujours possédé les deux, je sais que je ne peux blâmer personne d'autre.

Ma reconnaissance la plus profonde va à mon incroyable agent, Rachel Vater, qui, en lisant le premier jet de mon manuscrit, m'a dit : « C'est bien. Maintenant, il te faut l'améliorer. » Sans ses inlassables efforts et encouragements, mon roman n'aurait jamais vu le jour.

Je voudrais également remercier mon éditrice, Erika Tsang, dont le soutien et l'immense enthousiasme ont rendu possible la création de cette page de remerciements. Merci beaucoup, Erika. Tu as réalisé l'un de mes rêves.

Je remercie du fond du cœur ma famille, qui compte beaucoup pour moi. Enfin et surtout, je suis reconnaissante envers mon mari pour tant de choses qu'il m'est impossible de toutes les mentionner ici.

CHAPITRE PREMIER

J e me raidis en voyant des lumières rouges et bleues qui clignotaient derrière moi car je savais qu'il me serait impossible d'expliquer ce qui se trouvait à l'arrière de mon pick-up. Je me garai, retenant mon souffle pendant que le shérif s'approchait de ma portière.

— Bonsoir, il y a un problème ?

Mon ton était l'innocence même et je priais pour que mes yeux ne trahissent rien de suspect. *Contrôle-toi. Tu sais ce qui se passe quand tu t'énerves.*

— Ouais, vous avez un feu arrière cassé. Carte grise et permis de conduire, s'il vous plaît.

Mince. Cela avait dû se produire pendant que je chargeais le plateau du pick-up. J'avais voulu faire vite, pas dans la dentelle.

Je lui tendis mon vrai permis, pas le faux. Sa lampe torche passa de mes papiers à mon visage.

— Catherine Crawfield ? Tu es la fille de Justina Crawfield, non ? De la cerisaie Crawfield ?

— Oui, shérif.

D'un ton poli et neutre, comme si je n'avais rien sur la conscience.

— Dis-moi, Catherine, il est près de 4 heures du matin. Qu'est-ce que tu fais dehors si tard ?

J'aurais pu lui dire la vérité sur mes activités, sauf que je ne voulais pas m'attirer d'ennuis. Ni gagner un séjour prolongé dans une cellule capitonnée.

—Je n'arrivais pas à dormir, alors j'ai décidé de faire un tour en voiture.

À mon grand désarroi, il se dirigea d'un pas lourd vers le plateau du pick-up et l'éclaira de sa torche.

—Il y a quoi, là-dedans?

Oh, rien de suspect. Un cadavre caché sous des sacs et une hache.

—Des sacs de cerises du verger de mes grands-parents.

Encore un peu et les battements de mon cœur allaient le rendre sourd.

—Vraiment? (Avec sa torche, il toucha une bosse sous le plastique.) Il y en a un qui fuit.

—Ce n'est rien. (Ma voix était presque un couinement.) Ça arrive tout le temps. C'est pour ça que je les transporte dans ce vieux pick-up. Depuis le temps, le plateau est devenu rouge.

Avec soulagement, je le vis cesser ses explorations et revenir à ma portière.

—Et tu roules comme ça à cette heure parce que tu n'arrives pas à dormir? (Il fit une moue entendue. Son regard se posa sur mon petit haut moulant et mes cheveux en bataille.) Tu crois que je vais gober ça?

L'insinuation était claire et faillit me faire perdre mon calme. Il pensait que je rentrais chez moi après une coucherie. Un sous-entendu vieux de vingt-trois ans se dressait entre lui et moi. *Exactement comme ta mère, hein?* Pas facile d'être une enfant illégitime dans une ville aussi petite. On vous en tenait encore rigueur.

À notre époque, on pourrait croire que cela n'avait plus d'importance, mais Licking Falls, Ohio, avait ses propres critères. Au mieux, ils étaient archaïques.

Au prix d'un gros effort, je réussis à contenir ma colère. Mon humanité avait tendance à se détacher comme une mue de serpent lorsque je m'énervais.

— Ça ne pourrait pas rester entre nous, shérif? (Je me remis à cligner candidement des yeux. Cela avait marché avec le type dans le sac, après tout.) Je ne le ferai plus, promis.

Il m'examinait en tapotant sa ceinture. Son ventre tendait le tissu de sa chemise, mais je me gardai de tout commentaire sur sa corpulence ou sur le fait qu'il sentait la bière. Enfin, il sourit, découvrant une incisive tordue.

— Rentre chez toi, Catherine Crawfield, et fais réparer ce feu arrière.

— Oui, shérif.

Soulagée de m'en tirer à si bon compte, je remis le pick-up en marche et repris la route. J'avais eu chaud. La prochaine fois, il faudrait que je fasse plus attention.

Les gens se plaignent d'avoir un bon à rien pour père ou d'inavouables secrets de famille. Dans mon cas, les deux étaient vrais. Oh, ne vous méprenez pas. Je n'ai pas toujours su ce que j'étais. Ma mère, la seule à partager mon secret, ne m'en a pas parlé avant mes seize ans. J'ai grandi avec des capacités que les autres enfants n'avaient pas, mais lorsque je la questionnais, elle se fâchait et me disait de ne pas en parler. J'ai donc appris à garder certaines choses pour moi et à cacher mes différences. Pour le reste du monde, j'étais juste quelqu'un de bizarre, une fille solitaire à la peau étrangement pâle qui aimait sortir à des heures inhabituelles. Même mes grands-parents ne savaient pas ce qui était en moi. Cela dit, ceux que je chassais ne le savaient pas non plus.

Mes week-ends se déroulaient désormais selon un schéma bien établi. Je me rendais dans l'une des boîtes de nuit situées à moins de trois heures de route pour y chercher de l'action. Pas ce dont le brave shérif me soupçonnait, de l'action d'un autre genre. J'enchaînais les verres en attendant l'oiseau rare. Un que j'espérais pouvoir enterrer dans le jardin, s'il ne me tuait pas en premier. Je faisais cela depuis six ans. Peut-être avais-je des tendances suicidaires. Très amusant, vraiment, vu que d'un point de vue technique j'étais à moitié morte.

C'est pour cela que ma mésaventure avec la police ne m'empêcha pas de sortir le vendredi suivant. Comme ça, au moins, je savais que je faisais le bonheur de quelqu'un. Ma mère. Après tout, elle avait bien le droit d'éprouver de la rancune. J'aurais juste préféré ne pas être impliquée là-dedans.

La musique forte de la boîte de nuit me submergea comme une vague et mon cœur se mit à battre à son rythme. Prudemment, je traversai la foule à la recherche de cette vibration inimitable. La salle était bondée, comme tous les vendredis soir. Après avoir tourné pendant une heure, la déception commença à me gagner. Il n'y avait que des gens ici. Je m'assis au bar en soupirant et je commandai un gin tonic. ___ ___ homme qui avait essayé de me tuer m'en ___ ndé un. C'était désormais ma boisson ___ i a dit que je n'étais pas sentimentale ?

Des hommes m'abordaient à intervalles réguliers. Pour eux, une femme seule ne pouvait être là que pour se faire sauter. Je repoussais leurs avances plus ou moins poliment selon leur insistance. Je n'étais pas là pour draguer. Après Danny, mon premier petit ami, je ne voulais plus jamais de relation de ce genre. Si le type était vivant, ça ne m'intéressait pas. Pas étonnant que je n'aie pas de vie amoureuse digne de ce nom.

Après trois autres verres, je décidai de parcourir de nouveau la boîte, vu que je n'avais aucun succès comme appât. Il était presque minuit, et jusqu'ici je n'avais rien vu d'autre que de l'alcool, de la drogue et des gens qui dansaient.

Il y avait des alcôves dans le coin le plus éloigné de la boîte. En passant devant elles, je sentis comme de l'électricité dans l'air. Quelqu'un, ou *quelque chose*, était tout près. Je m'arrêtai et tournai lentement la tête pour essayer de repérer où exactement.

J'aperçus le sommet de la tête d'un homme, penché en avant, dissimulé dans l'ombre. Ses cheveux étaient presque blancs sous le flash des lumières, mais sa peau n'était marquée d'aucune ride. Ses traits se dévoilèrent lorsqu'il leva les yeux et qu'il vit que je le regardais. Ses sourcils étaient nettement plus foncés que ses cheveux, qui semblaient blond clair. Ses yeux étaient sombres eux aussi, trop pour que je puisse en deviner la couleur. Ses pommettes semblaient sculptées dans le marbre, et sa peau de nacre parfaite luisait sous le col de sa chemise.

Bingo.

Tout en me composant un sourire, je m'avançai nonchalamment vers lui en titubant comme si j'étais saoule, avant de me laisser tomber dans le fauteuil qui lui faisait face.

— Salut, beau gosse, dis-je de ma voix la plus cajoleuse.

— Pas maintenant.

Son ton était sec, avec un net accent britannique. Je clignai des yeux bêtement pendant un instant en me disant que j'avais peut-être vraiment trop bu et que j'avais mal compris.

— Pardon ?

— Je suis occupé.

Il avait l'air impatient et légèrement contrarié.

J'étais submergée par la confusion. Et si je m'étais trompée ? Juste pour m'en assurer, j'étendis la main et effleurai son bras du doigt. Le courant jaillit presque de sa peau. Pas humain, aucun doute.

— Je me demandais, euh…

Butant sur les mots, je cherchais un moyen d'approche. Très franchement, c'était la première fois que cela m'arrivait. D'habitude, les individus de son espèce étaient des proies faciles. Je ne savais pas comment résoudre la situation en vraie professionnelle.

— Tu veux baiser ?

Les mots étaient sortis tout seuls. J'étais horrifiée. Je faillis me couvrir la bouche avec la main car je n'avais encore jamais prononcé ce mot-là.

Il tourna de nouveau les yeux vers moi, une moue amusée sur les lèvres, car il s'était détourné après son second refus. Son regard sombre glissa sur moi comme pour m'évaluer.

— Mauvais timing, ma belle. Ça va devoir attendre un peu. Maintenant, sois gentille et file, je te retrouverai.

D'un petit mouvement de la main, il me renvoya. Docilement, je me levai et m'éloignai en hochant la tête, perplexe devant la tournure qu'avaient prise les événements. Et maintenant, comment étais-je censée le tuer ?

Étourdie, j'entrai dans les toilettes pour vérifier à quoi je ressemblais. Rien ne clochait avec mes cheveux, si ce n'est leur surprenante teinte cramoisie habituelle, et je portais mon haut porte-bonheur, celui qui avait mené les deux derniers types à leur perte. Ensuite, j'examinai ma bouche dans le miroir. Rien de coincé entre les dents. Enfin, je levai le bras pour renifler mon aisselle. Non, je ne sentais pas mauvais. Qu'est-ce qui n'allait pas, alors ? Une idée soudaine : peut-être était-il gay ?

J'étudiai sérieusement cette hypothèse. Tout était possible – j'en étais la preuve vivante. Je pouvais peut-être l'observer. Le suivre lorsqu'il essaierait de séduire quelqu'un, homme ou femme. Une fois ma décision prise, je sortis des toilettes avec une détermination accrue.

Il était parti. La table sur laquelle je l'avais vu affalé était libre et l'air ne portait plus aucune trace de lui. De plus en plus affolée, je fouillai les bars de la salle, la piste de danse, puis une fois encore les alcôves. Rien. J'avais dû trop traîner dans les toilettes. Maudissant ma bêtise, je retournai au bar et commandai une nouvelle boisson. Même si l'alcool n'émoussait pas mes sens, avoir un verre à la main donnait une contenance. J'avais l'impression de n'arriver à rien.

—Une jolie femme ne devrait jamais boire seule, dit une voix près de moi.

Je me retournai, prête à rabrouer l'importun, mais je m'arrêtai net en voyant que mon admirateur était aussi mort qu'Elvis. Des cheveux blonds, un peu plus foncés que ceux du précédent, et des yeux couleur turquoise. Bon sang, c'était mon jour de chance.

— Entre nous, j'ai horreur de boire seule.

Il sourit, dévoilant une dentition parfaite. *C'est pour mieux te mordre, mon enfant.*

— Tu es venue seule ?

— Ça te ferait plaisir ?

Avec coquetterie, je fis papillonner mes cils à son intention. Celui-là ne m'échapperait pas, juré !

— Très plaisir.

Sa voix était plus basse désormais, son sourire plus profond. Mon Dieu, ils avaient vraiment de magnifiques inflexions. La plupart d'entre eux auraient pu travailler pour une ligne de téléphone rose.

— Dans ce cas, oui, mais maintenant je suis avec toi.

Je penchai la tête sur le côté d'une manière provocante qui dégageait aussi mon cou. Ses yeux suivirent le mouvement et il se lécha les lèvres. *Parfait, un affamé.*

— Tu t'appelles comment, ma belle ?

— Cat Raven [1].

Une abréviation de Catherine et une référence aux cheveux noir corbeau du premier homme qui avait essayé de me tuer. Sentimentale, je vous dis.

Son sourire se fit plus large.

— Original, comme nom.

---

1. En anglais, *raven* signifie «corbeau». (*NdT*)

Il s'appelait Kevin. Il avait vingt-huit ans et était architecte, ou du moins c'est ce qu'il prétendait. Kevin était fiancé depuis peu, mais sa promise l'avait laissé tomber et il cherchait maintenant une gentille fille avec laquelle se poser. En l'écoutant, j'avais du mal à ne pas m'étouffer de rire en buvant mon verre. Quel ramassis de conneries. Il ne manquait plus qu'il sorte des photos d'une maison avec une palissade blanche. Bien entendu, il ne pouvait pas me laisser appeler un taxi. Comme mes amis fictifs avaient manqué de considération en partant sans moi! Qu'il était gentil de me reconduire chez moi, et tiens, au fait, il avait quelque chose à me montrer. Ça tombait bien, moi aussi.

L'expérience m'avait appris qu'il était beaucoup plus facile de se débarrasser d'une voiture dans laquelle on n'avait pas commis de meurtre. Je parvins donc à ouvrir la portière côté passager de sa Volkswagen et à en sortir en criant avec une horreur feinte lorsqu'il passa à l'action. Il avait choisi un endroit désert, comme ils le faisaient presque tous. Aucun risque donc qu'un bon samaritain entende mes cris.

Il me suivit à pas mesurés, ravi de ma démarche titubante. Je fis semblant de trébucher tout en gémissant pour accentuer ma prétendue panique alors qu'il se dressait au-dessus de moi. Son visage, transformé, reflétait maintenant sa vraie nature. Un sourire sinistre révéla des crocs sortis de nulle part et ses yeux, bleus jusqu'ici, brillaient maintenant d'une terrible lueur verte.

Je tâtonnai autour de moi en lui cachant le mouvement de ma main qui se glissait dans ma poche.

—Ne me fais pas de mal!

Il s'agenouilla et tendit le bras pour me saisir la nuque.

—Ce ne sera pas long.

À ce moment précis, je frappai. En un mouvement cent fois répété, ma main jaillit brusquement et l'arme qu'elle tenait lui perça le cœur. Je fis tourner la lame jusqu'à ce que sa bouche se relâche et que ses yeux s'éteignent. Je le repoussai en tournant une dernière fois mon arme et j'essuyai mes mains sanglantes sur mon pantalon.

—T'avais raison. (L'effort m'avait coupé le souffle.) Ça n'a pas été long.

Bien plus tard, lorsque j'arrivai chez moi, je sifflotais. La soirée n'avait pas été complètement perdue après tout. J'en avais laissé échapper un, mais la région comptait un vampire de moins. Ma mère était endormie dans la chambre que nous partagions. Je lui en parlerais au matin. C'était la première chose qu'elle me demandait chaque week-end : « Est-ce que tu as eu un de ces monstres, Catherine ? » Eh bien, oui, j'en avais eu un ! Et tout cela sans me prendre de mauvais coup ni me faire arrêter sur la route. Que demander de mieux ?

J'étais d'ailleurs de si bonne humeur que je décidai de retourner dans la même boîte la nuit suivante. Après tout, il y avait un dangereux suceur de sang dans le coin et je devais l'arrêter, non ? Je vaquai à mes tâches ménagères habituelles avec impatience. Ma mère et moi vivions avec mes grands-parents. Ils possédaient une petite maison d'un étage aménagée dans une ancienne grange. Finalement, la propriété isolée, avec ses hectares de terres, s'avérait pratique. À 21 heures, je quittai la maison.

C'était samedi soir et la boîte était de nouveau bondée. La musique était toujours aussi forte et les visages toujours aussi inexpressifs. Je balayai la salle du regard, mais sans résultat, ce qui ternit un peu ma bonne humeur. Je me dirigeai vers le bar et ne remarquai le crépitement dans l'air que lorsque j'entendis sa voix.

— Ça y est, je suis prêt à baiser.

— Quoi?

Je me retournai vivement, prête à rabrouer l'impertinent, mais je m'arrêtai net. C'était *lui*. Je rougis en me rappelant ce que j'avais dit la veille. Apparemment, il s'en souvenait lui aussi.

— Ah, oui… (Qu'étais-je censée répondre?) Euh, on boit quelque chose d'abord? Une bière ou…?

— Laisse tomber. (Il interrompit mon geste vers le barman et passa un doigt le long de ma mâchoire.) Allons-y.

— Maintenant?

Je regardai autour de moi, prise au dépourvu.

— Ouais, maintenant. T'as changé d'avis, ma belle?

Il y avait du défi dans ses yeux, et une lueur que je n'arrivais pas à déchiffrer. Comme je ne voulais pas le perdre une nouvelle fois, j'attrapai mon sac à main en lui montrant la porte.

— Après toi.

— Non, non. (Il sourit d'un air glacial.) Les dames d'abord.

Je le précédai sur le parking en jetant plusieurs coups d'œil par-dessus mon épaule. Une fois dehors, il me regarda comme s'il attendait quelque chose.

— Bon, va chercher ta voiture et allons-y.

— Ma voiture ? Je… je n'ai pas de voiture. Et la tienne, elle est où ?

Je me forçai à rester calme, mais, intérieurement, j'étais paniquée. Les choses ne se passaient pas du tout comme d'habitude et ça ne me plaisait pas.

— Je suis venu en moto. Ça te tente ?

— En moto ? (Non, ça n'irait pas. Pas de coffre pour transporter le corps. Je n'allais pas le faire tenir en équilibre sur le guidon. Sans compter que je ne savais pas piloter.) Euh… on va plutôt prendre ma voiture. Elle est par là.

Je me dirigeai vers le pick-up en faisant semblant de tituber. J'espérais qu'il penserait que j'avais un peu trop forcé sur la boisson.

— Je croyais que tu n'avais pas de voiture, dit-il derrière moi.

Je m'arrêtai net et me retournai. Merde, j'avais dit ça.

— J'avais oublié qu'elle était là, c'est tout, mentis-je jovialement. J'crois que j'ai trop bu. Tu veux pas conduire ?

— Non, merci, répondit-il immédiatement.

Pour je ne sais quelle raison, son accent anglais prononcé me tapait sur les nerfs.

J'essayai de nouveau, un sourire de guingois sur les lèvres. Il fallait qu'il conduise. Mon arme se trouvait dans la jambe droite de mon pantalon, car j'avais toujours été du côté passager jusque-là.

— Vraiment, je crois que tu devrais conduire. Je me sens dans les vapes et je n'ai pas envie d'avoir un accident.

Aucun succès.

—Si tu veux remettre ça à un autre soir…

—Non! (Le désespoir qui transparaissait dans ma voix lui fit hausser un sourcil.) J'veux dire, t'es si mignon, et… (Mais qu'est-ce qu'on pouvait bien dire dans ces cas-là?) Je veux vraiment, vraiment continuer.

Il réprima un rire et ses yeux sombres brillèrent. Il tenait une veste en jean nonchalamment jetée par-dessus sa chemise. Sous l'éclairage des lampadaires, ses pommettes semblaient encore plus prononcées. Je n'avais jamais vu des traits aussi parfaitement ciselés.

Il me regarda de haut en bas tout en parcourant de la langue l'intérieur de sa lèvre inférieure.

—Très bien, allons-y. C'est toi qui conduis.

Sans un mot de plus, il grimpa sur le siège passager du pick-up.

Je n'avais pas d'autre choix que de m'installer au volant. Je démarrai et quittai le parking en direction de l'autoroute. Les minutes passaient mais je ne savais pas quoi dire. Le silence devenait pesant. Il gardait le silence mais je sentais ses yeux sur moi. Au bout d'un moment, trouvant la situation insupportable, je lui posai la première question qui me passa par la tête.

—Tu t'appelles comment?

—Quelle importance?

Je regardai vers la droite et croisai son regard. Ses yeux étaient d'un brun si sombre qu'ils auraient pu être noirs. Je pouvais de nouveau y lire un défi froid, presque une provocation silencieuse. C'était très déconcertant. Aucun de ses prédécesseurs n'avait jamais rechigné à faire la causette.

—Je me demandais, c'est tout. Moi, c'est Cat[1].

Je sortis de l'autoroute et tournai sur une route gravillonnée menant au lac.

—Cat, hein? De là où je suis, tu ressembles plus à un chaton.

Je tournai rapidement la tête en lui jetant un regard contrarié. Oh, ça allait me plaire, aucun doute.

—C'est Cat, répétai-je fermement. Cat Raven.

—Comme tu veux, mon petit chaton.

J'écrasai brusquement la pédale de frein.

—T'as un problème?

Il haussa ses sourcils noirs.

—Aucun, mon chou. On s'arrête pour de bon? C'est ici que tu veux qu'on s'envoie en l'air?

Son franc-parler me fit une nouvelle fois rougir.

—Euh… non. Un peu plus loin, c'est plus joli.

Je suivis la route qui s'enfonçait dans le bois. Il émit un petit gloussement.

—Je n'en doute pas, ma belle.

Lorsque j'arrêtai le pick-up à mon lieu de rendez-vous favori, je le regardai. Il se tenait assis exactement comme avant, immobile. Impossible de sortir la surprise cachée dans mon pantalon pour l'instant. En m'éclaircissant la voix, je lui désignai les arbres.

—Tu ne veux pas sortir pour qu'on… s'envoie en l'air?

C'était un terme étrange, mais largement préférable à *baiser*.

Un sourire fugace illumina son visage avant qu'il réponde.

---

1. En anglais, *cat* veut dire «chat». (*NdT*)

— Oh non. Ici. J'adore faire ça en voiture.

— Euh… (Merde, et maintenant, quoi ? Ça n'irait pas.) Il n'y a pas beaucoup de place.

D'un air triomphant, je commençai à ouvrir ma portière.

Il ne bougea pas.

— Il y a toute la place qu'il faut, Chaton. Je reste ici.

— Ne m'appelle pas Chaton.

Ma voix était plus dure qu'il ne l'aurait fallu, mais il commençait sérieusement à m'agacer. Plus vite il serait vraiment mort, mieux ce serait.

Il ignora ma remarque.

— Déshabille-toi. Voyons ce que tu sais faire.

— *Pardon ?*

C'en était trop.

— Tu n'allais pas baiser en gardant tous tes vêtements, hein, Chaton ? me dit-il d'un ton sarcastique. Tu n'as qu'à enlever ta culotte, ça suffira. Allez, on ne va pas y passer la nuit !

Oh, j'allais lui faire regretter ses paroles. J'espérais que la douleur serait insoutenable. Avec un sourire supérieur, je le regardai de nouveau.

— Toi d'abord.

Il sourit en montrant des dents normales.

— Timide, hein ? J'aurais jamais cru ça, vu ta manière de m'aborder hier soir. Et si on le faisait en même temps, qu'est-ce que t'en penses ?

Salaud. C'était le mot le plus grossier qui m'était venu à l'esprit, et je le psalmodiai silencieusement en l'observant avec méfiance pendant que je déboutonnais mon jean. Il détacha nonchalamment sa ceinture, ouvrit son pantalon et retira sa chemise. Ce dernier geste révéla un ventre tendu et pâle, dénué de poils jusqu'à l'aine.

Je n'avais jamais laissé les choses aller aussi loin auparavant. J'étais si gênée que mes doigts tremblaient pendant que j'ôtais mon jean tout en tendant la main pour attraper ce qui était caché dedans.

— Tiens, ma belle, regarde ce que j'ai pour toi.

Je baissai les yeux et vis sa main se refermer sur quelque chose avant de rapidement détourner le regard. Le pieu était presque dans ma main, je n'avais besoin que d'une seconde…

C'est ma pudeur qui me perdit. Lorsque je me retournai pour éviter de regarder son entrejambe, je ne vis pas sa main se serrer. Avec une vitesse incroyable, son poing jaillit pour me frapper à la tête. Il y eut un éclair de lumière suivi d'une douleur lancinante, puis le silence.

CHAPITRE 2

Q uelque chose semblait essayer de se creuser un
chemin jusqu'à mon cerveau. Avec une lenteur
angoissante, j'ouvris les yeux en grimaçant à cause de
l'ampoule nue à côté de moi. La lumière était si vive
que le soleil aurait eu l'air pâle en comparaison. J'avais
les mains levées au-dessus de la tête, mes poignets me
faisaient mal et la douleur dans mon crâne était si
intense que je dus me pencher en avant pour vomir.

— Ze crois que z'ai vu un rominet.

La terreur qui me submergea lorsque j'entendis
cette voix moqueuse me fit oublier la douleur. Je fris-
sonnai en voyant le vampire à côté de moi.

— Mais oui, mais oui, z'ai bien vu un rominet !

Une fois son imitation de Titi terminée, il me
jeta un sourire déplaisant. J'essayai de reculer, mais
je m'aperçus que mes mains étaient enchaînées à un
mur. Mes pieds étaient également entravés. Je n'avais
plus ni mon haut ni mon pantalon et il ne me restait
que mon soutien-gorge et ma culotte. Même mes
gants fétiches avaient disparu. *Mon Dieu…*

— Bon, ma belle, parlons sérieusement. (Toute
trace de plaisanterie avait disparu de sa voix et ses
yeux devinrent aussi durs que du granit.) Pour qui
travailles-tu ?

Sa question me prit tellement au dépourvu qu'il me fallut un peu de temps pour répondre.

— Je ne travaille pour personne.

— Foutaise.

Il prononça le mot très distinctement, et même si son sens caché m'échappait, je devinais qu'il ne me croyait pas. Je me recroquevillai en le voyant s'approcher.

— Pour qui travailles-tu ?

Plus menaçant cette fois.

— Pour personne.

Il me frappa et ma tête bascula en arrière. Je retins les larmes qui me montaient aux yeux. J'allais mourir, d'accord, mais je pouvais au moins essayer de garder ma dignité jusqu'au bout.

— Va te faire foutre.

Immédiatement, mes oreilles sonnèrent de nouveau. Cette fois-ci, il m'avait frappé jusqu'au sang.

— Une nouvelle fois, pour qui travailles-tu ?

Je crachai du sang et lui lançai d'un air provocant :

— Pour personne, sale enfoiré !

Surpris, il cligna des yeux puis il se balança sur les talons en éclatant d'un rire qui résonna douloureusement dans mes oreilles. Reprenant son calme, il se pencha si près de moi que sa bouche n'était plus qu'à quelques centimètres de mon visage. Ses crocs brillaient dans la lumière.

— Je sais que tu mens.

Sa voix était un murmure. Il baissa la tête jusqu'à ce que ses lèvres me frôlent le cou. Je me raidis en espérant que j'aurais la force de me retenir de le supplier de ne pas me tuer.

Je sentis son haleine fraîche sur ma peau.

—Je sais que tu mens, poursuivit-il. Parce que hier soir je cherchais un type. Lorsque je l'ai repéré, il était en train de partir avec la jolie rouquine qui venait de me faire du rentre-dedans. Je vous ai suivis en me disant que je le surprendrais pendant qu'il ferait son affaire. Au lieu de ça, je t'ai vu lui planter un pieu dans le cœur, et quel pieu! (Affligée, je le regardai agiter triomphalement mon arme modifiée.) De l'argent recouvert de bois. Ça, c'est un *vrai* produit américain! Et paf, au tapis, le vampire! Et tu ne t'es pas arrêtée là. Tu l'as mis dans le coffre de sa voiture et tu as conduit jusqu'à ton pick-up, puis tu lui as coupé la tête avant d'enterrer les morceaux. Ensuite, tu es rentrée chez toi en sifflant joyeusement. Comment as-tu bien pu réussir à faire ça, hein? Tu ne travailles pour personne? Dans ce cas pourquoi, quand je te renifle ici (il mit son nez contre ma clavicule et inspira), est-ce que je perçois une odeur qui n'est pas humaine? Légère, mais reconnaissable entre mille. Une odeur de vampire. Tu as un patron, aucun doute. Il te nourrit de son sang, pas vrai? Ça te rend plus forte et plus rapide, mais tu restes humaine. Nous autres pauvres vampires, on ne voit pas le coup venir. Tout ce qu'on voit, c'est… de la nourriture.

Il appuya le doigt sur mon pouls affolé.

—Maintenant, pour la dernière fois avant que je perde mes bonnes manières, dis-moi *qui* est ton patron.

Je le regardai, consciente que son visage serait le dernier que je verrais. L'amertume m'envahit furtivement, mais je l'ignorai. Je refusais de m'apitoyer sur mon sort. Le monde serait peut-être un peu moins moche après ce que j'avais fait. C'était tout ce que je pouvais espérer, et je mourrais en disant la vérité à mon bourreau.

—Je n'ai pas de patron. (Chacun de mes mots était une goutte de poison. Ce n'était plus la peine d'être polie.) Tu veux savoir pourquoi je sens à la fois l'humain et le vampire? *Parce que c'est ce que je suis.* Il y a des années, ma mère est sortie avec ce qu'elle croyait être un type gentil. En fait, c'était un vampire, et il l'a violée. Cinq mois plus tard, j'étais là, prématurée mais parfaitement développée, avec tout un tas de capacités géniales. Lorsqu'elle a fini par m'avouer la vérité à propos de mon père, je lui ai promis de tuer tous les vampires que je trouverais pour la venger. Pour faire en sorte que personne ne revive ses souffrances. Depuis tout ce temps, elle a peur de quitter la maison! Je chasse pour elle, et la seule chose que je regrette, c'est de ne pas avoir tué plus de vampires avant de mourir!

J'avais parlé de plus en plus fort jusqu'à lui hurler les dernières phrases au visage. Je fermai les yeux et me préparai au coup mortel.

Rien. Aucun son, aucun coup, aucune douleur. Au bout d'un moment, j'entrouvris les yeux et je vis qu'il n'avait pas bougé d'un millimètre. Il se tapotait le menton du doigt et me regardait d'un air pensif.

—Alors? (La peur et la résignation me brisaient presque la voix.) Tue-moi donc, gros connard.

Cela me valut un coup d'œil amusé.

—«Sale enfoiré». «Gros connard». C'est avec cette bouche que tu embrasses ta mère?

—Laisse ma mère tranquille, assassin! Les types de ton espèce ne sont pas dignes de parler d'elle!

L'ombre d'un sourire voleta sur ses lèvres.

—C'est un peu l'hôpital qui se moque de la charité, non ? Je t'ai vue commettre un meurtre. Et si ce que tu m'as dit est vrai, tu es de la même espèce que moi.

Je secouai la tête.

—Je n'ai rien à voir avec vous ! Vous êtes tous des monstres à l'affût de personnes innocentes, et vous vous fichez complètement des vies que vous brisez. Les vampires que j'ai tués m'avaient attaquée – pas de chance pour eux, j'étais prête à les recevoir. J'ai peut-être un peu de ce sang maudit dans les veines, mais au moins je m'en servais pour…

—Eh, arrête ton char, dit-il en m'interrompant avec le ton irrité que l'on prend pour gronder un enfant. Tu parles toujours autant ? Pas étonnant que tes petits copains t'aient sauté à la gorge. Franchement, je les comprends.

Je le regardai bouche bée. Décidément, rien ne me serait épargné. Il avait commencé par me frapper comme une brute, et maintenant il allait m'humilier avant de me tuer.

—Désolée d'interrompre ta petite séance de compassion envers tes congénères disparus, mais tu comptes me tuer bientôt ou quoi ?

Bien envoyé, pensai-je. Au moins ça valait mieux que des pleurnicheries.

En un clin d'œil, sa bouche se posa sur le pouls affolé de mon cou. Mon corps entier se figea lorsque je sentis ses dents frôler ma peau. *Par pitié, faites que je ne craque pas. Par pitié, faites que je ne craque pas.*

Soudain, il recula et me laissa tremblante de soulagement et de peur. Il arqua un sourcil.

— Pressée de mourir, hein ? Pas avant d'avoir répondu à quelques questions.

— Qu'est-ce qui te fait croire que je parlerai ?

Il esquissa une moue avant de répondre.

— Crois-moi, ça vaudrait mieux pour toi.

Je m'éclaircis la voix et essayai de ralentir les battements de mon cœur. Inutile de sonner pour lui la cloche du déjeuner.

— Qu'est-ce que tu veux savoir ? Peut-être que je te le dirai.

Son petit sourire narquois s'élargit. Au moins, l'un de nous deux s'amusait.

— Tu es un courageux petit chaton, ça, je te l'accorde. Bon. Supposons que je croie que tu es le rejeton d'une humaine et d'un vampire. Quasiment inédit, mais nous y reviendrons. Ensuite, admettons que tu écumes les boîtes de nuit pour chasser les méchants morts-vivants dans mon genre et venger ta mère. Reste à savoir où tu as appris comment t'y prendre pour nous tuer. C'est un secret plutôt bien gardé. La plupart des humains pensent que le bois fait l'affaire, mais pas toi. Et tu me dis que tu n'as jamais eu affaire à des vampires jusque-là, à part pour les tuer ?

Avec tout ce qui était en train de m'arriver, entre la fin de mon existence et la menace d'une mort atroce, je prononçai les premiers mots qui me vinrent à l'esprit.

— T'as rien à boire ici ? Enfin, pas un truc avec des caillots ou étiqueté O négatif ou B positif, hein ?

Il renifla d'un air amusé.

— T'as soif, ma belle ? Quelle coïncidence. Moi aussi.

Sur ces mots effrayants, il sortit une petite bouteille de sa veste et plaça le goulot contre mes lèvres. Comme mes mains menottées ne m'étaient d'aucun secours, je serrai la bouteille entre mes lèvres et la fis basculer. C'était du whisky, et il me brûla légèrement le gosier, mais je continuai à avaler jusqu'à ce que la dernière goutte ait coulé dans ma gorge. En soupirant, je relâchai mes lèvres et la bouteille retomba dans sa main.

Il la retourna, apparemment amusé de la voir vide.

—Si j'avais su que t'avais une telle descente, je t'aurais donné quelque chose de moins cher. Tu veux un départ en fanfare, hein ?

Je haussai les épaules autant que me le permettaient mes bras attachés au-dessus de ma tête.

—Qu'est-ce qu'il y a ? Ça va gâcher ma saveur ? Je vais sûrement me retourner dans ma tombe, pétrie de remords à l'idée que je n'avais pas bon goût. J'espère que tu t'étoufferas avec mon sang, pauvre con.

Ma repartie le fit rire de nouveau.

—Bien envoyé, Chaton ! Mais assez perdu de temps. Comment savais-tu ce qu'il fallait utiliser si aucun vampire ne te l'a dit ?

Nouvelle tentative de haussement d'épaules.

—Je ne le savais pas. Oh, j'ai lu une bonne centaine de bouquins sur notre… ton espèce lorsque j'ai appris pour mon père. Aucun ne disait la même chose. Certains parlaient de croix, de lumière du soleil, de bois, d'argent… En fait, ça a été un coup de chance. Un soir, un vampire m'a abordée dans une boîte et m'a emmenée faire un tour. Bien sûr, il s'est comporté en parfait gentleman jusqu'au moment où il a essayé de me manger toute crue. C'est là que j'ai décidé de le tuer, ou au moins d'essayer avant de mourir, et tout ce que j'avais sur moi, c'était mon gros poignard en forme de croix. Ça a marché, même si j'ai eu du mal. C'est comme ça que j'ai su que l'argent était efficace. Plus tard, j'ai découvert que le bois ne marchait pas du tout. Ça m'a valu une belle cicatrice à la cuisse en souvenir. Le vampire a ri lorsqu'il a vu mon pieu. De toute évidence, il n'avait pas peur du bois. Un jour, en faisant des pommes caramélisées, j'ai eu l'idée de cacher l'argent sous quelque chose qui paraîtrait inoffensif à un vampire. Ça ne me semblait pas si dur que ça. Vous êtes généralement si obnubilés par mon cou que vous ne me voyez pas sortir mon arme. Voilà, tu sais tout.

Il secouait la tête lentement, comme s'il ne comprenait pas. Enfin, il me regarda de ses yeux perçants et cria :

—Tu essaies de me faire croire que tu as appris à tuer des vampires grâce à des bouquins et à des pommes caramélisées ? C'est bien ça ?

Il se mit à arpenter la pièce d'un pas vif et saccadé.

—Encore heureux que les jeunes d'aujourd'hui n'ouvrent jamais un livre, sinon on aurait tous de sacrés soucis à se faire. Merde alors ! (Il rejeta sa tête en arrière et partit d'un rire profond et perlé.) Ça faisait des dizaines d'années que je n'avais rien entendu d'aussi drôle !

Riant toujours, il revint se poster à côté de moi.

—Comment as-tu su que c'était un vampire ? Tu le savais déjà ou tu ne l'as découvert que lorsqu'il a décidé de s'offrir une petite dégustation d'artère ?

Dégustation d'artère ? C'était une manière comme une autre de le dire…

—Sincèrement, je ne sais pas comment je l'ai su. C'est venu comme ça. Pour commencer, vous avez l'air différents. Tous. Votre peau semble… presque éthérée. Vous bougez différemment, plus délibérément. Et quand je suis près de l'un d'entre vous, je sens comme de l'électricité statique dans l'air. T'es content ? T'as ce que tu voulais ?

J'essayais désespérément de me raccrocher à mon courage, mais ce bavardage l'érodait. La provocation était la seule arme qui me restait.

—Presque. Combien de vampires as-tu tués ? Ne mens pas, je m'en apercevrais.

Je pinçai les lèvres et envisageai de mentir malgré l'avertissement. Ne vaudrait-il pas mieux qu'il croie que je ne comptais que deux ou trois vampires à mon tableau de chasse ? Ça ne ferait peut-être aucune différence. S'il se rendait compte que je mentais, il ne se contenterait peut-être pas de me tuer. Il y avait tellement de choses pires que la mort…

L'honnêteté l'emporta.

—Seize, en comptant ton ami d'hier soir.

—Seize ? répéta-t-il d'un ton incrédule en me regardant de nouveau avec attention. Tu as tué seize vampires à toi toute seule, armée simplement de ton pieu et de ton décolleté ? Franchement, j'ai honte pour mon espèce.

—Et j'en aurais tué plus si je n'avais pas été trop jeune pour entrer dans les bars, vu que c'est le terrain de chasse des vampires. Sans parler de tout le temps où j'ai dû rester chez moi lorsque mon grand-père était malade, dis-je en m'énervant.

Et dire que j'étais censée ne pas le fâcher davantage…

Il disparut en un éclair, laissant un espace vide sous mes yeux. Ça, pour être rapide, il était rapide. Plus que tous les vampires que j'avais rencontrés. Je maudis mon impatience de la veille. Si seulement j'avais attendu le week-end suivant pour me remettre en chasse. Si seulement.

Une fois seule, je me tordis le cou pour regarder autour de moi. Je sursautai en comprenant que je devais être dans une grotte. J'entendais au loin le son de l'eau qui gouttait, et il faisait sombre, même pour mes yeux. L'ampoule nue ne portait pas très loin. Tout le reste était d'un noir aussi profond que mes cauchemars. J'entendais de faibles échos de ses mouvements dans le lointain, mais je n'avais aucune idée de la distance à laquelle il se trouvait. Saisissant ma chance, je serrai les doigts autour des chaînes qui me retenaient et je tirai de toutes mes forces vers le bas. La sueur perlait sur mon front et mes jambes étaient crispées par l'effort fourni pour mobiliser chacun de mes muscles.

Il y eut un craquement de métal dans la pierre, un bruit de chaînes qui s'entrechoquaient, puis la lumière s'éteignit tout à coup. Son rire résonna dans le noir et je m'affaissai, dépitée.

—Ah oui, désolé. Ça ne cédera pas. Les chaînes ne bougeront pas – et toi non plus. C'est bien d'avoir essayé, cela dit. Ça m'aurait ennuyé que tu aies déjà le moral à zéro. Ça n'aurait pas été très drôle.

—Je te déteste.

Pour ne pas sangloter, je détournai le visage et fermai les yeux. *Notre Père qui es aux cieux, que Ton nom soit sanctifié…*

— Le temps est écoulé, ma belle.

… que Ton règne vienne, que Ta volonté soit faite…

Mes yeux étaient fermés mais je le sentis approcher jusqu'à ce qu'il soit collé tout contre moi. Ma respiration s'accéléra malgré moi. Il porta ses mains jusqu'à mes cheveux et les écarta de mon cou.

… sur la terre comme au ciel…

Sa bouche se referma sur ma gorge et sa langue tourna lentement autour de ma veine palpitante. Mon dos heurta le mur alors que j'essayais de disparaître dans la roche, mais le calcaire dur et froid ne m'offrait aucune échappatoire. Je sentais la pression de ses dents acérées sur mon artère vulnérable. Il enfouissait son visage dans mon cou comme un lion en train de dévorer une gazelle.

— Dernière chance, Chaton. Pour qui travailles-tu ? Dis-moi la vérité et tu auras la vie sauve.

— Je t'ai dit la vérité.

Ce murmure suraigu ne pouvait pas venir de moi. Le bouillonnement du sang dans mes oreilles était assourdissant. Mes yeux étaient-ils fermés ? Non, je pouvais voir une faible lueur verte dans l'obscurité. Des yeux de vampire.

— Je ne te crois pas…

Ces mots, prononcés d'une voix douce, tombèrent pourtant avec le poids d'une hache.

Amen…

— Par l'enfer, regarde tes yeux.

Je priais avec une telle ferveur que je ne l'avais pas senti reculer. Il me regardait avec incrédulité, la bouche ouverte sur ses crocs, le visage illuminé par la nouvelle lueur verte de mes yeux. Ses yeux marron avaient eux aussi pris cette teinte pénétrante et des rayons émeraude identiques reliaient nos deux regards stupéfiés.

— Mais regarde tes yeux !

Il posa une main de chaque côté de ma tête comme s'il avait peur qu'elle se dévisse. Toujours sous le choc d'avoir vu la mort de si près, je marmonnai une réponse.

— J'ai pas besoin de les regarder, je les ai déjà vus. Ils sont gris et ils deviennent verts sous le coup de l'émotion. T'es content ? Maintenant, ton repas va te paraître encore plus savoureux ?

Il me relâcha comme si ma tête le brûlait. Je m'affaissai au bout de mes chaînes. L'adrénaline retomba, laissant une léthargie étourdissante dans son sillage.

Le bruit de ses pas se répercutait sur les murs de pierre.

— Merde, tu dis la vérité. Forcément. Tu as un pouls, mais seuls les vampires ont des yeux luisant de ce vert-là. C'est incroyable !

— Ravie que ça t'enchante autant.

Je le regardais à travers mes cheveux qui étaient retombés sur mon visage et mes épaules. Dans l'obscurité quasi totale, je voyais qu'il était très excité. Sa démarche était vive et pleine d'énergie et ses yeux redevenaient progressivement marron.

— Oh, c'est parfait ! Ça pourrait même très bien tomber.

— Qu'est-ce qui pourrait bien tomber ? Tue-moi ou laisse-moi partir. Je suis fatiguée.

Il se retourna, un large sourire aux lèvres, et ralluma l'ampoule. Elle projetait la même lumière dure que précédemment, qui flottait sur ses traits comme de l'eau. Cela lui donnait la beauté fantomatique d'un ange déchu.

— Ça te dirait de joindre les actes à la parole ?

— Quoi ?

Sa proposition me prit complètement au dépourvu. Quelques secondes auparavant j'étais à un doigt de la mort, et maintenant il jouait aux devinettes.

— Je peux te tuer ou te laisser vivre, mais si tu veux vivre, ce sera sous certaines conditions. C'est toi qui choisis. Je ne peux pas te laisser partir comme ça, tu essaierais de me planter ton pieu dans le cœur.

— T'es un petit malin, toi…

Je ne croyais pas un instant qu'il me laisserait partir. C'était forcément un piège.

— Tu vois, poursuivit-il comme si je n'avais pas parlé, on est dans le même bateau, ma belle. Tu chasses des vampires. Moi aussi, je chasse des vampires. Nous avons chacun nos raisons, et nous avons chacun nos problèmes. Les autres vampires me sentent approcher, ce qui me complique diablement la tâche pour les tuer sans qu'ils s'enfuient. Toi, par contre, tu les mets parfaitement à l'aise avec ta belle artère bien juteuse, mais tu n'es pas assez forte pour battre les très gros poissons. Ceux que tu as tués devaient être très jeunes, ils avaient certainement vingt ans, grand maximum. À peine sortis de leurs couches, en somme. Mais un Maître vampire… comme moi… (Sa voix devint un murmure acerbe.) Tu ne pourrais pas me battre, même avec tout ton arsenal. Je te nettoierais de mes crocs au bout de dix minutes. Donc, je te propose un marché. Tu peux continuer à faire ce que tu aimes le plus – tuer des vampires. Seulement, tu chasseras uniquement ceux que je cherche. Sans exception. Tu es l'appât. Je suis l'hameçon. C'est un excellent plan.

C'était un rêve. Un très, très mauvais rêve, causé par un empoisonnement du foie dû à une surconsommation de gin tonic. C'était un pacte avec le diable. Quel était le prix de mon âme ? Il me regardait d'un air à la fois patient et menaçant. Si je disais non, je savais ce qui allait se passer. Pas de verre, garçon, je bois directement au goulot ! La tournée du patron avec mon cou en open bar. Si je disais oui, je travaillerais main dans la main avec le mal absolu.

Il tapa du pied.

— On n'a pas toute la nuit. Plus tu attends, plus j'ai faim. Je pourrais bien changer d'avis dans quelques minutes.

— C'est d'accord. (Les mots étaient sortis sans que je réfléchisse. Si j'avais pris le temps de penser, je ne les aurais jamais prononcés.) Mais j'ai aussi une condition.

— Vraiment ? (Il se remit à rire. Eh bien, quel tempérament jovial…) Tu es plutôt mal placée pour dicter des conditions.

Je levai le menton. Décidément, je ne pouvais jamais mettre mon ego en veilleuse.

— Moi aussi, je te défie de joindre les actes à la parole. Tu dis que je ne tiendrais même pas quelques minutes contre toi, même avec mes deux armes. Je ne suis pas d'accord. Détache-moi, donne-moi mon matériel et allons-y. Le vainqueur rafle la mise.

Ses yeux brillaient d'une lueur d'intérêt manifeste, et son sourire sournois était de retour.

— Et que comptes-tu exiger si tu gagnes ?

—Ta mort, lui dis-je carrément. Si je peux te battre, c'est que je n'ai pas besoin de toi. Comme tu le dis toi-même, si je te laissais partir, tu essaierais de me tuer. Si tu gagnes, je me plierai à tes règles.

—Tu sais, mon chou, dit-il d'une voix traînante, enchaînée comme tu l'es, je pourrais boire tranquillement ton sang et me débarrasser définitivement de toi. Tu provoques un peu le destin avec cette proposition.

—Tu n'as pas l'air d'un type qui aime boire sans risque à une artère enchaînée, lui répondis-je avec audace. J'ai plutôt l'impression que tu aimes le danger. Sinon, pourquoi un vampire chasserait-il les vampires ? Alors, tu acceptes, ou c'est fini pour moi ?

Je retins ma respiration. C'était le moment de vérité.

Il s'avança lentement vers moi en laissant ses yeux se promener le long de mon corps. Un sourcil levé, il sortit une clé métallique et l'agita sous mes yeux. Puis il l'inséra fermement au centre de mes menottes et la fit tourner. Elles s'ouvrirent en tintant.

—Voyons ce que tu sais faire, dit-il fermement, pour la deuxième fois de la nuit.

CHAPITRE 3

Nous étions face à face au centre d'une grande caverne. Le sol était inégal, un amoncellement de pierres et de terre. J'avais remis mes vêtements, à l'exception de mes gants, et je tenais mon pieu dans une main et mon poignard en forme de croix dans l'autre. Il avait encore ri lorsque je lui avais demandé de me laisser me rhabiller, et il m'avait répondu que mon jean était trop serré et qu'il me ferait perdre de la fluidité. Je lui rétorquai d'un ton acerbe que fluidité ou pas, il n'était pas question que je l'affronte en petite culotte.

D'autres ampoules éclairaient la pièce où nous nous trouvions. Comment s'était-il débrouillé pour amener l'électricité dans la grotte, ça, je n'en savais rien, mais c'était le cadet de mes soucis. Dans cet environnement souterrain, je n'avais pas la moindre idée de l'heure qu'il pouvait être. Peut-être était-ce déjà l'aube, ou bien faisait-il encore complètement nuit. Je me demandai brièvement si je reverrais jamais la lumière du jour.

Il n'avait pas changé de vêtements. Visiblement, la fluidité n'était pas un problème pour lui. Ses yeux brûlaient d'impatience tandis qu'il faisait craquer ses doigts et rouler sa tête sur ses épaules. Je n'étais pas tranquille, mes mains étaient moites. Les gants n'auraient peut-être pas été une si mauvaise idée, après tout.

—Très bien, Chaton. Comme je suis un gentleman, je vais te laisser tenter ta chance en premier. Allons-y.

Sans plus attendre, je le chargeai en courant le plus vite possible, mes deux armes pointées vers lui. Il tournoya en un demi-cercle pour m'éviter et émit un petit rire exaspérant.

—Tu fais ton jogging, mon chou ?

Je m'arrêtai et lui jetai un regard furieux par-dessus mon épaule. Par l'enfer, il était vraiment rapide. Je n'arrivais presque pas à distinguer ses mouvements. Rassemblant mon courage, je feintai un coup au-dessus de sa tête avec la main droite. Il leva un bras pour bloquer mon attaque et je frappai son estomac à toute volée de ma main gauche. Je parvins à entailler sa peau avant de recevoir en retour un coup de pied très douloureux dans le ventre. Pliée en deux, je le vis examiner ses vêtements avec une petite grimace.

—J'aimais bien cette chemise, et tu l'as déchirée.

Je recommençai à lui tourner autour en respirant lentement pour surmonter la douleur qui me déchirait le ventre. Plus rapide que l'éclair, il me fonça dessus et me frappa à la tête avec son poing. La violence du coup me fit voir des étoiles. Je me défendis sans réfléchir, lançant mes pieds, mes poings et mes armes sur tout ce qui se trouvait à ma portée. Les coups que je recevais en retour étaient aussi puissants que rapides. À bout de souffle, le regard trouble, je multipliais les ripostes en usant de toutes mes forces. Tout à coup, la pièce se mit à tourner et je me sentis propulsée en arrière, la peau déchirée par les rochers.

Il se tenait à trois mètres de l'endroit où je gisais. De toute évidence, je ne faisais pas le poids au corps à corps. J'avais l'impression d'être tombée d'une falaise, mais lui ne portait presque aucune marque du combat. Prise d'une inspiration soudaine, je lançai ma croix. Elle fendit l'air avec une vitesse incroyable et s'enfonça dans sa poitrine, mais trop haut, beaucoup trop haut.

— Bon sang, sale gamine, ça fait mal! rugit-il d'un ton surpris en l'arrachant.

Le sang qui jaillissait de sa blessure s'arrêta brusquement de couler, comme s'il avait fermé un robinet. Contrairement à la croyance, le sang des vampires était vraiment rouge. J'étais consternée, je n'avais plus qu'une seule arme et l'attaque que je venais de lui porter ne l'avait même pas ralenti. Rassemblant mes forces, je sautai sur mes pieds et me remis à marcher à pas lourds.

— Ça te suffit?

Il me fit face et inspira. Une fois. Surprise, je clignai des yeux. C'était la première fois que je voyais un vampire respirer. Moi, j'étais hors d'haleine et mon front dégoulinait de sueur.

— Pas encore.

Un nouveau mouvement flou, et il était sur moi. Je bloquai chacun de ses coups tout en essayant de l'atteindre, mais il était trop rapide. Ses poings me frappaient avec une force brutale. J'enfonçais désespérément mon pieu partout où je le pouvais, mais je manquais toujours son cœur. Après une dizaine de minutes qui me parurent une éternité, je tombai sur le sol pour ne plus me relever. Incapable de bouger, je le regardai à travers mes paupières gonflées. *Je n'ai plus à m'en faire pour ses conditions*, me dis-je avec découragement. *Je ne survivrai pas à mes blessures.*

Sa silhouette menaçante apparut au-dessus de moi. Un voile rouge recouvrait mes yeux, et tout s'éteignit autour de moi.

— Et maintenant, t'en as eu assez ?

Je ne pouvais pas parler, ni acquiescer, ni penser. Pour toute réponse, je m'évanouis. C'était la seule chose dont j'étais encore capable.

J'étais allongée sur quelque chose de moelleux. Je flottais, comme si j'étais sur un nuage, et je m'emmitouflais dans une couverture cotonneuse. Je m'enfonçais encore plus au chaud lorsque le nuage me parla sur un ton irrité.

— Si tu dois prendre toute la couverture, j'aime autant que tu dormes par terre !

Hein ? Depuis quand les nuages râlaient-ils, avec un accent anglais de surcroît ?

Lorsque j'ouvris les yeux, je vis avec horreur que je me trouvais au lit avec le vampire, effectivement enroulée dans une couverture.

Je bondis comme sous l'effet d'une brûlure et me cognai immédiatement la tête contre le plafond bas.

— Aïeee…

Je frottai ma tête et regardai autour de moi, à la fois craintive et révoltée. Comment étais-je arrivée là ? Pourquoi n'étais-je pas dans le coma après la correction que j'avais reçue ? En fait, je me sentais… bien. À part la petite commotion que je venais certainement de me faire.

Je m'enfonçai dans le coin le plus reculé que je trouvai. Il ne semblait y avoir aucune sortie visible dans cette chambre de calcaire.

—Pourquoi ne suis-je pas à l'hôpital ?

—Je t'ai soignée, me répondit-il d'une voix aimable, comme si nous avions une conversation mondaine.

Paralysée par la terreur, je vérifiai mon pouls. Dieu merci, il ne m'avait pas transformée ! Mon cœur battait avec vigueur.

—Comment ?

—Avec du sang, bien sûr. Comment voulais-tu que je fasse ?

Il s'appuya sur ses coudes en me regardant avec un mélange d'impatience et de lassitude. Pour autant que je puisse en juger, il avait changé de chemise. Mais je ne voulais pas savoir ce qu'il y avait sous le drap.

—Dis-moi ce que tu m'as fait !

Roulant des yeux face à ma crise d'hystérie, il rembourra son oreiller et le serra contre lui. Le geste était si humain que c'en était troublant. Qui aurait cru que les vampires aimaient les oreillers bien moelleux ?

—Je t'ai donné quelques gouttes de mon sang. Je me suis dit qu'une petite quantité suffirait, vu que tu es hybride. En temps normal, tu dois certainement guérir vite, mais tu étais quand même assez mal en point. Note bien que c'est de ta faute. Après tout c'est toi qui as eu l'idée de cette bagarre idiote. Maintenant, si ça ne te fait rien, le soleil s'est levé et je suis épuisé. J'ai même pas pu tirer un repas de tout ça.

—Le sang de vampire a le pouvoir de guérir ?

Il ferma les yeux.

—Tu veux dire que tu ne le savais pas ? Bon Dieu, tu ne sais vraiment rien sur ta propre espèce.

—C'est ton espèce, pas la mienne.

Il ne sourcilla même pas.

—Si tu le dis, Chaton.

—Si je prenais trop de sang, est-ce que ça me transformerait? Il en faudrait combien pour que je devienne comme toi?

Mes questions me valurent un coup d'œil sinistre.

—Écoute, la leçon est finie, ma belle. Je vais dormir, et toi tu vas la fermer. Tout à l'heure, quand je serai réveillé, on parlera de tous ces trucs-là pendant que je te préparerai pour notre petit arrangement. En attendant, laisse-moi me reposer.

—Montre-moi comment on sort d'ici et tu pourras dormir autant que tu voudras.

De nouveau, je cherchai en vain une sortie.

Il émit un grognement de dérision.

—Bien sûr. Je pourrais aussi aller te chercher tes armes, et ensuite fermer les yeux pendant que tu me perceras le cœur! Tu rêves! Tu resteras ici jusqu'à ce que je te laisse partir. N'essaie même pas de t'échapper, tu n'y arriverais pas. Maintenant, je te suggère de prendre un peu de repos, car si tu ne me laisses pas dormir très vite, je vais avoir envie d'un petit déjeuner. Pigé?

Puis il ferma de nouveau les yeux, bien décidé cette fois à profiter de son sommeil.

—Pas question que je dorme avec toi, dis-je, indignée.

Il remua un peu sur le lit, puis me jeta un drap sur la figure.

—Dors par terre, alors. De toute façon, tu piques toutes les couvertures.

Sans autre choix, je m'allongeai sur le sol en pierre. Le drap n'était pas très efficace contre le froid, et encore moins contre la dureté du sol. Je me tournai et me retournai pour chercher sans trop d'espoir une position plus confortable, avant d'abandonner et de poser ma tête sur mes bras. Au moins ça valait mieux que d'être au lit avec cette chose. J'aurais plus volontiers dormi sur des clous. Le silence de la pièce avait un effet apaisant. Une chose était sûre, les vampires ne ronflaient pas. Au bout d'un moment, je m'endormis.

Plusieurs heures s'étaient peut-être écoulées, mais j'avais l'impression de n'avoir dormi que quelques minutes. Une main me secoua l'épaule sans douceur, et la voix tant redoutée résonna dans mes oreilles.

— Debout. On a du boulot.

Mes os craquèrent distinctement lorsque je me levai et que je m'étirai. Le bruit le fit sourire.

— Ça t'apprendra à vouloir me tuer. Le dernier qui a essayé ne s'en est pas tiré avec un vulgaire torticolis. Tu as beaucoup de chance de m'être utile, sinon tu ne serais déjà plus qu'un souvenir disparu dans mon appareil digestif.

— Miss chanceuse, c'est tout moi.

En vérité, enfermée dans une grotte avec un vampire aux penchants meurtriers, je ressentais avant tout de l'amertume.

Il agita le doigt dans ma direction.

— Ne prends pas cet air déprimé. Tu t'apprêtes à recevoir des leçons de première classe sur le monde de la nuit. Crois-moi, très peu d'humains ont cette chance. Cela dit, tu n'es pas vraiment humaine.

— Arrête de dire ça. Je suis plus humaine que… tu sais quoi.

— Bon, ça, on ne va pas tarder à le savoir. Écarte-toi du mur.

J'obéis, car je n'avais pas vraiment le choix dans cette petite pièce, et de toute façon je n'avais aucune envie d'être près de lui. Il se plaça devant le mur contre lequel j'avais dormi et saisit le bloc de pierre, une main de part et d'autre. Sans effort, il le souleva complètement et le posa sur le côté, révélant une crevasse assez grande pour laisser passer un homme. C'était donc comme ça que nous étions entrés dans cette tombe.

—Suis-moi, me jeta-t-il par-dessus son épaule alors qu'il pénétrait dans la crevasse. Et ne traîne pas.

Alors que je me faufilai dans l'ouverture étroite, ma vessie me rappela soudain que j'étais encore très dépendante de mes organes.

—Euh... j'imagine qu'il n'y a pas... (Au diable les raffinements!) Est-ce qu'il y a des toilettes? En ce qui me concerne, j'ai encore des reins en état de marche.

Il s'arrêta net et me regarda en haussant un sourcil. De minces rayons de lumière sortaient du plafond calcaire, illuminant la caverne de motifs croisés. Il faisait donc jour.

—Tu te crois à l'hôtel? Et ensuite, qu'est-ce qui ferait plaisir à Madame, un bidet?

Malgré ma gêne, je lui répondis, exaspérée.

—À moins que tu aies des tendances scatologiques, je te suggère de me trouver un endroit, et vite.

Il laissa échapper comme un soupir.

—Suis-moi. Ne glisse pas et ne te tords pas la cheville, j'ai aucune envie de te porter. Voyons ce qu'on peut faire pour toi. Bonne femme de malheur.

Je le suivis tant bien que mal et je me consolai en l'imaginant se tordre de douleur sous mon pieu. L'image était si nette qu'elle me fit presque sourire. Nous approchions d'une rivière.

—Là. (Il me montra du doigt une pile de pierres qui semblaient suspendues au-dessus d'un cours d'eau.) Ce sera emporté par le courant. T'as qu'à monter sur les pierres pour faire ton affaire.

Je me dépêchai de monter et il me dit d'une voix sèche :

—Au fait, si tu pensais sauter et t'échapper à la nage, oublie. L'eau est glaciale, et le courant serpente sur trois kilomètres avant de sortir des grottes. Tu serais prise d'hypothermie bien avant. Ce ne serait pas une situation très agréable, tu te retrouverais tremblante et perdue dans le noir, en proie à des hallucinations. De plus, cela signifierait que tu aurais violé notre accord. Je te retrouverais, et je serais vraiment, vraiment mécontent.

Le ton menaçant de sa voix rendait les mots encore plus dangereux que le bruit d'un fusil qu'on arme. Le désespoir m'envahit. Je pouvais dire adieu à mon plan d'évasion.

—À tout de suite.

Il me tourna le dos et s'éloigna un peu. En poussant un soupir, j'escaladai les rochers et me tins en équilibre tandis que je répondais à l'appel inopportun de la nature.

—J'imagine que le papier toilette n'est pas fourni ? demandai-je avec désinvolture.

Il répondit en éclatant de rire.

—Je l'ajouterai à ma liste de courses, Chaton.

—Arrête de m'appeler Chaton. Je m'appelle Cat. (Je redescendis jusqu'à ce que je sente sous mes pieds un terrain plus ou moins stable.) Et toi, au fait ? Tu ne m'as toujours pas dit ton nom. Si on doit… travailler ensemble, il faudrait au moins que je sache comment t'appeler. À moins que tu préfères les insultes, bien sûr.

Il se tint face à moi en souriant de nouveau d'un air narquois. Ses pieds étaient écartés et ses hanches penchées légèrement en avant. Ses cheveux pâles et ondulés enserraient sa tête. Sa peau brillait sous l'effet des minuscules rais de lumière qui tombaient du plafond.

—Je m'appelle Bones.

—Commençons par le commencement, ma belle. Si tu veux vraiment réussir à tuer des vampires, tu dois en apprendre plus sur eux.

Nous étions assis l'un en face de l'autre sur des rochers. La lumière pâle des rayons du soleil avait un effet légèrement stroboscopique. C'était de loin le moment le plus étrange de ma vie : j'étais assise en face d'un vampire et je discutais calmement avec lui des meilleurs moyens de tuer ses congénères.

—La lumière du jour est inoffensive. Au pire, on risque d'attraper des coups de soleil. Notre peau ne prend pas feu comme dans les films, et nous ne nous transformons pas en poulet grillé. Néanmoins, c'est vrai que nous avons tendance à dormir le jour parce que c'est de nuit que nous sommes le plus puissants. Pendant la journée, nous sommes plus lents, plus faibles et moins alertes. Surtout à l'aube. Lorsque l'aube arrive, la plupart des vampires sont bien au chaud dans ce qui leur sert de lit. Comme tu as pu le constater hier soir, il ne s'agit pas forcément d'un cercueil. C'est vrai que les plus traditionalistes se conforment à cette règle, mais la plupart d'entre nous dorment dans ce qui est le plus confortable pour eux. D'ailleurs, il y a des vampires qui placent un cercueil dans leur antre pour tromper les Van Helsing en herbe et les prendre par surprise. C'est un truc que j'ai utilisé une ou deux fois moi-même. Donc si tu pensais juste ouvrir les rideaux en te disant que le soleil ferait tout le boulot, laisse tomber.

» Passons aux croix. À moins qu'elles soient aussi pointues que la tienne, les croix ne servent qu'à nous faire rire avant de dévorer nos proies. Vu que tu as l'air au courant, on va passer à la suite. Le bois, comme tu le sais également, ne nous causera au pire que des égratignures mais ne nous empêchera pas d'égorger nos victimes. Quant à l'eau bénite… disons simplement qu'une poignée de terre jetée en plein visage nous ferait plus de mal. Tout ce qui touche à la religion est totalement inefficace lorsqu'il s'agit de nous blesser, tu piges ? Ton seul avantage, c'est qu'en voyant ton pieu amélioré, un vampire n'aura aucun soupçon.

— Tu n'as pas peur que je me serve de ces informations contre toi ? l'interrompis-je. Je veux dire, pourquoi tu me ferais confiance ?

L'air très sérieux, il se pencha en avant. Je reculai car je me trouvais déjà assez près de lui comme ça.

— Écoute, mon chou. Toi et moi, on va devoir se faire confiance si on veut atteindre nos objectifs. Je vais être parfaitement clair : si tu fais seulement mine de me regarder de travers ou que j'ai le moindre soupçon concernant ta loyauté, je te tue. Comme tu es une grande fille courageuse, ça ne te fait peut-être pas peur, mais souviens-toi d'une chose : l'autre nuit, je t'ai suivie jusque chez toi. Y a des gens auxquels tu tiens dans cette grange qui te sert de maison, non ? Alors je te suggère de filer doux avec moi et de faire ce que je te dis. Si tu me contraries, tu vivras assez longtemps pour voir ta maison réduite en cendres, avec tous ses occupants. Donc si tu veux tenter ta chance avec moi, tu ferais mieux d'être bien sûre de pouvoir m'achever, compris ?

La gorge serrée, j'acquiesçai. J'avais compris. Oh oui, pas de doute là-dessus.

— De plus (sa voix se fit douce comme un jour de printemps), je peux te donner ce que tu veux.

J'en doutais.

— Je me demande bien comment tu pourrais savoir ce que je veux.

— Tu veux ce que désire tout enfant abandonné. Tu veux retrouver ton père. Mais ce ne sont pas des retrouvailles heureuses que tu as en tête, non, pas toi. Ce que tu veux, c'est le tuer.

Je le regardai. Il avait dit à voix haute ce que mon subconscient n'avait même jamais osé murmurer, et il avait vu juste. C'était l'autre raison pour laquelle je chassais les vampires : retrouver et tuer celui qui m'avait engendrée. Plus que tout, je voulais le faire pour ma mère. Si j'y parvenais, j'aurais l'impression d'avoir un peu expié les circonstances de ma naissance.

— Tu… (Toutes les pensées qui s'entrechoquaient dans ma tête m'empêchaient presque de parler.) Tu peux m'aider à le trouver ? Comment ?

Il haussa les épaules.

— Pour commencer, il se pourrait que je le connaisse. Je connais pas mal de morts-vivants. Admets-le : sans moi, tu cherches une aiguille dans une meule de crocs.

Et même si je ne le connais pas personnellement, j'en sais déjà plus que toi sur lui.

— Quoi ? Comment ça ?

Il leva la main pour me faire taire.

— Son âge, par exemple. Tu as vingt et un ans, c'est ça ?

— Vingt-deux, murmurai-je, toujours sous le choc. Depuis le mois dernier.

— Vraiment ? Alors il n'y a pas que l'adresse qui est bidon sur ton faux permis de conduire.

Il avait dû fouiller dans mon sac à main. Logique, après tout, vu qu'il m'avait aussi déshabillée lorsque j'étais inconsciente.

— Comment peux-tu savoir que c'est un faux ?

— Je viens de te le dire, non ? Je connais ta véritable adresse et elle ne correspond pas à celle du permis de conduire.

Et merde. Ça réduisait à néant l'intérêt de la fausse identité, censée me servir au cas où j'aurais perdu contre un vampire et qu'il fouille dans mes affaires. Je ne voulais pas qu'un de ces monstres puisse remonter jusqu'à ma famille. Enfin, c'était l'idée de départ. Bête comme je l'étais, je n'avais pas prévu qu'un vampire me suivrait jusque chez moi.

— Quand on y pense, mon chou, tu mens comme tu respires, tu te promènes avec de faux papiers et tu es une meurtrière.

— Où veux-tu en venir ? dis-je d'un ton brusque.

— Sans oublier que tu es aussi une allumeuse, poursuivit-il comme si je n'avais rien dit. Et malpolie, en plus. Ouais, toi et moi, on est faits l'un pour l'autre.

— Foutaise, dis-je en guise de réponse.

Il me sourit encore.

—L'imitation est la forme de flatterie la plus sincère. Mais revenons à nos moutons. Tu m'as dit que ta mère t'avait portée pendant… quoi, quatre mois ? Cinq ?

—Cinq. Pourquoi ?

Je voulais vraiment comprendre son raisonnement. Qu'est-ce que cela avait à voir avec l'âge de mon père, ou le fait qu'il était un mort-vivant ?

Il se pencha en avant.

—Je vais t'expliquer. Lorsqu'un humain est transformé en vampire, il faut quelques jours pour que certaines fonctions humaines cessent complètement de fonctionner. Le cœur, lui, s'arrête tout de suite, et la respiration aussi, mais d'autres trucs mettent plus longtemps. Les conduits lacrymaux fonctionnent normalement pendant à peu près un jour avant que les larmes deviennent roses à cause du taux de sang présent dans l'eau du corps. On peut même pisser une ou deux fois pour purger le système. Mais le point important, c'est que ton père avait encore des munitions dans ses réservoirs.

—Pardon ?

—Tu sais bien, ma belle. Du sperme, si tu préfères le terme technique. Ses bourses contenaient encore des spermatozoïdes vivants. Et ça, ça veut dire que sa transformation était très récente. Elle devait remonter à une semaine au maximum. Ce qui nous permet de déterminer exactement son âge en tant que vampire. Si tu ajoutes à ça les décès survenus autour de la date et du lieu de ta conception, parmi lesquels l'un concerne forcément un type correspondant à la description de ton géniteur, bingo ! Tu as ton père.

J'étais époustouflée. Il avait tenu parole ; en quelques secondes, il m'avait donné plus d'informations que ma mère au cours de toute sa vie. J'étais peut-être tombée sur une mine d'or. Si, grâce à lui, je pouvais en apprendre plus sur mon père tout en continuant à tuer des vampires, et que tout ce qu'il demandait en échange, c'était de choisir les cibles… eh bien, dans ce cas, je pourrais endurer notre association. Si je survivais assez longtemps, bien sûr.

— Pourquoi tu m'aiderais à trouver mon père ? D'ailleurs, pourquoi est-ce que tu tues d'autres vampires ? Il s'agit de ta propre espèce, après tout.

Bones me regarda quelques instants avant de répondre.

— Je t'aiderai à trouver ton père parce que je pense que tu le détestes plus que tu ne me détestes, ce qui devrait suffisamment te motiver pour m'obéir. Quant à la raison pour laquelle je chasse des vampires… tu n'as pas à t'en soucier pour l'instant. Tu as déjà assez de grain à moudre comme ça. Disons juste que certaines personnes méritent la mort, et cela vaut pour les vampires comme pour les humains.

Je ne savais toujours pas pourquoi il voulait que je travaille avec lui. Après tout, ce n'était peut-être qu'un mensonge. Peut-être attendait-il son heure pour me trancher la gorge quand je m'y attendrais le moins. Je n'avais pas confiance en cette créature, pas le moins du monde, mais, pour l'instant je n'avais pas d'autre choix que de jouer le jeu. Je serais vraiment très surprise d'être encore vivante dans une semaine.

— Revenons au sujet qui nous intéresse, ma belle. En règle générale, les armes à feu n'ont pas non plus d'effet sur nous. Il y a toutefois deux exceptions. Un, si le type a un coup de chance et qu'il réussit à nous trancher la tête en tirant, ce sera lui le vainqueur : la décapitation est en effet un moyen efficace de nous supprimer. Rien ou presque ne peut survivre sans tête, et c'est le seul membre d'un vampire qui ne repousse pas si on le coupe. Deux, si l'arme tire des balles en argent et que celles-ci nous touchent au cœur en assez grand nombre, on peut aussi mourir. Mais c'est plus difficile que ça en a l'air. Aucun vampire ne prendra la pose pour servir de cible. Le plus probable, c'est qu'il aura déjà enfoncé le fusil dans le cul de son assaillant avant que celui-ci puisse faire de vrais dégâts. Mais les balles en argent font mal, et tu peux donc t'en servir pour ralentir le vampire avant de le finir avec le pieu. Il vaut mieux être rapide avec cette méthode, car c'est un vampire très remonté que tu auras sur les bras. La strangulation, la noyade, rien de tout cela ne marche. Nous ne respirons qu'une fois toutes les heures environ, et nous pouvons tenir indéfiniment sans oxygène. Il nous suffit d'une inspiration de temps en temps pour renouveler l'oxygène du sang et on est de nouveau en pleine forme. Si tu vois un vampire prendre une inspiration à intervalles réguliers de quelques minutes, c'est qu'il est en hyperventilation. C'est l'un des moyens de savoir qu'un vampire se fatigue. Il se met à respirer de cette façon pour se retaper. L'électrocution, les gaz empoisonnés, l'empoisonnement par ingestion, les drogues… aucune de ces méthodes ne marche. Pigé ? Maintenant tu connais nos faiblesses.

— Tu ne veux pas qu'on mette certaines de ces théories à l'épreuve ?

Il secoua son doigt d'un air réprobateur.

—Allons, pas de ça. Nous sommes associés, tu te rappelles ? Tâche de ne pas l'oublier, car dis-toi bien que toutes les choses que je viens d'évoquer seraient tout aussi efficaces contre toi.

—Je plaisantais, mentis-je.

Il me jeta un regard qui signifiait clairement qu'il n'était pas dupe.

—En conclusion, nous sommes très durs à battre. Comment une gamine comme toi a réussi à transformer seize d'entre nous en nourriture pour vers de terre, ça me dépasse, mais il y a des imbéciles à tous les coins de rue.

—Hé ! (J'étais vexée, aussi je défendis mon palmarès.) Je t'aurais coupé en petits morceaux si tu ne m'avais pas forcée à conduire et si tu ne m'avais pas prise en traître en me frappant quand je ne regardais pas.

Il rit de nouveau, et je m'aperçus soudain qu'il avait un très beau visage. Je détournai les yeux car je ne voulais voir en lui rien d'autre qu'un monstre. Un monstre dangereux.

—Dis-moi, Chaton, à ton avis, pourquoi t'ai-je fait conduire ? Je t'avais cernée cinq secondes après le début de notre conversation. Tu étais une débutante, complètement novice, et, une fois déstabilisée, tu étais absolument impuissante. Bien sûr que je t'ai prise en traître. Il n'y a qu'une seule manière de se battre : ne respecter aucune règle. Se battre en gentleman, c'est la mort assurée. Profite de toutes les occasions pour porter des coups bas, frappe toujours les gens quand ils sont à terre, et peut-être alors auras-tu une chance de gagner. N'oublie jamais ça. C'est un combat à mort, pas un match de boxe. Tu ne gagnes pas en marquant le plus de points.

—J'ai compris.

Cela ne me plaisait pas beaucoup, mais il avait raison. Chaque fois que j'étais face à un vampire, c'était un combat à mort. Y compris cette fois.

—Mais on s'éloigne du sujet. Je t'ai exposé nos faiblesses. Passons à nos forces, qui sont nombreuses. Vitesse, vision, audition, sens olfactif, force physique… nos sens et nos aptitudes physiques sont en tous points supérieurs à ceux des humains. Nous pouvons sentir un humain bien avant de le voir, et nous pouvons entendre les battements de son cœur à un kilomètre. En plus de tout cela, nous avons une forme de contrôle mental sur eux. Un vampire peut boire un demi-litre de sang humain, et quelques secondes plus tard sa victime ne se rappellera même pas l'avoir vu. Cela vient de nos canines : une minuscule goutte d'hallucinogène qui, combinée à notre pouvoir, rend nos proies sensibles à notre force de suggestion. Par exemple, la victime ne se souviendra pas qu'elle vient de se faire sucer le sang ; elle croira juste qu'elle a rencontré un type, qu'ensemble ils ont discuté et que maintenant elle a sommeil. C'est comme ça que la plupart d'entre nous se nourrissent. Quelques gouttes par-ci, quelques gouttes par-là, et personne ne s'aperçoit de rien. Si chaque vampire tuait pour se nourrir, ça ferait des siècles qu'on serait sortis de l'anonymat.

—Tu peux contrôler mon esprit ?

Cette pensée m'horrifiait.

Ses yeux marron tournèrent soudain au vert et son regard transperça le mien.

—Viens à moi.

Sa voix n'était qu'un murmure, mais pourtant ses mots semblaient résonner dans ma tête.

—Va te faire foutre, dis-je, glacée par le besoin soudain que je ressentais de lui obéir.

D'un seul coup, ses yeux reprirent leur teinte marron et il m'adressa un sourire approbateur.

—Loupé, on dirait. Tant mieux, ça sera utile. Ce serait gênant que tu perdes la tête et que tu oublies nos objectifs, non ? Ça doit certainement tenir à ton sang. Ça ne marche pas sur les vampires, ni sur les humains qui absorbent du sang de vampire. Tu dois avoir assez de vampire en toi. Certains humains sont aussi immunisés, mais leur pourcentage est très faible. Il faut avoir une capacité de contrôle sur son esprit hors du commun ou une résistance naturelle extraordinaire pour ne pas céder. MTV et les jeux vidéo en sont venus à bout chez la grande majorité des humains. Ça et le poste, en fait.

—Le poste ? Quel poste ?

Il poussa un grognement amusé.

—La télévision, bien sûr. Tu ne parles pas français ?

—Si, justement, murmurai-je.

Secouant la tête, il me regarda en fronçant les sourcils.

—L'heure tourne, ma belle. On a beaucoup de choses à aborder. On a parlé des sens et du contrôle de l'esprit, mais n'oublie pas notre force. Ni nos dents. Un vampire est capable de briser n'importe qui en deux et de soulever les morceaux avec un seul doigt. Nous pouvons même projeter une voiture en l'air si ça nous amuse. Et nous pouvons déchirer la chair de nos victimes avec nos dents. Ce qu'il nous faut découvrir, c'est si tu détiens de tels dons et dans quelle mesure.

D'un ton hésitant, je commençai à faire la liste de mes anomalies.

— J'ai une très bonne vue et l'obscurité ne me gêne pas. Je vois aussi bien de nuit que de jour. Je suis plus rapide que tous les gens que je connais, enfin, pour ce qui est des humains. Je peux entendre des bruits de très loin, mais peut-être pas d'aussi loin que toi. Parfois, la nuit dans ma chambre, j'entendais mes grands-parents au rez-de-chaussée qui murmuraient des choses sur moi…

Je me tus, jugeant à son air que j'avais révélé trop de choses personnelles.

— Je ne pense pas pouvoir contrôler l'esprit de quiconque. Je n'ai jamais essayé, mais je crois que si je le pouvais les gens me traiteraient différemment.

Zut, voilà que je recommençais à faire étalage de ma vie.

— Bref, continuai-je, je sais que je suis plus forte que la moyenne des gens. À quatorze ans, j'ai battu trois garçons, tous plus grands que moi. C'est là que j'ai dû admettre que quelque chose clochait chez moi. Tu as vu mes yeux, ils sont différents. Quand je suis sous le coup d'une émotion, il faut que je les contrôle pour éviter que les gens les voient devenir verts. Mes dents sont normales, je suppose. En tout cas, elles ne se sont jamais mises à pointer.

Je le regardai à travers mes cils. Je n'avais jamais parlé ainsi de mes différences à personne, pas même à ma mère. Elle était déjà assez ennuyée de les connaître, alors en parler…

— Quelque chose me chiffonne. Tu dis que c'est à quatorze ans que tu as vraiment compris que tu étais différente. Avant cela, tu ne savais pas ce que tu étais ? Qu'est-ce que ta mère t'a raconté sur ton père quand tu étais petite ?

C'était un sujet douloureux et l'évocation de ce souvenir me fit frissonner. Je n'aurais jamais cru que je parlerais de tout cela à un vampire.

— Elle ne parlait jamais de mon père. Quand, petite, je lui posais des questions sur lui, elle changeait de sujet ou se fâchait. Mais les autres enfants se sont chargés de me donner des réponses. Ils m'ont traitée de bâtarde dès qu'ils ont su parler. (Je fermai brièvement les yeux, la honte toujours aussi vivace.) Comme je le disais, à la puberté, j'ai commencé à me sentir… encore plus différente. C'était bien pire que lorsque j'étais enfant. J'avais plus de mal à cacher mes bizarreries comme me le demandait ma mère. J'avais une prédilection pour la nuit. Je me promenais dans le verger pendant des heures. Parfois, je ne m'endormais pas avant l'aube. Mais ce n'est que lorsque ces garçons m'ont coincée que j'ai compris à quel point j'étais différente.

— Qu'est-ce qu'ils t'ont fait ?

Sa voix était plus douce, presque tendre.

Je revoyais leurs visages aussi nettement que s'ils étaient devant moi.

— Ils m'ennuyaient. Ils me poussaient et ils m'insultaient, comme d'habitude. Ça ne m'a pas fait réagir, ça m'arrivait presque tous les jours. Mais l'un d'entre eux, je ne me rappelle plus lequel, a traité ma mère de salope et j'ai perdu mon calme. Je lui ai jeté une pierre au visage et il s'est retrouvé avec plusieurs dents cassées.

Les autres m'ont sauté dessus et je leur ai mis une raclée. Ils n'en ont jamais parlé à personne. Finalement, le jour de mon seizième anniversaire, ma mère a décidé que j'étais assez grande pour connaître la vérité sur mon père. Je ne voulais pas la croire, mais, au fond de moi, je savais que c'était vrai. Cette nuit-là, pour la première fois, j'ai vu mes yeux briller. Elle a mis un miroir devant mon visage après m'avoir frappée à la jambe. Ce n'était pas par méchanceté. Elle voulait que je m'énerve pour que je puisse voir mes yeux. Environ six mois plus tard, je tuais mon premier vampire.

Je m'efforçais de retenir mes larmes. Mes yeux me piquaient, mais je refusais de pleurer. Il était hors de question que je pleure devant cette chose qui m'avait fait répéter ce que j'essayais d'oublier.

Il me regarda d'un air très étrange. Si je n'avais pas su ce qu'il était, j'aurais pu croire qu'il y avait de l'empathie dans son regard. Mais c'était impossible. C'était un vampire, et les vampires ne connaissent pas la compassion.

Je me levai brusquement.

—En parlant de ma mère, il faut que je l'appelle. Elle doit être morte d'inquiétude. Je suis déjà rentrée très tard, mais je ne me suis jamais absentée aussi long-temps. Elle va croire qu'un suceur de sang de ton espèce m'a trucidée.

Il haussa les sourcils, visiblement très surpris.

—Ta mère sait que tu allumes les vampires pour les tuer? Et elle te laisse faire? Bon Dieu, dire que je pensais que tu plaisantais quand tu m'as dit qu'elle était au courant de tes efforts pour faire diminuer notre popula-tion. Si tu étais ma fille, je t'enfermerais dans ta chambre la nuit. Je ne comprends pas les gens d'aujourd'hui, ils laissent vraiment leurs enfants faire n'importe quoi.

— Ne parle pas d'elle comme ça ! m'écriai-je. Elle sait que ce que je fais est bien ! Pourquoi est-ce qu'elle serait contre ?

Il me considéra longuement de ses yeux marron, sombres et transparents. Puis il haussa les épaules.

— Si tu le dis.

Soudain, il se matérialisa devant moi. Il était si rapide que je n'eus même pas le temps de cligner des yeux.

— Tu vises bien. Je m'en suis rendu compte la nuit dernière quand tu m'as balancé ta croix. Imagine, quelques centimètres plus bas et tu aurais pu m'utiliser comme fertilisant pour plates-bandes. (Il sourit, comme amusé par cette image.) On va travailler ta vitesse et ta précision. Ce sera moins dangereux pour toi si tu peux tuer à distance. Au corps à corps, tu es trop vulnérable.

Il me saisit par les bras. J'essayai de me dégager, mais il me tenait fermement. J'avais l'impression d'être enserrée par des barres de fer.

— Ta force laisse franchement à désirer. Tu es plus forte qu'un homme, mais guère plus que le plus faible des vampires. Ça aussi, il faudra qu'on le travaille. En plus, tu es raide comme un piquet et tu ne te sers pas du tout de tes jambes quand tu te bats. Ce sont des armes précieuses et tu dois les utiliser comme telles. Quant à ta vitesse, eh bien… il n'y a peut-être rien à faire de ce côté-là, mais on essaiera quand même. Comme je vois les choses, il va nous falloir environ six semaines avant de pouvoir t'envoyer sur le terrain. Ouais, cinq semaines d'entraînement acharné et une semaine pour travailler ton look.

— Mon look ? (J'étais outragée. Comment un mort osait-il me critiquer ?) Qu'est-ce qu'il a, mon look ?

Bones sourit d'un air condescendant.

— Oh, rien de vraiment atroce, mais il faudra quand même t'arranger un peu avant de pouvoir te lâcher dans la nature.

— Tu…

— Après tout, on va viser de gros poissons, ma belle. Des jeans baggy et une allure un peu négligée ne feront pas l'affaire. Si tu crois être sexy, t'y connais que dalle.

— Nom de Dieu, je vais te…

— Arrête ton blabla. Tu voulais pas appeler ta mère ? Suis-moi. Mon portable est par là.

Tout en l'imaginant en train de se tordre de douleur sous les tortures que je lui ferais subir, je retins ma langue et le suivis alors qu'il s'enfonçait dans les profondeurs de la grotte.

CHAPITRE 4

Un entraînement acharné, tels avaient été ses mots
pour décrire les supplices brutaux, épuisants
et à la limite du supportable que l'armée elle-même
n'aurait pas infligés à ses troupes les plus endurcies.

Bones me fit courir dans la forêt à une allure que
même une voiture n'aurait pu atteindre. Je trébuchais
sur des troncs d'arbres, des pierres, des racines et des
ornières jusqu'à me sentir épuisée au point de ne
même plus pouvoir vomir. Le fait que je m'évanouis-
sais régulièrement ne me dispensait pas pour autant
de mes exercices. Il m'aspergeait le visage d'eau glacée
jusqu'à ce que je reprenne connaissance. Je m'entraî-
nais à lancer des couteaux jusqu'à ce que ma peau au
niveau des phalanges se fendille et se mette à saigner.
Et lui, qu'est-ce qu'il faisait dans ces cas-là ? Il me
lançait un tube de pommade antibiotique d'un air
indifférent en me disant d'éviter de m'en mettre sur
les paumes pour ne pas les rendre glissantes. Sa version
de l'haltérophilie ? Soulever des rochers à bout de
bras, en augmentant graduellement leur taille et leur
densité. Sa définition du fitness ? Gravir les pentes de
la caverne avec de grosses pierres sur le dos.

Au bout d'une semaine, je jetai par terre tous ses
objets de torture et refusai de continuer en lui disant

que si j'avais connu ses intentions dès le départ, j'aurais choisi la mort sans hésiter. Bones se contenta de me sourire en exhibant ses canines allongées et me dit de le prouver. Voyant qu'il était sérieux, je me harnachai de nouveau et repris mon calvaire avec lassitude.

Mais l'activité la plus éreintante était de loin le corps à corps. Il étirait mes membres jusqu'à ce que mon visage soit noyé de larmes, tout en ironisant sur mon manque de souplesse. Durant nos combats, il me faisait perdre connaissance au point que l'eau glacée ne suffisait plus à me faire revenir à moi. Je me réveillais avec un goût de sang dans la bouche, puis nous recommencions à nous battre. Dire que je rêvais de le tuer chaque seconde de chaque jour serait un euphémisme. Néanmoins, je m'améliorais, je n'avais pas le choix. Avec Bones, c'était marche ou crève.

C'est après la deuxième semaine d'entraînement que je me rendis compte pour la première fois que j'avais plus de vigueur. Lors d'un combat avec Bones, je parvins à ne pas m'évanouir. Il me mit tout de même une belle raclée, mais je restai consciente jusqu'au bout. Ma joie était cependant mitigée. J'étais satisfaite de ne pas être tombée dans les pommes en plein milieu du combat, mais du coup j'étais consciente lorsqu'il me fit boire son sang.

— Dégoûtant, crachai-je après qu'il m'eut persuadée, gentiment d'abord puis sous la menace, de le laisser mettre son doigt ensanglanté dans ma bouche. Comment pouvez-vous vivre de ça ?

Les mots étaient sortis tout seuls, sans que je réfléchisse : une habitude chez moi.

—La nécessité est la mère de tous les appétits. Tu apprends à aimer ce dont tu as besoin pour survivre, répondit-il sèchement.

—Vaudrait mieux que tout ce sang ne me transforme pas en vampire. Ça ne fait pas partie de notre arrangement.

Je n'étais pas très à l'aise pour discuter avec son doigt enfoncé dans ma bouche, aussi je rejetai la tête en arrière jusqu'à ce qu'il soit ressorti. C'était presque un geste sexuel. Je rougis dès que cette pensée me traversa l'esprit. Il s'en aperçut, bien entendu, et il en devina certainement la raison, mais il se contenta d'essuyer sa main sur sa chemise.

—Crois-moi, ma belle, il faut boire beaucoup plus de sang que ça pour devenir un vampire. Mais vu que ça semble vraiment te chiffonner, je vais t'expliquer comment ça marche. Tout d'abord, il faudrait que je te vide de ton sang pour que tu arrives aux portes de la mort. Il faut trouver le truc pour s'arrêter de boire juste avant de dépasser la limite. Ensuite, j'ouvrirais mon artère gorgée de ton sang pour que tu le boives à ton tour. Tout ce que je t'aurais pris, et un peu plus. Là aussi, il y a un truc. Il faut être fort pour créer d'autres vampires, sinon ton petit protégé te vide jusqu'à la dernière goutte et te tue pendant qu'il se transforme. Il est plus dur de repousser un jeune vampire d'une artère que de retirer un téton plein de lait de la bouche d'un bébé affamé. Les maigres gouttes de sang que je te donne ne font rien de plus que te remettre en forme. Il ne doit même pas y en avoir assez pour te rendre plus forte. Maintenant, est-ce que tu veux bien arrêter de ronchonner chaque fois que tu dois avaler les trucs que je t'enfourne dans la bouche?

Cette fois, les images qui se formèrent dans mon subconscient me firent devenir écarlate. En voyant cela, il porta la main à ses cheveux d'un air agacé.

—Ça aussi, il faut que tu arrêtes de le faire. Tu deviens rouge comme une pivoine à la moindre allusion. Tu dois jouer le rôle d'une fille entreprenante et chaude! Personne n'y croira si tu t'évanouis au premier clin d'œil. Ta virginité causera ta perte.

—Je ne suis pas vierge, rétorquai-je, manquant de peu de m'évanouir comme il l'avait prédit.

Il haussa ses sourcils noirs. Je détournai les yeux en bafouillant.

—On peut changer de sujet, s'il te plaît? On n'est pas à une soirée entre collégiennes. Je n'ai pas envie de parler de ça avec toi.

—Tiens, tiens, dit-il d'une voix traînante sans prêter la moindre attention à ma demande. Le petit chaton s'est pris pour une grande, on dirait. Vu ta pruderie, ça me surprend. L'heureux élu attend patiemment que tu termines ta formation? Ça doit être quelqu'un s'il réussit à te mettre dans des états pareils. Je ne t'aurais pas classée dans la catégorie des expérimentées, mais, cela dit, tu y es allée franchement à notre première rencontre. Je me demande si tu comptais me tuer avant ou après avoir satisfait tes appétits? Et les autres vampires? Est-ce qu'ils sont morts avec un sourire sur le…

Je le giflai. Ou plutôt, telle avait été mon intention, mais il saisit mon poignet et, sans le lâcher, attrapa l'autre que je venais aussi d'envoyer dans la direction de sa joue.

—Je te défends de me parler comme ça, j'ai entendu assez de conneries de ce genre dans mon enfance. Juste parce que ma mère m'a eue en dehors des liens du mariage, nos abrutis de voisins, tous plus vieux jeu les uns que les autres, pensaient que ça faisait d'elle une salope, et que j'en étais une moi aussi, par ricochet. Et bien que ça ne te regarde pas, vu que tu as certainement des centaines de viols à ton actif, je n'ai été qu'avec une seule personne. Il m'a laissé tomber comme une crotte tout de suite après, et ça a suffi à me guérir de toute envie d'imiter les aventures sexuelles de mes pairs. Maintenant, je ne plaisante pas, je ne veux plus parler de ça!

Cette blessure, qu'il avait rouverte sans le vouloir, faisait palpiter en moi une rage contenue. Bones me lâcha les poignets. Je les frottai aux endroits où ses doigts s'étaient enfoncés dans ma chair.

—Chaton, commença-t-il d'un ton apaisant, je te demande pardon. Mais ce n'est pas parce que tu as des voisins arriérés ou qu'un ado boutonneux a juste voulu tirer son coup que…

—Arrête, l'interrompis-je, terrifiée à l'idée de fondre en larmes. Arrête. Je peux faire ce qu'il faut, je peux avoir l'air sexy ou tout ce que tu veux. Mais je refuse de parler de ça.

—Écoute, ma belle…, essaya-t-il encore.

—Vas-y, mords-moi, le coupai-je d'un ton brusque avant de tourner les talons.

Pour une fois, il ne se proposa pas de répondre à ma provocation, et il me laissa partir.

Au début de la quatrième semaine, Bones m'annonça que nous allions faire une sortie. Bien entendu, ce qu'il avait en tête n'était pas un après-midi éducatif au musée. Au lieu de ça, je me retrouvai à conduire sur une route de campagne à minuit sans avoir la moindre idée de notre destination. Il ne me donnait que peu d'indications – « tourne ici », « tourne là », etc. – et j'étais nerveuse. Nous étions dans une zone très rurale, sur une route particulièrement sombre. C'était l'endroit idéal pour vider quelqu'un de son sang et pour se débarrasser du corps.

Cela dit, si c'était le sort qu'il me réservait, la grotte aurait aussi bien pu faire l'affaire. Vu toutes les fois où je m'étais retrouvée inconsciente après nos entraînements, cela faisait longtemps qu'il aurait pu en finir avec moi s'il l'avait voulu. Je n'aurais rien pu faire pour l'en empêcher. D'ailleurs, même consciente, j'aurais été à sa merci. À mon grand désarroi, je n'avais toujours pas remporté un seul round contre lui. Bones était si fort et si rapide que l'affronter revenait à essayer de mettre un éclair en laisse.

— Tourne à gauche, dit Bones, me rappelant à la réalité.

Je lus le nom sur le panneau. Peach Tree Road. La route ne semblait mener nulle part.

— Tu sais, *associé*, dis-je alors que je prenais le virage, tu es un sacré cachottier. Quand vas-tu te décider à me dire où on va ? J'imagine que tu ne t'es pas pris d'une passion soudaine pour la vie rurale ?

Il rit doucement.

— Non, pas vraiment. J'ai besoin d'informations, et l'homme qui peut me les donner vit par ici.

À son ton, j'avais comme l'impression que l'homme en question ne serait pas ravi de le voir.

— Écoute, je refuse de participer à des meurtres d'humains, alors si tu crois que tu vas interroger ce type et l'enterrer après, tu te fourres le doigt dans l'œil.

Je m'attendais à ce que Bones me mette au défi ou se fâche, mais il se mit à rire.

— Je ne plaisante pas ! lui dis-je en écrasant la pédale de frein pour bien lui signifier que j'étais sérieuse.

— Tu vas vite comprendre pourquoi je ris, ma belle, répondit-il. Mais laisse-moi te rassurer. Premièrement, je te promets de ne pas lever la main sur lui, et, deuxièmement, c'est toi qui lui parleras.

J'étais sous le coup de la surprise. Je ne savais même pas qui était ce type, et encore moins quelles questions lui poser.

Il me regarda, un sourcil levé.

— Tu comptes faire repartir la voiture bientôt, ou quoi ?

Ah oui, j'avais oublié. Mon pied passa de la pédale de frein à celle de l'accélérateur et le pick-up se remit à avancer en cahotant.

— Est-ce que j'ai droit à plus de détails que ça ? Par exemple, des infos sur ce type, et ce que tu veux savoir ?

— Bien sûr. Son nom est Winston Gallagher. Il était ouvrier ferroviaire dans les années soixante. Il distillait aussi de l'alcool de contrebande. Un jour, quelqu'un lui en a acheté avant d'être retrouvé mort le lendemain. Winston s'était peut-être trompé dans le dosage, ou bien son client avait trop bu. Quoi qu'il en soit, l'issue aurait été la même. Winston a été déclaré coupable de meurtre et condamné à mort.

— C'est honteux, m'exclamai-je. Tout ça sans motif ni preuve de préméditation ?

— Faut croire que le juge, John Simms, n'était pas un fervent partisan de la présomption d'innocence. Il faisait également office de bourreau. Mais juste avant que Simms le pende, Winston a juré qu'il reviendrait le hanter toutes les nuits. Et depuis ce jour, c'est ce qu'il a fait.

— L'homme à qui tu veux que je parle a été… pendu ? répétai-je.

— Arrête-toi près du panneau « DÉFENSE D'ENTRER », Chaton, me dit Bones. (Je coupai le moteur, toujours bouche bée après ce que je venais d'entendre.) Winston refusera de me parler, car nos deux espèces ne s'entendent pas. Mais je te préviens, il est à peu près aussi enjoué que tu l'es actuellement.

— Il y a sûrement un truc qui m'a échappé. (Mon ton était hargneux. Râleuse, moi ?) Tu as bien dit que le juge l'avait pendu, non ?

— Oui, juste à cet arbre qui surplombe la falaise, soutint Bones. Si tu regardes bien, tu peux encore voir les marques laissées par la corde. Énormément de gens ont perdu la vie dans ce bois, mais ne te fatigue pas à leur parler. Ils sont résiduels. Pas Winston.

Je choisis mes mots avec soin.

— Tu veux dire que Winston est… un fantôme ?

— Fantôme, spectre, apparition, appelle-le comme tu veux. Le plus important, c'est qu'il est doué de sensations, ce qui est rare. La plupart des fantômes ne sont que des reproductions de ce qu'ils étaient. Ils sont incapables d'interagir et ne font que répéter la même action en boucle, comme un disque rayé sur sa platine. Merde, je ne suis pas à la page : personne n'utilise plus de tourne-disque de nos jours. Enfin, Winston était tellement furieux lorsqu'il est mort qu'une partie de sa conscience lui est restée. C'est aussi dû à l'endroit. Dans l'Ohio, la membrane qui sépare le naturel et le surnaturel est très fine, et les âmes peuvent plus facilement choisir de rester plutôt que de continuer leur route. La zone où nous nous trouvons agit comme un radiophare. Cinq cimetières qui forment un pentagramme – franchement, où est-ce qu'ils avaient la tête ? C'est une vraie carte routière pour les esprits, rien moins que ça. Grâce à ton hérédité, tu devrais pouvoir les voir, contrairement à la majorité des humains. Tu devrais aussi être en mesure de les sentir. Leur énergie crée une vraie tension électrique dans l'air.

Il avait raison. J'avais senti un bourdonnement dès que je m'étais engagée sur cette route, mais je m'étais dit que je devais avoir des fourmis dans les jambes.

— Quel genre d'information un vampire peut-il bien vouloir d'un fantôme ?

— Des noms, dit Bones brièvement. Je veux que Winston te donne les noms de toutes les jeunes filles qui sont mortes récemment dans les environs. Ne le crois pas s'il te dit qu'il ne sait pas – et tout ce qui m'intéresse, ce sont les morts de cause non naturelle. Pas celles survenues à la suite d'accidents de voiture ou de maladies.

Il n'avait pas l'air de plaisanter, mais je voulais tout de même m'en assurer.

— C'est une blague ?

Bones émit comme un soupir.

— J'aimerais bien, mais non.

— Tu es sérieux ? Tu veux que j'aille dans un cimetière interroger un… fantôme à propos de filles mortes ?

—Allons, Chaton, tu ne vas quand même pas me dire que tu as du mal à croire aux fantômes ? Tu es à moitié vampire, après tout. Les fantômes ne devraient pas te demander de gros efforts d'imagination.

Présenté comme cela, évidemment, c'était parfaitement convaincant.

—Et comme les fantômes n'aiment pas les vampires, j'imagine que je ferais mieux de taire mes origines. Au fait, est-ce que j'ai le droit de savoir pourquoi les fantômes n'aiment pas les vampires ?

—Ils sont jaloux. Nous sommes aussi morts qu'eux, mais nous pouvons faire ce que nous voulons tandis qu'ils sont coincés pour l'éternité dans une forme vaporeuse. Ça les rend assez grincheux la plupart du temps, ce qui me fait penser… (Bones me tendit une bouteille remplie d'un liquide transparent.) Prends ça. Tu vas en avoir besoin.

Je soulevai la bouteille et fis tourner le liquide qu'elle contenait.

—Qu'est-ce que c'est ? De l'eau bénite ?

Il rit.

—Pour Winston, c'est tout comme. C'est de l'eau-de-vie. Un vrai tord-boyaux, ma belle. Le cimetière Simms se trouve juste derrière cette rangée d'arbres, et il faudra peut-être que tu fasses un peu de bruit pour attirer l'attention de Winston. Les fantômes somnolent la plupart du temps, mais, une fois qu'il sera réveillé, n'oublie pas de lui montrer la bouteille. Il te dira tout ce que tu veux savoir.

—Je ne suis pas sûre de bien comprendre. Tu veux que j'aille me promener dans un cimetière avec une bouteille de gnôle à la main pour réveiller un esprit tourmenté dans l'espoir d'obtenir de lui des informations ?

— Exactement. Et n'oublie pas ça. Un stylo et du papier. Écris bien le nom et l'âge de toutes les filles dont Winston te parlera. S'il te dit comment elles sont mortes, c'est encore mieux.

— Je devrais refuser, marmonnai-je, parce qu'interviewer un fantôme n'a jamais fait partie de notre accord.

— Si je ne me trompe pas, ces informations nous mèneront à un groupe de vampires, et traquer les vampires fait bien partie de notre accord, non ?

Je me contentai de hocher la tête pendant que Bones me tendait le stylo, un petit carnet à spirales et la bouteille d'alcool de contrebande. Dire qu'un vampire me demandait d'aller réveiller les morts… Ça prouvait au moins que je n'étais pas médium : si on m'avait dit ça quatre semaines plus tôt, je ne l'aurais jamais cru.

Le cimetière Simms, à minuit, n'était pas un lieu très accueillant. Il était caché de la route par des buissons épais, des arbres et la falaise. Comme Bones l'avait dit, un arbre avançait encore au-dessus du précipice, et je pouvais également voir un gros chêne vert au milieu des pierres tombales délabrées. En voyant quelques-unes des dates gravées, je compris ce que Bones avait voulu dire en parlant d'un ouvrier ferroviaire dans les années soixante. Il s'agissait des années 1860, pas 1900.

Une silhouette me fit me retourner brusquement ; je poussai un petit cri et dégainai précipitamment mon couteau.

— Tout va bien ? appela immédiatement Bones.

Il attendait hors de vue à l'entrée du cimetière ; de cette manière, prétendait-il, aucun des morts vraiment morts ne le verrait. C'était vraiment très étrange de penser que les vampires et les fantômes ne s'entendaient pas. Ainsi, même après la mort, les différentes espèces n'arrivaient toujours pas à fraterniser !

— Oui…, dis-je au bout d'un instant. Ce n'était rien.

En fait, il y avait bien quelque chose, mais rien qui nécessite son aide. Une forme floue et encapuchonnée passa devant moi, flottant littéralement au-dessus de la terre froide. Elle alla jusqu'au bord de la falaise puis disparut en faisant un petit bruit, qui ressemblait à un hurlement étouffé. Fascinée, je la vis ressurgir de nulle part quelques instants plus tard et suivre le même itinéraire, qu'elle conclut par un nouveau gémissement spectral.

Sur ma gauche, une silhouette indéterminée de femme sanglotait au-dessus d'une autre pierre tombale. Je ne la voyais pas distinctement, mais ses vêtements n'étaient visiblement pas de notre époque, et elle finit elle aussi par s'évanouir dans les airs. J'attendis quelques minutes, puis sa forme vague réapparut. Elle émit de petits cris feutrés, presque inaudibles, puis disparut de nouveau.

Un disque rayé sur sa platine, répétai-je intérieurement. Ouais. L'image de Bones était plutôt bien trouvée.

Dans le coin du cimetière se trouvait une pierre tombale dont les lettres étaient presque effacées. Je déchiffrai tout de même un W et un T dans le prénom, et le nom de famille commençait par G.

— Winston Gallagher, appelai-je d'une voix forte en frappant la pierre glacée. Sortez !

Rien. Un petit vent m'incita à fermer ma veste tandis que j'attendais en sautillant sur place.

— Toc toc, il y a quelqu'un ? repris-je enfin, effarée par l'absurdité de ce que j'étais en train de faire.

Quelque chose bougea derrière moi, à la lisière des arbres. Pas l'esprit encapuchonné qui suivait toujours la même boucle, mais une ombre presque floue. Peut-être n'était-ce que le bruissement des buissons dans le vent. Je concentrai de nouveau mon attention sur la tombe à mes pieds.

— Eh, Wiiiiinstoooooon, roucoulai-je en tripotant la bouteille à l'intérieur de ma veste. J'ai quelque chose pour toi !

— Sale petite insolente, susurra une voix dans les airs. J'aurai vite fait de la faire déguerpir.

Je me raidis. Je n'avais jamais entendu quelqu'un parler de la sorte. Autour de moi, l'air se refroidit d'un seul coup alors que je me retournais dans la direction d'où venait la voix. L'ombre que j'avais aperçue s'étendit et se modifia pour prendre la forme d'un homme d'une cinquantaine d'années avec un ventre protubérant, des yeux qui louchaient, des cheveux bruns entremêlés de gris et des favoris mal entretenus.

— T'entends ça, hein ?

Il émit une autre de ces étranges mélopées funèbres, qui résonna sinistrement. Il chatoya le temps d'une seconde, puis les feuilles qui se trouvaient à proximité de l'endroit où il flottait volèrent tout à coup dans les airs, emportées par un tourbillon.

—Winston Gallagher? demandai-je.

Le fantôme regarda par-dessus son épaule, comme s'il s'attendait à voir quelqu'un derrière lui.

J'insistai.

—Alors, c'est bien toi Winston?

—Elle ne peut pas me voir…, dit-il, vraisemblablement à lui-même.

—Un peu que je te vois! m'exclamai-je avec soulagement, pressée de quitter cet endroit qui me donnait la chair de poule. C'est ta pierre tombale? Si la réponse est oui, alors c'est ton jour de chance.

Il plissa davantage les yeux.

—Tu peux me voir?

Il était déjà aussi bouché de son vivant? me demandai-je irrespectueusement.

—Oui, je peux voir les morts. Ça t'étonne? Bon, causons sérieusement. Je recherche des gens morts récemment et on m'a dit que tu pouvais m'aider.

C'était presque amusant de voir ses traits transparents passer de l'incrédulité à l'hostilité. Il n'avait bien sûr plus de muscles faciaux, mais, par je ne sais quel prodige, il réussit à faire une grimace.

—Va-t'en, sinon la tombe t'avalera et tu ne partiras plus jamais!

Son ton était très intimidant. S'il avait eu de quoi mettre ses menaces à exécution, j'aurais eu du souci à me faire.

—Ça ne me fait pas peur, je suis à moitié née dans une tombe. Cela dit, si tu veux que je m'en aille (je me retournai et fis semblant de partir), très bien, mais ça veut dire que je vais devoir jeter ça dans la première poubelle que je trouverai.

Je sortis de ma poche la bouteille contenant le liquide clair. Je faillis éclater de rire lorsque ses yeux se rivèrent dessus comme de la ferraille attirée par un aimant. Pas de doute, c'était bien Winston.

—Qu'est-ce que tu as là-dedans, petite?

J'avais perçu dans sa voix un sifflement avide. Je débouchai la bouteille et l'agitai à l'endroit où semblait être son nez.

—De la gnôle, mon ami.

Je ne savais pas encore très bien comment Bones voulait que je le soudoie avec ça. Est-ce que je devais en verser sur sa tombe? Tenir la bouteille à l'intérieur de sa forme désincarnée? Ou bien l'asperger d'eau-de-vie?

Winston émit un nouveau son à faire dresser les cheveux sur la tête.

—S'il te plaît, petite! (Son hostilité s'était évaporée, remplacée par des accents de désespoir.) S'il te plaît, bois. Bois!

—Moi? m'exclamai-je, surprise. Mais je n'en ai pas envie!

—Laisse-moi y goûter à travers toi, s'il te plaît! supplia-t-il.

Y goûter à travers moi. Maintenant je comprenais pourquoi Bones ne m'avait pas expliqué comment faire pour convaincre Winston. Ça m'apprendra à faire confiance à un vampire, même pour les plus petits détails! Je lançai un regard irrité au fantôme en me jurant de rendre la monnaie de sa pièce à mon prétendu associé.

—D'accord, je vais en boire une gorgée, mais ensuite tu devras me donner les noms des jeunes filles qui sont mortes dans les environs. Pas à la suite d'accidents de voiture ou de maladies. Je veux seulement que tu me parles des meurtres.

—Lis les journaux, petite, t'as pas besoin de moi pour ça ! aboya-t-il. Maintenant, bois la gnôle !

Je n'étais pas du tout d'humeur à me laisser encore marcher sur les pieds par un mort.

—On dirait que j'ai mal choisi ma nuit, dis-je d'un ton plaisant. Je vais te laisser et repartir…

—Samantha King, dix-sept ans, morte la nuit dernière après avoir été saignée à blanc ! cria-t-il. S'il te plaît, bois, maintenant !

Je n'avais même pas eu à lui demander la cause de la mort. Il devait vraiment avoir très envie d'alcool. Je notai ce qu'il m'avait dit sur mon carnet et portai le goulot de la bouteille à ma bouche.

—Sainte Mère de Dieu ! m'étranglai-je quelques instants après, remarquant à peine l'ombre entière de Winston plonger dans ma gorge à la vitesse d'un train express. Beurk ! C'est de l'essence, ce truc !

—Ah, quelle extase ! répondit-il d'un air béat alors qu'il ressortait de l'autre côté de mon cou. Ouiiiii ! Encore ! J'en veux encore !

Je toussais toujours et ma gorge me brûlait, mais je ne savais pas si c'était à cause de l'alcool ou du fantôme.

—Donne-moi d'abord un autre nom, parvins-je à articuler. Ensuite, je prendrai une nouvelle gorgée.

Cette fois, il ne se fit pas prier.

—Violet Perkins, vingt-deux ans, morte étranglée jeudi dernier. Elle a pleuré du début à la fin.

Il n'avait pas l'air particulièrement affligé par le sort de la jeune femme. De sa main aux bords flous, il fit un geste impatient dans ma direction.

—Allez!

Je respirai profondément avant d'avaler une nouvelle gorgée de gnôle. Je toussai aussi fort que la première fois et mes yeux se remplirent de larmes.

—Mais qui paierait pour cette cochonnerie? suffoquai-je en reprenant ma respiration.

Ma gorge était presque douloureuse lorsque Winston en ressortit et revint flotter devant moi.

—Tu croyais m'avoir privé de ma gnôle pour toujours, hein, Simms? cria Winston au fantôme encapuchonné, qui ne réagit pas. Tiens, regarde qui se régale, alors que t'es condamné à te jeter de la falaise jusqu'à la fin des temps! La prochaine gorgée est pour toi, mon vieux John! Carmen Johnson, vingt-sept ans, saignée à mort il y a dix jours. Bois, petite! Et ce coup-ci, avale comme une femme, pas comme une mauviette!

Je le regardai avec effarement. De toutes les choses dont la mort l'avait privé, c'était l'alcool qui lui manquait le plus.

—Tu es toujours alcoolique après la mort? Ça ne tient vraiment pas debout.

—Un accord est un accord, dit-il précipitamment. Bois!

—Connard, marmonnai-je entre mes dents en regardant la bouteille sans entrain.

À côté de ce truc, le gin passait pour de l'eau sucrée. *Bones me paiera ça*, me jurai-je. *Et pas simplement avec un pieu en argent. Ce serait trop bon pour lui.*

Vingt minutes plus tard, mon carnet comptait treize noms supplémentaires, la bouteille était vide et je tanguais sur mes jambes. Si ma tête avait moins tourné, j'aurais été estomaquée par le nombre de filles tuées au cours de ces quelques derniers mois. Le nouveau gouverneur ne se vantait-il pas de la baisse du taux de criminalité? Les noms de ma liste indiquaient clairement le contraire. Toutes ces pauvres filles auraient certainement trouvé des choses à redire sur ces statistiques.

Winston était allongé sur le sol, les mains sur le ventre, et lorsque je laissai échapper un rot prolongé, il sourit comme s'il était sorti de son propre diaphragme.

—Ah, petite, tu es un ange tombé du ciel. T'es sûre qu'il n'en reste pas une goutte? J'aurais peut-être pu me rappeler un autre nom…

—Va te faire foutre, dis-je grossièrement en rotant une nouvelle fois. La bouteille est vide. Mais tu pourrais quand même me le donner, après m'avoir fait boire cette huile de vidange.

Winston me lança un sourire sournois.

—Reviens avec une bouteille pleine et je te le dirai.

—Sale égoïste, marmonnai-je avant de m'éloigner en titubant.

Je n'avais fait que quelques mètres lorsque je sentis de nouveau très nettement comme une piqûre d'épingle, mais cette fois-ci pas dans ma gorge.

—Hé!

Je baissai les yeux à temps pour voir la forme souriante et transparente de Winston sortir de mon pantalon. Il gloussa en me voyant me donner des coups et sauter furieusement en l'air.

—Sale porc! Poivrot! crachai-je. Salaud!

—Bonne nuit à toi aussi, petite! me lança-t-il pendant que sa silhouette commençait à s'effacer. Reviens vite!

— J'espère que les vers viendront chier sur ton cadavre ! répondis-je.

Je venais de subir des attouchements de la part d'un fantôme. Était-il possible de tomber plus bas ?

Bones émergea des buissons cinquante mètres plus loin.

— Qu'est-ce qui s'est passé, Chaton ?

— Oh, toi ! Tu m'as embobinée ! Je ne veux jamais plus te revoir, ni toi ni cette bouteille d'arsenic liquide !

Je lui lançai la bouteille de gnôle vide au visage. Enfin, j'essayai. Je le manquai de trois bons mètres.

Il la ramassa, étonné.

— Tu as bu toute cette cochonnerie ? Tu devais juste en prendre quelques petites gorgées !

— Parce que tu me l'as dit, peut-être ? (Il me rattrapa juste au moment où je commençais à chanceler.) T'as rien dit du tout. J'ai les noms, c'est tout ce qui compte, mais vous, les mecs… vous êtes tous les mêmes. Vivants, morts, morts-vivants – tous des pervers ! J'avais un pervers bourré dans ma culotte ! Tu te rends compte à quel point c'est malsain ?

Bones me redressa. J'aurais bien protesté, mais je ne me rappelais plus comment on faisait.

— Qu'est-ce que tu as dit ?

— Winston a fait un petit tour dans mon slip, voilà ce que j'ai dit ! lui annonçai-je en hoquetant bruyamment.

— Saloperie de vieux fantôme lubrique ! hurla Bones en direction du cimetière. Si ma tuyauterie fonctionnait encore, j'irais pisser sur ta tombe !

Il me sembla entendre un rire, mais ce n'était peut-être que le vent.

—Laisse tomber. (Je tirai sur sa veste en m'y agrippant lourdement. C'était ça ou je tombais.) C'était qui, ces filles ? Tu avais raison, la plupart d'entre elles ont été tuées par des vampires.

—C'est ce que je soupçonnais.

—Tu sais qui a fait ça ? dis-je d'une voix pâteuse. Winston ne le savait pas. Il connaissait juste leurs noms et la cause de leur mort.

—Oublie ça, je ne te le dirai pas, et au cas où tu te poserais la question, non, je n'ai rien à voir là-dedans.

Sous la lumière de la lune, sa peau avait l'air encore plus laiteuse. Il regardait toujours au loin, et, avec ses mâchoires serrées, il semblait aussi implacable qu'il était beau.

—Tu sais quoi ? (Tout à coup, de manière on ne peut plus inappropriée, je me mis à glousser.) Je te trouve mignon. Vraiment mignon.

Bones tourna les yeux vers moi.

—Bon Dieu. Demain matin, tu vas vraiment t'en vouloir d'avoir dit ça. Tu dois être complètement bourrée.

Je gloussai de nouveau. Qu'est-ce qu'il était rigolo !

—Plus maintenant.

—D'accord. (Il me souleva. Les feuilles craquaient sous ses pas alors qu'il me portait). Si tu n'étais pas déjà à moitié morte, ce que tu viens de boire t'aurait tuée. Allez, mon chou, on rentre.

Cela faisait longtemps qu'un homme ne m'avait pas tenue dans ses bras. Bien sûr, Bones m'avait peut-être déjà portée lorsque j'étais inconsciente, mais ça ne comptait pas. Maintenant, je remarquais très clairement la rigidité de sa poitrine, le peu d'efforts qu'il lui fallait pour me porter, et son odeur vraiment agréable. Ce n'était pas de l'eau de Cologne – il n'en portait jamais. C'était une odeur particulière qui était… enivrante.

—Tu me trouves jolie? m'entendis-je lui demander.

Quelque chose que je ne parvins pas à identifier passa le temps d'un éclair sur son visage.

—Non. Je ne te trouve pas jolie. Je pense que tu es la plus belle fille que j'ai jamais vue.

—Menteur, soufflai-je. Il n'aurait pas fait ça si c'était vrai. Il ne serait pas parti avec elle.

—Qui ça?

Je ne répondis pas, enfermée dans mes souvenirs.

—Peut-être qu'il savait. Peut-être qu'au fond, tout au fond de lui, il pouvait sentir le mal qui est en moi. J'aurais voulu ne pas être née comme ça. J'aurais voulu ne pas être née du tout.

—Écoute bien ce que je vais te dire, Chaton, m'interrompit Bones. (Dans mes divagations, j'avais oublié qu'il était là.) Je ne sais pas de qui tu parles, mais il n'y a absolument rien de mauvais en toi. Pas la moindre once de mal. Il n'y a rien qui cloche chez toi, et ceux qui ne sont pas fichus de le voir par eux-mêmes peuvent aller se faire foutre.

Ma tête reposait sur son bras. Au bout d'une minute, ma déprime s'envola et je recommençai à glousser.

—Winston m'aimait bien. Tant que j'ai de la gnôle, je suis sûre d'avoir un ticket avec un fantôme!

—Désolé de te faire de la peine, ma belle, mais Winston et toi n'avez aucun avenir en commun.

—Ah bon? Et qui a décidé ça?

Je ris tout en remarquant que les arbres penchaient sur le côté. C'était bizarre. En plus, ils avaient l'air de tourner.

Bones me releva la tête. Je clignai des yeux. Les arbres étaient de nouveau droits! Puis je ne vis plus que son visage, alors penché juste au-dessus du mien.

—Moi, répondit-il.

Il semblait tourner lui aussi. Peut-être que tout tournait. En tout cas, c'était l'impression que j'avais.

—Je suis saoule, non?

Comme ça ne m'était encore jamais arrivé, j'avais besoin de quelques éclaircissements.

Son grognement me chatouilla le visage.

—Oui, et pas qu'un peu.

—N'essaie même pas de me mordre, dis-je en remarquant que sa bouche n'était qu'à quelques centimètres de mon visage.

—Ne t'inquiète pas. Ce n'est pas du tout ce que j'avais en tête.

Le pick-up apparut. Bones me déposa sur le siège passager. Je m'effondrai, soudain fatiguée.

Je l'entendis fermer sa portière, puis le moteur se mit à tourner. Je n'arrêtais pas de bouger pour trouver une position confortable, mais la cabine de mon pick-up était petite et l'intérieur très confiné.

—Viens, dit Bones après plusieurs minutes, et il abaissa ma tête jusqu'à sa cuisse.

—Sale porc! hurlai-je en me relevant si vite que ma joue percuta le volant.

Il se mit à rire.

—Ce ne serait pas plutôt toi qui as l'esprit mal placé? Tu devrais y réfléchir à deux fois avant de traiter Winston de poivrot et de pervers. C'est l'hôpital qui se moque de la charité, si tu veux mon avis. Mes intentions étaient des plus honorables, je t'assure.

Je regardai ses cuisses puis la portière très inconfortable du pick-up en pesant le pour et le contre. Enfin je me recouchai, posai ma tête sur sa cuisse et fermai les yeux.

— Réveille-moi quand on arrivera chez moi.

CHAPITRE 5

C'était la cinquième semaine. J'entrai dans la grotte en traînant les pieds car j'aurais préféré m'évanouir une nouvelle fois sous les coups de Bones plutôt que de subir ce qui m'attendait. Mon relookage sous la houlette d'un vampire.

Il n'était pas perché sur son rocher habituel. Peut-être dormait-il encore. J'avais une dizaine de minutes d'avance. Cette fois-ci, j'avais mis moins de temps que d'habitude pour inventer une excuse bidon à dire à ma mère. Les premières semaines, je lui avais raconté que j'avais trouvé un emploi de serveuse, mais comme j'étais continuellement fauchée, je savais que j'allais devoir être plus inventive. Au bout du compte, je décidai de lui dire que je m'étais inscrite à un stage de préparation intensive en vue de m'engager dans l'armée. Elle était atterrée à la pensée de me voir entre les mains des militaires, mais je l'assurai que tout ce qui m'intéressait, c'était l'entraînement, car cela m'aiderait dans mes activités, disons, périscolaires. Le mot était pour le moins approprié, car à ma connaissance la chasse aux vampires ne faisait partie d'aucun programme universitaire.

— Bones ? appelai-je en m'enfonçant plus profondément dans la caverne.

Je sentis un glissement d'air au-dessus de moi. Je pivotai sur une jambe tout en projetant l'autre avec force dans les côtes de mon agresseur. Ensuite, je plongeai à temps pour éviter le poing qui fonçait en direction de mon crâne et je réalisai un saut périlleux arrière pour me mettre hors de portée du coup suivant.

— Très bien !

La voix, empreinte de satisfaction, était celle de mon entraîneur mort-vivant.

Je me détendis.

— Tu me testes encore, Bones ? Et d'où es-tu sorti, d'abord ?

— De là-haut, me répondit-il en me montrant le plafond.

Je suivis son geste et vis une petite crevasse dans la roche, à une trentaine de mètres du sol. Comment diable avait-il réussi à monter jusque-là ?

— Comme ça, répondit-il comme s'il avait lu dans mes pensées avant de se propulser tout droit dans les airs.

On aurait dit qu'il avait été tiré par une corde invisible.

J'étais bouche bée. En cinq semaines, il ne m'avait encore rien montré de tel.

— Waouh. Pas mal. C'est nouveau ?

— Non, ma belle, dit-il en retombant sur ses pieds avec grâce. C'est un vieux truc, comme moi. N'oublie pas qu'avec les vampires, tu peux te faire prendre dans tous les sens.

— Compris, murmurai-je.

Cinq semaines plus tôt, j'aurais rougi comme une écrevisse. Maintenant, ce genre de propos à double sens ne me faisait plus ciller.

— Bon, passons à la phase finale : te transformer en séductrice. Ça risque d'être l'épreuve la plus dure.

— Merci beaucoup.

Nous nous rendîmes dans son salon de fortune. La pièce avait l'air plutôt normale, abstraction faite des murs en calcaire et des stalagmites. Bones s'était raccordé clandestinement à une ligne électrique voisine et l'avait astucieusement déroutée jusqu'à la grotte. Cela lui permettait d'avoir de la lumière, un ordinateur et une télévision, le tout branché à côté du canapé et des fauteuils. Il avait même un radiateur, dont il se servait quand il en avait assez des douze degrés ambiants de la caverne. Avec quelques tableaux au mur et des coussins sur le canapé, on aurait pu se croire dans un tableau sorti tout droit des pages d'un magazine de décoration intérieure.

Bones prit sa veste en jean et me ramena vers l'entrée de la grotte.

— Viens. On va dans un institut de beauté, et je crois qu'on va y rester un petit bout de temps.

— Tu rigoles.

Je regardai, mi-horrifiée, mi-incrédule, mon reflet dans le grand miroir que Bones avait posé contre le mur. Après cinq heures passées au Salon Hot Hair, on aurait dit que je sortais du tambour d'une machine à laver. J'étais passée par tous les cycles : lavage, épilation à la cire et à la pince, rasage, séchage, manucure, pédicure, ponçage, gommage, coiffage, et enfin maquillage. Lorsque Bones était revenu me chercher, je n'avais même pas voulu me regarder, et j'avais refusé de lui adresser la parole sur le trajet du retour. Mais la vision du résultat final me fit sortir de mon silence.

— Pas question que je sorte en public comme ça !

Visiblement, pendant que je subissais une véritable torture à l'institut de beauté, Bones était allé faire des courses. Je ne lui demandai pas d'où venait l'argent, car je ne pouvais m'empêcher de l'imaginer en train d'hypnotiser des personnes âgées sans défense pour les délester à la fois de leur sang et de leur portefeuille. Il avait acheté des bottes, des boucles d'oreilles, des soutiens-gorge push-up, des jupes, et des choses qui, selon ses dires, étaient des robes, mais que j'aurais plutôt qualifiées de morceaux de robes. J'en avais justement une sur moi, un modèle vert brillant et argent qui m'arrivait à environ dix centimètres au-dessus des genoux et qui était franchement trop décolleté. Cette robe, combinée à mes nouvelles bottes en cuir, à mes cheveux frisés et à mon maquillage, me donnait l'allure d'une prostituée bas de gamme.

— Tu es époustouflante, dit-il avec un large sourire. J'ai du mal à me retenir de t'arracher tes vêtements.

— Tu trouves ça drôle, hein ? Merde, pour toi, c'est juste une bonne occasion de rigoler !

Il bondit vers moi.

— Ce n'est pas une blague, mais c'est un jeu. Le gagnant remporte la mise. Tu dois profiter de tous les avantages à ta disposition. Si ta victime est distraite par ce qu'il y a là-dedans (il tira sur ma robe pour jeter un coup d'œil dans mon décolleté avant que la tape que je lui administrai lui fasse lâcher prise), alors elle ne s'attendra pas à ça.

Je sentis une chose dure appuyée contre mon ventre. Je la saisis à deux mains et redressai les épaules.

—T'as un pieu dans la poche, Bones, ou bien c'est ma nouvelle robe qui te plaît?

Le sourire qu'il me lança contenait plus de sous-entendus qu'une heure entière de conversation.

—Cette fois-ci, c'est un pieu. Mais tu peux toujours tâter aux alentours, on ne sait jamais ce que tu pourrais trouver.

—Vaudrait mieux que ce petit jeu fasse partie de l'entraînement à la conversation cochonne, si tu ne veux pas qu'on essaie ce nouveau pieu.

—Allons, mon chou, ce n'est pas un rendez-vous d'amoureux. Concentre-toi! Ceci dit, tu es vraiment superbe. Ce soutien-gorge te fait un décolleté fabuleux.

—Ordure, lui crachai-je.

Je me retins de baisser les yeux pour voir par moi-même. Je vérifierais plus tard, lorsqu'il ne regarderait pas.

—Continuons, Chaton. Mets le pieu dans ta botte. Il y a une boucle prévue à cet effet.

Je tendis la main et trouvai un cercle de cuir à l'intérieur de chaque botte. Le pieu s'y adaptait parfaitement. Il était caché mais restait à portée de main. Moi qui me demandais justement où j'étais censée cacher une arme dans cette robe moulante.

—Cache l'autre aussi, m'ordonna-t-il.

Je lui obéis. Je portais maintenant ma tenue complète de Cat, la «salope tueuse de vampires».

—La boucle, c'est une très bonne idée, Bones.

À peine avais-je prononcé ce compliment que je le regrettai. Les louanges étaient inutiles. Nous n'étions pas amis, mais associés.

— C'est un truc qui m'a déjà servi une fois ou deux. Hmm, il y a encore un truc qui cloche, quelque chose qui manque…

Il marchait autour de moi. Je me tenais immobile pendant qu'il me regardait sous toutes les coutures. C'était assez énervant.

— J'ai trouvé! déclara-t-il soudain en claquant des doigts en signe de triomphe. Enlève ta culotte.

— Quoi?

Où voulait-il en venir exactement?

— Ta culotte. Tu sais, ton slip, string, cache-sexe…

— Ça va pas, non? l'interrompis-je. Là, je dis non! Qu'est-ce que mes sous-vêtements ont à voir là-dedans? Pas question que j'exhibe mon… mon entrejambe à qui que ce soit, quoi que tu puisses dire!

Il tendit ses mains vers moi en signe de conciliation.

— Écoute, tu n'as rien à exhiber à personne. Crois-moi, un vampire n'a pas besoin que tu lui montres quoi que ce soit, il saura tout de suite si ton cadeau est déballé.

Je passai outre sa métaphore et j'explosai en sautant dans le plat à pieds joints.

— Et comment il saurait ça? À cause de l'absence de plis sous la robe?

— L'odeur, mon chou, répondit-il instantanément. (C'en était trop. Mon visage devait arborer toutes les teintes de rouge possibles.) Aucun vampire au monde ne s'y tromperait. C'est comme si tu brandissais de l'herbe à chat sous le nez d'un chaton. Le type reçoit une bonne bouffée de…

— C'est fini, oui ? (J'avais du mal à contenir ma gêne.) J'ai compris ! N'insiste pas, OK ? Merde, ce que tu peux être… vulgaire !

Utilisant ma colère comme bouclier, je parvins de nouveau à le regarder dans les yeux.

— Je ne vois pas du tout en quoi c'est nécessaire. Tu m'as fait enfiler cette tenue d'allumeuse, tu m'as coiffée et maquillée comme une traînée, et je vais leur dire des cochonneries à faire rougir un charretier. Si ça ne suffit pas à les convaincre de m'emmener faire un tour, il y a de quoi désespérer.

Il se tenait immobile à la manière des vampires, pareil à une statue. Je détestais le voir faire ça, parce que ça me rappelait à quel point nos deux espèces étaient différentes. J'étais moi-même à moitié contaminée. Le même sang coulait en partie dans mes veines. Son visage était pensif – à le voir, la discussion aurait aussi bien pu porter sur la météo. La lumière du plafond faisait ressortir les creux de son visage et ses pommettes saillantes. Je continuais à penser qu'il avait les traits les plus ciselés que j'avais jamais vus.

— Laisse-moi t'expliquer un truc, ma belle, finit-il par répondre. Tu es très appétissante avec tes nouvelles fringues, mais imagine que le type préfère les blondes ? Ou les brunes ? Ou qu'il aime les derrières un peu plus rebondis ? Ce ne sont pas des débutants à la recherche de la première artère venue. Ce sont des Maîtres vampires aux goûts bien définis. On aura peut-être besoin d'un truc en plus pour faire pencher la balance, pour ainsi dire. Dis-toi que c'est… de la publicité. Ça te pose vraiment un problème ? De toute façon, grâce à son odorat, un vampire peut te sentir dès le départ.

Tiens, je peux te dire tout de suite si tu as tes règles, culotte ou pas. Il y a des trucs qui…

—C'est bon! (*Inspire doucement, expire doucement*, pensai-je. *Ne le laisse pas voir à quel point il t'a traumatisée en disant qu'il pouvait sentir ton sang menstruel*.) J'ai compris. C'est d'accord, je le ferai quand on sortira vendredi. Mais pas avant, et ce n'est pas négociable.

—Comme tu veux. (Il avait l'air de lâcher prise, mais ce n'était qu'une illusion. On faisait toujours tout à sa manière. Il faisait juste semblant de me laisser gagner quelques batailles.) Bon, maintenant, passons aux travaux pratiques.

Nous étions assis à une table, l'un en face de l'autre. Malgré mes protestations, Bones me tenait les mains. Selon lui, si je sourcillais ou si je me tortillais trop souvent, ça se terminerait en bain de sang. Dans tous les sens du terme. Décortiquant les expressions de mon visage et les mouvements de mes mains, il semblait doté d'un détecteur de mensonge à toute épreuve. Chaque rougeur ou chaque mouvement de recul me vaudrait quinze kilomètres de jogging dans les bois avec Bones à mes trousses. J'étais déterminée à ne pas subir cette torture.

—Tu es affriolante, mon chou. La seule chose qui pourrait rendre ta bouche encore plus belle, ce serait de la voir glisser sur ma queue. Je parie que tu pourrais faire repartir mon cœur. J'aimerais te prendre par-derrière juste pour t'entendre crier le plus fort possible. Je suis sûr que tu aimes te faire secouer quand tu baises et que tu rêves que je te déchire jusqu'à ce que tu ne puisses même plus me supplier…

—Eh bien, tu m'as l'air d'être sérieusement en manque, dis-je d'un ton railleur.

En réalité, j'étais fière d'avoir réussi à ne pas m'enfuir en courant.

Ce n'était pas seulement dû à ses paroles ou aux petits cercles que son pouce dessinait sur ma paume. Ses yeux, sombres et brûlants, comme s'ils étaient allumés de l'intérieur, fixaient les miens d'un air entendu qui rendait chaque mot encore plus intime. Un air plein de promesses et de menaces. Sa langue jaillit entre ses dents et passa sur sa lèvre inférieure, et je me demandai s'il s'imaginait en train de me faire toutes les choses qu'il décrivait. Il me fallut un énorme effort de volonté pour soutenir son regard.

—Je prendrai tes seins dans ma bouche et je lécherai tes tétons jusqu'à ce qu'ils deviennent rouge foncé. C'est l'effet que ça leur fera, ma belle. Plus je mordille et plus je lèche, plus ils s'assombrissent. Je vais te dire un secret à propos des vampires : on peut diriger le flux sanguin dans notre corps, aussi longtemps qu'on le veut. J'ai hâte de découvrir quel goût tu as, et tu ne voudras pas que je m'arrête, même après que je t'aurai complètement épuisée. Tu auras l'impression d'avoir pris feu, ta peau te brûlera. Je sucerai tous tes fluides. Et ensuite, je boirai ton sang.

—Hein ?

Je commençais à comprendre la signification de ses deux dernières phrases, et je l'imaginai tout à coup en train de me faire *ça*.

La seconde suivante, je sentis mes joues rougir. Humiliée, je retirai vivement mes mains et je me levai si vite que je renversai ma chaise.

Son rire sarcastique parvint à mes oreilles.

— Oh, Chaton, tu t'en sortais si bien ! Faut croire que tu ne pouvais pas dire non à une petite balade dans les bois. C'est une nuit idéale, je sens un orage qui approche. Et tu te demandes comment j'ai tout de suite vu à quel point tu étais naïve ! J'ai connu des bonnes sœurs moins prudes que toi. Je savais que ce serait les trucs oraux qui te perdraient, j'aurais parié ma vie là-dessus.

— Tu n'as pas de vie, tu es mort.

J'essayais de garder cela à l'esprit, mais c'était difficile en l'écoutant décrire très en détail tout ce qu'il pouvait me faire – non pas que je le laisserais faire, bien sûr ! Je secouai la tête pour essayer d'en chasser les images qui s'y bousculaient.

— C'est une question d'opinion. D'ailleurs, si tu prends comme critères les sens et les réflexes, je suis aussi vivant qu'un humain, je suis même un modèle amélioré.

— Amélioré ? Tu n'es pas un ordinateur. Tu es un tueur.

Il balança sa chaise sur ses deux pieds arrière, en parfait équilibre. Il portait un pull gris anthracite qui moulait ses épaules et mettait ses clavicules en évidence. Il portait presque exclusivement des pantalons noirs ; je me demandais s'il en avait d'une autre couleur. Les couleurs sombres faisaient ressortir ses cheveux clairs et sa peau pâle en les rendant encore plus incandescents. Je savais que c'était voulu. Avec Bones, rien n'était laissé au hasard. Avec ces incroyables pommettes et son physique impressionnant, il était éblouissant. Et dangereux, mais, au fil des semaines, une grande partie de la peur qu'il m'inspirait m'avait quittée.

— Toi aussi tu es une tueuse, ma belle, tu as oublié ? L'histoire de la paille et de la poutre, ça te dit quelque chose ? Franchement, Chaton, pourquoi est-ce que notre précédent sujet de conversation te gêne autant ? Le connard qui t'a sautée n'a pas commencé par t'embrasser partout ? Ne me dis pas que cet abruti a oublié les préliminaires.

— Eh bien si, à moins que le fait d'ôter ses vêtements fasse partie des préliminaires. (*Que Bones aille se faire foutre, et Danny Milton avec lui*, pensai-je. *Un jour, peut-être, je pourrai évoquer ce souvenir sans rouvrir la cicatrice qu'il m'a laissée.*) On pourrait arrêter de parler de ça ? Ça ne me met pas vraiment dans le bon état d'esprit.

Une ombre froide passa brièvement sur son visage, mais sa voix était légère.

— Laisse tomber, ma belle. Si je le croise, je le casserai en deux pour toi. OK, on ne parlera plus de lui. Tu es prête à revenir à la table ? Ou bien tu as encore besoin de quelques minutes pour te refroidir ?

Il avait retrouvé ce ton narquois qui chargeait le moindre mot de sous-entendus.

— Je suis prête. Tout à l'heure, je ne l'étais pas. (Je me rassis à la table et glissai mes mains dans les siennes.) Vas-y à fond.

Il sourit en remuant ses lèvres d'un air sexy, et le feu se ralluma dans ses yeux.

— J'adorerais y aller à fond. Je vais te dire comment je m'y prendrais…

Deux heures plus tard, mes oreilles n'étaient plus que deux braises incandescentes et je lui devais soixante kilomètres. Bones était d'excellente humeur. Pourquoi ne l'aurait-il pas été ? Il venait de me baiser en paroles jusqu'à l'épuisement. D'un ton acerbe, je lui demandai s'il voulait une cigarette après avoir fini, et il m'informa en riant qu'il avait arrêté de fumer. Il avait entendu dire que c'était mauvais pour la santé. En tout cas, il s'amusait comme un petit fou avec ses propres blagues.

Je me rendis dans l'une des petites zones fermées de la grotte pour ôter ma robe de prostituée et enfiler ma tenue de jogging. Bones n'était pas du genre magnanime, et le fait que le temps avait tourné à l'orage ne le gênait pas du tout. Nous irions courir dans les bois, point final. Les cheveux relevés en chignon pour éviter qu'ils me fouettent le visage, je ressortis en me glissant entre les rochers et le trouvai qui m'attendait. Il me regarda des pieds à la tête, et ses lèvres reprirent leur pli arrogant.

— Voilà le Chaton que j'aime. Tu paraissais si différente que j'avais l'impression que ce n'était pas toi. Prête à aller jouer sous la pluie ?

— Finissons-en. Il est presque 21 heures et j'aimerais rentrer chez moi. Après la soirée que je viens de passer, je ressens le besoin de me laver.

— Dans ce cas, ma belle (nous étions arrivés à l'entrée de la grotte et la pluie tombait à verse), tu vas être servie. C'est parti pour la douche.

La course fut violente, comme prévu. Il eut même le culot de rire derrière moi du début à la fin. Lorsque je montai dans mon pick-up, j'étais trempée jusqu'aux os et complètement épuisée. Il me fallait une heure et demie de route pour faire l'aller-retour entre la maison et la grotte, et le pick-up consommait énormément. Bones allait devoir participer à mes frais de déplacement, parce qu'il n'était pas question que l'argent que j'avais mis de côté pour mes études serve à payer l'essence.

Les lumières de la maison étaient éteintes lorsque je me garai, et la pluie n'était plus qu'une petite bruine. J'ôtai mes chaussures et me dirigeai tout droit vers la salle de bains. Une fois à l'intérieur, j'enlevai mes vêtements et me fis couler un bain chaud.

Je fermai les yeux en me glissant dans l'eau. J'avais mal partout après ces soixante kilomètres. Je restai immobile quelques minutes, le temps de me détendre. La vapeur d'eau avait fait apparaître des petites gouttes sur ma lèvre supérieure. Je les essuyai et tressaillis, car le frôlement de mes doigts causa une réaction inattendue dans mon ventre.

Je recommençai cette expérience inédite en imaginant qu'il s'agissait des doigts de quelqu'un d'autre. Tout mon corps se couvrit de chair de poule et, encore plus surprenant, mes tétons durcirent.

Je pris ensuite mes seins dans le creux de mes mains, le souffle coupé par la sensation qui m'envahissait. J'avais désormais l'impression que l'eau me caressait elle aussi jusque dans les endroits les plus intimes. Je frôlai l'extérieur de mes jambes, étonnée des vagues de plaisir que cela me procurait. Puis je glissai la main à l'intérieur de ma cuisse. La culpabilité m'arrêta un moment, mais je poursuivis mes explorations.

Je laissai échapper un doux gémissement. Les yeux clos et la bouche ouverte, j'aspirai l'air chaud et humide tandis que mes doigts bougeaient un peu plus vite, encore un peu plus vite…

… tu sentiras ta petite chatte étroite et humide enserrée autour de moi et tu voudras que je te pénètre encore plus profondément…

Les mots de Bones me revinrent soudain à l'esprit et je retirai vivement ma main comme sous l'effet d'une brûlure.

—Oh, merde !

Je bondis hors de la baignoire, glissai sur le carrelage mouillé et tombai par terre dans un grand fracas.

—Bordel de merde ! criai-je.

Super, j'allais avoir une marque. Un bleu énorme, à l'échelle de ma bêtise.

—Catherine, qu'est-ce qui se passe ?

Ma mère était de l'autre côté de la porte de la salle de bains. Ma chute ou mon cri avaient dû la réveiller.

—Ça va, maman, j'ai glissé. Je n'ai rien.

Je me séchai avec une serviette tout en me maudissant à voix basse.

—C'est complètement débile de rêver d'un vampire. C'est quoi ton problème, hein ?

—À qui est-ce que tu parles ?

Apparemment, ma mère était toujours derrière la porte.

—À personne. (Personne d'intelligent, en tout cas.) Retourne te coucher.

Après avoir enfilé un pyjama, je descendis pour mettre mes vêtements sales à la machine en me disant qu'il faudrait que je pense à les laver à mon réveil. Lorsque j'entrai dans la chambre que je partageais avec ma mère, je la trouvai assise dans son lit.

C'était inhabituel. Normalement, elle s'endormait avant 21 heures tous les soirs.

—Catherine, il faut qu'on parle.

Elle n'aurait pas pu choisir un pire moment, mais je me retins de bâiller et lui demandai de quoi elle voulait parler.

—De ton avenir, bien sûr. Je sais que tu as retardé ton entrée à l'université de deux ans, le temps de nous aider après l'infarctus de Papy Joe, et que tu as économisé pendant deux autres années pour pouvoir t'inscrire à la faculté de l'État de l'Ohio après ton premier cycle à la fac locale. Mais tu vas bientôt partir. Tu vas vivre toute seule et je me fais du souci pour toi.

—Maman, ne t'en fais pas, je ferai attention…

—Tu ne peux pas oublier le monstre qui est en toi, m'interrompit-elle.

Je sentis ma bouche se crisper. Bon Dieu, elle avait vraiment choisi le moment idéal pour aborder le sujet! «Tu as un monstre en toi, Catherine.» Tels avaient été les premiers mots qu'elle avait prononcés le jour de mes seize ans, lorsqu'elle m'avait dit ce que j'étais.

—J'ai peur pour toi depuis le jour où j'ai découvert que j'étais enceinte, continua-t-elle. (La lumière était éteinte, mais je voyais combien son visage était tendu.) Lorsque tu es née, tu ressemblais déjà comme deux gouttes d'eau à ton père. Ensuite, chaque jour qui passait, j'ai vu tes différences grandir en même temps que toi. Bientôt, tu vas partir et je ne serai plus là pour veiller sur toi. Tu ne pourras plus compter que sur toi-même pour ne pas devenir comme le monstre qui t'a engendrée. Il ne faut pas que cela arrive. Finis ton cursus, décroche ton diplôme. Déménage loin d'ici, fais-toi des amis, c'est ce qui peut t'arriver de mieux.

Mais sois prudente. N'oublie jamais que tu n'es pas comme tout le monde. Les autres n'ont pas en eux un démon qui cherche à sortir.

Pour la première fois de ma vie, j'avais envie de lui dire que je n'étais pas de son avis. Qu'il n'y avait peut-être aucun démon en moi. Qu'il était possible que mon père ait été un sale type *avant* de devenir un vampire, et que mes particularités faisaient de moi un être différent, mais pas à moitié maléfique.

Je faillis lui exposer mes arguments, mais, au dernier moment, je décidai de me taire. J'avais remarqué que nos relations s'étaient fortement améliorées depuis que j'avais commencé à tuer des vampires. Elle m'aimait, je le savais, mais auparavant j'avais toujours eu l'impression que, tout au fond d'elle-même, elle me reprochait les circonstances de ma naissance et ses répercussions.

— Je n'oublierai pas, maman, me contentai-je de dire. Je n'oublierai pas, je te le promets.

Ses traits s'adoucirent. En la voyant apaisée, je fus contente de m'être tue. Ce n'était pas la peine de la contrarier. C'était une femme qui avait élevé un enfant né d'un viol, et notre petite ville lui avait fait payer le fait d'être devenue mère en dehors des liens du mariage. Et comme si cela ne suffisait pas, je n'avais pas vraiment été une enfant normale. Une leçon sur les nuances entre le bien et le mal était certainement la dernière chose dont elle avait besoin.

— D'ailleurs, continuai-je, je repars en chasse vendredi. Je rentrerai certainement tard. Je… je sens que je vais en trouver un.

Ouais. Je le sens bien, pensai-je.

Elle sourit.

—Je suis fière de toi, mon bébé.

J'acquiesçai en faisant taire ma culpabilité. *Si elle découvrait la vérité à propos de Bones*, me dis-je, *elle ne me pardonnerait jamais. Elle ne comprendrait pas que je me sois associée à un vampire, quelle qu'en soit la raison.*

—Je sais.

Elle s'allongea sur son lit. J'en fis de même et essayai de m'endormir. Mais les craintes liées à ma nouvelle vision des choses, et à celui qui en était responsable, m'empêchèrent de trouver le sommeil.

CHAPITRE 6

Le vendredi arriva enfin. Je venais de passer cinq jours à expérimenter différentes combinaisons de coiffures et de maquillages pour être la plus appétissante possible. J'étais ressortie de l'institut de beauté avec des sacs remplis d'échantillons de produits cosmétiques, de gels, de laque pour cheveux, de barrettes, de vernis à ongles et autres articles du même genre. Bones m'avait aussi acheté un fer à friser et des bigoudis chauffants. Pendant ces cinq jours, après avoir enfilé ma tenue de parfaite allumeuse, je m'étais entraînée contre lui au combat en petite robe moulante.

Pour une fois, Bones m'attendait à l'entrée de la grotte. De toute évidence, il était déjà habillé pour la soirée : chemise noire à manches longues, pantalon noir, bottes noires. Avec ses cheveux blonds et sa peau claire, il me faisait penser à un archange noirci au charbon.

— Bon, tu as bien compris, hein ? Tu ne me verras pas, mais je t'observerai. Lorsque tu partiras avec ta victime, je vous suivrai. Vous pouvez vous arrêter n'importe où tant que vous restez dehors, mais surtout, je te le répète une dernière fois, ne le laisse pas t'entraîner dans un bâtiment ou une maison. S'il essaie de te forcer la main, qu'est-ce que tu fais ?

— Bones, par pitié, on a déjà répété ça un millier de fois !

— Je t'écoute, qu'est-ce que tu fais ?

Il n'avait pas l'intention de lâcher prise.

— J'actionne le signal sur ma montre, monsieur Bond, James Bond. Et tu rappliques en courant, pour prendre ta part du festin.

Il sourit et me serra l'épaule.

— Chaton, tu te trompes complètement sur moi. Si je décide de boire ton sang, personne d'autre que moi n'y goûtera.

Même si j'aurais préféré mourir plutôt que de l'admettre, savoir que Bones resterait dans les parages me rassurait. Ma montre était équipée d'un minuscule émetteur qui lui enverrait un signal. Mais si je l'actionnais, cela voudrait dire que je serais en grand danger.

— Est-ce que tu vas enfin me dire qui est ma cible ? Ou bien suis-je condamnée à m'apercevoir trop tard que je n'ai pas tué le bon ? Tu t'es vraiment montré très réservé à propos de son identité. T'as peur que je moucharde ?

Il perdit son sourire et prit une expression très sérieuse.

— Il valait mieux que tu ne le saches pas à l'avance, mon chou. Comme ça, pas de risque que le nom t'échappe par accident. On ne peut pas révéler ce qu'on ne sait pas, pas vrai ?

Il me suivit dans l'espace partiellement fermé où il entreposait mes accessoires et mes vêtements d'allumeuse. La grotte semblait posséder un nombre incroyable de recoins. D'après ce que j'avais pu en voir, cette partie de la caverne mesurait huit cents mètres de long. Je pénétrai dans le vestiaire de fortune et mis le paravent en place avec un regard lourd de sens. Il n'était pas question que je me change devant lui. Par contre, le paravent ne gênait en rien la conversation, et je lui répondis en enlevant mes vêtements.

— Ça m'amuse que tu t'inquiètes d'une éventuelle étourderie de ma part. Tu ne m'as peut-être pas bien entendue l'autre fois, quand je t'ai dit que je n'avais pas d'amis. La seule autre personne à laquelle je parle, c'est ma mère, et je la tiens très loin de tout ça.

À peine avais-je prononcé ces paroles que j'éprouvai une sensation de malaise. Ce que je venais de dire n'était que trop vrai. Quelle ironie du sort : Bones était l'ami le plus proche que j'avais jamais eu. Il se servait peut-être de moi, mais au moins il le faisait ouvertement. Il n'était pas sournois ni fourbe comme l'avait été Danny.

— Très bien, ma belle. Il s'appelle Sergio, mais il est très probable qu'il te donne un autre nom. Il mesure environ un mètre quatre-vingt-cinq, il a des cheveux noirs, des yeux gris et une peau typique de vampire. Sa langue maternelle est l'italien, mais il en parle couramment trois autres, avec une pointe d'accent. Il est plutôt mince. Tu risques même de le trouver chétif, mais ne t'y trompe pas. Il a près de trois cents ans et il est plus puissant que tu ne saurais l'imaginer. C'est aussi un sadique qui aime que ses victimes soient jeunes, très jeunes. Dis-lui que tu es mineure et que tu es entrée grâce à une fausse carte d'identité, ça l'excitera encore plus. Et n'oublie pas, tu ne dois pas le tuer tout de suite, j'ai d'abord des informations à lui soutirer. Voilà, c'est tout. Ah oui, une dernière chose : il vaut cinquante mille dollars.

Cinquante mille dollars. Les mots résonnaient dans ma tête. Et dire que je m'étais préparée à demander à Bones de participer à mes frais d'essence ! Je retournais ces mots encore et encore dans mon esprit, prenant soudain conscience d'un détail capital que Bones n'avait jamais mentionné avant.

— L'argent. C'est donc pour ça que tu traques les vampires. Tu es un tueur à gages !

Cette information m'étonnait tellement que j'ouvris le paravent vêtue seulement de mon soutien-gorge et de ma culotte.

Il parcourut d'un œil appréciateur le spectacle que je lui offrais avant de plonger ses yeux dans les miens.

— Ouais, c'est ça. C'est mon métier. Mais ne t'affole pas. On peut aussi dire que je suis chasseur de primes. Il arrive que mes clients veuillent que je les ramène vivants.

— Waouh. Et dire que je pensais qu'on s'en prenait juste à des gens qui t'avaient mis en colère.

— Tu es en train de me dire qu'il suffirait qu'un type me regarde de travers pour que tu acceptes de le tuer ? Ben dis donc, tu n'es pas difficile. Et si je traquais une personne douce comme un agneau qui n'a jamais fait de mal à une mouche ? Ça ne te gênerait toujours pas ?

Je refermai violemment le paravent et entendis les paroles de ma mère sortir de ma bouche.

— Aucun d'entre vous n'est doux comme un agneau. Vous êtes tous des meurtriers. C'est pour ça que ça ne me fait rien de tuer des vampires. Montre-moi le premier vampire venu et j'essaierai de l'éliminer, parce que à un moment ou à un autre vous faites tous quelque chose qui mérite la mort.

Le silence était tel de l'autre côté du paravent que je me demandai s'il était parti. Je jetai un coup d'œil et vis qu'il se tenait toujours au même endroit. Une lueur d'émotion passa sur son visage, puis il redevint impassible. Me sentant tout à coup mal à l'aise, je me retranchai dans le vestiaire pour enfiler mon costume de combat.

— Tous les vampires ne sont pas comme ceux qui ont tué les filles dont Winston t'a parlé. C'est juste que l'Ohio n'est pas une région très fréquentable ces temps-ci. Il se passe des choses dont tu n'as pas idée.

— Au fait, Winston avait tort, dis-je d'un ton suffisant. J'ai vérifié les noms de ces filles le lendemain de notre petite excursion, et je n'ai rien trouvé qui indique qu'elles soient mortes. Elles n'ont même pas été portées disparues. L'une d'entre elles, Suzy Klinger, vivait dans une ville voisine de la mienne, mais ses parents m'ont dit qu'elle était partie tenter sa chance à Hollywood. Ce qui m'échappe, c'est pourquoi Winston aurait inventé tout ça, mais le fonctionnement mental des fantômes me dépasse complètement.

— Nom de Dieu ! (Bones avait presque crié.) À qui as-tu parlé, à part aux parents de Suzy Klinger ? À la police ? À d'autres familles ?

Je ne savais pas pourquoi il montait sur ses grands chevaux. Après tout, ce n'était pas comme s'il y avait vraiment eu plusieurs meurtres.

— À personne. J'ai saisi le nom des filles sur le réseau interne de la bibliothèque, mais rien n'est apparu. J'ai

111

regardé dans quelques journaux locaux, et ensuite j'ai appelé les parents de Suzy en me faisant passer pour une opératrice de télémarketing. C'est tout.

Il se détendit un peu. Tout du moins, il desserra les poings.

— Ne va plus à l'encontre de mes ordres, dit-il d'un ton très calme.

— Tu t'attendais à quoi? À ce que j'oublie que plus d'une dizaine de filles se sont fait assassiner par des vampires, juste parce que tu me l'as demandé? Tu vois, c'est exactement là que je veux en venir. Un humain n'agirait pas comme ça. Seul un vampire peut être aussi froid.

Bones croisa les bras.

— Les vampires existent depuis des millénaires, et même si nous avons nos brebis galeuses, la majorité d'entre nous se contente de prélever un peu de sang par-ci par-là sans tuer personne. Et puis ce n'est pas comme si ton espèce était blanche comme neige. Hitler n'était pas un vampire, à ce que je sache? Tu sais que j'ai raison. Les humains peuvent être aussi malfaisants que nous, ne l'oublie jamais.

— Oh, allez, Bones! (J'avais fini de m'habiller et je retirai le paravent avant de commencer à me mettre des bigoudis chauffants dans les cheveux.) Ne me sors pas ce genre de conneries. Tu veux me faire croire que tu n'as jamais tué d'innocent? Jamais saigné personne à mort parce que tu avais faim? Jamais forcé une femme qui te disait non? Merde, si tu ne m'as pas tuée le soir de notre rencontre, c'est seulement parce que tu as vu mes yeux qui luisaient, alors arrête ton baratin, ça ne prend pas avec moi!

Sa main jaillit. Je me raidis, mais il se contenta d'attraper un bigoudi qui tombait et, dans le même mouvement, l'enroula dans mes cheveux.

— T'as eu peur que je te frappe ? Tu es loin d'en savoir autant que tu le crois sur moi. À part quand je t'apprenais à te battre, je n'ai jamais levé la main sur toi. Et en ce qui concerne le soir de notre rencontre, tu as fait tout ce que tu pouvais pour me tuer. Je pensais que tu étais envoyée par quelqu'un, alors je t'ai frappée et menacée, mais je ne t'aurais pas tuée. Non, j'aurais bu un peu de ton sang et je t'aurais hypnotisée jusqu'à ce que tu me dises qui t'avait engagée. Ensuite, je t'aurais relâchée avec tous les membres brisés, en signe d'avertissement, mais je te promets une chose – je ne t'aurais jamais forcée à avoir des relations avec moi. Désolé de te décevoir, Chaton, mais toutes les femmes avec qui j'ai couché étaient consentantes. Quant à tuer des innocents, ouais, ça m'est arrivé. Au cours d'une vie aussi longue que la mienne, on fait forcément des erreurs. On essaie d'en tirer les leçons. D'ailleurs tu devrais y réfléchir à deux fois avant de me juger. Je suis sûr que toi aussi, tu as tué des innocents.

— Les seules personnes que j'ai tuées étaient des vampires qui avaient essayé de me trucider en premier, dis-je, nerveuse de le voir si près de moi.

— Vraiment ? dit-il doucement. Tu es bien sûre de toi. Ces types que tu as tués, as-tu attendu qu'ils essaient de te mordre pour passer à l'action ? Ou est-ce que tu t'es juste dit que puisque c'étaient des vampires et qu'ils avaient réussi à s'isoler avec toi, c'était forcément pour te tuer ? Tu n'as même pas pris en compte l'éventualité

– fort probable – qu'ils puissent être là parce qu'ils pensaient qu'une jolie fille avait très envie de baiser avec eux. Dis-moi, combien en as-tu tué avant même de voir leurs crocs ?

Je restai bouche bée tandis que les dénégations affluaient dans ma tête. *Non. Non. Ils ont tous essayé de me tuer. Tous. Pas vrai… ?*

— Qu'ils m'aient montré leurs crocs ou pas ne change rien au fait que les vampires incarnent le mal, et ça me suffit.

— Sacrée tête de mule, marmonna-t-il. Dans ce cas, si tous les vampires sont les ordures que tu prétends, qu'est-ce qui m'empêche de t'écarter les jambes et de laisser libre cours à mon côté obscur ?

S'il décidait de passer à l'acte, je ne pourrais guère l'en empêcher. Je cherchai mes pieux autour de moi, mais ils étaient trop loin.

Bones vit mon regard et il renifla d'un air sardonique.

— Tu n'as pas à te faire de souci à ce sujet. Je te l'ai dit, je n'entre que si j'y suis invité. Maintenant dépêche-toi. Ton prochain monstre t'attend.

Il disparut dans un glissement d'air qui me laissa tremblante. *Super, je me suis mis mon seul soutien à dos. Bien joué. Vraiment.*

Nous partîmes chacun de notre côté pour ne pas être vus ensemble. Je ne l'avais pas revu depuis notre petit accrochage du vestiaire. Il m'avait laissé un mot pour me dire qu'il me surveillerait et que je devais suivre le plan comme prévu. Alors que j'étais en route pour rejoindre la boîte, j'étais inexplicablement ennuyée par ce qui s'était passé. Après tout, ce que j'avais dit était vrai, non ? D'accord, peut-être que les vampires que j'avais rencontrés n'avaient pas tous eu des vues sur mon cou. Quelques-uns s'étaient même intéressés de très près à mon décolleté, pour être tout à fait honnête. Mais ils auraient fini par tenter de me tuer, pas vrai ? Bones agissait peut-être de manière différente, mais tous les vampires sans exception portaient le mal en eux.

Non ?

J'entrai dans la boîte et sentis les lourdes pulsations de la musique. Les chansons étaient différentes, mais les vibrations étaient toujours les mêmes. Selon Bones, Sergio devait arriver dans une heure environ. Je m'assis au bar de façon à avoir une vue dégagée de l'entrée et commandai un gin tonic. À l'exception des trois litres de gnôle de l'autre jour, l'alcool semblait plus me détendre que m'émécher. Bones disait que c'était dû à mes gènes. Il était bien placé pour le savoir – il pouvait enchaîner les bouteilles de whisky sans que cela lui fasse le moindre effet. En revanche, avoir l'air ivre avait comme avantage d'accentuer le côté « pauvre femme sans défense ».

Cela faisait un bout de temps que je n'avais pas bu de gin tonic, aussi j'en commandai rapidement un deuxième au barman empressé. Depuis mon arrivée, il n'arrêtait pas de me déshabiller du regard. Au moins, Bones s'y entendait pour choisir une tenue aguicheuse. Restait à savoir si elle aurait l'effet escompté sur les monstres.

Plus les minutes passaient et plus je me rendais compte que le barman n'était pas le seul à admirer ma nouvelle apparence. Après avoir refusé bon nombre de verres et d'invitations à danser, je commençai à me sentir plus irritée que flattée. Mon Dieu, je devais vraiment avoir l'air facile. J'avais perdu le compte de ceux qui avaient tenté leur chance.

Le vampire passa la porte avec la souplesse et la furtivité typique des morts-vivants. À en juger par sa taille et ses cheveux noirs, ce devait être Sergio. Même s'il n'était ni très musclé ni particulièrement beau, sa grâce et l'assurance qu'il manifestait firent tourner plus d'une tête féminine alors qu'il se frayait un passage dans la foule. Nonchalamment, je sirotai mon gin, puis j'étendis les jambes et les croisai tout en les frottant l'une contre l'autre. L'endroit où j'étais assise était surélevé, j'étais donc parfaitement visible de l'entrée. Il pouvait facilement me voir par-dessus les têtes des autres clients. Du coin de l'œil, je le vis s'arrêter, me regarder fixement et changer de direction pour venir droit sur moi.

Le siège voisin du mien était occupé par un homme d'âge mur qui regardait obstinément le bas de ma robe, mais le vampire n'eut pas une hésitation. D'un mouvement de la main, il le délogea de sa chaise.

—Va-t'en, ordonna-t-il.

L'homme s'éloigna, les yeux vitreux. Un effet du contrôle mental exercé par les vampires. Bones m'en avait touché deux mots.

—Merci, lui dis-je. S'il avait continué à baver, le barman aurait été obligé d'éponger sous sa chaise.

—Qui pourrait lui en vouloir? (Sa voix douce et son accent italien étaient très caressants.) Moi non plus, je ne peux pas détacher mes yeux de toi.

Je souris et bus une gorgée en faisant rouler le liquide dans ma bouche avant de l'avaler. Il ne manqua pas une miette du spectacle.

— On dirait que j'ai fini mon verre.

Je le regardai, dans l'expectative. Il fit un geste au barman qui me versa un nouveau gin tonic.

— Comment t'appelles-tu, ma jeune beauté ?

— Cat, lui répondis-je, en laissant cette fois-ci ma langue s'attarder sur le bord de mon verre avant d'avaler une longue gorgée.

— Cat ? Quelle coïncidence. J'adore les chattes.

L'allusion était très directe et j'étais heureuse d'avoir suivi les cours de conversation osée de Bones, car sinon j'aurais rougi immédiatement. Je haussai un sourcil, imitant à la perfection la mimique fétiche de mon Pygmalion.

— Et toi, tu t'appelles comment, cher nouvel ami amateur de chattes ?

Un point pour moi, pas l'ombre d'un commencement de rougeur.

— Roberto. Tu sais, Cat, tu m'as l'air bien trop jeune pour honorer un tel endroit de ta présence.

Je me penchai en avant comme pour lui faire une confidence, ce qui eut pour effet d'ouvrir le haut de ma robe de façon spectaculaire.

— Tu peux garder un secret ? Je n'ai pas vingt et un ans[1]. En fait, j'en ai dix-neuf. Une copine m'a prêté sa carte d'identité parce qu'on se ressemble pas mal. Tu ne diras rien, hein ?

---

1. Dans certains États américains, et notamment l'Ohio, l'âge de la majorité pour la consommation d'alcool et l'accès à certaines boîtes ou clubs est fixé à vingt et un ans. (*NdT*)

À en juger par son expression, mon aveu le mettait en joie.

—Bien sûr que non, ma douce. Ta copine est avec toi ce soir ?

La question semblait innocente, mais je savais où il voulait en venir. *Est-ce que tu peux quitter la boîte sans que personne remarque ton départ ?*

—Non. On était censées se retrouver ici, mais elle n'est toujours pas arrivée. Peut-être qu'elle a rencontré quelqu'un, tu sais ce qui arrive dans ces cas-là. Tu oublies tout ce qui se passe autour de toi.

Il mit sa main sur la mienne et j'en eus presque le souffle coupé. Dix points supplémentaires pour Bones. Je sentais quasiment la puissance de Sergio remonter le long de mon bras. Aucun des autres vampires ne m'avait fait cet effet, sauf un, et voilà où cela m'avait menée.

—Je sais ce que tu veux dire, répondit-il en me serrant la main.

Je souris d'un air séducteur et serrai à mon tour mes doigts autour des siens.

—Je crois que moi aussi.

Moins de trente minutes plus tard, nous sortions de la boîte. J'avais ostensiblement bu plusieurs gin tonic dans l'intervalle pour rendre ma démarche titubante plus crédible à ses yeux. Sergio m'avait noyée sous un flot continu de sous-entendus en me parlant de chattes, de crème et de léchage ; sans l'enseignement de Bones, j'aurais pris la fuite depuis longtemps. C'était dur à admettre, mais mon entraînement s'avérait utile.

Sergio avait une Mercedes. Comme c'était la première fois que je montais dans une voiture de cette marque, je lançai une série de compliments suggestifs pour illustrer tout le bien que je pensais de l'intérieur. Surtout de la banquette arrière. Si spacieuse.

—Le cuir est très agréable au toucher, ronronnai-je en frottant ma joue contre l'appuie-tête du siège passager. C'est pour ça que je porte ces gants et ces bottes. J'adore le frottement du cuir contre ma peau.

Le haut de mes seins était comprimé par mon soutien-gorge. Sergio sourit, révélant une dent crochue qu'il avait réussi à tenir cachée au bar.

—Arrête de faire ça, ma petite chatte, ou je n'arriverai pas à conduire. Et si on allait chez moi plutôt qu'à cette boîte dont je t'ai parlé?

Un premier avertissement retentit dans mon esprit.

—Non, dis-je précipitamment, ce qui me valut un regard furieux en retour. (De toute évidence il ne s'attendait pas à être contredit, mais il n'était pas question que j'aille chez lui. Tout en réfléchissant à toute vitesse, je caressai son bras.) Je ne veux pas attendre jusque-là. Gare-toi quelque part. Minou a besoin d'être léché.

Beurk, protestai-je intérieurement, mais, pour l'encourager, je me frottai le ventre avec les mains avant de les faire descendre jusqu'à l'extérieur de mes cuisses.

Il mordit à l'hameçon, emportant la ligne et le flotteur en prime. Ça marchait même trop bien.

Tout en gardant une main sur le volant, Sergio étendit le bras pour me caresser la jambe. Sa main glissa le long de ma cuisse; elle progressait jusqu'à son objectif avec une détermination implacable. Comme Bones me l'avait demandé, je ne portais pas de culotte. L'idée de ses doigts me touchant à cet endroit me donna envie de vomir. Rapidement, je saisis sa main et la plaquai sur mon décolleté. Plutôt là que plus bas.

— Pas encore. (L'anxiété me coupait le souffle. Avec un peu de chance, il penserait que c'était le désir.) Gare-toi. Gare-toi tout de suite.

Plus vite je lui enfoncerais un pieu dans le cœur et mieux cela vaudrait. Sa main semblait contente là où elle était, mais, juste au cas où, je détachai ma ceinture de sécurité et escaladai mon siège.

Il me lança un regard surpris. Je l'entourai de mes bras par-derrière en léchant l'intérieur de son oreille. *Triple beurk.*

— J'attends, Roberto. Viens me chercher.

La voiture s'écarta sur le bas-côté. Merde, on n'était même pas encore dans la forêt. J'espérais que personne ne passerait pendant qu'on le décapiterait. Ce serait dur à expliquer.

— J'arrive, ma chatte, dit Sergio, puis ses dents se refermèrent sur mon poignet.

— Enfoiré !

Les mots jaillirent de ma bouche dans un glapissement tandis qu'il me mordait sauvagement.

— Tu aimes ça, ma chatte ? grogna-t-il en suçant le sang qui jaillissait de mon avant-bras. Salope. Pute.

Furieuse, je sortis mon pieu avec ma main libre et le plongeai dans son cou.

— Ta mère ne t'a jamais appris à ne pas parler la bouche pleine ?

Il laissa échapper un hurlement et me lâcha pour attraper le pieu. Je retirai brusquement mon bras de sa bouche, sacrifiant quelques lambeaux de peau supplémentaires au passage, et tentai d'empoigner mon autre pieu.

En un éclair, il bondit sur la banquette arrière. Sergio se tenait au-dessus de moi, menaçant, mais je lançai mon pied avec force, qui atterrit en plein entre ses jambes. Un nouveau hurlement de douleur résonna dans la voiture.

— Salope ! Je vais t'égorger et je baiserai ta gorge en sang !

Je devais à tout prix le tenir éloigné de mon cou. Je relevais mes genoux en guise de barrière lorsqu'il se jeta sur moi. Dans cette position, je parvins à extraire de mon autre botte le deuxième pieu et le lui plantai dans le dos.

Sergio se propulsa hors de la voiture, enfonçant la portière comme si elle était en papier. Je me précipitai derrière lui pour tenter de récupérer l'une de mes deux armes. Alors que je sortais du véhicule, je reçus un coup qui me fit basculer sur le côté. Je roulai pour éviter le pied de Sergio qui visait ma tête et je me remis debout.

Sergio fondit de nouveau sur moi… avant d'être tiré en arrière par Bones qui semblait s'être matérialisé à l'instant derrière lui. Il tenait Sergio sans ménagement, une main sur le pieu enfoncé dans son cou, l'autre agrippée à celui planté dans son dos.

— Pas trop tôt, marmonnai-je.

— Salut, Sergio ! dit gaiement Bones en faisant tourner d'un coup le pieu qui était enfoncé dans le cou de son adversaire.

Sergio émit quelques gargouillis répugnants avant de réussir à parler.

— Sale enculé, comment tu m'as trouvé ?

J'étais stupéfaite de voir qu'il pouvait encore parler avec la gorge à moitié tranchée. Bones renforça sa prise sur le pieu planté dans le dos de Sergio et l'enfonça. Le pieu devait maintenant frôler le cœur du vampire.

— Je vois que tu as fait la connaissance de mon amie. N'est-elle pas merveilleuse?

Le sang coulait à flots le long de mon bras. J'arrachai l'une de mes manches et je l'enroulai autour de ma blessure; les élancements suivaient le rythme de mon pouls. Mais malgré cela, je parvins à tirer une satisfaction macabre en voyant l'expression de Sergio lorsque ses yeux revinrent sur moi.

— Toi! Tu m'as piégé!

Sa voix était l'incrédulité même.

— Exact, mon petit chat. Faut croire que tu ne te serviras pas de ta langue, en fin de compte.

J'étais en partie étonnée par ma froideur, mais j'en tirais aussi une grande satisfaction.

— Sacrée petite bonne femme, hein? poursuivit Bones. Je savais que tu ne pourrais pas résister à une jolie fille, pauvre loque. C'est amusant que ce soit sur toi que le piège se soit refermé, non? Alors, ton compte en banque doit être bien à sec pour que tu sois obligé de sortir pour te nourrir au lieu de te faire livrer?

Sergio s'immobilisa.

— Je ne sais pas de quoi tu parles.

Son expression contredisait ses paroles. Quant à moi, j'étais complètement perdue.

— Mais si. Tu es son meilleur client, à ce que j'ai entendu dire. Bon, je n'ai qu'une seule question à te poser, et je sais que tu vas y répondre en toute franchise, parce que sinon (il tourna une nouvelle fois le pieu planté dans le dos de Sergio) je serai vraiment contrarié. Et tu sais ce qui se passe quand je suis contrarié? Ma main tremble.

— Arrête! Je vais tout te dire!

Sergio parlait désormais avec un accent plus marqué, qui rendait ses paroles presque incompréhensibles.

Bones sourit d'une manière vraiment effrayante.

— Où est Hennessey ?

Sergio se pétrifia. Son visage devint encore plus pâle, si tant est que ce soit possible.

— Hennessey me tuera. Quand on se met en travers de son chemin, on ne vit pas assez longtemps pour s'en vanter ! Tu n'as aucune idée de ce qu'il me fera si je parle. Et de toute façon, si je te dis ce que tu veux savoir, tu me tueras quand même.

— Écoute, mon pote. (Bones exerça une torsion sur l'un de pieux, puis une pression, et termina par un coup sec.) Je te promets de ne pas te tuer si tu parles. Ça te laissera une chance d'échapper à Hennessey. Mais je te jure que si tu ne me dis pas où il est (Bones appuya une nouvelle fois sur le pieu et Sergio laissa échapper un gémissement aigu), tu mourras ici même. À toi de voir. Décide-toi.

Il n'avait pas le choix, je le voyais bien à son visage. Vaincu, il laissa sa tête retomber en avant et les mots attendus sortirent de sa bouche sanglante.

— Chicago Heights, au sud de la ville.

— Merci infiniment, mon pote. (Bones leva un sourcil et tourna son attention vers moi.) C'est ton pieu, ma belle ?

Il arracha celui qui était planté dans le dos de Sergio et me le lança. Je l'attrapai au vol et nos regards se croisèrent. Nous nous étions compris.

— T'avais promis ! s'écria Sergio.

Il pleurnichait tandis que j'avançais, mon bras blessé collé contre ma poitrine. C'était étonnant de voir à quel point il était effrayé par sa propre mort alors qu'il n'avait eu aucun scrupule à tenter d'accélérer la mienne quelques minutes plus tôt.

— Moi, oui. Pas elle. Un petit mot d'adieu, Chaton ?

— Non, répondis-je avant d'enfoncer le pieu dans le cœur de Sergio. (Emportée par mon élan, ma main pénétra dans sa poitrine et je reculai précipitamment en la secouant avec dégoût pour me débarrasser du sang épais et sombre du vampire.) J'ai plus rien à lui dire.

Chapitre 7

B ones savait bien mieux s'y prendre que moi pour se débarrasser d'un corps. En quelques minutes, il avait enroulé le corps de Sergio dans du plastique et il l'avait casé dans le coffre, le tout en sifflotant. Pendant ce temps, j'étais restée assise, le dos contre la voiture, pressant le bandage de fortune autour de mon poignet. Après avoir refermé le coffre, il s'accroupit à côté de moi.

— Laisse-moi voir ça, dit-il en tendant la main vers moi.

— Ça va.

La tension et la douleur durcissaient ma voix.

Bones ignora ma réponse et écarta mes doigts de la blessure pour défaire mon bandage.

— Sale morsure, la peau autour de la veine est déchirée. Il va te falloir du sang.

Il sortit un cran d'arrêt de sa poche et en appuya la pointe contre sa paume.

— Arrête, j'ai dit que ça allait.

Il se contenta de me lancer un regard irrité et enfonça la lame dans sa paume. Le sang jaillit aussitôt et, malgré ma résistance, il plaqua sa main contre mon avant-bras.

— Ne sois pas ridicule. Combien est-ce qu'il t'en a pris ?

Je sentais des picotements dans mon poignet alors que son sang se mélangeait au mien – la magie de la guérison, en temps réel. D'une certaine manière, cette expérience me semblait aussi intime que lorsque j'avais dû lécher le sang au bout de son doigt.

— Quatre bonnes gorgées, je dirais. Je lui ai enfoncé le pieu dans le cou aussi vite que possible, histoire de détourner son attention. T'étais où, d'ailleurs? Je n'ai pas vu de voiture derrière nous.

— C'était le but. J'étais à moto, mais je suis resté loin derrière pour que Sergio ne se rende pas compte qu'il était suivi. La moto est à un bon kilomètre d'ici, par là. (Bones fit un signe de la tête en direction des arbres avoisinants.) J'ai préféré finir à pied, au pas de course, pour faire moins de bruit.

Nos têtes étaient à quelques centimètres l'une de l'autre et ses genoux étaient appuyés contre les miens. Mal à l'aise, j'essayai de reculer, mais la portière de la voiture me bloquait le chemin.

— Je crois que la voiture est fichue. La portière arrière est en miettes.

C'était vrai. Sergio l'avait salement amochée. Un boulet de démolition n'aurait pas fait plus de dégâts.

— Pourquoi t'a-t-il mordue au poignet si vous étiez sur la banquette arrière? Il pouvait pas atteindre ton cou?

— Non. (L'évocation de cette scène m'était très désagréable.) Il a commencé à s'exciter au volant et il a essayé de me tripoter, grâce à toi et à ton idée de me faire me balader sans culotte. Je n'avais aucune envie de le laisser faire, alors je suis allée sur la banquette et j'ai passé mes bras autour de lui pour qu'il ne se doute de rien. C'était débile, je m'en aperçois maintenant, mais je n'ai pas du tout pensé à mes poignets. Jusqu'ici, les autres vampires avaient toujours cherché à m'attaquer à la gorge.

—Ouais, moi y compris, hein ? La voiture faisait de tels écarts sur la route que j'ai d'abord cru que vous étiez déjà à votre affaire. Pourquoi s'est-il garé si brusquement ?

—Je lui ai dit de venir me chercher.

Ma voix était désinvolte, mais les mots me faisaient mal. Ça, pour venir me chercher, il ne s'était pas fait prier. Une question me vint soudain à l'esprit.

—Dis, tu es sûr qu'il n'y a aucun danger à laisser son corps dans le coffre ?

Bones gloussa.

—Tu veux lui tenir compagnie ?

Je lui répondis en lui lançant un regard sombre.

—Non, je veux dire, tu es sûr qu'il est vraiment mort ? Moi, pour en être certaine, je leur coupais toujours la tête.

—On critique mon travail ? Détends-toi, je t'assure qu'il est vraiment mort. Mais le plus urgent, c'est de partir d'ici avant qu'un conducteur trop curieux vienne nous demander si on a besoin d'aide. (Il lâcha mon poignet pour examiner la plaie. Elle était déjà refermée, comme par des points de suture invisibles. Quant à sa main à lui, elle ne portait même plus de marque.) Ça te permettra de tenir. Il faut qu'on déplace ce véhicule.

Je me levai et regardai une nouvelle fois la voiture mutilée. Outre la portière, qui ne pendait plus que par quelques lambeaux de métal, tout l'avant était maculé de sang – du mien et de celui de Sergio.

—Et comment suis-je censée conduire cette épave ? Le premier flic que je croiserai m'arrêtera sur-le-champ !

Il me gratifia de son éternel sourire arrogant.

—T'affole pas. J'ai pensé à tout.

Il sortit un téléphone portable de sa veste.

—C'est moi, on a fini. On dirait que je vais quand même avoir besoin d'un coup de main, mon pote. La caisse va te plaire, c'est une Mercedes. Cela dit, il faudra un peu revoir la carrosserie au niveau de la portière. On est sur la Planter's Road, juste au sud de la boîte. Ne traîne pas, hein ?

Sans dire au revoir, il raccrocha et se tourna de nouveau vers moi.

—Assieds-toi, Chaton. Notre taxi sera là dans quelques minutes. Ne t'inquiète pas, il n'est pas loin. Je lui avais dit que j'aurais peut-être besoin de lui ce soir. Bien sûr, il s'attendait certainement que ce soit un peu plus tard dans la soirée. (Il se tut en me regardant d'un air entendu.) Vous n'avez pas tardé à filer, hein ? Il a vraiment dû te trouver à son goût.

—Oui, il était aux anges. Plutôt flatteur, non ? Sérieusement, Bones, même si tu te débrouilles pour faire réparer la voiture, il y a quand même beaucoup trop de sang. Je t'avais pourtant dit d'apporter de quoi nettoyer, mais tu n'as pas voulu m'écouter. On aurait au moins pu en éponger un peu.

Il s'approcha de moi pour inspecter de nouveau la blessure de mon bras. Il ne restait plus qu'une fine ligne rouge de peau régénérée. Mais après avoir vérifié l'état de la plaie, il ne me lâcha pas. J'avais beau éviter son regard, j'en sentais quand même tout le poids.

—Fais-moi confiance, ma belle. Je sais que pour l'instant ce n'est pas le cas, pourtant tu devrais. Au fait, tu as fait un boulot formidable ce soir. Le pieu dans son dos n'était qu'à un souffle de son cœur. Ça l'a ralenti, comme celui dans son cou. Tu l'aurais eu même sans mon intervention. Tu es forte, Chaton. Tu devrais être contente.

—Contente ? Ce n'est pas vraiment le mot que j'emploierais. Soulagée, plutôt. Soulagée d'être en vie et d'avoir fait en sorte qu'il y ait un meurtrier de jeunes filles naïves en moins dans la nature. Mais dire que je suis contente… Pour ça, il faudrait que je n'aie pas ces gènes. Que j'aie deux parents normaux et aussi des tas d'amis, et que la seule chose que j'aie jamais eue à tuer, ce soit le temps. Ou encore que je sois allée, ne serait-ce qu'une seule fois, en boîte uniquement pour danser et m'amuser au lieu de terminer la soirée en plantant un pieu dans le cœur d'un monstre prêt à me tuer. Voilà ce qu'il me faudrait pour pouvoir dire que je suis contente. Là, tout ce que je fais, c'est… rester en vie. Jusqu'à la prochaine fois.

Je retirai ma main et m'éloignai de quelques mètres pour mettre un peu de distance entre nous. Je fus submergée par une vague de mélancolie en repensant aux choses que je venais d'évoquer et que je ne connaîtrais jamais. Parfois, c'était effrayant de se sentir vieux à vingt-deux ans.

—Foutaise.

Ce mot brisa le silence.

—Pardon ?

C'était bien là une réaction typique de vampire. Aucune compassion.

—Foutaise, j'ai dit. Tu joues les cartes qu'on t'a distribuées, exactement comme n'importe qui d'autre dans ce monde de merde. Tu possèdes des dons pour lesquels des gens seraient prêts à tuer, même si tu refuses de les accepter. Tes arriérés de voisins te regardent de haut parce que tu n'as pas de père ? Et alors, qu'est-ce que tu en as à faire ? Le monde est vaste et tu as un rôle important à y jouer. Tu crois que tous les gens qui t'entourent sont contents de la vie qu'ils mènent ? Tu crois que tout le monde dispose du pouvoir de choisir son destin ? Désolé, ma belle, ce n'est pas comme ça que ça marche. Protège ceux que tu aimes et engage-toi dans les batailles que tu peux gagner. Ainsi va le monde, Chaton, et pas autrement.

—Qu'est-ce que tu en sais ?

L'amertume me donnait du courage et les mots avaient jailli de ma bouche.

Soudain, il rejeta sa tête en arrière et éclata de rire avant de me saisir par les épaules. Il se rapprocha de moi au point que sa bouche touchait presque la mienne.

—Tu n'as pas la moindre idée de ce que j'ai vécu, alors ne me dis pas ce que je sais ou ce que je ne sais pas.

La manière dont il avait détaché chacun de ses mots portait en elle une menace à peine voilée. Mon cœur se mit à battre la chamade et je savais qu'il pouvait l'entendre. Il relâcha son étreinte, mais ses mains restèrent posées sur moi. Mon Dieu, comme il était près... Sans m'en rendre compte, je passai ma langue sur mes lèvres, et je tressaillis en voyant qu'il la suivait des yeux. L'air crépitait presque entre nous, sans doute à cause de son énergie naturelle de vampire... ou d'autre chose. Lentement, il sortit sa langue et lécha sa lèvre inférieure. J'étais littéralement hypnotisée.

Un klaxon retentit soudain, me faisant sursauter. Je sentis mon cœur battre encore plus vite lorsque je vis un semi-remorque ralentir et se garer juste devant nous. Le crissement des freins et le bruit du moteur juste avant qu'il soit coupé me parurent assourdissants dans la nuit soudain calme.

—Bones…!

Effrayée à l'idée d'être découverte, je m'apprêtais à continuer ma phrase lorsque je vis Bones s'avancer vers le camion pour accueillir le chauffeur.

—Ted, mon vieux salaud, merci d'être venu si vite!

Je me faisais peut-être des idées, mais j'avais l'impression, au son de sa voix, qu'il n'était pas tout à fait sincère. Personnellement, j'avais envie de me jeter au cou de Ted pour le remercier d'avoir interrompu une situation qui aurait pu devenir très dangereuse.

Un homme grand et maigre descendit du semi-remorque et répondit en souriant.

—Je suis en train de louper mes émissions à cause de toi, mon pote. J'espère que j'ai rien interrompu entre toi et cette fille. Vous n'aviez pas l'air d'avoir envie d'être dérangés.

—Pas du tout! (J'avais protesté d'autant plus fort que je n'avais pas la conscience tranquille.) Il ne se passait absolument rien!

Ted rit et se dirigea vers le côté endommagé de la voiture. Il passa sa tête à l'intérieur et fronça le nez à la vue du sang.

—Ouais… je vois ça.

Bones me regarda en haussant un sourcil, comme pour me défier en silence, et je détournai les yeux. Puis il se tourna vers son ami et lui donna une tape sur les épaules.

—Ted, mon vieux copain, la voiture est à toi. Y a qu'à vider le coffre, et tout sera parfait. Conduis-nous chez moi, d'ici là on aura fini.

—Pas de problème, mon pote. L'arrière va te plaire. C'est climatisé. Il y a des caisses pour s'asseoir, ou bien vous pouvez aussi vous installer dans la voiture. Allez, rentrons-la dans le camion.

Ted ouvrit la porte de la remorque. Elle était équipée d'un dispositif de serrage pour attacher la voiture. Je hochai la tête en signe d'admiration. Bones avait vraiment pensé à tout.

Ted installa la rampe en acier, puis Bones sauta dans la Mercedes et la conduisit tout droit dans les crampons. Après quelques ajustements, il réussit à mettre la voiture en place. Il partit ensuite chercher sa moto et revint quelques minutes plus tard avec l'engin, qu'il posa sur le flanc dans la remorque. Une fois l'installation terminée, il me sourit.

—Viens, Chaton. Ton taxi attend.

—On monte à l'arrière ?

Franchement, l'idée de me retrouver seule avec lui dans un espace confiné m'effrayait, et pas à cause de mes artères.

—Ouais. Ici. Le vieux Ted ne veut pas risquer d'être vu avec moi. C'est qu'il tient à sa santé, tu vois. Personne n'est au courant de notre amitié. C'est un malin.

—Un malin, marmonnai-je en montant dans la remorque. (Ted referma la porte ; j'entendis un puissant

132

« clic » puis le bruit d'un verrou qui s'enclenchait.) Je l'envie.

Je refusai de m'asseoir à l'arrière de la voiture, à cause de mon sang qui maculait les sièges et du cadavre dans le coffre, et décidai de me tenir aussi loin de Bones que le permettait l'intérieur étriqué de la remorque. Il y avait des caisses à l'avant, contenant Dieu sait quoi. J'en choisis une, et je me roulai en boule dessus. En signe d'approbation, Bones se jucha sur une autre caisse. Il semblait ne pas s'en faire le moins du monde.

— Je sais que ce n'est pas un sujet d'inquiétude pour toi, mais y a-t-il assez d'oxygène là-dedans ?

— Plus qu'il n'en faut. Tant que personne ne se met à haleter, dit-il en haussant un sourcil.

Je pouvais clairement lire dans ses yeux qu'il n'avait rien oublié de notre petite scène de tout à l'heure.

— Alors, dans ce cas, je n'ai rien à craindre. Rien du tout.

Pour toute réponse, il afficha un petit sourire entendu très crispant. Comment aurais-je réagi s'il s'était approché encore plus près tout à l'heure ? Si sa bouche avait franchi les deux derniers centimètres qui la séparaient de la mienne ? L'aurais-je giflé ? Ou bien…

— Merde.

Oups, je l'avais dit à voix haute.

— Un problème ?

Un demi-sourire flottait encore sur ses lèvres, mais il avait l'air sérieux. Mon cœur se mit de nouveau à battre plus fort. L'atmosphère devenait étouffante, aussi je cherchai désespérément un moyen de faire retomber la tension.

—C'est qui ce Hennessey dont tu voulais avoir l'adresse ?

Il prit une expression réservée.

—Quelqu'un de dangereux.

—ça, j'avais compris. Sergio semblait avoir très peur de lui, j'en ai conclu que ce n'était pas un boy-scout. J'imagine que c'est notre prochaine cible ?

Bones attendit un moment avant de répondre, comme s'il cherchait ses mots.

—C'est quelqu'un que je piste depuis un moment, oui, mais je m'attaquerai à lui tout seul.

Sa réponse me mit immédiatement en colère.

—Pourquoi ? Tu ne me crois pas assez forte ? Ou bien tu n'as toujours pas assez confiance en moi pour me confier ce secret ? Je croyais qu'on avait déjà réglé cette question !

—Je pense qu'il y a certaines choses dont tu ferais mieux de ne pas te mêler, répondit-il d'une voix évasive.

Je changeai de tactique. Au moins, ce sujet de conversation avait le mérite de rompre avec l'ambiance étrange de tout à l'heure.

—Tu as dit que Sergio était le meilleur client d'Hennessey. Qu'entendais-tu par là ? Qu'a fait Hennessey à la personne qui t'a engagé ? Tu le sais ou bien tu as accepté le contrat sans rien demander ?

Bones émit un petit bruit.

—C'est à cause de questions de ce genre que je ne veux rien te dire de plus. Disons simplement que ce n'est pas un hasard si l'Ohio est devenu une région particulièrement dangereuse pour les jeunes femmes, ces derniers temps. C'est pour ça que je ne veux pas que tu chasses les vampires sans moi. Hennessey n'est pas un simple salopard qui saigne les gens quand il peut s'en tirer sans dommage. Quant au reste, ça ne te regarde pas.

— Tu peux au moins me dire depuis combien de temps tu le traques ? C'est quand même pas top secret !

Le ton brusque de mes paroles ne lui avait pas échappé. Il fronça les sourcils. Cela ne me dérangeait pas. Il valait mieux qu'on se dispute plutôt que… qu'autre chose.

— Environ onze ans.

Je faillis tomber de ma caisse.

— Dieu tout-puissant ! La prime pour sa tête doit être sacrément élevée ! Allez, dis-moi, qu'est-ce qu'il a fait ? De toute évidence, il a dû contrarier quelqu'un de très riche !

Bones me lança un regard impénétrable.

— Tout n'est pas forcément qu'une question d'argent.

À son ton, je compris qu'il ne me dirait plus rien. Très bien. S'il voulait jouer à ce jeu, aucun problème. Je réessaierais une autre fois.

— Comment es-tu devenu un vampire ? lui demandai-je, surprise moi-même par ma question.

Il haussa un sourcil.

— Tu veux un entretien avec un vampire, ma belle ? Ça ne s'est pas très bien terminé pour le journaliste, dans le film.

— Je n'en sais rien, je ne l'ai pas vu. Ma mère pensait que c'était trop violent, murmurai-je, avant d'éclater de rire devant l'absurdité de ma réponse.

Bones sourit aussi et jeta un regard lourd de sens en direction de la voiture.

— Je vois. Heureusement que tu ne l'as pas vu, sinon Dieu seul sait ce qui se serait passé.

Riant toujours, je me rendis compte que je voulais vraiment en savoir plus sur son histoire. Je le regardai donc avec insistance jusqu'à ce qu'il me fasse signe qu'il acceptait.

— D'accord, je vais te le dire, mais ensuite tu devras répondre à une de mes questions. On a encore une heure à tuer, de toute façon.

— Échange de bons procédés, Docteur Lecter ? dis-je d'un ton moqueur. D'accord, mais je n'en vois pas bien l'intérêt. Tu sais déjà tout sur moi.

Il me regarda avec intensité. Quand il reprit la parole, sa voix n'était plus qu'un murmure.

— Pas tout.

Je fus tout à coup de nouveau prise d'une sensation de malaise. Je m'éclaircis la voix – j'avais soudain la gorge sèche –, je remuai sur ma caisse et me recroquevillai encore plus.

— C'est arrivé quand ? Quand as-tu été transformé ? *S'il te plaît, contente-toi de parler. Arrête de me regarder comme ça.*

— Voyons voir, c'était en 1790, j'étais en Australie. J'avais rendu service à un type et il s'est dit qu'il me renverrait l'ascenseur en faisant de moi un vampire.

— Quoi ? (J'étais sous le choc.) Tu es australien ? Et moi qui pensais que tu étais anglais !

Il sourit, mais sans gaieté.

— Je suis un peu les deux, en fait. Je suis né en Angleterre. C'est là que j'ai grandi, mais c'est en

Australie que j'ai été transformé. Du coup, c'est aussi un peu mon pays.

J'étais si fascinée que j'en oubliai ma consternation.

—Donne-moi plus de détails.

Il s'adossa à la paroi de la remorque, les jambes nonchalamment étendues devant lui.

—J'avais vingt-quatre ans. C'est arrivé un mois pile après mon anniversaire.

—Mais alors on a presque le même âge!

À peine avais-je prononcé ces paroles que je me rendis compte à quel point j'étais ridicule.

Il eut un petit rire.

—Exact. À deux cent dix-sept ans près.

—Oui, enfin… tu vois ce que je veux dire. Tu fais plus vieux que vingt-quatre ans.

—Merci beaucoup. (Il rit en voyant mon air penaud, mais il me soulagea aussitôt.) Les temps étaient différents. Les gens vieillissaient beaucoup plus vite. Vous autres, vous ne savez pas quelle chance vous avez.

—Continue. S'il te plaît, ajoutai-je, voyant qu'il hésitait.

Bones se pencha en avant, tout à fait sérieux à présent.

—Ce n'est pas beau à entendre, Chaton. Mon histoire n'a rien de romantique, comme dans les livres ou les films. Tu te souviens quand tu m'as dit que tu t'étais battue avec des types qui avaient traité ta mère de pute ? Eh bien, ma mère à moi était vraiment une pute. Elle s'appelait Pénélope, et elle m'a mis au monde à quinze ans. Heureusement qu'elle était en bons termes avec la tenancière du bordel, sinon je n'aurais jamais été autorisé à y vivre. D'ordinaire on ne gardait que les petites filles, pour les raisons que tu devines. Quand j'étais petit, je trouvais l'endroit où je vivais tout à fait normal. Toutes les femmes me dorlotaient, et je m'occupais des tâches ménagères en attendant d'être plus grand. La tenancière, qui s'appelait Lucille, me demanda plus tard si je voulais reprendre le flambeau familial. Plusieurs clients aux goûts spéciaux m'avaient remarqué, parce que j'étais plutôt mignon. Mais lorsque la tenancière me fit cette offre, j'en savais déjà assez pour être sûr que je n'avais pas envie de vivre de ce métier-là. À l'époque, la mendicité était une activité très répandue à Londres. Le vol aussi, et, pour payer mon logis, je me mis à chaparder. Puis, quand j'ai eu dix-sept ans, ma mère est morte de la syphilis. Elle avait trente-trois ans.

Mon visage pâlissait à mesure que je l'écoutais, mais je voulais savoir la suite.

—Continue.

—Deux semaines plus tard, Lucille m'informa que je devais partir. Je ne ramenais pas assez d'argent pour justifier la place que je prenais. Ce n'était pas de la cruauté, juste du sens pratique. Une autre fille pouvait reprendre ma chambre et rapporter trois fois plus d'argent. Elle renouvela sa proposition : soit je partais et je me retrouvais à la rue, soit je restais et je prenais des clients. Elle y ajouta cependant une option. Elle connaissait plusieurs femmes de la noblesse et elle leur avait parlé de moi ; ces dames s'étaient dites intéressées par mes services. Je pouvais choisir de me vendre à des femmes plutôt qu'à des hommes. C'est ce que je fis.

» Les filles de la maison commencèrent par me former, bien sûr, et il se trouva que j'étais naturellement doué pour ce métier. Lucille m'assurait une vaste clientèle, et très vite je comptai quelques régulières parmi l'aristocratie. L'une d'entre elles me sauva d'ailleurs la vie.

» C'est que je continuais à faire les poches, tu vois. Un jour de malchance, je tirai la bourse d'un bourgeois juste sous le nez d'un policier. Avant d'avoir le temps de comprendre ce qui m'arrivait, je me retrouvai entre les mains du pire juge de Londres qui me condamna à la pendaison. L'une de mes clientes, ayant entendu parler de mes malheurs, me prit en pitié. Elle usa de ses charmes pour persuader le juge que m'envoyer dans l'une des nouvelles colonies pénales serait une sentence plus adaptée. Trois semaines plus tard, avec soixante-deux compagnons d'infortune, on m'envoya par bateau en Nouvelle-Galles du Sud.

Ses yeux se voilèrent et il passa une main dans ses cheveux, l'air pensif.

— Je ne te parlerai pas du voyage, si ce n'est pour te dire que les conditions étaient pires que tout ce qu'un être humain peut endurer. Une fois à la colonie, ils nous firent travailler jusqu'à l'épuisement. Je me fis trois amis parmi les prisonniers – Timothy, Charles et Ian. Au bout de quelques mois, Ian parvint à s'échapper. Puis, presque un an plus tard, il revint.

— Pourquoi serait-il revenu ? demandai-je. Ne risquait-il pas d'être puni pour son évasion ?

Bones grogna.

— Ça ne fait aucun doute, mais cela ne faisait plus peur à Ian. Nous étions dans les champs, en train de tuer des bœufs pour récupérer la viande et le cuir, lorsque nous avons été attaqués par des Aborigènes. Ils ont tué les gardes et tous les prisonniers, sauf Timothy, Charles et moi. C'est à ce moment-là qu'Ian est apparu parmi eux, mais il était changé. Tu devines pourquoi. Entre-temps, il était devenu un vampire, et, cette nuit-là, il me transforma. Charles et Timothy furent eux aussi changés par deux autres vampires. Nous avons été transformés tous les trois, bien qu'un seul l'ait demandé. Timothy voulait ce qu'Ian avait à lui offrir. Charles et moi, non. Ian nous a transformés quand même en pensant qu'on le remercierait plus tard. Nous sommes restés quelques années chez les Aborigènes, mais en faisant le serment de retourner en Angleterre. Il nous a fallu près de vingt ans pour y arriver.

Il se tut et ferma les yeux. Pendant son récit, j'avais quitté ma position fœtale pour une position assise, et je le regardais avec étonnement. Il avait tout à fait raison, ce n'était pas une belle histoire, et je n'avais réellement aucune idée de ce qu'il avait vécu.

—À ton tour. (Il ouvrit les yeux et les plongea dans les miens.) Dis-moi ce qui s'est passé avec le connard qui t'a blessée.

—Merde, Bones, je t'ai déjà dit que je ne voulais plus parler de ça. (Je courbai les épaules en repensant aux souvenirs que cette histoire évoquait en moi.) C'est humiliant.

Il continuait à me considérer de son regard sombre.

—Je viens de te raconter que j'avais volé, mendié et que je m'étais prostitué. Tu crois vraiment que tu es en position de refuser de me répondre ?

Vu sous cet angle, il n'avait pas tort. Haussant les épaules pour cacher la douleur que je ressentais, je lui résumai rapidement ma mésaventure.

—C'est une histoire banale. Un garçon rencontre une fille, la fille est naïve et idiote, le garçon profite d'elle puis il disparaît.

Il se contenta de hausser un sourcil et attendit.

Je levai brusquement les mains.

—D'accord! Tu veux des détails? Je pensais qu'il m'aimait vraiment. Il me l'avait dit et j'ai complètement gobé ses mensonges. On est sortis ensemble deux fois, et, à la troisième, il a dit qu'il devait s'arrêter à son appartement pour prendre quelque chose avant qu'on aille en boîte. Une fois chez lui, il a commencé à m'embrasser et à me sortir tous ces bobards, il me disait que j'étais très spéciale pour lui... (Je sentis mes doigts se crisper.) Je lui ai dit que c'était trop tôt. Qu'on devrait attendre de se connaître un peu mieux, que c'était ma première fois. Il n'était pas d'accord. Je... j'aurais dû le frapper ou le pousser pour l'écarter de moi. J'aurais pu le faire, j'étais plus forte que lui. Mais... (Je baissai les yeux.) Je voulais lui faire plaisir. Je tenais vraiment beaucoup à lui. Il a continué et je suis restée immobile en essayant de ne pas bouger. Ça faisait moins mal quand je ne bougeais pas.

Je sentais que j'allais me mettre à pleurer. Je clignai rapidement des yeux et inspirai aussi profondément que je le pouvais pour essayer d'effacer les images qui réapparaissaient dans ma tête.

—C'est à peu près tout. Un moment atroce à passer. Après ça, il ne m'a plus jamais rappelée. Au début, j'étais inquiète. Je me disais qu'il lui était peut-être arrivé quelque chose. (Je laissai échapper un rire amer.) Le week-end suivant, je l'ai vu en train de peloter une autre fille à la boîte où on était censés se retrouver. Là, il m'a dit que je ne lui avais jamais vraiment plu, avant d'ajouter que je ferais mieux de filer parce que ça faisait longtemps que j'aurais dû être au lit. Ce même soir, j'ai tué mon premier vampire. En un sens, c'est grâce à lui, en raison de la façon dont il s'est servi de moi. J'étais si bouleversée que j'étais prête à mourir, ou à tuer quelqu'un. Au moins, je savais qu'en affrontant un vampire qui essaierait de m'égorger, ce serait l'un ou l'autre.

Bones ne lança aucune de ses railleries habituelles. Lorsque je trouvai enfin le courage de le regarder de nouveau dans les yeux, je vis qu'il me regardait, son visage dénué de toute trace de mépris ou de jugement. Le silence s'installait, et les secondes devinrent bientôt des minutes. Nous ne nous étions pas quittés des yeux, et quelque chose d'inexplicable était en train de se créer entre nous.

Le freinage brutal du camion me fit sortir de ma transe. Le véhicule s'arrêta. Bones sauta de son perchoir et se dirigea vers l'arrière de la voiture.

—On est presque arrivés et on a encore des choses à faire. Tiens le sac ouvert pour moi, Chaton.

Il avait retrouvé son ton désinvolte. Encore sous l'effet de ce qui venait de se passer, je le rejoignis à l'arrière de la remorque.

Bones ôta le linceul de plastique qui enveloppait Sergio avec l'entrain d'un enfant qui déballe ses cadeaux de Noël. Je tenais un sac-poubelle de trente litres en me demandant ce qu'il comptait faire.

Je ne tardai pas à le savoir. Par la seule force de ses mains, il brisa le cou de Sergio aussi facilement que s'il débouchait une bouteille. Il y eut un craquement écœurant, puis il jeta sans faire de cérémonie le crâne déchu dans le sac.

— Beurk. (Je lâchai le sac.) Prends-le, toi.

— Tu fais la délicate ? Ce crâne pourri vaut cinquante mille dollars. T'es sûre que tu ne veux pas le bercer encore un peu ?

Il me lança son sourire moqueur habituel. Le vieux Bones était de retour.

— Non, merci.

L'argent ne compensait pas tout. Je ne serais pas restée en contact avec cette tête une minute de plus, même pour tout l'or du monde.

L'arrière de la remorque s'ouvrit dans un craquement et Ted apparut dans la lumière artificielle.

— On y est, mon pote. J'espère que le voyage a été agréable.

Ses yeux brillaient tandis que son regard passait de Bones à moi.

Je fus tout de suite sur la défensive.

— On parlait, c'est tout.

Ted sourit de toutes ses dents et je vis Bones réprimer un rictus alors qu'il se retournait pour faire face à son ami.

— Arrête, mon grand. Le trajet a duré quoi… cinquante minutes ? On n'aurait même pas eu le temps de commencer.

Puis tous deux éclatèrent de rire. Pas moi, car je ne voyais pas du tout ce qu'il y avait de drôle.

— Vous avez fini ?

Après s'être un peu calmé, Bones secoua la tête.

— Reste dans la remorque une minute. J'ai un truc à faire.

— Quoi ?

Ma curiosité avait repris le dessus, mais je n'obtins pas la réponse escomptée.

— Des affaires. J'ai une tête à livrer et je ne veux pas que tu sois mêlée à ça. Moins les gens te connaîtront, mieux ce sera.

Ça tenait la route. Je m'assis sur le rebord de la remorque en laissant pendre mes pieds dans le vide et je retirai mon bandage pour inspecter une nouvelle fois mon poignet. La blessure était complètement guérie. La chair s'était parfaitement refermée et je n'avais aucune cicatrice. Il y avait une telle différence entre les vampires et les humains ; c'était aussi vrai pour les hybrides comme moi. Nous n'appartenions même pas à la même espèce. Comment, dans ce cas, avais-je pu raconter à Bones des choses que je n'avais jamais dites à personne ? Même ma mère ne savait pas ce qui s'était passé avec Danny. Elle n'aurait pas compris. D'ailleurs il y avait beaucoup d'autres choses à mon sujet qu'elle n'aurait pas comprises. Pour être honnête, je lui en cachais plus que je lui en disais, et pourtant, pour je ne sais quelle raison, j'avais dit à Bones des choses que j'aurais dû taire.

Après avoir passé une trentaine de minutes à réfléchir à ces questions et à gratter mon vernis à ongles, je vis enfin Bones réapparaître. Il sauta dans la remorque, détacha sa moto et la déposa d'une seule main sur le sol.

— En selle, mon chou. On a fini.

—Et la voiture? Et le reste du corps?

Je montai derrière lui en passant mes bras autour de sa taille pour ne pas tomber. C'était déconcertant de me retrouver ainsi serrée contre lui après ce qui avait failli se passer tout à l'heure, mais je n'avais pas envie de tomber ni de m'écorcher sur le bitume. Au moins, il m'avait donné un casque, bien qu'il n'en porte pas lui-même. Il y avait certains avantages à être déjà mort.

—Ted va prendre la voiture. Il gère une casse. C'est son gagne-pain, je ne te l'avais pas dit?

Non, il ne me l'avait pas dit. De toute façon, pour l'importance que cela avait…

—Et le corps?

Il démarra et je m'agrippai à lui tandis qu'il faisait serpenter l'engin sur la route.

—Ça fait partie du marché. Il l'enterre pour moi. Ça nous fait moins de travail. Ted est un petit malin, il sait tenir sa langue et s'occuper de ses affaires. Ne t'inquiète pas pour ça.

—Je ne m'inquiète pas, criai-je pour me faire entendre malgré le bruit du vent.

En fait, j'étais fatiguée. La nuit me semblait déjà bien longue.

Il fallait compter deux heures de route pour revenir à la grotte, où nous arrivâmes un peu après 3 heures du matin. J'avais laissé mon pick-up à quatre cents mètres de l'entrée, comme d'habitude – je ne pouvais pas me rapprocher davantage à cause du chemin. Bones se gara devant le pick-up et je sautai de la moto dès qu'elle s'arrêta. Ces engins à deux roues me rendaient nerveuse. Comme moyen de transport, ils me paraissaient très dangereux. Les vampires, bien sûr, n'avaient peur ni d'être blessés, ni de voir leur peau arrachée sur le goudron, contrairement à moi. Mais ce n'était pas la seule raison de mon empressement à descendre – je voulais m'éloigner de Bones le plus vite possible. Avant qu'une autre crise de démence me terrasse.

— Tu pars déjà, mon chou ? La soirée ne fait que commencer.

Il me regardait, un sourire diabolique sur les lèvres. Un éclair passa dans ses yeux. Je récupérai mes clés sous la pierre où je les cachais toujours et montai pesamment dans le pick-up.

— Pour toi, peut-être, mais moi je rentre. Va donc te trouver un petit cou à mordre.

Impassible, il descendit à son tour de la moto.

— Tu rentres avec cette robe couverte de sang ? Ta maman va s'inquiéter si elle te voit comme ça. Tu peux au moins entrer te changer. Je ne regarderai pas, promis.

Il avait accompagné ces mots d'un clin d'œil si appuyé qu'il me fit sourire malgré ma méfiance.

— Non, je me changerai dans une station-service. Au fait, maintenant que la mission est accomplie, quelle est la suite du programme ? J'ai droit à des vacances ?

J'avais besoin d'un break, non seulement pour me reposer de l'entraînement, mais aussi pour passer moins de temps en sa compagnie. Peut-être qu'un petit tour chez un psy me ferait du bien, et une pause loin de toute cette folie serait l'occasion d'y aller.

— Désolé, Chaton. Tu recommences demain soir. Ensuite, je prends l'avion pour Chicago pour rendre une petite visite à mon vieil ami Hennessey. Avec un peu de chance, je serai de retour jeudi, car vendredi j'ai un autre truc pour nous…

—ça va, j'ai compris, dis-je d'un air dégoûté. Mais n'oublie pas que je commence mes cours à la fac la semaine prochaine, alors il faudra que tu me laisses du temps libre. Je sais qu'on a passé un accord, mais ça fait déjà trop longtemps que j'attends de pouvoir passer mon diplôme.

—T'as raison, mon chou. Bourre-toi le crâne avec des trucs qui ne te serviront jamais à rien dans la vie réelle. Mais n'oublie pas : tu n'auras plus l'occasion de passer d'examens si tu te fais tuer, alors n'imagine pas que je vais te laisser négliger ton entraînement. Cela dit, sois tranquille, on trouvera un arrangement. D'ailleurs, à ce propos, voilà pour toi.

Bones sortit de sous sa veste un grand sac plastique opaque. À y regarder de plus près, sa veste paraissait en effet anormalement bombée. Il trifouilla à l'intérieur du sac un moment avant d'en sortir une liasse verte qu'il me tendit.

—Ta part.

Quoi ? Je regardai les billets de cent dollars qu'il tenait dans sa main. L'incrédulité céda la place à la méfiance.

—Qu'est-ce que c'est ?

Il secoua la tête.

—Bon Dieu, ce que tu peux être compliquée ! On ne peut même pas te donner de l'argent sans que tu râles. Ces billets, ma belle, représentent vingt pour cent de la prime pour la tête de Sergio. C'est ta part pour lui avoir fait perdre la tête. Tu vois, je me suis dit que comme je ne payais rien au fisc, je pouvais aussi bien te donner ce qui aurait dû leur revenir. La mort et les impôts marchent main dans la main.

Stupéfaite, je regardai les billets. Il y avait là plus d'argent que je n'en aurais gagné en travaillant six mois comme serveuse ou dans le verger de mes grands-parents. Et dire que je m'inquiétais de mes factures d'essence! Avant qu'il change d'avis, j'enfournai l'argent dans la boîte à gants.

— Euh… merci.

Que disait-on en de pareilles occasions? Je n'en savais rien.

Il sourit.

— Tu l'as bien mérité, mon chou.

— Ça te fait un joli paquet à toi aussi. Tu vas enfin pouvoir quitter la grotte, non?

Bones gloussa.

— Tu crois que c'est pour ça que j'habite ici? Par manque d'argent?

En le voyant si manifestement amusé, je fus aussitôt sur la défensive.

— Quoi d'autre? Ce n'est pas le Ritz, cette grotte. Pour avoir l'électricité, tu es obligé de tricher, et pour te laver tu n'as qu'un ruisseau glacé à ta disposition. À moins bien sûr que tu prennes plaisir à voir certaines parties de ton corps se ratatiner quand tu fais ta toilette!

Cette dernière remarque le fit rire aux éclats.

— Tu t'inquiètes pour mes bijoux de famille? Je peux t'assurer qu'ils vont très bien. Bien entendu, si tu ne me crois pas, tu peux toujours…

— N'y pense même pas!

Il cessa de rire, mais ses yeux brillaient toujours.

—De toute façon, il est trop tard pour ça. Pour en revenir à ta question, si je reste ici, c'est tout d'abord par souci de sécurité. J'entends les gens arriver à plus d'un kilomètre, et je connais l'endroit comme ma poche. Quiconque chercherait à me tendre une embuscade risquerait de passer du rôle de chasseur à celui de proie. En plus, c'est calme. Je suis sûr qu'il t'est déjà arrivé de ne pas pouvoir dormir à cause des bruits dans ta maison. En outre, cette grotte est un cadeau d'un ami, donc je la surveille quand je suis dans l'Ohio et je m'assure que tout va bien, comme je le lui ai promis.

—Un ami t'a fait don de la grotte ? Comment peut-on donner une grotte à quelqu'un ?

—Son peuple l'a découverte il y a des centaines d'années ; à mon sens, ça vaut bien un acte de propriété en bonne et due forme. Cette grotte servait de résidence d'hiver aux Mingoes. Ils formaient une petite tribu de la nation iroquoise, et ils faisaient partie des derniers Iroquois à être restés dans l'Ohio après l'entrée en vigueur de l'Indian Removal Act en 1831. Tanacharisson était un ami à moi et il a choisi de ne pas aller dans la réserve. Il est resté caché dans la grotte après le départ forcé des derniers membres de sa tribu. Le temps a passé, il a assisté à la destruction irrévocable de son peuple et de sa culture et il a décidé qu'il en avait assez. Il a recouvert son corps de peintures de guerre puis il est parti accomplir sa mission suicide contre Fort Meigs. Mais avant cela, il m'a demandé de veiller sur sa maison et de m'assurer que personne ne viendrait la déranger. Les os de ses ancêtres sont enterrés tout au fond de la caverne. Il ne voulait pas que les Blancs viennent les souiller.

— C'est horrible, dis-je doucement en pensant à cet Indien solitaire partant pour sa dernière bataille après avoir vu disparaître tout ce qu'il aimait.

Bones étudia mon visage.

— C'était son choix. Il n'avait plus de contrôle sur rien, à part la manière dont il allait mourir, et les Mingoes étaient un peuple très fier. Pour lui, c'était une bonne mort, une mort digne de l'héritage des siens.

— Peut-être. Mais quand tout ce qu'il te reste, c'est la mort, c'est triste, quoi qu'on puisse en dire. Bon, il est tard, Bones, je vais y aller.

Il me toucha alors le bras, l'air très sérieux.

— À propos de ce que tu m'as dit tout à l'heure, je veux que tu saches que ce n'était pas ta faute. Un type comme ça aurait agi de la même manière avec n'importe quelle fille, ce n'était certainement ni la première fois ni la dernière.

— Tu parles en connaissance de cause ?

Les mots étaient sortis sans que je puisse les retenir. Bones laissa retomber son bras et recula en me gratifiant d'un nouveau regard impénétrable.

— Non. Je n'ai jamais traité une femme de cette manière, et surtout pas une vierge. Comme je te l'ai déjà dit, il n'y a pas que chez les humains qu'on trouve des êtres incapables de certaines bassesses.

Ne sachant quoi répondre, je me contentai de mettre mon pick-up en route et je partis.

CHAPITRE 8

À mon réveil, je pris conscience que j'avais quelques heures à tuer et de l'argent à dépenser. C'était une situation inédite pour moi. Motivée par cette pensée, je courus à l'étage pour prendre une nouvelle douche – j'en avais déjà pris une en rentrant – puis je m'habillai. Ces derniers temps, je m'en tenais aux douches, car les bains s'étaient révélés légèrement dangereux.

Après une agréable petite virée au centre commercial, je regardai ma montre et vis avec stupéfaction qu'il était plus de 18 heures. Mon Dieu, comme le temps passait vite quand je m'adonnais à une activité normale ! N'ayant plus le temps de repasser à la maison pour donner une excuse bidon à ma mère à propos de ce soir, je décidai de l'appeler. Je mentis – une fois de plus –, prétextant que j'étais tombée sur une amie, que nous allions voir un film et qu'ensuite nous irions au restaurant. J'espérais que la mission de ce soir ne prendrait pas trop de temps. Pour une fois, ce serait agréable de passer une soirée de week-end à la maison.

Je me dépêchai pour être le moins en retard possible. Je sautai du pick-up dès que j'arrivai à la grotte, et j'emportai mes emplettes avec moi. Il ne manquerait plus que quelqu'un s'attaque au camion et me les vole ; c'était possible, après tout, même dans ces bois perdus.

Le temps que je parcoure en sprintant le dernier kilomètre jusqu'à l'entrée de la grotte, j'étais presque à bout de souffle.

Bones attendait près de l'entrée, la mine renfrognée.

— T'as bien pris ton temps, à ce que je vois. Mais comme j'imagine que tous ces sacs sont pour moi, je te pardonne. Au moins j'ai pas besoin de te demander où tu étais.

Oups. Tout à coup, je me dis qu'arriver les bras chargés de cadeaux achetés avec son argent sans rien avoir pour lui risquait de paraître malpoli. Pour masquer ma bourde, je redressai les épaules en feignant d'être vexée.

— Il se trouve que j'ai quelque chose pour toi. Tiens. C'est pour… euh, tes douleurs musculaires.

Je lui tendis l'appareil de massage que j'avais acheté pour mon grand-père, comprenant trop tard la bêtise de mon geste. Les vampires n'avaient pas de douleurs musculaires.

Il regarda la boîte avec intérêt.

— Tiens, tiens. Cinq vitesses. Massage chauffant. Action profonde et pénétrante. T'es sûre que c'est pas plutôt pour toi ?

Il haussa un sourcil, comme pour souligner son allusion, qui n'avait rien de thérapeutique.

Je lui repris brutalement le paquet des mains.

— Si tu n'en veux pas, dis-le franchement. Ce n'est pas la peine d'être vulgaire.

Bones me lança un regard entendu.

— Garde-le et donne-le à ton grand-père, comme tu l'avais prévu. Bon sang, tu ne sais vraiment pas mentir! Je me demande comment tu te débrouilles pour justifier tous tes bleus!

Déjà exaspérée, je le considérai avec un regard dur.

—On peut passer aux choses sérieuses? Les détails pour ce soir, par exemple?

—Ah, ça. (Nous entrâmes dans les entrailles de la grotte.) Voyons, le type a plus de deux cents ans, il a les cheveux bruns, mais il change de couleur de temps en temps. Il parle avec un accent et il est très rapide quand il se bat. La bonne nouvelle, c'est que tu peux garder ta petite culotte. Rien qu'en te voyant, il sera sous le charme. Des questions?

—Il s'appelle comment?

—Il te donnera probablement un faux nom, comme la plupart des vampires, mais son vrai nom est Crispin. En attendant que tu sois prête, je vais regarder la télé.

Bones me laissa seule dans mon vestiaire de fortune, et je fouillai dans la dizaine de tenues de mauvais goût qu'il m'avait achetées avant de choisir une robe dos-nu qui m'arrivait presque aux genoux. C'était encore trop moulant à mon goût, mais au moins mes seins et mes fesses n'étaient pas à l'air.

Une heure plus tard, après m'être coiffée, maquillée et avoir enfilé mes bottes à talons hauts, j'étais prête. Bones était affalé dans son vieux fauteuil et regardait avec passion la chaîne juridique. C'était sa préférée. Je ne sais pas pourquoi, mais voir un assassin prendre autant de plaisir devant ce genre d'émissions me dérangeait. Il disait souvent que les victimes avaient moitié moins de droits que les accusés.

—Navrée de te déranger, mais je suis prête. On a des choses à faire, tu te rappelles…

Il leva les yeux vers moi d'un air vaguement dépité.

— C'est le meilleur moment. Ils vont annoncer le verdict.

— Oh, pitié ! Tu t'inquiètes du verdict pour une affaire de meurtre alors que tu t'apprêtes à en commettre un ! Tu ne vois rien d'ironique là-dedans ?

Tout à coup, il fut devant moi. Il avait bondi de son fauteuil plus vite qu'un serpent à sonnette en position d'attaque.

— Si, tu as raison, mon chou. Allons-y.

— On ne part pas chacun de son côté ?

Nous ne faisions jamais la route ensemble, pour éviter que les gens ne fassent le rapprochement entre nous.

Il haussa les épaules.

— Crois-moi, sans mon aide, tu ne trouverais jamais la route. C'est une boîte d'un autre genre, très particulière. Viens, ne faisons pas attendre ton cavalier.

Une boîte d'un autre genre. Ce n'était rien de le dire. Elle était éloignée des routes principales, au bout d'un chemin de campagne sinueux qui ne devait pas voir passer beaucoup de voitures. La boîte elle-même était située dans un entrepôt industriel insonorisé.

Vu de l'extérieur, c'était un simple bâtiment ouvrier. Le parking était à l'arrière. On ne pouvait y accéder que par une route étroite, entre de grands arbres qui servaient de clôture naturelle.

— C'est quoi, cet endroit ?

J'écarquillai les yeux avant même que nous n'arrivions à la porte. Les gens faisaient la queue à l'entrée. Bones leur passa devant en m'entraînant derrière lui pour arriver jusqu'à la femme qui se tenait devant la porte et qui devait faire office de videur. Elle était aussi grande et large d'épaules qu'un pilier de rugby ; son visage aurait pu être beau s'il avait été moins masculin.

—Trixie, comment ça va ? lui lança Bones.

Elle dut se baisser pour lui rendre son baiser sur la joue.

—Ça fait un bail, Bones. Paraît que t'avais quitté la région.

Il sourit et elle en fit autant, dévoilant des incisives en or. La classe.

—Ne crois pas tout ce qu'on raconte. C'est comme ça que naissent les rumeurs.

Nous entrâmes dans la boîte, à la grande consternation des gens qui faisaient la queue. L'intérieur était sombre. Des rayons de lumière tamisée éclairaient le plafond par intermittence, et je compris sur-le-champ en quoi cette boîte était « différente ».

Il y avait des vampires partout.

—Qu'est-ce que c'est que ça ? dis-je avec agressivité.

J'avais prononcé ces mots dans un murmure, car beaucoup des « choses » présentes dans la salle avaient une ouïe excellente.

D'un geste nonchalant de la main, il me montra la salle.

—Ça, ma belle, c'est une boîte de vampires. Elle n'a pas vraiment de nom, mais les gens du coin l'ont surnommée « le club Morsure ». On y trouve toutes sortes de créatures qui viennent s'amuser tranquillement sans avoir à cacher leur vraie nature. Tiens, là-bas, tu peux voir des fantômes assis au bar.

Je tournai les yeux vers l'endroit qu'il m'indiquait. Il y avait bien trois hommes transparents, assis (enfin, si l'on peut dire) sur des tabourets, ressemblant à s'y méprendre à des clients de la série *Cheers*[1]. Enfin, version revenants. L'énergie qui émanait de tous ces êtres non humains me faisait l'effet d'une décharge électrique.

— Mon Dieu… ils sont si nombreux…

Ils étaient en effet au moins deux cents.

— Et dire que je pensais que le monde entier comptait moins de vampires que ça…, dis-je, incrédule.

— Chaton, dit patiemment Bones, environ cinq pour cent de la population est composée de morts-vivants. Nous sommes présents dans tous les États, dans tous les pays, et ce depuis très longtemps. Bon, j'admets qu'il y a certaines régions qui nous attirent plus que d'autres. L'Ohio en est une. Je t'ai déjà dit qu'ici la frontière qui sépare le naturel du paranormal est plus mince, et toute la région dégage comme une faible charge électrique. Les plus jeunes adorent cette sensation. Ils trouvent ça revigorant.

— Tu es en train de me dire que l'Ohio est… un nid de vampires ?

Il acquiesça.

— Ne te crois pas spécialement malchanceuse. Il y en a des dizaines d'autres aux quatre coins du globe.

Je sentis quelque chose me frôler et mon radar s'affola tandis que je tendais le cou pour voir qui, ou quoi, était passé près de moi.

— Qu'est-ce que c'était ? murmurai-je, forcée de coller ma bouche contre son oreille pour me faire entendre.

---

1. Célèbre série américaine des années 1980. (*NdT*)

Ils étaient peut-être immortels, mais ils faisaient un boucan à réveiller les morts.

—Quoi?

Il regarda du côté que je lui indiquais avec mes yeux.

—Ça, répondis-je avec impatience. Cette… chose. Je sais que ce n'est pas un vampire, mais ça n'est pas non plus un humain. C'est quoi?

La chose en question était de sexe masculin, quoique je ne puisse en être totalement sûre, et elle avait l'apparence d'un humain, mais pas tout à fait.

—Oh, lui. C'est une goule. Un mangeur de chair. Tu sais, comme dans *La Nuit des morts-vivants*, sauf qu'en réalité ceux de son espèce marchent normalement et ne sont pas aussi moches que dans le film.

Un mangeur de chair. Je sentis mon estomac se soulever rien qu'en y pensant.

—Tiens. (Il fit un signe en direction du bar. Il y avait une place libre à côté des fantômes – ou fallait-il les appeler déficients vitaux, pour faire plus politiquement correct?) Attends là, prends un verre. Le type arrivera bientôt.

—T'es dingue? (Mon cerveau n'était pas assez rapide pour faire le compte de toutes les raisons valables de ne pas faire ce qu'il me demandait.) Cet endroit grouille de monstres! Je ne veux pas finir comme amuse-gueule!

Il rit doucement.

—Fais-moi confiance, Chaton. Tu as vu tous les gens normaux qui attendent dehors? C'est un endroit spécial, comme je te l'ai dit. Ce sont surtout des vampires et des goules qui viennent, mais il y a aussi des humains.

Ça fait partie de l'attrait de la boîte. Les humains qui viennent ici sont soigneusement sélectionnés, sinon ils n'auraient jamais entendu parler de cet endroit. Ils viennent frayer avec les morts-vivants, et même se faire sucer un peu de sang. Crois-moi, il y en a qui prennent leur pied avec ça. On se croirait dans *Dracula*, non ? Mais l'étiquette est très stricte. Aucune violence n'est admise dans la boîte, et le sang doit être donné en toute connaissance de cause. Je ne suis pas sûr que les boîtes humaines puissent en dire autant.

Une fois sa tirade terminée, il se fondit dans la foule, ne me laissant d'autre choix que de m'asseoir à l'endroit qu'il m'avait désigné et d'attendre ma victime. Comment étais-je censée le repérer dans cet environnement ? C'était un mélange parfait entre *Les Contes de la crypte* et *La Fièvre du samedi soir*.

Le barman, un vampire, me demanda ce qui me ferait plaisir.

—M'en aller, répondis-je sèchement avant de me rendre compte de mon impolitesse. Euh, désolée… mmm… vous avez du gin tonic ? Vous savez… pour les gens normaux ?

Il ne manquait plus qu'il me serve un Spritzer assaisonné à la chair humaine, ou un Bloody Mary du genre de ceux qu'on devait servir ici, et ma soirée serait parfaite.

Le barman éclata de rire, dévoilant une dentition où ne pointait pas l'ombre d'un croc.

—C'est la première fois que tu viens, chérie ? Ne te fais pas de souci, tu n'as rien à craindre. À moins que tu partes avec quelqu'un, bien sûr. Là, tu ne pourras plus compter que sur toi-même.

Très réconfortant. Après avoir écouté le barman me certifier que mon verre ne contenait que les ingrédients d'un gin tonic classique – il me montra les bouteilles pour apaiser mes soupçons –, je le vidai d'un trait, comme s'il s'était agi d'une potion magique capable de faire disparaître cet endroit. Ce cocktail était délicieux, je n'en avais même jamais goûté d'aussi bon. Le barman, qui s'appelait Logan, sourit lorsque je le complimentai à ce sujet et m'informa, en me servant un autre verre, qu'au bout de cent ans de pratique, on commençait à prendre le coup de main.

— Tu es barman depuis cent ans ? (J'avalai une nouvelle gorgée en le regardant, les yeux écarquillés.) Mais, pourquoi ?

Il haussa les épaules avec désinvolture.

— J'aime bien ce boulot. Ça me permet de rencontrer plein de gens, de beaucoup discuter et de ne pas avoir à réfléchir. Tu connais beaucoup d'emplois qui offrent les mêmes avantages ?

Il avait marqué un point. Très peu de boulots rentraient dans cette catégorie. À commencer par le mien.

— Et toi, jeune fille, qu'est-ce que tu fais ? me demanda-t-il poliment.

Je tue des vampires.

— Je… euh… je vais encore à l'école. À la fac, je veux dire.

La nervosité me faisait bafouiller. J'étais en train de discuter de la pluie et du beau temps avec un vampire dans une boîte remplie de créatures contre nature. À quel moment ma vie avait-elle dérapé ?

— Ah, la fac. Travaille dur, c'est la clé de la réussite.

Sur ce conseil, il m'adressa de nouveau un bref sourire puis il se tourna pour prendre la commande d'une goule assise de l'autre côté du comptoir. C'était vraiment très étrange.

—Salut, ma mignonne !

Je me retournai et je vis deux jeunes hommes qui me souriaient de manière amicale. À leur allure et à leurs battements de cœur, je compris qu'ils étaient humains. Ouf, quel soulagement.

—Salut, ça va ?

Je me sentais comme un voyageur en pays étranger qui rencontre tout à coup un inconnu originaire de la même ville que lui, et je ressentais une joie démesurée face à ces gens qui avaient un pouls. Ils s'assirent près de moi, un de chaque côté de mon tabouret.

—Tu t'appelles comment ? poursuivit celui qui m'avait abordée. Lui c'est Martin (il me montra le brun au sourire de petit garçon), et moi, Ralphie.

—Je m'appelle Cat.

Je leur serrai la main en souriant. Ils regardèrent mon verre avec intérêt.

—Tu bois quoi ?

—Gin tonic.

Ralphie mesurait environ un mètre soixante-dix, comme moi, ce qui n'était pas grand pour un homme, et il avait un sourire agréable.

—Un autre verre pour la demoiselle ! cria-t-il d'un air important à Logan, qui acquiesça et me resservit.

—Merci pour l'invitation, les gars, mais, en fait… j'attends quelqu'un.

Même si j'appréciais le fait d'avoir des gens de mon espèce autour de moi, j'avais quand même une mission à mener à bien, et ils ne feraient que me gêner dans mon travail.

Ils gémirent tous deux d'une manière théâtrale.

— Allez, juste un verre ! C'est dur d'être les seuls de la boîte à respirer normalement, il faut qu'on se serre les coudes !

La supplication était tellement en accord avec mes propres pensées que je me laissai convaincre en souriant.

— Va pour un verre, mais pas plus, d'accord ? Qu'est-ce que vous faites ici, au fait ?

Ils avaient tous les deux l'air d'avoir mon âge, et ils semblaient bien trop innocents.

— Oh, on aime bien venir ici, c'est excitant.

Martin hocha la tête comme un oiseau en regardant Ralphie faire signe à Logan de remplir de nouveau mon verre.

— Oui, excitant au point de risquer de vous faire tuer, les avertis-je.

Alors qu'il s'apprêtait à régler mon gin tonic, Martin fit tomber son portefeuille et je me baissai pour l'aider à le ramasser. Ils avaient l'air beaucoup trop naïfs. En gloussant, Ralphie me tendit mon verre avec un geste cérémonieux.

— Et toi, tu es bien venue dans cette boîte, non ? Ne me dis pas que tu ne comprends pas.

— Tu n'as pas envie de savoir pourquoi je suis là, marmonnai-je, m'adressant plus à moi-même qu'à eux.

Je levai mon verre et leur adressai un petit salut.

— Merci pour le gin. Maintenant, vous feriez mieux d'y aller.

— Tu ne le finis pas ? demanda Ralphie d'une voix déçue, presque enfantine.

Je m'apprêtais à lui répondre lorsqu'une voix familière se fit entendre.

— Barrez-vous, petits branleurs.

Bones se dressait derrière eux d'un air menaçant. Ils lui jetèrent un regard effrayé, puis déguerpirent. Il se glissa sur le siège voisin du mien après en avoir délogé son occupant. Ce dernier s'en alla sans rien dire. Je me dis que cela devait arriver souvent.

— Qu'est-ce que tu fais là ? Et si notre client arrivait ?

J'avais murmuré ces mots sur un ton vif tout en évitant de le regarder, au cas où quelqu'un nous aurait observés.

Il se contenta d'émettre son petit rire habituel et me tendit la main.

— Je ne me suis pas présenté. Je m'appelle Crispin.

J'ignorai la main qu'il me tendait et lui murmurai furieusement du coin de la bouche :

— Je ne trouve pas ça drôle.

— Tu ne veux pas me serrer la main, hein ? Ce n'est pas poli. Ta maman ne te l'a jamais dit ?

— T'as fini, oui ? (Je n'étais plus seulement en colère, j'étais enragée.) Arrête tes âneries ! J'ai une mission à accomplir. Le vrai Crispin va arriver d'une minute à l'autre et ton petit manège va tout faire rater.

Parfois, son toupet dépassait les bornes.

— Mais je dis la vérité, mon chou. Je m'appelle vraiment Crispin. Crispin Phillip Arthur Russell, troisième du nom. Cette dernière partie sort tout droit de l'imagination de ma mère, car elle n'avait aucune idée de l'identité de mon père. Mais elle s'est dit que ce « troisième du nom» me donnerait un peu de dignité. La pauvre femme, elle n'a jamais voulu voir les choses en face.

Avec une anxiété croissante, je compris qu'il ne plaisantait pas.

—C'est toi, Crispin ? Toi ? Mais, ton nom…

—Je te l'ai dit, m'interrompit-il. La plupart d'entre nous changent de nom une fois transformés. Crispin était mon nom humain, comme je te l'ai dit. Je ne l'utilise plus guère, car l'homme qu'il désigne est mort depuis longtemps. Lorsque Ian m'a transformé, il m'a enterré dans le cimetière des Aborigènes pour que j'y attende ma renaissance. Pendant des siècles, ils avaient enterré leurs morts au même endroit, pas trop profond. Lorsque j'ouvris les yeux pour la première fois en tant que vampire, tout ce que je réussis à voir, c'étaient des os. Je sus que c'était ce que j'étais, car c'est d'un ossuaire que je suis sorti. Je suis alors devenu Bones[1], et tout cela en une nuit.

L'image était obsédante, mais je le questionnai de nouveau.

—Alors à quoi tu joues ? Tu veux que j'essaie de te tuer, c'est ça ?

Il rit avec indulgence.

—Bon Dieu, non. D'ailleurs, c'est de ta faute.

—De ma faute ? Qu'est-ce que je peux bien avoir à faire avec… (Je regardai autour de moi, incapable de trouver les mots adéquats.) … tout ça ?

—Hier soir, quand tu pleurnichais sur ton sort, tu as dit que tu n'étais jamais allée en boîte juste pour t'amuser et danser. Eh bien c'est fait, mon chou. Ce

---

1. En anglais, *bones* signifie «os» au pluriel. (*NdT*).

soir, toi et moi allons boire et danser sans tuer qui que ce soit. Dis-toi que tu prends ta soirée. Tu seras Cat et je serai Crispin, et tu me renverras chez moi sans même un petit bisou comme tu l'aurais fait si c'était la première fois qu'on se rencontrait.

—Tout ça, c'était une ruse pour que je sorte avec toi?

La mine renfrognée, je bus mon gin, cadeau des deux garçons humains qui avaient fui à toutes jambes après le regard noir que leur avait lancé Bones.

Ses yeux brillaient d'une lueur sombre et il fit de nouveau sa moue rusée habituelle.

—Je t'ai quand même dit de garder ta petite culotte, non? Tu n'es même pas capable d'apprécier les petites faveurs que je te fais. Viens, ma belle, finis ton verre et allons danser. Je te promets que je me conduirai en parfait gentleman. Sauf si tu me demandes le contraire.

Je posai mon verre sur le comptoir.

—Désolée, Crispin, dis-je en insistant volontairement sur son prénom, mais je ne sais pas danser. Je n'ai jamais appris. Tu sais bien, l'absence de vie sociale, ce genre de trucs…

Il me regarda d'un air stupéfait.

—Tu n'as jamais dansé? Ton dépuceleur ne t'a même pas emmenée en boîte? Quel connard.

La moindre évocation de Danny était toujours aussi douloureuse pour moi.

—Non, je ne sais pas danser.

Il me lança un regard mesuré.

—Dans ce cas, c'est le moment d'apprendre.

Il me hissa sur mes pieds sans tenir compte de mes protestations et de mes vaines tentatives pour me libérer. Une fois noyés dans la foule des danseurs humains et non humains, il me fit tourner jusqu'à ce que je me retrouve le dos contre sa poitrine. Il avait passé l'un de ses bras autour de ma taille tandis que de son autre main il serrait toujours la mienne. Son corps était collé contre le mien, nos hanches se touchant de manière très intime.

— Je te jure que si tu tentes quoi que ce soit…

Ma menace se perdit dans la musique et le bruit qui nous entourait.

— Détends-toi, je ne vais pas te mordre.

Riant à sa propre blague, il commença à onduler en rythme, frottant ses hanches et ses épaules contre les miennes.

— Allez, c'est facile. Bouge comme moi, on va commencer lentement.

Sans autre choix que de danser ou de rester bêtement immobile sur la piste, je suivis la ligne de son corps et imitai ses mouvements. La pulsation de la musique semblait guider mon corps comme les fils d'une marionnette, et très vite je me mis à onduler contre lui de mon propre chef. Il avait raison, c'était facile. Et incroyablement sensuel. Je savais maintenant ce que ressentait un serpent se balançant aveuglément au son de la flûte du charmeur. Bones me fit virevolter pour que je me retrouve face à lui. Il tenait toujours ma main fermement, comme s'il craignait que je m'enfuie.

Il n'avait rien à craindre. Je ne m'y attendais pas, mais cela me plaisait beaucoup. Les lumières et les sons semblaient se fondre en une masse informe. Tous les corps qui nous frôlaient m'enivraient de leur énergie collective. C'était une sensation grisante : je laissais mon corps bouger à sa guise, guidé seulement par le rythme. Je levai les bras et laissai ma tête retomber en arrière pour mieux laisser cette sensation m'envahir. Bones glissa ses mains sur mes hanches en me serrant légèrement, et une idée espiègle me vint à l'esprit. Il m'avait fait du chantage, il m'avait battue et il m'avait fait endurer un entraînement incroyablement rigoureux. L'heure d'une vengeance bien méritée avait sonné.

Je posai mes mains à plat sur sa poitrine et vis ses yeux s'écarquiller. Je l'attirai vers moi jusqu'à ce que nos corps se touchent et que mes seins frôlent son torse. Puis je fis lentement onduler mes hanches contre les siennes, comme j'avais vu un autre danseur le faire.

Il resserra ses bras autour de moi et m'attira encore davantage contre lui, afin que nos corps s'épousent parfaitement. De sa main, il me redressa la tête, et je lui lançai un sourire arrogant.

— Tu avais raison, c'est facile. Et j'apprends vite.

Pour le provoquer, je maintenais mon corps enroulé autour du sien. Ce n'était pas du tout mon genre d'agir de la sorte, mais j'avais l'impression de n'être plus moi-même. Mes soucis n'étaient plus qu'un vague souvenir, pas même dignes d'être évoqués. La lumière faisait ressortir les creux profonds sous ses pommettes et les rendait encore plus proéminentes. Le désir que je lisais dans ses yeux aurait dû me faire prendre mes jambes à mon cou, mais cela ne faisait au contraire que me motiver davantage.

— Tu joues avec le feu, Chaton ?

Sa bouche effleura ma joue tandis qu'il me parlait directement à l'oreille pour se faire entendre malgré le vacarme. Je sentis ses lèvres contre ma peau ; elles étaient fraîches mais pas froides. Ma tête tournait, mes sens vacillaient, et en réponse je lui léchai le cou en un long mouvement de langue.

Un frisson le parcourut de la tête aux pieds. Bones me serrait de si près que son corps rentrait presque dans le mien. Il me saisit par les cheveux et me fit redresser la tête jusqu'à ce que nos yeux se croisent. Ce qui avait commencé comme un jeu était maintenant un défi ouvert, mais aussi une menace non dissimulée. À partir de maintenant, la moindre action aurait des répercussions, je le lisais clairement dans ses yeux. Tout cela aurait dû m'effrayer, mais mon cerveau semblait incapable de former la moindre pensée rationnelle. C'était un vampire, un tueur à gages, et il avait failli me tuer… mais rien ne comptait plus que la sensation de son corps contre le mien. Je passai ma langue sur mes lèvres et ne reculai pas. C'était tout l'encouragement dont il avait besoin.

Sa bouche s'abattit sur la mienne et ne trouva aucune résistance car j'avais gémi dès le premier contact. Cela faisait si longtemps, si longtemps que je n'avais pas embrassé quelqu'un sans faire semblant. La dernière fois que ça m'était arrivé, c'était avec Danny, et le vague désir que j'avais alors ressenti n'était rien comparé au fulgurant éclair de chaleur qui venait de m'envahir. Sa langue vint brièvement caresser mes lèvres avant de s'enrouler autour de la mienne et de s'enfoncer plus profondément dans ma bouche avec une sensualité impitoyable. Mon cœur battait si violemment que je savais qu'il pouvait en sentir la pulsation dans ma bouche alors que je lui rendais son baiser en le serrant plus fort encore contre moi et en enfonçant mes ongles dans son dos. Bones mit plus d'intensité dans son baiser et se mit à sucer ma langue. Tout mon corps commença à vibrer de désir. J'imitai son geste avec plus de force, prise d'une fringale érotique, et j'aspirai sa langue. Une partie de son corps était distinctement rigide alors qu'il frottait ses hanches contre les miennes avec vigueur, me causant une douleur presque insoutenable dans les reins.

Il ne recula que pour rabrouer quelqu'un qui nous avait bousculés du fait que nous nous étions arrêtés de danser. Je haletai en essayant de reprendre mon souffle. Mes jambes semblaient en caoutchouc et des lumières dansaient dans ma tête. Bones m'entraîna vers le bout de la salle jusqu'à ce que nous soyons hors de la piste de danse. Il nous avait fait marcher si vite que mes cheveux retombèrent soudain sur mon visage. Il les écarta pour m'embrasser de nouveau, et ce baiser était encore plus agréable que le précédent. Tout son corps semblait ramassé dans sa bouche inquisitrice. Il finit par se retirer mais n'alla pas loin.

—Chaton, tu as une décision à prendre. Soit on reste et on se tient bien, soit on part tout de suite, et là je te promets (il baissa la voix, et ses mots tombèrent contre mes lèvres) que si on s'en va, je ne me tiendrai pas bien du tout.

Sa bouche se referma une nouvelle fois sur la mienne et je répondis à ses lèvres et à sa langue expertes. Mon self-control était toujours aux abonnés absents et je passai les bras autour de son cou pour la simple raison que j'en voulais plus. Il avait le dos contre le mur, l'une de ses mains était plongée dans mes cheveux tandis que l'autre s'aventurait dangereusement plus bas, dans mon dos. Ses doigts pétrissaient ma chair à travers le tissu fin de ma robe. Il me serrait de si près que chacun de ses mouvements était une caresse. Après quelques minutes étourdissantes, il mit fin à son baiser pour murmurer dans mon oreille, haletant presque :

— Décide-toi maintenant, ma belle, parce que je ne vais pas pouvoir résister très longtemps à l'envie de choisir pour toi et de t'emmener.

La salle semblait floue, les lumières plus faibles, et il y avait un bruit étrange dans ma tête. Mais rien de tout cela ne me paraissait important, seul Bones comptait. Son corps était aussi dur et musclé que celui d'un cheval de course, et sa bouche sur la mienne me donnait envie de hurler de désir. Je sentais que toutes les parcelles de mon corps en demandaient davantage. Pour rien au monde je n'aurais voulu être autre part avec quelqu'un d'autre.

— Bones…

Je ne parvenais pas à mettre des mots sur mes désirs.

Soudain, je sentis son corps se raidir et il regarda par-dessus mon épaule, l'air tendu.

— Sacré nom de Dieu, qu'est-ce qu'il fait là ?

Son corps redevenait froid entre mes bras, et son visage se durcit. Il était comme pétrifié.

Déconcertée, je me tortillai pour regarder derrière moi.

— Quoi ? Qui est là ?

— Hennessey.

Chapitre 9

M on cerveau n'arrivait pas à suivre le cours des
événements.

— Je croyais que Sergio avait dit qu'Hennessey
était à Chicago. C'est bien ce qu'il a dit, non ?

Bones marmonna un juron et se redressa. Il nous
fit pivoter de manière à ce que ce soit lui qui se retrouve
dos à la porte.

— Tu crois que Sergio nous a menti ? insistai-je.

Il remua la tête, comme pour s'éclaircir les idées.

— Garde bien l'œil sur lui, ma belle. Il est grand, il a les
cheveux noirs, une moustache, une fine barbe et la peau
sombre, et il porte une chemise blanche. Tu le vois ?

J'appuyai la tête sur l'épaule de Bones et scrutai les
visages jusqu'à ce que je trouve le bon.

— Oui, ça y est.

— Sergio n'a pas menti, dit Bones d'un air mécontent
en réponse à ma question. Cela signifie que d'une manière
ou d'une autre Hennessey a été informé de sa disparition.
Il savait que Sergio était dans la région et il est venu à la
pêche aux infos. Il doit certainement être très inquiet de ce
que Sergio a pu dire à la personne qui l'a fait disparaître.

— Bon, quelle qu'en soit la raison, il est là. Profitons-en
pour nous occuper de lui.

— Non.

Je fus surprise par la sécheresse de sa réponse.

— Non ? Pourquoi ? Il vient de nous tomber entre les mains !

Son expression était glaciale.

— Parce que c'est un sale enfoiré aussi perfide qu'une vipère, poursuivit-il, toujours à voix basse, et que je ne veux pas que tu t'approches de lui. Tu rentres directement chez toi dès qu'il sera parti. Je vais m'en occuper moi-même.

J'avais maintenant les idées assez claires pour me mettre en colère.

— Tu sais, pour quelqu'un qui me demande constamment de lui faire confiance, tu es loin de montrer l'exemple. Je pensais devoir tuer quelqu'un ce soir, j'ai donc pris mes armes et je suis prête à passer à l'action. Je me suis attaquée à des vampires bien avant de te connaître, tu te souviens ? Toute seule, comme une grande, sans personne pour me tenir la main. Et maintenant que j'ai de l'entraînement et de l'expérience, tu me demandes de nouveau de courir me cacher sous mon lit ? Ne m'embrasse pas comme une femme si tu dois me traiter comme une enfant.

Bones me regarda, l'air frustré.

— Je ne te traite pas comme une enfant. Merde, tu as bien dû remarquer que ce n'est pas comme ça que je te vois ! Écoute, je t'ai dit qu'Hennessey n'était pas le genre de type à enlever une fille dès qu'il se sentait une petite faim. C'est le niveau au-dessus, Chaton. Lui, c'est vraiment un dur à cuire.

— Alors arrête de discuter, et allons-y, dis-je d'une voix douce mais ferme. C'est exactement à un gars de ce calibre que je veux m'attaquer.

Bones ne dit rien pendant quelques secondes, puis émit un grognement résigné.

— Je n'aime pas ça du tout, mais… très bien. On va essayer. C'est loupé pour la soirée de détente. Maintenant écoute, si quelque chose se passe mal, le moindre petit truc, tu enclenches le signal de ta montre. Voilà ce qu'on va faire.

Il m'expliqua brièvement son plan et je choisis une place près du bar où Hennessey venait de s'asseoir, de manière à ce qu'il puisse me voir. Je me sentais encore un peu étourdie, mais je ne l'avais surtout pas dit à Bones. Il aurait refusé de continuer s'il l'avait su. Bon sang, ça devait vraiment faire un bout de temps qu'on ne m'avait pas embrassée pour que quelques petits bécots suffisent à me faire perdre la tête ! Juste par sécurité, je commandai tout de même un Coca au lieu de mon gin tonic habituel. J'étais peut-être moins résistante à l'alcool que je ne le pensais.

Au bout de quelques minutes seulement, Hennessey s'approcha de moi. J'étais étonnée de ma capacité à attirer les vampires. Il y avait certainement beaucoup d'autres jolies jeunes femmes humaines aux alentours, avec des veines aussi juteuses que les miennes. Bones m'avait dit un jour que ma peau avait quelque chose d'attirant, une lueur qui restait humaine mais qui avait en même temps un petit côté vampire. Un véritable aimant, m'avait-il dit.

— Je ne t'avais encore jamais vue ici, la rouquine. Je peux m'asseoir ?

Et bien élevé, avec ça ! D'habitude, les vampires se contentaient de s'incruster sans me demander mon avis. J'inclinai légèrement la tête en signe d'accord

173

et il s'assit à côté de moi en me regardant de ses yeux bleus aux paupières tombantes.

—Je peux t'offrir un verre?

Décidément, toujours aussi poli. Prenant un air faussement navré, je lui souris.

—Désolée, mais je suis avec quelqu'un. Ce ne serait pas très sympa pour lui.

—Ah, je vois. (Il s'installa plus confortablement sur sa chaise, sans montrer la moindre intention de libérer la place.) Ton mari, peut-être?

L'idée d'être mariée à Bones me fit presque avaler mon Coca de travers.

—Non. C'est un premier rendez-vous, en fait.

Hennessey sourit et étendit les mains de manière inoffensive.

—Ah, les premiers rendez-vous… C'est quelque chose, n'est-ce pas? Parfum ou poison – généralement, il n'y a pas d'intermédiaire. Dis-moi, si ce n'est pas trop indiscret, ton rencard penche plutôt de quel côté?

L'air légèrement embarrassée, je m'inclinai pour me rapprocher un peu de lui.

—Si je devais vous répondre tout de suite, je dirais poison. Il est un peu… arrogant. Imbu de lui-même. J'ai horreur de ça, pas vous?

Mon sourire était l'innocence même, mais intérieurement je riais de l'occasion qui m'était donnée de dénigrer l'homme qui allait tuer le vampire assis en face de moi dès qu'il en aurait l'occasion.

Hennessey hocha la tête pour montrer qu'il était d'accord avec moi.

—Oui, les gens arrogants peuvent être ennuyeux. Il vaut mieux ne jamais trop parler de soi, tu ne crois pas?

—Si, tout à fait. Comment avez-vous dit que vous vous appeliez, déjà ?

Pour ce client-là, il allait me falloir user de délicatesse, pas d'obscénités à moitié voilées. En tout cas, pour quelqu'un que Bones avait quasiment décrit comme l'incarnation du diable, Hennessey paraissait presque… charmant.

Il sourit.

—Appelle-moi Hennessey.

—Volontiers, mon pote. Ça fait un bail, hein ?

Bones apparut derrière moi et se pencha pour m'embrasser sur la joue. Je tressaillis par habitude, ce qui ne pouvait pas mieux tomber – le cliché du premier rendez-vous raté. Du coin de l'œil, je vis la bouche d'Hennessey se raidir.

—Bones. Quelle… surprise. Ne me dis pas que cette charmante jeune femme est avec toi ? Elle est trop bien élevée.

Et un point pour le méchant.

Bones lança un regard chargé de menace à Hennessey.

—Tu es assis à ma place.

—Bones, le réprimandai-je, prenant l'air atterrée, tu es impoli. Ce gentil monsieur ne faisait que me tenir compagnie en ton absence.

—C'est la vérité, ronronna Hennessey en regardant Bones, une lueur dans les yeux. Tu ne peux pas t'attendre à ce qu'une aussi jolie fille reste seule bien longtemps, vieille branche. Un monstre risquerait de… l'enlever.

—C'est marrant que tu dises ça. (La voix de Bones avait une intonation inquiétante que je ne lui connaissais pas. Quoi qu'il ait pu se passer entre eux par le passé, il était évident que Bones n'aimait pas Hennessey.) J'ai entendu dire que c'était ta spécialité.

Hennessey plissa les yeux. Je pouvais sentir la tension croître entre les deux hommes.

— Tiens donc, et où aurais-tu bien pu entendre une chose pareille ?

Bones sourit froidement.

— Tu serais surpris de ce qu'on peut trouver si on fouille assez profondément.

Je les regardai. Ils semblaient prêts à se jeter l'un sur l'autre.

Logan se pencha par-dessus le comptoir et tapota le rebord de mon verre. Apparemment, il avait senti lui aussi leurs vibrations agressives.

— Pas ici, messieurs. Vous connaissez le règlement.

Hennessey regarda Logan et fit un geste désinvolte de la main.

— Oui, je sais. C'est une vraie plaie, mais il faut bien se conformer aux règles de la maison lorsque l'on n'est pas chez soi.

— Arrête tes salades, dit brusquement Bones. Ça ne te va pas du tout. Tu es assis à ma place et c'est moi qui sors avec elle, alors dégage.

— Tu permets ? (Jouant l'exaspération à merveille, je me levai et fis face à Bones.) Je ne sais pas comment tu parles aux filles, d'habitude, mais j'ai horreur qu'on parle de moi comme si je n'étais pas là ! Je ne t'appartiens pas, c'est seulement notre premier rendez-vous. Et je ne serais même pas sortie avec toi si tu ne m'avais pas tant suppliée. (Je réprimai un sourire en voyant Bones blêmir d'indignation à cette dernière phrase.) La soirée est finie. J'appelle un taxi. Toi, en attendant, tu peux aller te faire voir.

Hennessey se mit à rire.

—Tu as entendu la dame? Tu connais le règlement. Ici, pas d'escorte forcée, le consentement est obligatoire, et, de toute évidence, elle ne veut plus de toi. Alors, comme elle te l'a si bien dit à l'instant, va te faire voir.

Bones encaissa le coup, maîtrisant difficilement sa colère.

—Et si on allait régler ça dehors entre hommes, juste toi et moi? Ça fait longtemps que j'attends ça.

Une lueur s'alluma dans les yeux d'Hennessey.

—Oh, on réglera ça, ne t'en fais pas. Pas maintenant, mais bientôt. Ça fait trop longtemps que tu te mêles de choses qui ne te regardent pas.

Qu'est-ce qu'il entend par là? me demandai-je. Il faudrait que je questionne Bones à ce sujet.

—Ouuhhh, je suis mort de peur, répondit Bones d'un ton moqueur. On se reverra plus tard, dans ce cas, dans un endroit plus approprié. J'ai hâte d'y être.

Sur ces dernières paroles menaçantes, il partit avec raideur.

Feignant d'être un peu étourdie à cause de ce qui venait de se passer, je saisis mon sac à main et en sortis quelques billets que je jetai sur la table.

Hennessey m'arrêta en posant une main implorante sur mon bras.

—S'il te plaît, reste prendre un verre avec moi. Je me sens responsable de ce qui vient de se passer, mais, si je peux me permettre, ça vaut mieux comme ça. C'est un homme sans pitié.

Je me rassis en hésitant un peu.

— D'accord pour un verre. Après tout, je vous dois bien ça, puisque vous m'avez aidée à me débarrasser de ce crétin. Au fait, je m'appelle Cat. Bones a oublié de nous présenter, ajoutai-je avec un sourire chancelant.

Il me baisa la main.

— Vraiment enchanté, Cat.

À force de cajoleries, Hennessey réussit à me convaincre de laisser tomber le Coca pour repasser à l'alcool, et je commandai un autre gin tonic. Au bout du quatrième verre, je lui dis que je devais aller aux toilettes et je le laissai au bar. Je ressentais toujours le même étourdissement. Tout ce qui m'entourait me paraissait vaguement altéré, presque flou sur les bords. Il était temps que je revienne au Coca.

Les toilettes étaient de l'autre côté de la boîte. Alors que j'en ressortais, je vis Bones sur le faux balcon. Il avait le dos appuyé contre la paroi de verre qui nous séparait. Comme je voulais profiter de l'occasion qui m'était donnée pour le tenir au courant de la situation, j'accélérai le pas et me frayai un chemin parmi la foule jusqu'à une porte à l'autre bout du balcon.

Il y avait une femme en face de lui. Ses bras pendaient mollement le long de son corps et Bones la tenait par les épaules. Il avait collé sa bouche contre son cou et ses yeux brillaient de cette lueur verte propre aux vampires. Je m'arrêtai, figée, et regardai sa gorge qui palpitait à chaque gorgée de sang qu'il avalait. La fille ne lui opposait aucune résistance. Elle était même à moitié affaissée contre lui.

Tout à coup, il leva les yeux et tomba droit sur moi. Incapable de détourner le regard, je le regardai alors qu'il continuait à se nourrir. Au bout d'un moment, il retira sa bouche du cou de la fille. Étonnamment, il n'y avait presque aucune trace de sang sur ses lèvres. Il avait appris à prélever sa pitance proprement. Ses yeux toujours plongés dans les miens, il s'ouvrit le pouce à l'aide d'une canine et le pressa contre le cou de la fille. Les deux marques de la morsure se refermèrent immédiatement avant de disparaître.

—File, ordonna-t-il à la fille.

Elle obéit, un sourire endormi sur les lèvres. Elle passa juste à côté de moi sans même sourciller.

—Ta maman ne t'a jamais dit que c'était malpoli de regarder les gens manger?

La nonchalance de sa voix me sortit de ma stupeur.

—Cette fille… elle va bien?

Elle ne donnait guère l'impression d'avoir été vidée de son sang, mais j'étais loin d'être une experte.

—Bien sûr qu'elle va bien. Elle a l'habitude. C'est pour ça qu'ils viennent, pour la plupart, je te l'ai dit. Ils font office de menu sur pattes.

Bones s'avança vers moi, mais je fis un pas en arrière. Il s'en aperçut et fronça les sourcils.

—Qu'y a-t-il? Écoute, la fille n'a rien. Ce n'est pas comme si tu ne savais pas que j'étais un vampire. Qu'est-ce que tu croyais? Que je ne me nourrissais jamais?

Cette pensée me dégoûtait tellement que je n'avais jamais réellement voulu y réfléchir. La scène à laquelle je venais d'assister me faisait l'effet d'un seau d'eau glacée.

— Je suis venue te dire qu'on ne va pas tarder à quitter la boîte. On devrait s'en aller dans une vingtaine de minutes.

Distraitement, je commençai à me masser les tempes ; j'avais de nouveau la tête qui tournait.

— Tu te sens bien ?

L'absurdité de sa question me fit éclater de rire.

— Non, je ne me sens pas bien. Pas bien du tout, même. Tout à l'heure je t'ai embrassé, et là je viens de te voir aspirer avec avidité le sang d'une fille, tes crocs plantés dans son cou. Si tu ajoutes le mal de crâne que je me paie, alors non, je ne me sens pas bien du tout.

Il s'approcha, et je reculai de nouveau.

— Ne me touche pas.

Marmonnant une injure, il serra les poings mais ne bougea pas.

— Très bien. On en reparlera plus tard. Retournes-y avant qu'il commence à s'agiter.

— Non, on n'en reparlera pas plus tard, lui annonçai-je froidement en retournant vers la porte. D'ailleurs, je ne veux plus jamais en parler.

Je n'avais toujours pas retrouvé mon calme lorsque je me rassis à côté d'Hennessey, mais j'accrochai un sourire à mes lèvres et commandai un autre gin tonic. *Tant pis pour le Coca, en avant toutes !*

Hennessey avança le bras et me prit la main.

— Que se passe-t-il, Cat ? Tu as l'air bouleversée.

J'envisageai d'abord de mentir, mais je décidai finalement de lui dire la vérité. Il m'avait peut-être aperçue en train de parler à Bones, même s'il n'avait pas pu entendre ce que nous disions dans tout ce vacarme, et je ne voulais pas éveiller sa méfiance.

— Oh, rien du tout. J'ai croisé Bones en revenant des toilettes et il m'a dit des choses pas très aimables. Ça m'a un peu énervée, c'est tout.

Hennessey retira sa main et se leva, affichant un sourire parfaitement poli.

— Tu veux bien m'excuser ? J'ai tout à coup très envie de rattraper le temps perdu avec un vieil ami.

— S'il vous plaît, non, dis-je précipitamment.

Je ne voulais pas être la cause d'une bagarre. Pas tout de suite, en tout cas.

— Ça ne prendra que quelques minutes, ma chère. Je veux juste lui faire comprendre que sa grossièreté n'a guère été appréciée.

Je renouvelai mes protestations mais il partit sans en tenir compte. Embêtée, je finis mon gin tonic. J'allais en commander un autre lorsque Ralphie et Martin se glissèrent près de moi.

— Coucou ! Tu te rappelles de nous ?

Ils avaient un sourire si ingénu que je me sentis malgré tout disposée à être aimable.

— Salut, les garçons.

L'un était à ma gauche, l'autre à ma droite, exactement comme tout à l'heure.

— C'est ton copain ? demanda Ralphie, les yeux écarquillés.

— Non. Oui. Enfin, je pense que, maintenant, il l'est. Ça n'a pas collé avec le précédent, alors celui-là est venu me tenir compagnie. (J'étais aussi vague que possible pour éviter d'entrer dans des détails qui pourraient les mettre en danger plus tard.) Il est parti jouer au macho, il devrait en avoir pour une dizaine de minutes. Mais dès qu'il revient, vous disparaissez, OK?

—Pas de problème, dirent-ils en chœur.

Martin me tendit un verre avec un sourire timide.

—C'est un gin tonic, comme celui que tu avais commandé tout à l'heure. Après notre rencontre, j'en ai pris un, pour goûter. C'est vraiment bon!

Il était impossible de résister à la joie enfantine de son visage et je souris de plus belle.

—Tiens, dit-il d'un air important. Je n'y ai pas touché. Je vais en demander un autre au barman.

—Euh… merci.

Après avoir levé mon verre à leur santé, je bus une longue gorgée. Ce gin tonic était un peu plus amer que les précédents. Il avait peut-être été préparé par un barman moins habile que Logan.

—Délicieux.

Je camouflai ma grimace et bus une autre gorgée pour ne pas leur faire de peine.

Tout en m'observant avec inquiétude, ils échangeaient des regards.

—Tu veux voir ma voiture? demanda Ralphie en ouvrant grand les yeux et en me regardant fixement. C'est une nouvelle Porsche, avec toutes les options. Elle est vraiment géniale.

—Ouais, ajouta Martin. Il faut que tu la voies, elle est vraiment super.

Ralphie sortit des clés de la poche de son pantalon; l'une d'elles était ornée du nom de la célèbre marque de voiture.

—Je te laisserai la conduire.

Leur jubilation me rendit perplexe. Je n'avais jamais éprouvé un tel emballement pour une voiture. Cela dit, je n'avais jamais eu de Porsche. Ça devait être sympa d'avoir de l'argent.

Je secouai fermement la tête et reposai mon verre. Ma tête recommençait à tourner. Il était grand temps de revenir aux boissons sans alcool.

— Désolée, les gars… Peux pas abandonner mon copain… Serait pas sympa.

Mon cerveau semblait avoir du mal à former des phrases complètes. J'étais pressée d'en finir avec ce que j'avais à faire pour pouvoir rentrer chez moi et dormir. Dormir me paraissait la plus merveilleuse des idées.

Ralphie me tira par les mains et Martin me poussa l'épaule. Désorientée, je les regardai en clignant des yeux et je me redressai sur mon siège. Du moins j'essayai.

— Hé… Ne me bousculez pas. Désolée, mais je vous ai dit non.

— Allez, insista Ralphie en continuant à me tirer par les mains. Juste une minute ! On n'a qu'à se dépêcher avant qu'il revienne !

— Non !

Maintenant, j'étais furieuse. Tout le monde voulait me forcer à faire des choses que je n'avais pas envie de faire. Des choses qu'il ne fallait en aucun cas que je fasse, malgré tout l'attrait qu'elles pouvaient présenter…

Je poussai Ralphie avec assez de force pour le faire trébucher en arrière.

— Maintenant, il faut que vous partiez.

Ils échangèrent de nouveau un regard, visiblement surpris. Le coup de la Porsche devait sans doute marcher d'habitude. Ils étaient abasourdis par mon refus.

— Je vous ai dit de partir. (Je pris une voix plus menaçante et je pivotai sur mon siège pour leur tourner le dos.) Barman, dis-je d'une voix fatiguée. (Logan apparut au bout d'une minute.) Tu as de l'aspirine ?

Hennessey et moi partîmes quinze minutes plus tard. Lorsqu'il était enfin revenu, je me sentais en dessous de tout. Tout ce que je voulais, c'était dormir, mais il fallait d'abord qu'on en finisse avec lui. Aussi je lui suggérai brusquement de partir pour aller dans une autre boîte, sous le prétexte que je préférais éviter une nouvelle rencontre avec Bones. Il accepta sans hésiter et très vite nous sortîmes du petit parking dans sa Mercedes grand luxe – apparemment, les vampires aimaient les Mercedes.

Ma tête tournait et j'avais du mal à suivre sa conversation plaisante tandis qu'il conduisait. Dans un petit coin de ma tête, je me demandais ce qui se passait, mais j'avais le plus grand mal à me concentrer. Mes yeux papillonnèrent puis se fermèrent avant que je les rouvre brutalement. Qu'est-ce qui était en train de m'arriver ?

— Tu as trop bu, Cat ?

Pour une fois, je ne faisais pas semblant lorsque je répondis d'une voix pâteuse :

— V… vous n'y êtes pas… (Parler devenait difficile et les premiers signaux d'alerte commencèrent à résonner dans ma tête. Quelque chose n'allait pas.) Je tiens… très bien l'alcool.

Hennessey sourit.

— Je ne crois pas. Nous devrions peut-être aller chez moi, tu pourras t'allonger et te reposer. Tu me sembles trop mal en point pour aller dans une autre boîte.

— Non… Noooon…

J'avais la vague impression que ça ne m'apporterait rien de bon d'aller chez lui, mais je n'arrivais pas à me rappeler pourquoi. C'était qui, ce type, au fait ? Comment avais-je atterri ici ? Mon esprit était à la dérive.

— Je pense que si. Ça te fera du bien.

Il ne m'écoutait même pas ! Il allait m'emmener chez lui, et quelque chose de moche allait se produire. Mais quoi ? Où étais-je ? Il fallait que je le force à s'arrêter, à se garer. Ensuite… je m'enfuirais. Oui. Tout ce que je voulais c'était fuir. Et dormir.

— Arrêtez-vous, articulai-je non sans peine.

J'étais horrifiée par les couleurs sombres qui entachaient les bords de mon champ de vision. Un bourdonnement sourd commença à résonner dans mes oreilles.

— Non, Cat. Nous nous arrêterons une fois arrivés chez moi.

Il garda le même itinéraire. Nous avions presque quitté les routes de campagne et nous allions bientôt arriver sur l'autoroute. Quelque chose en moi savait qu'il fallait à tout prix que je l'empêche de continuer.

— Je vais vomir, l'avertis-je.

Ce n'était pas une menace en l'air. Je sentais que mon estomac se soulevait dangereusement. Prise d'un haut-le-cœur, je me penchai vers lui.

Il écrasa son pied sur la pédale de freins et la voiture s'arrêta si brusquement que les airbags auraient dû s'ouvrir.

— Pas dans la voiture ! dit-il avec précipitation en se penchant au-dessus de moi pour ouvrir ma portière.

À peine m'étais-je penchée au-dehors que je vomis tout ce que j'avais ingurgité, éclaboussant ma robe au passage. Au-dessus de moi, j'entendis Hennessey émettre un grognement de dégoût.

— Tu t'en es mis partout ! Je ne peux pas te laisser rentrer dans la voiture dans cet état. Tu salirais les sièges !

Bien que soulagée d'entendre ça, je n'allai pas jusqu'à me réjouir, car je ne savais pas où j'étais ni pourquoi je ne voulais pas retourner dans la voiture.

Tout à coup, je sentis mon corps bouger douloureusement. L'homme me saisit par les cheveux et me traîna jusqu'aux arbres alors que j'essayais de me dégager. Tout cela ne laissait rien présager de bon. J'avais l'impression que mes jambes étaient des blocs de roche. Elles étaient trop lourdes pour que je puisse les bouger. Mes bras ne valaient guère mieux, et je le frappai inutilement, toute force m'ayant abandonnée. Il s'arrêta enfin et tendit la main derrière mon cou pour défaire le haut de ma robe. Elle retomba sur ma taille, découvrant le soutien-gorge sans bretelles qui couvrait ma poitrine.

— Magnifique, soupira-t-il avant de le dégrafer pour mettre mes seins à nu.

— Arrête.

J'essayai de m'enfuir, mais mes jambes refusaient de m'obéir. Hennessey s'agenouilla au-dessus de moi, en faisant attention de ne pas se salir, puis il écarta mes cheveux. D'un seul coup, son visage se transforma, et je ne vis bientôt plus que ses yeux luisants et ses crocs. Il prit mon sein dans l'une de ses mains et le serra avec brusquerie tandis que de l'autre il me maintenait la tête.

Je sentais des larmes couler lentement sur mes joues. J'étais assise, prise au piège, incapable de bouger ou de penser. Il y avait une chose qui pouvait m'aider, une chose… si seulement je pouvais me rappeler laquelle !

Je ressentis soudain une vive douleur dans le cou qui me coupa le souffle. Mon Dieu, il m'avait mordue ! Il était en train de boire mon sang ! Mes jambes s'agitèrent faiblement et ma montre se retrouva prise dans ses cheveux alors que j'essayais de le repousser. Il me restait une vague lueur de souvenir, mais elle s'effaçait rapidement à chacune de ses succions qui me faisaient mal. Ça avait quelque chose à voir avec ma montre…

Ma vision s'assombrit, mais, avant de plonger dans les ténèbres, j'appuyai sur un bouton.

CHAPITRE 10

Quelque chose était appuyé contre ma bouche. Un liquide coulait dans ma gorge si vite que je toussai pour éviter de m'étouffer. Une voix me parlait, qui semblait venir de très loin, et je sentais qu'on me secouait tandis que le fluide continuait à couler sans répit. Je l'avalai pour éviter qu'il me submerge, puis la voix devint plus claire et la brume qui voilait mes yeux se dissipa.

Bones était derrière moi et me serrait contre sa poitrine. Nous étions par terre. Il me maintenait contre lui à l'aide de l'un de ses bras, et son poignet libre était appuyé contre ma bouche. C'était son sang que je buvais.

—Arrête, tu sais que je déteste ça.

Je crachai le sang qui me restait dans la bouche et tentai de repousser Bones, mais il resserra son étreinte et se tourna pour voir mon visage.

—Dieu merci, tu vas bien. Ton cœur avait commencé à ralentir. Ça m'a fichu une peur bleue.

À mesure que ma vision s'éclaircissait, je pris conscience qu'un cadavre de vampire gisait devant moi. Il avait la tête presque entièrement arrachée, et l'un de ses yeux pendait de son orbite. Sa peau s'était ratatinée et collait à ses os – c'était le processus habituel quand un vampire mourait pour de bon –, mais le visage n'était pas celui d'Hennessey. Il s'agissait de quelqu'un que je n'avais jamais vu.

— Où est Hennessey ?

Ma voix n'était qu'un murmure. Mes yeux et mes oreilles fonctionnaient, mais j'avais encore la tête qui tournait.

Derrière moi, Bones ricana d'un air dépité.

— Cet enfoiré s'est enfui. J'étais déjà en route pour vous rejoindre quand j'ai reçu ton signal. Hennessey était sur toi ; je l'ai attrapé, on a commencé à se battre et ce type est brusquement sorti du coffre où il était caché. C'était son garde du corps. Il m'a sauté dessus et Hennessey s'est taillé. L'autre salopard m'a donné du fil à retordre, en tout cas. Après en avoir fini avec lui, je me suis occupé de toi. C'est là que j'ai vu que tu ne respirais presque plus, et je me suis ouvert une veine. Franchement, tu devrais en boire un peu plus, tu es encore pâle comme la mort.

— Non.

Ma réponse était douce, mais ferme. En pensant à tout ce que j'avais avalé, je craignais d'en avoir déjà trop bu. J'étais écœurée.

— Que s'est-il passé ? Je pensais que tu faisais semblant et que tu poussais l'affaire aussi loin juste pour me faire enrager. Ça a marché, d'ailleurs, c'est pour ça que j'étais déjà presque sur lui quand ton signal s'est déclenché. Il t'a prise par surprise ?

Il avait retiré son poignet de ma bouche, mais il gardait ses bras autour de moi. Une partie de mon être protestait, d'autant plus que j'étais nue jusqu'à la taille, mais j'étais trop épuisée pour lui en faire part. Je forçai mon cerveau à se mettre en marche et j'essayai de me remémorer ce qui s'était passé. J'avais l'impression d'avoir la cervelle en bouillie.

—Euh… je ne sais pas. On est montés dans sa voiture et j'ai commencé à me sentir mal… Non, ce n'est pas vraiment ça. Je me sentais déjà mal avant, à la boîte. Ça a commencé pendant qu'on dansait. J'avais l'impression d'être saoule. Tout était flou, les lumières me paraissaient lointaines… Au bout d'un moment, ça s'est arrêté, mais, après avoir quitté la boîte, la sensation est revenue, trois fois plus violente qu'avant. Je ne pouvais plus bouger. Mes jambes refusaient de m'obéir, et ma tête… je n'arrivais pas à penser. J'avais même oublié la montre jusqu'à ce qu'elle se coince dans ses cheveux. Tu crois qu'il m'a droguée? Est-il possible qu'il ait été au courant de ce qu'on comptait faire?

Bones me tira en arrière, suffisamment pour pouvoir me regarder dans les yeux. Ce qu'il vit le fit jurer.

—Tu as les pupilles aussi dilatées que celles d'un cadavre. T'as été droguée, ça ne fait aucun doute. Tu dis que ça a commencé avant l'arrivée d'Hennessey, pendant qu'on dansait? Ça ne tient pas debout…

Sa voix s'éteignit et, tout à coup, la vérité me sauta aux yeux. Je revis les sourires innocents de Ralphie et de Martin tandis qu'ils me tendaient un verre.

—Ce n'était pas lui. (*Viens voir ma Porsche, viens dehors…*) C'étaient ces deux gamins, Ralphie et Martin, que tu as fait fuir quand on est arrivés. Ils m'ont offert un verre à ce moment-là, et un autre un peu plus tard, pendant qu'Hennessey était parti à ta recherche. Ces petits merdeux, ils ont essayé de m'entraîner dehors pour voir leur voiture, ils avaient l'air surpris que je refuse…

191

Tout à coup, je fus de nouveau prise de vertige et ma vision se troubla pendant quelques secondes.

— Il te faut plus de sang.

C'était une affirmation, mais je lui fis « non » de la main à travers le brouillard.

— Pas question. Ça va aller. J'ai juste besoin de dormir.

Les arbres se mirent à pencher et, lorsque j'ouvris les yeux, j'étais allongée par terre, la veste en jean de Bones pliée sous ma tête, en guise d'oreiller. Quant à lui, il était en train de creuser un trou dix mètres plus loin.

Il avait ôté sa chemise et la lumière de la lune se reflétait comme une caresse sur sa peau de nacre. Torse nu, il paraissait encore plus ciselé. De longues lignes rejoignaient ses clavicules, ses épaules ainsi dénudées semblaient plus larges, et, sous son pantalon, je devinai le prolongement de son ventre lisse et ferme. En regardant ses muscles saillir sous l'effort, je me dis que je n'avais jamais vu d'homme aussi séduisant.

— Qu'as-tu fait de ta chemise ?

Apparemment, j'avais parlé à voix haute, car il se retourna pour me répondre.

— Je l'ai mise sur toi, ma belle.

Il se pencha, souleva le cadavre d'une seule main et le jeta dans le trou avant de le recouvrir de terre.

— Tu es vraiment magnifique torse nu, tu le sais, ça… ?

Ma fonction « monologue interne » devait être hors service, puisque de toute évidence il m'avait encore entendue.

Il s'interrompit un moment pour me sourire ; ses dents brillaient dans la nuit.

— J'ai cru remarquer que les seules fois où tu me faisais des compliments, c'est quand tu étais saoule. Entre nous, ça rend ta compagnie beaucoup plus agréable.

Pour finir, il donna un dernier coup de pelle sur le sol, puis se dirigea vers moi. Je continuais à n'y voir clair que par intermittence.

— Je t'ai toujours trouvé très beau, murmurai-je en tendant mon doigt pour caresser sa joue alors qu'il s'agenouillait près de moi. Embrasse-moi encore…

Rien ne semblait réel. Ni le sol en dessous de moi, ni ses lèvres une nouvelle fois posées sur les miennes. Je laissai échapper un soupir de déception tandis qu'il relevait la tête et se dégageait de l'étreinte de mes bras.

— Pourquoi t'arrêtes-tu ? Je n'ai pas bon goût ?

Il me semblait me rappeler que j'avais vomi peu de temps avant.

Il sourit et reposa délicatement ses lèvres sur les miennes.

— Non. Tu as le goût de mon sang, et j'ai tellement envie de toi que c'en est insoutenable. Mais ce n'est pas le bon moment. Tu dois avant tout te reposer. Allez, en route.

Il me prit dans ses bras et me souleva.

— Bones, soupirai-je. Tu sais quoi ? Je n'ai pas peur de toi, mais tu m'effraies…

Sa silhouette redevint floue.

— Toi aussi, tu m'effraies, Chaton…

Je n'étais pas sûre d'avoir entendu sa réponse. Je sombrai de nouveau dans les ténèbres.

Ma mère était couchée derrière moi, m'entourant de ses bras, et je me blottis contre elle. C'était d'autant plus agréable qu'elle ne me serrait jamais contre elle d'ordinaire. Elle marmonna quelque chose, et sa voix était basse et profonde. Ses bras étaient puissamment musclés, et sa poitrine, que je sentais dans mon dos, était… dure comme un roc.

J'ouvris précipitamment les yeux, et pour la deuxième fois de ma vie je me réveillai au lit avec un vampire. Sauf que cette fois-ci, c'était infiniment pire, car je ne portais qu'une chemise et une culotte, et lui…

Je ne pus réprimer un hurlement. Bones se leva en sursaut en tournant la tête dans toutes les directions pour repérer d'où venait le danger. Je détournai précipitamment les yeux car, le danger, je l'avais parfaitement vu. Je rougis et maintins mes paupières closes.

— Que se passe-t-il ? Tu as vu quelqu'un ?

Sa voix était insistante et implacable.

Sans rien dire, je remuai la tête en me demandant comment j'avais bien pu me retrouver dans cette situation. La dernière chose dont je me rappelais, c'était que j'étais allongée par terre et que je l'embrassais…

— Bones. (Mes dents grinçaient, mais il fallait que je sache.) Est-ce que toi et moi… s'est-il passé quelque chose entre nous ? Je ne me souviens de rien. Dis-moi la vérité.

Il soupira, visiblement exaspéré, et je sentis le lit s'affaisser sous son poids tandis qu'il revenait se coucher. Je bondis immédiatement hors du lit et l'observai discrètement jusqu'à ce que je sois sûre que le drap le recouvre bien en dessous de la taille.

Il me lança un regard noir.

—Tu me crois capable d'abuser de toi pendant que tu es dans les vapes ? Tu penses vraiment que je ne vaux pas mieux que les deux salopards qui t'ont droguée ? Ta robe était à moitié arrachée et couverte de vomi, rien que ça, alors je t'ai enfilé une chemise et je t'ai ramenée ici. Ensuite, je suis retourné à la boîte.

—Oh. (Je me sentais toute bête et je voulais défendre mon point de vue, bien qu'il se soit révélé erroné.) Alors pourquoi es-tu complètement nu ?

—Parce que le temps d'en finir avec tes jeunes chevaliers servants et de chercher Hennessey en vain, le jour se levait. J'étais crevé et mes vêtements étaient couverts de sang, alors je me suis déshabillé et je suis venu me coucher. Toi, tu avais piqué toutes les couvertures, comme l'autre fois, et tu ronflais. Pas de quoi me mettre en appétit, désolé.

Chaque mot était chargé de sarcasme, mais sa première phrase m'avait glacé les sangs.

—Comment ça, tu en as fini avec les garçons ? Qu'est-il arrivé à Ralphie et à Martin ?

—Tu t'inquiètes pour eux, hein ? T'es bien une Américaine, toi. Tu te fais plus de souci pour les criminels que pour les victimes. Ça ne t'intéresse pas de savoir si après ton départ ils se sont cherché une nouvelle camarade de jeu ? Tu ne te demandes pas ce qui a pu lui arriver ? Non, au lieu de ça, tu t'inquiètes du bien-être de ces deux salopards.

—Ils ont drogué une autre fille ? Comment va-t-elle ?

Si son but avait été de me faire honte, il avait réussi.

Il me transperça du regard.

— Non, Chaton, elle ne va pas bien. Voyant que tu n'avais pas succombé après avoir ingurgité deux verres de leur mixture, ils ont triplé la dose. Pendant que tu étais en train de te faire grignoter le cou, ils étaient joyeusement en train de choisir une autre fille. Mais ils ont commis l'erreur de l'emmener à seulement deux kilomètres de la boîte. Quand je suis revenu, je suis tombé sur un van, au milieu des arbres, et j'ai senti que ces deux loques étaient dedans. Le premier était en train de violer la pauvre fille pendant que l'autre attendait son tour. Bien sûr, ils ne s'étaient pas rendu compte qu'elle était morte d'overdose. J'ai arraché la portière du véhicule et j'ai brisé la colonne vertébrale de celui qui était en pleine action. Ça a fichu une peur bleue à l'autre, comme tu peux t'en douter. Je l'ai d'abord questionné un peu pour m'assurer qu'il n'avait rien à voir avec Hennessey. Il a tout lâché et il m'a raconté que lui et son pote avaient l'habitude de droguer des filles et de les violer avant de les relâcher dans la nature. Ils aimaient bien les boîtes de vampires, parce que les filles qui fréquentaient ces endroits évitaient généralement de porter plainte. Ça lui a fait un gros choc quand je lui ai dit que la fille était morte. Il s'est mis à pleurer en disant que la drogue n'était pas censée les tuer, mais seulement les rendre inconscientes. Je lui ai tranché la gorge et j'ai bu son sang. Ensuite, je suis retourné à la boîte et j'ai tout raconté au propriétaire. Il n'apprécie pas du tout ce genre d'activités, ça attire une attention malvenue sur la boîte. J'ai rendu service à ces crétins en les tuant rapidement. Le proprio les aurait laissé agoniser pendant des semaines en signe d'avertissement à l'intention des éventuels humains assez idiots pour tenter le même coup.

Je me sentais mal et je m'assis sur le bord du lit en baissant la tête. La pauvre fille, quelle tragédie. Mais la manière dont Bones avait tué Ralphie et Martin me faisait frémir. L'avaient-ils mérité ? Oui. Bones avait-il eu raison de le faire ? Je n'avais pas de réponse à cette question.

— Qu'as-tu fait d'elle ?

— J'ai déposé les corps des deux types à la boîte et j'ai conduit le van jusqu'à une aire d'autoroute où je l'ai abandonné. La police le trouvera, cherchera le nom du propriétaire et arrivera à la conclusion qu'après avoir violé la fille et s'être rendu compte qu'elle était morte, les agresseurs sont partis chacun de leur côté. Enfin, un seul des deux, en fait. Il y avait du sang dans le van. Les flics penseront que le type qui les a tués tous les deux s'est enfui. Ce ne sera pas la première fois qu'un truc comme ça se produit.

— Au moins, ses parents sauront la vérité, ils ne passeront pas le reste de leur vie à se demander avec angoisse ce qui s'est passé.

J'avais de la peine pour les proches de cette inconnue en pensant au terrible coup de téléphone qu'ils recevraient bientôt. Je laissai tomber ma tête dans mes mains pour essayer d'enrayer la migraine que je sentais arriver. Après tous les événements de cette nuit, c'était un prix à payer bien dérisoire.

— Et Hennessey. Que va-t-il faire, à ton avis ? Tu crois qu'il va tenter quelque chose ou qu'il va s'enfuir ?

Bones rit d'une voix morne.

—Désormais, Hennessey sait que je suis après lui. Il s'en doutait, mais il en a enfin la preuve. Il va essayer quelque chose, ça ne fait aucun doute. Mais où et quand, je n'en ai pas la moindre idée. Il va peut-être faire profil bas pendant quelque temps, ou bien contre-attaquer immédiatement. Je n'en sais rien ; mais, en tout cas, nous n'en avons pas fini avec lui.

—C'est ma faute si Hennessey s'est enfui. Bon Dieu, j'ai été complètement idiote de ne pas me rendre compte que quelque chose n'allait pas, et quand j'ai compris, il était trop tard…

—Ce n'est pas ta faute, Chaton.

Il posa ses mains sur mes épaules et se glissa plus près de moi. En repensant à mes écarts de comportement de la veille, je pris conscience qu'entre autres bizarreries j'avais voulu le caresser. Et maintenant, nous étions au lit, lui entièrement nu, et moi à peine vêtue d'une culotte et d'une chemise. Ce n'était vraiment pas malin.

Je me levai du lit et lui tournai le dos en essayant de mettre un peu de distance entre nous. C'était la drogue qui m'avait poussée à l'embrasser, et rien d'autre. Plus je me répétais cette phrase, mieux je me sentais.

—Bones, je… je tiens à te remercier. Tu m'as sauvé la vie. J'ai perdu connaissance juste après avoir appuyé sur le bouton de ma montre, et il m'aurait saignée à blanc sans ton intervention. Mais tu sais, si j'ai été si… directe avec toi, c'est uniquement à cause des drogues qu'ils m'ont fait ingurgiter. Tu le sais, hein ? Bien sûr, je ne t'en veux pas de m'avoir embrassée. Je suis sûr que ça n'avait aucune importance pour toi. Je voulais juste que tu saches que ça n'en a aucune pour moi non plus.

Je lui tournais toujours le dos, et j'aurais donné très cher pour être plus décemment vêtue. C'était trop dangereux d'être enfermée avec lui sans une bonne trentaine de couches de protection.

—Retourne-toi.

Il y avait quelque chose dans le son de sa voix que j'avais peur de déchiffrer. Quoi que ce puisse être, ce n'était pas de la joie.

—Euh… tu peux déplacer la pierre pour que je puisse sortir et…

—Retourne-toi.

Maintenant, je savais ce qu'il y avait dans sa voix. Une menace.

Lentement, je lui fis face.

Sans que je l'aie vu bouger, il se plaça devant moi, à quelques centimètres, toujours nu comme un ver. Je devins rouge écarlate, mais je gardai les yeux fermement levés. C'était presque pire. L'expression de son regard me fit trembler.

—Ça me met mal à l'aise que tu sois nu, dis-je en essayant sans succès de parler d'une voix normale.

Il haussa un sourcil.

—Pourquoi ça te gêne, mon chou ? Après tout ton beau discours, comme quoi tu n'éprouves rien pour moi si ce n'est de la gratitude, il n'y a aucune raison. En plus, ce n'est pas la première fois que tu vois un homme nu, alors ne me sors pas ton numéro de vierge effarouchée. Qu'est-ce qui te dérange ? Je vais te dire ce qui me dérange, moi. (Il abandonna son ton badin et sa voix se transforma en un grognement sourd et furieux.) Ce qui me dérange, c'est que tu oses me dire ce que je suis censé ressentir ou ne pas ressentir à propos d'hier soir. Que t'embrasser et te tenir dans mes bras n'a eu aucune importance pour moi. Et que, pour couronner le tout, tu n'as voulu m'embrasser que parce que tu n'étais pas dans ton état normal! C'est vraiment gonflé. Tu sais ce que la première dose de drogue t'a fait, avant que la deuxième te plonge dans le coma? Elle t'a décoincée!

Sur ces entrefaites, il dégagea la pierre de son emplacement pour m'ouvrir le passage. Je restai bouche bée tant j'étais indignée. Il pointa la sortie du doigt.

— Sors d'ici avant que je perde mon calme, et là on verra bien si tu n'aimes pas m'embrasser.

Courageuse, mais pas téméraire, je sortis en vitesse.

CHAPITRE 11

— Tu as pris des notes pendant le cours magistral d'aujourd'hui? Je me suis couchée un peu tard hier et je me suis réveillée il y a seulement une demi-heure! C'était aussi ennuyeux que la dernière fois?

Stéphanie était en cours de physique avec moi. Enfin, quand elle se décidait à venir. Sur les cinq derniers jours, elle avait manqué deux journées de classe, mais chaque fois que je sortais de cours, elle était là, à m'attendre. J'avais l'impression qu'elle aimait bien traîner sur le campus. La vie sociale lui paraissait beaucoup plus intéressante que les cours.

Stéphanie était une petite brune plutôt ouverte qui avait passé les cinq derniers jours à tenter de me faire sortir de ma coquille. L'année universitaire avait commencé lundi. Nous étions aujourd'hui vendredi et, jusqu'ici, elle était la seule personne à qui j'avais parlé sur cet immense campus qui m'intimidait.

Comme je n'avais jamais vraiment eu d'amis, j'avais du mal à engager la conversation. En dehors des cadavres, des cours ou de la cerisaie de mes grands-parents, je ne savais généralement pas de quoi parler. Cela n'avait pas eu l'air de décourager Stéphanie. Elle était assez gaie et exubérante pour deux, et, pour je ne sais quelle raison, il semblait que je lui avais plu dès le départ.

—Ouais, je les ai. Tu veux faire des photocopies ?

Elle sourit.

—Nan. De toute façon, je ne les lirai probablement pas. Les études, c'est tellement casse-pieds. Et puis toutes ces âneries ne me seront certainement jamais d'aucune utilité, alors à quoi bon ?

Stéphanie était en première année, mais, par bien des aspects, elle était bien plus à l'aise que moi en société. Lors de notre deuxième conversation, elle m'avait informée qu'elle avait eu son premier copain à douze ans, qu'elle avait perdu sa virginité à quatorze et qu'elle considérait les hommes comme des fast-foods : elle les trouvait amusants et pratiques.

—Pourquoi diable t'es-tu inscrite à la fac ? lui demandai-je avec amusement.

D'un signe de tête, elle me montra un garçon séduisant qui passait à côté de nous.

—Pour les mecs. Le campus en est bondé. Un vrai buffet à volonté !

Elle et Bones avaient une chose en commun. Lui aussi aurait considéré le campus comme un buffet à volonté, mais dans un sens un peu plus littéral.

Je l'évitais depuis que je m'étais réveillée au lit avec lui dimanche dernier. J'étais censée le retrouver mercredi à la grotte, mais je n'y étais pas allée. Tout était trop confus dans ma tête. Mes sentiments à son égard avaient radicalement changé. Au cours de ces sept dernières semaines, à un moment que je ne saurais identifier avec précision, la haine tenace que je lui vouais depuis le début avait cédé la place à une attirance inexplicable.

—Alors, tu veux qu'on sorte ce soir ou qu'on fasse un truc ?

L'espace d'une seconde, je la regardai sans rien trouver à répondre. Dire qu'à vingt-deux ans je n'étais jamais sortie avec une copine pour m'amuser ou faire des trucs normaux. Pire encore, je n'avais même jamais eu de copine avec qui partager quoi que ce soit.

—Euh… d'accord.

Elle sourit.

—Super, on va s'éclater. Tu me retrouves chez moi ? On ira dans une super-boîte dont je connais le videur. Il te laissera entrer.

—Oh, j'ai plus de vingt et un ans, dis-je, habituée à ce que les gens me croient plus jeune. En fait, j'en ai vingt-deux.

Elle me jeta un regard si perçant que j'en fus mal à l'aise. D'accord, j'étais un peu plus vieille que ne le sont habituellement les étudiants de troisième année, mais j'avais dû donner un coup de main au verger après la crise cardiaque de mon grand-père…

Enfin, elle sourit.

—Dis donc, tu es une fille pleine de surprises, toi…

Stéphanie vivait dans un appartement en dehors du campus, pas très loin du studio où je m'apprêtais à emménager. Avec l'argent que Bones m'avait donné, j'allais pouvoir m'installer plus tôt que prévu. Je n'aurais plus à cacher mes vêtements sanglants pour que mes grands-parents ne les voient pas, ni à supporter la mesquinerie de nos voisins. J'avais hâte d'avoir un endroit à moi.

Arrivée devant la porte de Stéphanie, je frappai poliment.

—C'est Cathy.

C'était le nom que je me donnais à la fac. Ça m'en faisait désormais quatre. Au moins, ils se ressemblaient tous.

Elle m'ouvrit quelques secondes plus tard, en soutien-gorge et en jupe.

—Salut ! Je suis en train de m'habiller, entre.

Je la suivis à l'intérieur, attendant près de la porte alors qu'elle disparaissait dans ce qui devait être sa chambre. Son appartement était étonnamment agréable, rien à voir avec un logement d'étudiant lambda. Elle avait une télé à écran plasma, un canapé en cuir, un gros ensemble hi-fi-vidéo, un ordinateur portable haut de gamme et d'autres objets visiblement onéreux disposés avec coquetterie.

—C'est sympa, chez toi, dis-je en toute sincérité. Tu vis seule ou tu as un colocataire ?

—Approche-toi, je n'entends rien, appela-t-elle.

Je répétai la question en traversant le petit couloir qui menait à sa chambre. Stéphanie était devant son placard et contemplait sa garde-robe en faisant la moue.

—Hein ? Non, je n'ai pas de coloc. Parle-moi un peu de toi, Cathy. Je sais que tu vis avec ta maman et tes grands-parents, mais vous habitez où ?

—Dans une ville minuscule dont tu n'as certainement jamais entendu parler, à une heure de route d'ici, au nord, répondis-je.

Sa chambre était encore plus jolie que le salon. De toute évidence, ses parents étaient riches.

—Tu ne parles jamais de ton père. Tes parents ont divorcé, ou bien il est mort ?

—Il est parti avant ma naissance, je ne connais même pas son nom.

Je n'en dis pas plus. Après tout, c'était plus ou moins la vérité.

—T'as un copain ?

Ma réponse fusa.

—Non !

Elle rit.

—Waouh, ça, au moins, c'est clair ! Tu joues dans l'autre équipe ?

—Quelle autre équipe ? lui demandai-je, perdue.

Elle tordit sa bouche, manifestement amusée.

—Tu es lesbienne ? Ça m'est égal, remarque, mais tu m'as répondu si vivement quand je t'ai demandé si tu avais un copain que cette idée m'a tout de suite traversé l'esprit.

—Ah ? (*Merde alors !*) Non, je ne suis pas lesbienne. C'est juste que ta question m'a prise au dépourvu…

—Tu sais, m'interrompit-elle avec un charmant sourire tout en continuant à fouiller dans son placard, tu es très jolie. Mais tu t'habilles comme un sac. On va essayer de te trouver quelque chose à te mettre pour ce soir.

La vache, on aurait cru Bones. Il ne lui manquait plus qu'un accent anglais et j'aurais pu jurer que c'était lui qui parlait.

Je jetai un coup d'œil à mon jean. Il était tellement confortable.

—Oh, c'est pas la peine.

— Tiens. (Elle fouilla encore un peu et me lança une robe bleu marine.) Essaie ça.

Je ne voulais pas avoir l'air trop pudique, vu qu'elle était toujours à moitié dévêtue. J'enlevai donc mes bottes et je commençai à me déshabiller devant elle.

Stéphanie me regardait tranquillement pendant que j'enlevais mon jean. La manière dont elle me balayait du regard me faisait un drôle d'effet. C'était comme si elle était en train de m'évaluer. *C'est sans doute ta pâleur qui la fascine*, me dis-je en essayant de me défaire du sentiment de malaise qui m'avait envahie. *Tu ressembles à un bonhomme de neige avec de la poitrine.*

— Tu as un corps superbe, Cathy. Je n'en étais pas sûre, à cause des vêtements flottants que tu portes tout le temps, mais là, il n'y a plus le moindre doute.

Elle avait parlé d'une voix plate. Presque indifférente. Mon sentiment de malaise s'accrut. Je n'avais peut-être jamais eu de copine jusque-là, c'est vrai, mais j'avais l'impression que quelque chose clochait. Ce n'était plus la fille enjouée et pétillante que je connaissais, mais une personne entièrement différente.

— En fin de compte, dis-je en reposant la robe que je m'apprêtais à enfiler, je crois que je vais rester en jean. Je n'ai pas envie d'abîmer ta robe, tu sais comment ça se passe en boîte. Quelqu'un pourrait renverser un verre dessus, ou je risquerais de m'accrocher quelque part et de la déchirer…

— Tu es vraiment une campagnarde paumée, hein ? (Elle continuait à sourire.) Je t'ai cataloguée au premier regard, en te voyant aller en cours avec la tête baissée et les épaules rentrées. Pas d'amis, pas de relations, d'origine pauvre… Tu passes totalement inaperçue.

Quelqu'un dans ton genre pourrait juste (elle claqua des doigts) disparaître.

J'avais ouvert la bouche toute grande à la première insulte. Finalement je la refermai, incrédule.

—C'est une blague ou quoi ? Parce que si c'est ça, ce n'est pas drôle.

Stéphanie se mit à rire si joyeusement que je me détendis l'espace d'une seconde. *Bon, ce n'était qu'une plaisanterie. D'accord, ce n'était pas drôle du tout, mais peut-être qu'elle a juste un humour douteux…*

Elle plongea de nouveau la main dans son placard. Mais cette fois-ci elle n'en sortit pas une robe mais… un pistolet.

—Ne crie pas ou je tire.

Je n'en croyais pas mes oreilles.

—Stéphanie, qu'est-ce qui se passe ? dis-je dans un souffle.

—Rien, répondit-elle avec amabilité. Je paie mon loyer, et toi, mon chou, tu corresponds exactement au goût du propriétaire. Tiens. Mets ça.

Elle me lança une paire de menottes qui atterrit à mes pieds. J'étais si abasourdie que je ne bougeai pas.

Elle arma le pistolet.

—Allez, Cathy. Ne complique pas les choses.

—Tu ne tireras pas, tes voisins entendraient, dis-je d'une voix calme en me demandant ce qui pouvait bien se passer.

Elle tapota le canon de son doigt.

—C'est un silencieux. Ils n'entendront rien.

Je plissai les yeux tandis qu'une pensée me venait à l'esprit.

—C'est Bones qui t'emploie ?

—Qui ça? demanda-t-elle, agacée.

À son expression, je compris qu'elle n'avait jamais entendu parler de lui, ce qui m'emplit d'effroi. Si ce n'était pas l'un de ses petits tests, et si elle n'était pas en train de me faire subir une sorte de bizutage, alors c'était du sérieux.

Je choisis mes mots avec précaution.

—Je n'ai ni argent ni drogue, tu perds ton temps. Pose ton arme et laisse-moi partir, je ne dirai rien à la police.

Elle s'approcha de moi. Moins de deux mètres nous séparaient.

—Vous, les étudiantes, vous êtes toutes les mêmes. Vous vous croyez plus malignes que tout le monde, mais quand le moment arrive, il faut tout vous expliquer de long en large comme si vous sortiez à peine de la maternelle. Je devrais m'enregistrer et vous passer la bande, ça m'éviterait de devoir répéter toujours la même chose! Bon, écoute-moi bien, simplette. Je vais compter jusqu'à trois, et si à trois tu n'as pas passé ces menottes, je tire. La première balle sera pour ta jambe. Un… deux… trois.

Le coup partit mais je plongeai de côté avant qu'elle eût fini de compter. Bon sang, je n'avais aucune idée de ce qui se passait, mais elle ne plaisantait pas! Si je n'avais pas bougé, j'aurais vraiment reçu une balle!

Stéphanie jura et tira une nouvelle fois, de toute évidence surprise par la rapidité de ma réaction. Je bondis sur elle en essayant de saisir son arme. Je découvris avec stupeur qu'elle était beaucoup plus forte que je le croyais. Nous roulâmes par terre, chacune essayant d'attraper le pistolet. Lorsqu'un autre coup partit, je me figeai.

Elle avait les yeux écarquillés et elle me regardait fixement. Je sentis un liquide chaud couler sur ma peau. Je fis un bond en arrière en laissant l'arme glisser de mes doigts engourdis et regardai la tache de sang qui s'agrandissait sur sa poitrine.

Horrifiée, je mis ma main devant ma bouche et reculai précipitamment jusqu'à ce que mon dos heurte le mur. Stéphanie émit un son, mi-grognement, mi-soupir, puis cessa de bouger.

Je n'avais pas besoin de vérifier son pouls – j'avais entendu son cœur s'arrêter de battre. Pendant quelques secondes qui me parurent une éternité, je la regardai fixement. Les voisins semblaient n'avoir rien remarqué. Elle avait dit vrai. L'arme était équipée d'un silencieux qui s'était révélé aussi efficace que prévu.

Hébétée, j'avançai jusqu'à sa jolie table de nuit en osier et je décrochai le téléphone pour faire le seul numéro qui me venait à l'esprit. En entendant sa voix, je perdis ma contenance et je me mis à trembler.

— Bones, je… je viens de tuer quelqu'un !

Il ne me posa aucune des questions auxquelles je m'attendais, du genre « C'est quoi ton problème ? », ou « Tu as appelé la police ? ». Bones me demanda juste où j'étais et me dit de ne pas bouger. J'avais encore le combiné dans la main lorsqu'il arriva dix minutes plus tard. J'avais suivi ses instructions à la lettre : je n'avais pas bougé d'un pouce. C'est même à peine si je respirais.

J'éprouvai un profond soulagement en le voyant entrer dans la chambre. Si Stéphanie avait été un vampire, il n'y aurait pas eu de problème. J'aurais enveloppé son corps, je l'aurais emmené dans les bois et je l'aurais enterré dans un coin désert sans même me poser de questions. Mais là, c'était différent. J'avais pris une vie et je n'avais aucune idée de ce que je devais en faire.

—Qu'as-tu touché ? me demanda-t-il immédiatement en s'agenouillant près de moi.

J'essayai de réfléchir. Vu les circonstances, cela me demandait un gros effort.

—Euh… le téléphone… peut-être le bord de l'armoire ou la table de nuit… c'est tout. J'étais à peine arrivée qu'elle a complètement pété les plombs. Elle a commencé à me dire des horreurs…

Bones me prit le téléphone des mains.

—C'est dangereux de rester ici. L'un d'eux pourrait arriver à tout moment.

—Que veux-tu dire ? Elle n'a pas de colocataire, protestai-je en le regardant décrocher le téléphone du mur pour le mettre dans un grand sac-poubelle.

—Cet appart pue le vampire, dit-il sèchement. On nettoie tes traces et on part.

Sa réponse me fit bondir.

—Un vampire ? Mais elle n'a pas… elle n'était pas…

—Que t'a-t-elle dit à propos d'Hennessey ? m'interrompit-il.

À présent, j'étais complètement perdue.

—Hennessey ? Mais qui te parle d'Hennessey ? Il n'a rien à voir là-dedans !

—Tu parles, grogna Bones en ôtant la couette du lit pour l'enrouler autour du corps de Stéphanie, comme une sorte de cocon. Je peux le sentir. Il s'agit de lui ou de quelqu'un qui a été en contact avec lui. Son odeur est partout.

Je commençai à avoir mal à la tête. On aurait dit un mauvais rêve. Bones finit d'emmailloter Stéphanie et commença à remplir le sac-poubelle avec ses affaires. Des livres de cours, des classeurs, des papiers. Il fouilla rapidement dans ses tiroirs et prit divers objets. Je ne lui étais pas d'un très grand secours. Je restais immobile en faisant attention de ne pas laisser d'empreintes digitales susceptibles de m'incriminer.

Il sortit pour aller vérifier le salon. Lorsqu'il revint dans la chambre, le sac était encore plus volumineux.

— Prends ça, ma belle.

Il me tendit le sac-poubelle. Je dus le serrer contre moi car j'avais peur que le plastique cède sous le poids des affaires entassées à l'intérieur. Bones prit alors l'un des chemisiers de Stéphanie et se mit à frotter vigoureusement l'armoire, les chambranles, les bords de table et les boutons de porte. Une fois satisfait de son travail, il souleva le tas de couvertures dans lequel le corps de Stéphanie était enveloppé et le jeta par-dessus son épaule.

— Va vite jusqu'à ta voiture, Chaton. Ne regarde pas autour de toi, fonce tout droit et installe-toi à la place du passager. J'arrive dans une minute.

CHAPITRE 12

Nous fîmes un arrêt en nous rendant à la grotte. Bones appela quelqu'un depuis son portable puis se gara sur le bas-côté, près de la zone la plus boisée du trajet. À peine cinq minutes plus tard, une voiture s'arrêta derrière nous.

— Salut mon pote ! cria Ted.

— Toujours aussi rapide, mon vieux, le salua Bones en sortant de mon pick-up.

Il alla jusqu'à l'arrière du véhicule et je l'entendis déplacer sa moto. Il l'avait couchée sur le corps de Stéphanie. Écrasé sous un tel poids, le cadavre ne risquait pas de s'envoler.

Je restai dans le pick-up car je ne me sentais pas d'humeur à faire la causette.

— Qu'est-ce que tu nous amènes ? demanda Ted en me faisant un signe amical de la main par-dessus l'épaule de Bones.

— Un repas pour la goule de ton choix, mais assure-toi qu'elle finit bien son assiette. Je ne veux pas qu'un seul morceau refasse surface, répondit Bones.

J'eus un haut-le-cœur. Plutôt radical comme moyen de se débarrasser d'un corps ! Et moi qui croyais que nous allions l'enterrer ! L'offrir comme dîner à une goule ne me serait jamais passé par la tête.

Ted ne partageait pas mes scrupules.

—Ça marche, mon pote. Rien de spécial à lui préciser ?

—Si. (Bones lui passa le paquet et Ted le laissa tomber dans son coffre.) Dis-lui de faire attention de ne pas se casser une dent sur la balle.

C'en était trop pour moi. J'ouvris la portière juste à temps. Submergée par le souvenir des événements de la soirée, je vomis mes tripes.

—Elle est malade ? demanda Ted tandis que je toussais et que j'aspirais de grandes bouffées d'air frais.

Bones émit comme un soupir.

—Ça va aller. Faut qu'on y aille, mon vieux. Merci.

—De rien, mon pote, à ton service.

Je refermai ma portière au moment où Bones reprenait sa place derrière le volant. Ted nous fit un appel de phares en reculant, puis il disparut.

Bones fouilla dans sa veste et me tendit une flasque.

—Du whisky. Pas ta marque favorite, mais c'est tout ce que j'ai.

Je pris la bouteille avec reconnaissance et la vidai jusqu'à la dernière goutte. La chaleur artificielle de l'alcool réchauffa un peu mes membres glacés.

—Ça va mieux ?

—Oui.

J'avais la voix éraillée à cause de la brûlure de l'alcool, mais le whisky avait eu plusieurs effets bénéfiques. Je commençais à retrouver mes esprits et une foule de questions se bousculaient dans ma tête.

—Maintenant on va arrêter de jouer aux devinettes, Bones. Qui est Hennessey, et qu'a-t-il à voir avec une hystérique excitée de la gâchette qui suivait mes cours de physique ?

Nous avions repris la route. Tout en conduisant, Bones me regarda du coin de l'œil.

— Tes cours de physique ? Tu l'as rencontrée à la fac ?

— Je crois que c'est à toi de me répondre en premier, vu que c'est moi qui ai failli me faire descendre, dis-je d'un ton brusque.

— Chaton, j'ai bien l'intention de te répondre, mais, s'il te plaît, dis-moi d'abord comment tu l'as rencontrée et ce qui s'est passé ce soir.

Je sentis ma mâchoire se crisper.

— Elle était en physique avec moi, comme je viens de te le dire. Dès le premier jour, elle s'est mise à m'attendre à la fin des cours. Elle a commencé par me poser des questions sur les leçons qu'elle avait séchées, puis elle m'a raconté des choses sur elle. Des trucs marrants ou sans importance, comme les types avec qui elle était sortie ou d'autres histoires de ce genre… Elle avait l'air si sympa. Ensuite, elle m'a posé des questions sur ma vie et je lui ai dit la vérité. Que je sortais d'un centre universitaire de premier cycle, que je ne connaissais personne à la fac, que je venais d'une petite ville… (Soudain, j'éclatai :) Cette salope préparait son coup ! Tout à l'heure, elle m'a dit qu'elle cherchait quelqu'un qui ne manquerait à personne, et je me suis quasiment peint une cible sur la figure !

— Que s'est-il passé exactement ? insista-t-il.

— Oh, elle a fait un peu plus que m'interroger sur mon passé. (Je lui décrivis brièvement l'invitation et tout le cirque autour de l'essayage de vêtements.

Puis, en guise de conclusion :) Ensuite, elle a sorti un pistolet.

—A-t-elle mentionné un nom ?

Je me repassai mentalement notre conversation.

—Non. Elle a dit quelque chose à propos du paiement de son loyer, et aussi que j'étais du goût de son propriétaire, et ensuite elle a ajouté que les étudiantes étaient toutes des idiotes et qu'elle devrait s'enregistrer sur une bande… mais elle n'a pas donné de nom.

Bones resta silencieux. J'attendis en me tapotant la cuisse du doigt.

—Quel est le rapport avec Hennessey ? À l'appartement, tu as dit que tu percevais son odeur et celle d'autres vampires. Tu crois qu'il a découvert mon identité après l'autre soir ? Et qu'il a essayé de finir ce qu'il avait commencé ?

—Non. (Sa réponse avait été immédiate.) Elle préparait son coup depuis une semaine, d'après ce que tu m'as dit. Crois-moi, si Hennessey avait découvert ton identité, il n'aurait pas fait preuve d'autant de patience. Il aurait agi en force sur-le-champ, dès l'instant où il aurait appris qui tu étais. Il t'aurait enlevée, ainsi que toutes les personnes qui auraient eu le malheur de se trouver avec toi. C'est pour ça que je t'ai demandé ce que tu avais touché et que j'ai effacé tes traces dans chacune des pièces. Je ne pense pas que tes empreintes soient fichées, mais je ne veux lui laisser aucun indice pouvant lui permettre de remonter jusqu'à toi.

—Si ça n'a rien à voir avec ce qui s'est passé le weekend dernier, alors qu'est-ce qui le relie à Stéphanie, et pourquoi a-t-elle essayé de m'enlever ? Ça n'a pas de sens !

Il me lança un regard impénétrable.

— On va y réfléchir à l'intérieur. Ça me permettra de regarder ses affaires pendant qu'on parlera.

Je le suivis dans la grotte d'un pas décidé. Pas question qu'il s'en sorte sans m'avoir tout dit. J'avais compris qu'Hennessey était une vraie ordure, mais, de toute évidence, cela allait plus loin. Je ne partirais pas avant d'en savoir plus.

Bones et moi franchîmes l'entrée étroite pour nous rendre jusqu'à la zone la plus haute de la grotte, là où il s'était installé. Il vida le sac-poubelle de son contenu et je m'assis sur le canapé en face de lui. Je le regardai commencer par l'ordinateur portable de Stéphanie.

— Tu as déjà entendu parler du Triangle de Bennington ? demanda-t-il en allumant l'ordinateur.

Je fronçai les sourcils.

— Non. Je ne connais que celui des Bermudes.

Ses doigts voletaient sur le clavier. Bon sang, ils étaient incroyablement agiles ! Au bout d'une seconde, il renifla d'un air dégoûté.

— Cette idiote n'a même pas pris la peine de protéger ses dossiers. Elle était aussi stupide qu'arrogante, mais ça nous arrange. Regarde, te voilà, Chaton. Classée dans la catégorie « Potentielles ». Tu devrais te sentir flattée, tu étais la première sur sa liste.

Je regardai par-dessus son épaule et lus : « Cathy – rousse – vingt-deux ans », ainsi que d'autres noms accompagnés du même genre de description.

— Tu rigoles ? C'est qui, ces autres filles ? Et d'abord, que veut dire ce « Potentielles » ?

Il fit de nouveau courir ses doigts sur les touches du clavier, puis il se recula en souriant.

— Tiens tiens, qu'avons-nous là ? Charlie, et le *Club Flamme*, sur la 42e Rue. On dirait un contact. Espérons que cette crétine a été assez idiote pour écrire le vrai nom de l'endroit et pas un code.

— Bones !

À mon ton brusque, il posa l'ordinateur et me regarda dans les yeux.

— Le Triangle de Bennington est une région du Maine où plusieurs disparitions ont eu lieu dans les années 1950. À ce jour, on n'a retrouvé aucune trace des disparues. La même chose était arrivée au Mexique plusieurs années plus tôt. Notamment à la fille d'une de mes amies. Ses restes ont été retrouvés quelques mois plus tard dans le désert, et quand je parle de restes, je veux dire qu'ils n'ont retrouvé d'elle que de petits morceaux. Il a fallu avoir recours à son dossier dentaire pour l'identifier. L'autopsie a révélé qu'elle était restée en vie pendant plusieurs mois avant d'être assassinée. J'ai poussé l'enquête un peu plus loin et j'ai découvert que c'était loin d'être un cas inhabituel.

— Comment ça ?

Bones s'appuya contre le dossier de son fauteuil.

— À la même époque, des centaines de femmes ont été assassinées ou enlevées le long de la frontière mexicaine. Aujourd'hui, on n'a toujours pas le moindre indice quant à l'identité du ou des coupables. Mais il y a quelques années, plusieurs jeunes filles ont disparu dans la région des Grands Lacs. Dernièrement, le phénomène s'est concentré dans l'Ohio. La plupart étaient des fugueuses, des prostituées, des toxicomanes, ou des filles qui passaient totalement inaperçues. Toutes ont disparu sans laisser aucun indice suspect derrière elles. Comme la plupart d'entre elles appartenaient à des catégories à hauts risques, les médias n'en ont pas beaucoup parlé. Je pense qu'Hennessey est dans le coup. C'est pour ça que je suis venu. Il était toujours à proximité des trois régions concernées lorsque les disparitions ont commencé.

— Tu crois que c'est Hennessey qui est derrière tout ça? (Le nombre de victimes me donnait le tournis.) Il ne peut quand même pas manger autant que ça! C'est qui ce type, une sorte de… tueur en série mort-vivant?

— Oh, je pense que c'est un meneur, ça ne fait aucun doute, mais ce n'est pas un tueur en série traditionnel, dit Bones d'un ton acerbe. Les motivations des tueurs en série ont davantage à voir avec la possessivité. Selon les informations que j'ai réussi à glaner au fil des ans, je ne pense pas qu'il garde les victimes pour lui – je crois qu'il en a fait un commerce.

J'étais sur le point de demander quel genre de commerce lorsque je me rappelai ce que Bones avait dit à Sergio le week-end dernier: «Je savais que tu ne pourrais pas résister à une jolie fille… Tu es son meilleur client, à ce que j'ai entendu dire… ton compte en banque doit être à sec pour que tu sortes dîner au lieu de te faire livrer.» Puis je repensai aux paroles de Stéphanie: «Je paie mon loyer, et toi, mon chou, tu corresponds exactement au goût du propriétaire… Vous, les étudiantes, vous êtes toutes les mêmes…»

— Tu penses qu'il a monté un service de vente à emporter, soufflai-je. Il livre les filles comme des pizzas à domicile! Mon Dieu, Bones, comment a-t-il fait pour s'en sortir sans se faire prendre?

—Hennessey a commis des erreurs dans le Maine et au Mexique, mais sa technique s'affine. Maintenant, il choisit des femmes qui appartiennent au ban de la société, et si ses victimes ne font pas partie de cette catégorie, il envoie des vampires pour faire en sorte qu'elles ne soient pas portées disparues. Tu te souviens des filles dont Winston t'a parlé ? Il avait raison, ma belle, elles sont bel et bien toutes mortes. Je voulais être sûr qu'il y avait plus de filles disparues que la police n'en avait enregistré, c'est pour ça que je t'ai envoyée voir Winston. Les fantômes savent qui est mort, même si les familles des victimes ne le savent pas. Je suis allé voir les parents de ces filles, tous avaient été mordus par des vampires. Les uns pensaient que leur fille était partie pour devenir actrice, comme te l'ont dit ceux que tu as contactés, d'autres que la leur était en vacances en Europe, ou qu'elle avait emménagé avec un ancien petit ami. Les familles avaient été programmées pour ne pas se poser de questions sur leur absence, et seul un vampire est capable d'exercer un tel contrôle sur les esprits. Ces derniers temps, Hennessey a fait enlever encore plus de filles. Dans des facs. Dans la rue. Dans des bars, des boîtes, dans les quartiers pauvres. Comment a-t-il réussi à s'en tirer ? C'est simple. Ça t'arrive souvent de regarder les visages de disparus sur les affiches ? Des disparitions, il y en a tout le temps. La police ? Les flics sont déjà bien assez occupés avec les délits concernant les gens riches, célèbres ou puissants ; ils ne vont pas prêter une véritable attention à des rebuts de la société. Quant aux autres disparitions, ils ne sont pas au courant. En ce qui concerne le monde des morts-vivants, Hennessey a parfaitement manœuvré pour effacer ses traces. Nous n'avons pas de preuves, seulement des soupçons.

Maintenant que je savais ce qui se passait dans mon propre État, le comportement de Stéphanie devenait parfaitement logique, à condition d'avoir comme elle le sens moral d'un crocodile. Un immense campus rempli d'étudiants, c'était ça son buffet à volonté, à part que ce n'était pas pour son plaisir à elle. Non, elle avait juste été embauchée pour remplir le frigo d'Hennessey. Et avec mon profil, je constituais un mets de choix. Stéphanie avait vu juste. Je pouvais disparaître très facilement, sans que cela fasse de vagues, et son plan aurait marché comme sur des roulettes. Sauf qu'elle ignorait un petit détail sur moi.

— Ça fait longtemps que tu as des soupçons ? Tu m'as dit que tu traquais Hennessey depuis onze ans. Tu étais au courant de ses agissements depuis tout ce temps ?

— Non. J'ai découvert tout ça il y a seulement deux ans. N'oublie pas qu'au départ je ne savais pas qui je cherchais. Qui ou quoi. J'ai dû interroger des dizaines de types avant d'obtenir la moindre bribe d'information, et quelques dizaines d'autres pour avoir le nom du responsable potentiel. Comme je te l'ai dit, il avait bien effacé ses traces. Ensuite, j'ai traqué ceux parmi ses habitués dont la tête était mise à prix. Sergio était l'un d'eux. Ça fait des années que j'essaie d'identifier ces hommes, mais j'avais décidé de ne passer à l'acte que pour ceux qui étaient recherchés. Comme ça, Hennessey ne pouvait pas se douter que c'était après lui que j'en avais. Il pensait que je faisais juste mon travail. Mais maintenant, il sait qu'il est ma cible, et il sait pourquoi, comme tous ceux qui sont impliqués dans ce trafic, car il n'est certainement pas seul.

Je pris une minute pour digérer toutes ces informations.

— Donc, même si tu réussis à avoir Hennessey, ça risque de continuer. Ses associés pourraient reprendre le flambeau. Tu as une idée de qui ça peut être ?

— J'ai failli le découvrir à plusieurs reprises, mais… Certaines choses se sont produites.

— Comme quoi ?

— Comme toi, en fait. Si je ne te connaissais pas mieux, je jurerais que tu as été envoyée par Hennessey. Tu as la sale habitude de tuer les gens avant que j'aie le temps de leur soutirer la moindre information. Tu te souviens de Devon, le type que tu as tué le soir de notre rencontre ? Je le traquais depuis six mois. C'était le comptable d'Hennessey, il savait tout sur lui, mais tu lui as planté ton pieu en argent dans le cœur avant qu'il ait eu le temps de dire ouf. J'ai alors cru qu'Hennessey avait senti que je me rapprochais et qu'il t'avait envoyée pour le faire taire. Le lendemain soir, tu t'es attaquée à moi. À ton avis, pourquoi je n'arrêtais pas de te demander pour qui tu travaillais ? Et ce soir…

— Je ne voulais pas qu'elle meure ! m'écriai-je.

J'étais de nouveau prise de remords d'avoir tué Stéphanie, mais cette fois-ci pour une autre raison.

Quelles informations avait-elle emportées dans la tombe ? Nous n'en saurions jamais rien.

Bones se leva et continua à me parler alors qu'il disparaissait derrière l'une des parois naturelles de la grotte.

— Ne t'inquiète pas, ma belle, je le sais. Jamais tu ne tuerais un être humain, sauf par accident ou s'il arborait un badge «acolyte de vampire». Visiblement, tu ne savais pas que Stéphanie avait de telles relations, et, d'après ce que j'ai vu, vous étiez en train de lutter quand le coup est parti. Elle devait même tenir fermement le pistolet. Son odeur indique qu'elle avait reçu du sang de vampire. Ça la rendait plus forte physiquement, ce qui devait lui être utile dans son… travail.

Cela expliquait pourquoi elle avait la force d'un pilier de rugby malgré sa frêle silhouette féminine. Je l'avais sous-estimée du début à la fin.

— Pourquoi ne m'as-tu rien dit de tout ça plus tôt ? Tu m'as entraînée pour le combat, mais ensuite tu m'as laissée en dehors de la vraie bataille.

Il répondit, toujours invisible :

— Je ne voulais pas te voir impliquée là-dedans. Nom de Dieu, je préférerais même que tu ne risques pas ta vie à chasser des vampires, mais comme c'est ce que tu voulais, j'ai décidé de t'aider à le faire du mieux possible. De toute façon, si je te demandais de rester tranquillement chez toi, tu ne m'écouterais pas, pas vrai ? Mais Hennessey et ses sbires sont différents. Après Sergio, tu ne devais plus rien avoir à faire avec eux, mais ta petite copine du cours de physique a tout fichu en l'air. Tu devrais te féliciter de l'avoir tuée. Les autres «potentielles» le feraient certainement si elles connaissaient le sort auquel elles ont échappé.

— Si tu m'as tenue éloignée de tout ça, c'est seulement pour des raisons de sécurité, ou bien y a-t-il d'autres choses que j'ignore ?

Je l'entendis verser de l'eau dans quelque chose.

— Oui, il y a autre chose. Je ne voulais pas te donner de raison supplémentaire de détester les vampires. Tu avais déjà assez d'a priori négatifs sur eux. Tu as tendance à juger les gens qui n'ont pas de pouls sur ce qu'ils sont et non sur ce qu'ils font.

Je me tus quelques instants, n'ayant rien à répondre à cela. Rien d'honnête, en tout cas.

— Il y a un truc qu'il faut que tu saches, Bones. Je t'ai menti quand on a passé notre accord. Je comptais te tuer à la première occasion.

Il eut un petit rire sec.

— Je le savais, ma belle.

— Et en ce qui concerne Hennessey... je veux t'aider. Je dois t'aider. Mon Dieu, j'ai failli être l'une de ces filles qui disparaissent sans laisser de trace! Je sais que c'est dangereux, mais si tu découvres l'emplacement de ce *Club Flamme*, si tu as une piste, je veux être là. Il faut impérativement stopper Hennessey.

Bones ne répondit pas.

— Je suis très sérieuse! insistai-je. Reconnais que je joue plutôt bien le rôle du loup déguisé en agneau! Franchement, tu connais beaucoup d'autres filles hybrides qui vivent dans une région où ces enlèvements sont en train de se produire? Tu n'arriveras pas à me faire renoncer!

— C'est ce que je vois. Tiens. (Il revint avec une cuvette remplie d'eau et un morceau de tissu. Il les posa à côté de moi et me tendit l'une de ses chemises.) Tu es couverte de sang. Si tu rentres dans cet état, ta mère va croire que tu as été blessée.

Je baissai les yeux pour me regarder. Le sang de Stéphanie avait dessiné un grand cercle rouge sur mon ventre. Toujours dominée par mes préjugés, même si le fait de l'avoir tuée ne me dérangeait plus autant, j'enlevai précipitamment mon chemisier et commençai à frotter ma peau avec vigueur.

Ce n'est qu'après avoir effacé la dernière trace de sang que je sentis le poids de son regard. Lorsque je relevai la tête, ses yeux étaient rivés sur moi et avaient pris une teinte verte.

—Hé. (Je reculai d'une dizaine de centimètres sur le canapé.) Ce n'est pas l'heure du dîner. Ne te mets pas dans tous tes états à cause du sang.

—Parce que tu crois que le sang a quelque chose à voir avec la manière dont je te regarde en ce moment ?

Le timbre de sa voix était étrange. Chargé de non-dits.

Je me forçai à ne pas laisser transparaître la moindre réaction, mais mon cœur battait plus vite, et pas à cause de la peur.

—Les yeux verts, les crocs qui pointent… c'est assez compromettant, si tu veux mon avis.

—Vraiment ? (Il s'assit et poussa la cuvette.) On dirait que j'ai oublié de t'informer de ce qui peut aussi déclencher une telle réaction. Je vais te donner un indice – ce n'est pas la vue du sang.

Oh. J'inspirai profondément.

—Après ce qui s'est passé le week-end dernier, tu as vu tout ce qu'il y avait à voir chez moi, et je doute que tu sois submergé de désir par le simple fait de me voir en soutien-gorge.

—Chaton, regarde-moi, dit-il d'une voix ferme.

Je clignai des yeux.

—C'est ce que je fais.

— Non. (Il se rapprocha de moi dans un mouvement très fluide, ses yeux désormais entièrement verts.) Tu regardes à travers moi, comme si je n'étais pas là. Tu me regardes… et ce n'est pas un homme que tu vois. Tu vois un vampire, et par conséquent tu m'accordes moins de substance, sauf en de rares occasions, comme le week-end dernier. Je t'ai tenue dans mes bras et je t'ai embrassée, j'ai vu le désir briller dans tes yeux, et j'ai su que pour une fois tu me prenais réellement pour ce que j'étais. Pas un simple cœur éteint entouré d'une coquille. Je te mets au défi de me regarder encore une fois de cette manière, sans pouvoir te cacher derrière l'excuse d'un quelconque produit chimique. J'ai envie de toi. (Un léger sourire tordit ses lèvres alors qu'il faisait cet aveu brut.) Je te désire depuis la minute où on s'est rencontrés, et si tu penses que te regarder seulement vêtue d'un soutien-gorge ne me submerge pas de désir, tu te mets le doigt dans l'œil. C'est juste que je ne m'impose jamais là où je ne suis pas invité.

Pendant quelques secondes, je fus incapable de prononcer la moindre parole. La soirée avait été très riche en événements et mon cerveau avait du mal à faire le tri. Je regardai Bones, et j'eus l'impression que des écailles me tombaient des yeux. Tout à coup je le vis réellement. Ses pommettes hautes, ses sourcils sombres qui surplombaient ses yeux devenus émeraude, sa bouche ourlée, son nez droit, sa mâchoire puissante. Il avait une peau cristalline, et une carrure élancée et souple. Ses mains étaient élégantes et ses doigts longs et fuselés. Dieu qu'il était beau. D'une beauté totale, incroyable. Et à présent que je m'étais enfin autorisée à le reconnaître, je ne pouvais plus le quitter des yeux.

—Embrasse-moi.

J'avais prononcé ces mots sans même y réfléchir, et je me rendis compte que cela faisait un bout de temps que j'avais envie de les prononcer. Bones se pencha au-dessus de moi et ses lèvres se refermèrent doucement sur les miennes. Tendrement. Il me laissait encore une chance de changer d'avis et de le repousser, mais je n'en fis rien. Je glissai mes bras autour de son cou et je l'attirai plus près de moi.

Il passa sa langue sur mes lèvres jusqu'à ce que j'ouvre la bouche. Sa langue toucha alors la mienne un court instant avant de battre en retraite, par provocation. Il recommença ce petit jeu, encore et encore. Il m'enjôlait, me persuadait. Enfin, je glissai ma langue dans sa bouche et je sentis une friction en réponse, avant d'être submergée par une incroyable vague de sensualité lorsqu'il se mit à la sucer.

Je ne pus m'empêcher de gémir. Le frottement de ses incisives aurait dû me déranger, mais il n'en était rien. Il ne semblait pas plus gêné que moi, car il m'embrassait avec la même passion que le week-end dernier. Mes sens s'enflammèrent et je fis glisser ma main de son cou jusqu'à sa chemise, dont je défis un à un les boutons. Puis je posai mes paumes sur son torse nu. Sa peau était aussi agréable à caresser qu'à regarder. On aurait dit de la soie tendue sur de l'acier. Bones passa une main derrière lui pour écarter le col de ses épaules, et la chemise tomba par terre. Il continuait à m'embrasser jusqu'à m'en faire perdre haleine.

Comme animées d'une volonté propre, mes mains passaient de sa poitrine à son dos, mes doigts suivant les creux et les lignes de son corps musclé. Sa peau émettait une sorte de vibration électrique. J'avais l'impression qu'elle abritait un éclair. Bones poussa un grognement sourd sous l'effet de mes caresses, et glissa encore plus près jusqu'à ce que nos corps s'emboîtent parfaitement.

Il fit lentement descendre ses lèvres le long de mon cou et trouva mon pouls sans hésitation. Il aspira ma peau dans sa bouche et couvrit mon artère vulnérable de caresses avec sa langue et ses lèvres. Il n'y avait pas de position plus dangereuse que celle-ci en présence d'un vampire, mais je n'avais pas peur. Au contraire, le sentir sucer mon cou m'excita au-delà de toute limite. Les vagues de chaleur qui me submergeaient me faisaient trembler.

Ses lèvres remontèrent jusqu'à mon oreille, il en lécha le pourtour avant de me murmurer :

— J'ai tellement envie de toi. Dis que tu as envie de moi. Dis-le.

Le nier aurait été un mensonge éhonté. Une seule chose me retenait encore : le souvenir de Danny.

— Bones… ça ne m'a pas plu la première fois. Je crois que… j'ai un problème.

— Tu n'as aucun problème, et si tu changes d'avis ou que tu me demandes d'arrêter, à n'importe quel moment, j'obéirai. Tu peux me faire confiance, Chaton. Dis oui. Je t'en prie…

Bones se remit à m'embrasser avec une telle vigueur que je m'abandonnai contre lui. J'étais appuyée contre son bras, et je me dégageai juste le temps de prononcer un mot.

—Oui…

Aussitôt il m'embrassa de nouveau. Il me prit dans ses bras et me porta jusqu'à la chambre. Le matelas gémit sous notre poids tandis qu'il m'allongeait sur le lit. D'un seul geste, il dégrafa mon soutien-gorge et prit mes seins dans ses mains. Il fit courir sa bouche jusqu'à mon téton et le suça fermement.

Je sentis une vague de désir pur envahir mon bas-ventre. Il serra doucement mon autre sein en caressant le téton entre ses doigts. Je me cambrai et saisis sa tête entre mes mains. Les sensations étaient trop fortes – les succions de sa bouche, le léger raclement de ses dents contre ma peau –, et je crus que j'allais m'évanouir.

Bones défit la fermeture Éclair de mon jean et le fit glisser le long de mes jambes jusqu'à ce que je me retrouve en culotte. Il passa sa main sur le tissu en appuyant. Le frottement du coton et de ses doigts me fit frissonner. Il laissa échapper un grognement lorsqu'il m'enleva ma culotte et que je me retrouvai entièrement nue devant lui.

—Oh, Chaton, tu es si belle. Délicieuse, souffla-t-il avant de m'embrasser avec une précision qui me fit tourner la tête.

Il redescendit lentement jusqu'à mes seins et aspira chaque téton tandis que sa main cherchait mon ventre. Il agitait ses doigts en d'expertes caresses, comme s'il connaissait tous mes secrets, et je me mordis la lèvre pour étouffer mes cris. Lorsque je sentis son pouce faire le tour de mon intimité avant que son majeur me pénètre, un désir irrépressible m'envahit.

J'émis un son rauque de protestation lorsqu'il s'interrompit. Il dégagea sa main, sa bouche quitta mes seins et il fit descendre ses lèvres sur mon ventre. Ce n'est que lorsqu'il dépassa mon nombril que je compris son intention.

—Bones, attends! haletai-je, choquée.

Il s'interrompit, sa bouche toujours sur mon ventre.

—Tu veux qu'on arrête? demanda-t-il.

Le rouge me monta aux joues. Je ne parvenais pas à mettre les mots sur mon objection.

—Euh… non, n'arrête pas tout, juste… euh, je ne crois pas que ce soit opportun…

Il émit une sorte de grognement.

—Moi, si, marmonna-t-il avant de continuer à descendre.

Au premier contact de sa langue, mon esprit s'éteignit littéralement. Il commença par me lécher lentement et longuement, laissant ma peau brûlée au fer rouge. Une nouvelle caresse humide, puis encore une autre, plus profonde cette fois, et ma pudeur fut emportée par des vagues de chaleur pure. Il écarta un peu plus mes jambes et les mit sur ses épaules tout en continuant à fouiller la chair tendre et rose de mon intimité.

Je ne protestais plus, car je ne pouvais plus parler. Des gémissements qui me semblaient ceux de quelqu'un d'autre sortaient de ma bouche, de plus en plus forts, et j'étais secouée de spasmes violents de plaisir. Je me tordais sous son contact et je le sentais explorer chacune de mes nuances en une intimité choquante. Mes hanches se cambraient malgré moi et une douloureuse sensation de vide s'amplifiait en moi à chaque caresse de sa langue. Il me poussait jusqu'à une limite que je n'avais jamais expérimentée jusque-là et dont je me rapprochais de plus en plus vite. Bones augmenta la pression, faisant monter l'intensité de plusieurs crans, et lorsque sa bouche s'installa enfin sur mon clitoris et qu'il le suça, je ne pus retenir mes hurlements.

Des tessons d'extase jaillirent de moi, partant de mon entrejambe pour rejoindre en un éclair mes extrémités. Je pensais que mon cœur allait exploser, mais ses battements ralentirent et ma respiration se fit moins hachée. Le feu qui m'avait envahie laissa soudain la place à une sensation chaude et euphorique qui se répandit dans tout mon corps et me fit ouvrir brutalement les yeux de surprise.

Bones glissa le long de mon ventre et prit mon visage entre ses mains.

— Tu n'as jamais été si belle, me dit-il, la voix vibrante de passion.

Mon corps tremblait encore de l'intensité de ce que je venais de ressentir, mais nous étions arrivés à la partie que je redoutais. Je me raidis en le sentant se placer entre mes jambes.

— N'aie pas peur, murmura-t-il avant de m'embrasser.

L'espace d'un instant, je fus gênée en pensant à ce qu'il venait de faire, puis je trouvai la nouvelle saveur salée de sa bouche aussi provocante que stimulante. Sa langue s'enroula autour de la mienne pendant que son membre glissait le long de mon pli humide. Je frémis, mais il se contenta d'en balayer l'extérieur avant de se retirer et de recommencer. Encore. Et encore. Les mouvements de sa langue épousaient ceux de son corps, faisant renaître le désir douloureux que j'avais précédemment ressenti avec davantage d'intensité.

— Dis-moi quand tu seras prête, murmura-t-il un long moment plus tard, ou bien si tu veux que j'arrête.

On n'est pas obligés d'aller plus loin pour l'instant. Je passerai le reste de la nuit à te goûter, Chaton, j'adore ça. Laisse-moi te montrer à quel point.

Bones fit délibérément descendre sa bouche plus bas, mais je le retins pour qu'il reste là où il était.

—Dis-moi, gémit-il.

Je poussai un cri en sentant le mouvement de ses hanches.

Mon cœur battait la chamade tant j'étais nerveuse, mais il n'y avait qu'une seule réponse possible.

—Maintenant.

Il me donna un baiser étourdissant et prit appui sur ses bras. Le contact de cette chair dure qui pénétrait la mienne me coupa le souffle. Tout mon corps fut parcouru de frissons lorsqu'il s'enfonça plus avant, et j'enfouis mon visage dans son cou en tremblant. Il continua plus profondément, et une sensation d'incroyable plénitude m'envahit. Lorsqu'il fut entièrement en moi, il s'immobilisa et ferma brièvement les yeux avant de me regarder.

—Ça va, ma belle ?

C'était une sorte d'intimité que je n'avais encore jamais expérimentée : il était à l'intérieur de moi et nous nous regardions dans les yeux. Incapable de parler, je ne pus que hocher la tête.

Il bougea en moi, en un léger mouvement de va-et-vient. Le plaisir inattendu que je ressentis alors me fit haleter. Il recommença, plus vigoureusement cette fois. Avant d'avoir pu reprendre le contrôle de ma respiration, il ressortit presque entièrement et rentra en un seul coup de reins qui me fit pousser un geignement. Mon corps tout entier se couvrit de sueur et un désir aigu et primaire me transperça.

Bones tendit la main, passa sa paume sous mon dos et descendit jusqu'à ma hanche. Il m'attira contre lui en faisant bouger mon corps au rythme de ses mouvements. Je pris rapidement la cadence et le contact accentué qui en résultait me fit tourner la tête d'excitation. J'expérimentai de nouveau cette étreinte intime que chaque mouvement rendait plus intense jusqu'à ce que mon corps n'irradie plus que d'une seule pensée.

— Encore…

La part rationnelle de mon esprit ne pouvait croire qu'une telle exigence soit sortie de ma bouche. Bones émit un petit rire guttural, presque un grognement, et il accéléra la cadence.

Mes mains, qui n'étaient pas encore descendues plus bas que son dos, se déplacèrent avidement sur ses hanches. J'agrippai sa chair ferme, sans la moindre retenue désormais. Il me semblait que je ne pourrais jamais être rassasiée, ni me rapprocher suffisamment de lui, de son corps. Chaque nouveau coup de reins rendait cette sensation plus intense, et je désirais le sentir en moi plus que tout ce que j'avais désiré auparavant. Je l'embrassai si compulsivement que je me blessai contre l'un de ses crocs. Je l'entendis grogner lorsqu'il aspira le sang qui coulait de ma lèvre inférieure.

— Si âcre, si doux, murmura-t-il d'une voix pâteuse.

— Arrête… ça.

À bout de souffle, je parlais d'une voix saccadée.

Il se lécha les lèvres en savourant le goût de mon sang.

— Maintenant, tu es aussi à l'intérieur de moi.

Et il me tint encore plus serrée, si tant est que ce fût possible.

Ses mouvements se firent plus intenses et je perdis le contrôle de ma respiration. Oubliant mes dernières hésitations, je bougeai vigoureusement sous lui tandis que j'enfonçais mes ongles dans son dos. Je plantai mes dents dans son épaule pour étouffer un cri, et je le mordis jusqu'au sang.

Il tira ma tête en arrière et sa langue revint explorer ma bouche.

— Plus fort ?

— Oh, oui, répondis-je dans un gémissement, sans m'inquiéter de l'indécence de mes paroles.

Bones abandonna tout contrôle avec une délectation évidente. Ses hanches se pressèrent contre les miennes avec une sauvagerie maîtrisée. Jamais je n'avais ressenti un tel plaisir. Les cris que j'avais retenus jusque-là sortirent de ma bouche en un flot régulier, ce qui le motiva encore davantage. Arrivés au paroxysme de leur intensité, ses mouvements se firent plus rapides et plus vigoureux, obéissant à une cadence que j'aurais pu qualifier d'impitoyable si elle ne m'avait donné autant de plaisir.

D'une certaine manière, cela me rappelait les effets de la drogue. Tout, à part Bones, semblait tourner autour de moi et perdre de sa consistance. Je percevais de nouveau un rugissement lointain, mais il venait des battements sourds de mon cœur. Toutes mes terminaisons nerveuses étaient submergées de plaisir, dans l'attente de l'explosion de la jouissance ultime.

Très vite, je me retrouvai déconnectée de mon corps. Cette créature haletante qui se tortillait sur ce lit ne pouvait être moi. Pourtant, je n'avais jamais été aussi consciente de ma peau, de chacune de mes inspirations, et du sang qui coulait à flots dans mes veines. Avant que le dernier de mes nerfs hypertendus lâche, Bones saisit ma tête entre ses mains et me regarda dans les yeux. Un cri m'échappa lorsque le barrage céda et que l'orgasme me submergea. Il était plus fort que le premier, d'une certaine manière plus profond, et me laissa des picotements sur tout le corps.

Bones grogna au-dessus de moi, le visage déformé par l'extase alors qu'il s'affairait encore plus rapidement en moi, ses yeux rivés aux miens. Je ne pouvais détourner mon regard et je vis qu'il perdait le contrôle dans le reflet de ses yeux verts. Il m'agrippa tandis qu'il se laissait aller au plaisir. Ses baisers devinrent presque douloureux et il trembla l'espace de plusieurs secondes.

Lorsque je me dégageai de son étreinte pour respirer, il se coucha à côté de moi. Il me tenait toujours dans ses bras pour garder nos corps en contact. J'avais l'impression que mes poumons manquaient d'oxygène, et Bones lui-même respira une ou deux fois – un record, comparé à son rythme respiratoire habituel. Petit à petit, je parvins à reprendre le contrôle de ma respiration, et mon cœur se remit à battre à un rythme plus lent. Bones tendit la main pour écarter de mon visage mes cheveux trempés de sueur et il sourit avant de m'embrasser sur le front.

— Et dire que tu pensais avoir un problème.

— J'ai vraiment un problème. Je ne peux plus bouger.

C'était vrai. Allongée à côté de lui, j'essayais de bouger mes bras et mes jambes mais ils refusaient de m'obéir. Visiblement, mon cerveau était temporairement hors service.

Il sourit et se pencha pour lécher mon téton le plus proche, qu'il se mit à suçoter doucement. Après ce qui venait de se passer, l'aréole était ultrasensible, et je sentis comme des milliers de pointes de plaisir affluer au sommet de mon mamelon. Juste avant que l'aréole devienne complètement insensible, Bones s'arrêta et entreprit de faire la même chose à mon autre téton.

Alors que je baissais les yeux, quelque chose capta mon regard.

— Est-ce que je saigne ? demandai-je, surprise.

Ça ne ressemblait pas exactement à du sang, et mes règles ne devaient arriver que dans une semaine. Pourtant, il y avait un peu de liquide rose qui coulait le long de l'intérieur de ma cuisse.

C'est à peine s'il regarda.

— Non, ma belle. Ça vient de moi.

— Qu'est-ce que… ? Oh, je vois.

Question idiote. Il m'avait déjà dit que les larmes de vampire étaient roses. Visiblement, c'était le cas de tous leurs fluides corporels.

— Laisse-moi me lever, je vais aller me laver.

— Ça ne me dérange pas. (Il avait soufflé les mots sur ma peau.) C'est à moi, après tout. Je vais arranger ça.

— Tu n'es pas censé te retourner de ton côté et t'endormir ?

N'était-ce pas ainsi que les choses se passaient habituellement ?

À moins qu'il aime réellement faire des câlins après, les choses prenaient un tour très sérieux tandis que sa main recommençait à descendre vers la partie la plus sensible de mon anatomie.

Il s'interrompit et se mit à rire, levant sa tête de mes seins.

—Chaton, me dit-il en souriant, je suis loin d'être fatigué. (Son regard me donna des frissons.) Tu n'imagines pas tous les fantasmes que tu m'as inspirés. Pendant notre entraînement, nos corps à corps, les nuits où je te voyais te faire draguer par d'autres hommes… (Bones se tut pour m'embrasser si intensément que j'en perdis presque le fil de la conversation.) Et pendant tout ce temps, je voyais ton regard rempli de crainte chaque fois que je te touchais. Non, je n'ai pas sommeil. Pas tant que je n'aurai pas goûté chaque centimètre carré de ta peau. Je veux t'entendre hurler de plaisir encore et encore.

Il entreprit de nouveau de suçoter mes seins et de les mordiller. Le frottement de ses crocs sur mes aréoles était chargé d'un érotisme effrayant.

—Un jour, j'irai trouver ton ancien copain et je le tuerai, marmonna-t-il si bas que je l'entendis à peine.

—Quoi?

Avait-il vraiment dit ça?

Une aspiration puissante de sa bouche me fit perdre le fil de mes pensées, puis une autre, et encore une autre, jusqu'à ce que mes soucis disparaissent totalement sous les assauts sensuels que subissaient mes tétons. Au bout de quelques minutes, il les regarda et sourit, satisfait.

—Rouge foncé, tous les deux. Comme je te l'avais promis. Tu vois? Je suis un homme de parole.

L'espace d'une seconde, je me demandai de quoi il parlait, puis je me souvins de cet après-midi où il m'avait appris à vaincre ma pudeur en m'infligeant des heures de discussions pornographiques. Le rouge me monta tout à coup aux joues.

— Tu ne disais pas toutes ces choses sérieusement, hein ?

Mon esprit se rebellait, mais mon pouls de plus en plus rapide trahissait une envie exactement contraire.

Il rit de nouveau, haussa un sourcil d'un air concupiscent, ses yeux reprirent leur teinte d'un vert pur et sa bouche glissa encore plus bas sur mon ventre.

— Oh, si, Chaton, j'étais on ne peut plus sérieux.

Je me réveillai, sentant quelque chose qui me chatouillait dans le dos. On aurait dit des papillons. J'ouvris les yeux, et la première chose que je vis fut son bras enroulé autour de moi, sa couleur pâle quasiment identique à la mienne. Bones était pelotonné contre mon dos. Ce que j'avais pris pour des papillons étaient en fait les baisers qu'il déposait sur ma peau.

Il n'a pas choisi la bonne profession, pensai-je tout d'abord. *Il aurait dû rester gigolo, il se serait fait une fortune.* Puis une seconde pensée, nettement moins agréable, me traversa l'esprit – *Si ma mère me voyait, elle me tuerait !* –, et je me raidis.

Il s'arrêta de m'embrasser.

— Aurais-tu des regrets, après coup ? dit-il d'une voix où pointait la déception. J'avais peur que tu te réveilles et que tu t'en veuilles…

Je bondis hors du lit avant même qu'il ne termine sa phrase, comme si j'avais été propulsée par un canon. Je devais réfléchir à ce que j'allais faire, et je n'y arriverais pas tant que je me trouverais dans la même pièce que

Bones. Sans même prendre le temps de chercher ma culotte ou mon soutien-gorge, j'attrapai une chemise au vol et enfilai mon jean. Bon sang, ma clé, qu'est-ce que j'avais fait de ma clé ?

Bones s'assit.

— Tu ne peux pas te sauver comme ça et prétendre qu'il ne s'est rien passé.

— Pas maintenant, dis-je d'une voix désespérée en essayant de ne pas le regarder.

Ah, mes clés, enfin ! Je les attrapai et sortis de la chambre en courant.

— Chaton…

Je ne m'arrêtai pas.

Chapitre 13

Je pris directement la route de la maison, submergée d'émotions contradictoires. Faire l'amour avec Bones avait été une expérience incroyable, et il avait raison. Il me serait impossible de faire comme si rien ne s'était passé. Mais mes sentiments n'étaient pas les seules données de l'équation. Si cela n'avait tenu qu'à moi, je n'aurais été que modérément remuée par le fait d'avoir couché avec lui. Mais la principale raison de ma panique était la réaction qu'aurait ma mère. Je ne pourrais pas lui en parler, jamais. Et cela signifiait que je devais mettre un terme à ma relation avec Bones avant que les choses aillent plus loin.

Lorsque je me garai, deux heures plus tard, mes grands-parents étaient sur le porche en train de boire du thé glacé. Ils semblaient sortir tout droit d'une carte postale illustrant l'Amérique rurale, avec leurs cheveux blancs, leurs vêtements simples et leurs visages burinés par le temps.

— Salut, leur dis-je distraitement.

Ma grand-mère émit un sifflement, immédiatement suivi par un mugissement d'indignation de la part de mon grand-père. Je les regardai en clignant des yeux.

— Qu'est-ce qui vous arrive ?

Curieuse, j'observai mon grand-père qui avait rougi jusqu'aux oreilles. Après tout, ce n'était pas la première fois que je découchais, et ils ne m'avaient jamais rien reproché à ce sujet. Ils avaient décidé de ne rien me demander à propos de mes horaires décalés.

— Justina, viens ici, ma fille ! dit-il en se levant, sans prêter la moindre attention à ma question.

Quelques instants plus tard, ma mère arriva, son visage aussi perplexe que le mien.

— Qu'y a-t-il ? Quelque chose ne va pas ?

Il lui répondit, toujours tremblant de colère :

— Regarde-la. Mais regarde-la ! Ne me dis pas qu'elle ne faisait rien de mal la nuit dernière ! Elle frayait avec le diable, voilà ce qu'elle faisait !

Je blêmis et me demandai comment il avait bien pu deviner que j'avais couché avec un vampire. Des crocs m'étaient-ils poussés pendant la nuit ? Je passai un doigt sur mes dents, mais elles étaient aussi normales que d'habitude.

Le geste ne fit qu'augmenter sa colère.

— Ne me nargue pas, gamine ! Tu te prends pour qui ?

Courageusement, ma mère prit aussitôt ma défense.

— Oh, papa, tu ne comprends pas. Elle…

Sa voix s'étrangla brusquement et elle me regarda d'un air choqué.

— Quoi ? demandai-je, effrayée.

— Ton cou…

Terrifiée, je courus jusqu'à la salle de bains. Avais-je des marques de morsure ? Bon sang, m'avait-il mordue sans s'en rendre compte ?

Mais après avoir vu mon reflet, je compris la raison de leur réaction. J'avais quatre – non, plutôt cinq – suçons aux contours irréguliers répartis sur mon cou, de différentes teintes de bleu. De simples suçons, parfaitement reconnaissables, et non des marques laissées par des dents de vampire. J'ouvris la chemise de Bones et je vis que mes seins présentaient des marques similaires. Heureusement que cette chemise n'était pas décolletée, sinon ils se seraient tous évanouis sur-le-champ!

—Je sais ce que ça veut dire! rugit Papy Joe depuis le porche. Tu devrais avoir honte de courir les garçons sans être mariée. Honte!

—Oui, honte! répéta ma grand-mère.

J'étais heureuse de voir qu'il y avait encore des sujets sur lesquels ils étaient d'accord après quarante-trois ans de mariage.

Je montai dans ma chambre sans leur répondre. Il était plus que temps que je déménage. Peut-être que mon futur appartement était libre, désormais.

Je ne fus pas surprise de voir ma mère me suivre.

—Qui est-ce, Catherine? demanda-t-elle aussitôt après avoir fermé la porte.

Il fallait bien que je lui réponde quelque chose.

—Un garçon que j'ai rencontré en chassant les vampires. On a… disons… des choses en commun. Lui aussi les pourchasse pour les tuer.

Pas la peine d'entrer davantage dans les détails, et de lui dire par exemple qu'il en était un lui-même.

—Est-ce que… c'est sérieux entre vous?

—Non!

Ma réponse avait été si véhémente qu'elle fronça les sourcils. Super, j'avais encore réussi mon coup.

243

Non, on ne peut pas avoir de relation, parce qu'il est techniquement mort, mais si tu savais comme il est beau, et il fait l'amour comme un dieu.

—Alors pourquoi… ?

Elle semblait sincèrement étonnée.

Je m'allongeai sur mon lit en soupirant. Comment décrire à sa mère un désir sexuel incontrôlable ?

—C'est juste arrivé comme ça. Ce n'était pas prévu.

Un éclair horrifié passa sur son visage.

—Vous vous êtes protégés au moins ?

—Ce n'était pas nécessaire, répondis-je honnêtement sans réfléchir.

Elle porta la main à sa bouche.

—Comment ça, pas nécessaire ? Tu pourrais tomber enceinte ! Ou attraper une maladie !

Je fis un gros effort pour ne pas lever les yeux au ciel. Je me contentai de me dire en moi-même : *Rassure-toi, maman. C'est un vampire, et un vieux, donc aucun risque de grossesse ni de maladie.* Puis je lui répondis simplement de ne pas s'en faire.

—Ne pas m'en faire ? Je vais te dire ce que je vais faire. Je vais prendre la voiture et rouler jusqu'à une ville où on ne nous connaît pas pour t'acheter des préservatifs ! Pas question que tu te retrouves enceinte à ton âge comme je l'ai été – ou pire. Il y a le sida de nos jours. Et la syphilis. Et la blennorragie. Et d'autres maladies dont je ne peux même pas prononcer le nom ! Si tu ne peux pas t'empêcher d'avoir des aventures de ce genre, au moins tu seras en sécurité.

Elle attrapa son sac à main, une lueur de détermination dans les yeux, et se dirigea vers la porte.

— Mais maman…

Je la suivis dans l'escalier en essayant de la convaincre de ne pas y aller, mais elle ne m'écouta pas. Mes grands-parents m'observaient depuis le porche, leurs visages aussi sombres qu'un ciel d'orage, puis ma mère monta dans sa voiture et partit. Il était plus que temps que j'appelle mon futur propriétaire.

Ce dernier, monsieur Joseph, me dit que je pouvais emménager le week-end suivant. J'avais vraiment hâte. Je pris une douche, je m'épilai, je me brossai les dents, histoire de passer le temps et surtout de ne pas penser à ce que Bones pouvait être en train de faire. Peut-être que pour lui cette nuit n'avait rien eu d'exceptionnel, et que je n'aurais pas besoin de lui dire que cela ne pouvait pas se reproduire. Après tout, il avait deux cents ans de plus que moi et c'était un ancien gigolo. J'étais loin de l'avoir déniaisé.

Vers 18 heures, une voiture qui ne semblait pas être celle de ma mère s'arrêta devant chez nous. Par curio-sité, je regardai par la fenêtre et vis que c'était un taxi. Une tête familière apparut : c'était Bones.

Que faisait-il ici ? Paniquée, je vis que ma mère n'était pas encore rentrée. Si elle arrivait et qu'elle le voyait…

Je dévalai les escaliers si précipitamment que je trébuchai et m'étalai de tout mon long sur le palier au moment même où mon grand-père ouvrait la porte.

— Qui êtes-vous ? demanda-t-il à Bones.

J'étais en train d'échafauder en catastrophe une histoire – je n'avais qu'à dire que Bones était un ami étudiant – lorsque j'entendis la réponse tout à fait polie qu'il adressa à mon grand-père.

—Je suis une gentille jeune fille et je viens chercher votre petite-fille pour le week-end.

Hein ?

Ma grand-mère vint à son tour jeter un coup d'œil, et resta bouche ouverte en voyant Bones dans l'embrasure de la porte.

—Qui êtes-vous ? demanda-t-elle en écho à mon grand-père.

—Je suis une gentille jeune fille et je viens chercher votre petite-fille pour le week-end, répéta-t-il en la regardant droit dans les yeux tandis qu'un éclair vert passait dans les siens.

Le regard de ma grand-mère prit rapidement le même aspect vitreux que celui de son mari, puis elle hocha la tête.

—Dans ce cas, c'est parfait. Vous êtes une gentille jeune fille. J'espère que vous aurez une bonne influence sur elle et que vous la remettrez dans le droit chemin. Elle a des marques de luxure sur le cou et elle n'est rentrée que dans le courant de l'après-midi.

Doux Jésus, j'aurais voulu disparaître dans un trou de souris. Bones étouffa un rire et inclina solennellement la tête.

—N'ayez pas d'inquiétude, mamie. On va passer le week-end avec un groupe d'étude de la Bible pour exorciser le démon qui est en elle.

—Excellente idée, dit mon grand-père d'un ton approbateur, ses yeux toujours aussi vides. C'est ce qu'il lui faut. Elle a toujours eu besoin d'être dressée.

—Allez donc boire une tisane pendant qu'on fait les bagages, tous les deux. Allez.

Ils s'en retournèrent, les yeux toujours fixes, et se dirigèrent vers la cuisine. Bientôt, j'entendis l'un d'eux verser de l'eau dans une bouilloire. Dire qu'ils ne buvaient jamais de tisane, d'ordinaire.

—T'es malade de te pointer ici! murmurai-je d'un ton furieux. Si seulement les films disaient vrai, tu ne pourrais pas entrer dans une maison sans y être invité!

Ma remarque le fit rire.

—Désolé, ma belle. Les vampires peuvent aller partout où ils le veulent.

—Qu'est-ce que tu viens faire chez moi? Pourquoi tu as fait croire à mes grands-parents que tu étais une fille?

—Une gentille fille, rectifia-t-il avec un sourire. Il ne faudrait pas qu'ils croient que tu fréquentes de la mauvaise graine, hein?

J'étais très pressée de le voir partir. Si ma mère revenait, il faudrait plus qu'un regard hypnotique pour la convaincre qu'il était autre chose que ce qu'elle verrait – son pire cauchemar, en chair et en os.

—Il faut que tu t'en ailles. Ma mère va faire une crise cardiaque si elle te voit.

—Je ne suis pas venu sans raison, dit-il calmement. Ce n'est pas que je brûle d'envie que tu t'impliques encore plus dans cette histoire, mais hier soir tu as beaucoup insisté pour que je te tienne au courant dès que j'aurais découvert l'emplacement de la boîte de nuit. C'est fait. Elle se trouve à Charlotte, et j'y pars ce soir en avion. J'ai acheté un billet pour toi au cas où tu voudrais venir. Dans le cas contraire, j'irai convaincre tes grands-parents que je ne suis jamais venu. Ça t'évitera d'avoir à expliquer ma présence à ta mère. C'est à toi de voir, mais il faut te décider maintenant.

J'avais déjà pris ma décision, mais j'étais encore secouée par la manière dont la scène aurait pu tourner.

— Pourquoi n'as-tu pas simplement appelé ?

Il fronça les sourcils.

— Je l'ai fait. Ton grand-père m'a raccroché au nez dès que j'ai demandé à te parler. Tu devrais vraiment prendre un portable. Ou leur rappeler que tu as vingt-deux ans et qu'il n'y a rien de choquant à ce qu'un gentleman te téléphone.

Je ne fis pas de commentaire sur le terme « gentleman ».

— Ouais, bon, ils sont vieux jeu, et ils n'ont pas vraiment apprécié l'état de mon cou. D'ailleurs, à ce sujet, ce n'était pas très malin de me laisser toutes ces marques !

Un sourire se dessina sur ses lèvres.

— Pour être honnête, Chaton, si je ne guérissais pas de manière surnaturelle, je serais couvert des mêmes marques, et mon dos serait sillonné de cicatrices creusées par tes ongles.

Mieux valait changer de sujet. Et vite.

— Pour ce soir, dis-je précipitamment, tu sais bien que j'irai avec toi. Je t'ai dit que je voulais arrêter Hennessey et je ne plaisantais pas. Je vois que tu as fait vite pour localiser la boîte.

— Je le sais depuis ce matin, en fait, dit-il en s'appuyant contre le chambranle. J'ai fait des recherches pendant que tu dormais. Je voulais t'en parler à ton réveil, mais tu as filé comme si tous les chiens de l'enfer étaient à tes trousses sans me laisser l'occasion de te le dire.

Je dus baisser la tête. Le regarder dans les yeux était au-dessus de mes forces.

—Je n'ai pas envie de parler de ça. Je ne suis pas bête au point de laisser mes… (J'avais du mal à trouver mes mots.) … mes doutes sur ce qui s'est passé la nuit dernière gâcher notre chance d'arrêter un meurtrier. Quoi qu'il en soit, mieux vaut ne plus en parler.

Il avait toujours ce même demi-sourire.

—Des doutes ? Oh, Chaton. Tu me brises le cœur.

À ces mots, je relevai la tête. Se moquait-il de moi ? Je n'en étais pas sûre.

—Concentrons-nous sur nos priorités. Si tu veux, on… on en parlera plus tard. Après être allés à la boîte. Attends ici le temps que je prépare mes affaires.

Il m'ouvrit la porte.

—Ce n'est pas la peine, j'ai amené les vêtements qui te seront nécessaires. Après toi.

—C'est la première fois que je te vois ici, mon cœur, dit le vampire en se glissant sur le siège voisin du mien. Moi, c'est Charlie.

Bingo ! J'étais si contente que je faillis battre des mains. Nous avions atterri à Charlotte à 22 heures, pris notre chambre à l'hôtel à 23 heures, avant d'arriver au *Club Flamme* juste avant minuit. Cela faisait maintenant deux heures que je me trouvais dans cet endroit répugnant, et avec la robe plus que suggestive que je portais, je n'avais pas eu le loisir de m'ennuyer depuis mon arrivée.

—Enchantée de te rencontrer, répondis-je. (J'évaluai mentalement sa puissance. Ce n'était pas un Maître, mais il était quand même fort.) Tu te sens seul, mon chou ?

Il passa un doigt sur mon bras.

—Tout juste, ma poule.

Charlie avait l'accent du Sud. Il avait les cheveux bruns, un sourire engageant et une carrure athlétique. Sa voix traînante et son apparente timidité le rendaient encore plus sympathique. Comment pouvait-on être mauvais quand on était doté d'un accent aussi agréable à l'oreille ?

Le type à ma gauche, qui m'avait draguée toute la soirée, lui lança un regard agressif.

—Hé, c'est moi qui l'ai vue en premier…

—Écoute, laisse tomber et rentre chez toi, l'interrompit Charlie, toujours souriant. Dépêche-toi. J'ai horreur d'avoir à me répéter.

Si j'avais été à la place de mon voisin, j'aurais perçu la menace cachée sous les manières affables.

D'un autre côté, je n'étais ni saoule, ni stupide, ni totalement inconsciente du danger auquel je faisais face.

—T'as pas dû entendre, dit l'homme d'une voix pâteuse en posant lourdement la main sur Charlie. J'ai dit que je l'avais vue en premier.

Charlie ne se départit pas de son sourire. Il prit l'homme par le poignet et le tira hors de sa chaise.

—Pas la peine de se battre ni de faire du grabuge, dit-il en m'adressant un clin d'œil. On va te jouer à pile ou face, ma chérie. Je me sens en veine.

Sur ces mots, il sortit du bar en tirant l'homme derrière lui. Personne ne réagit, ce qui en disait long sur la classe de l'endroit.

Je regardai autour de moi, indécise. Si j'essayais d'arrêter Charlie, je me trahirais et je ferais perdre à

Bones toute chance de trouver Hennessey. Une fois de plus. Je ne fis donc rien. Je sirotai mon verre, en proie à une vague sensation de malaise. Lorsque Charlie revint, il avait le même sourire cordial, et il était seul.

—On dirait que j'ai de la chance ce soir, dit-il. Reste à savoir si tu vas me rendre encore plus chanceux.

J'essayai de localiser un battement de cœur à l'extérieur de la boîte, mais le bruit de la salle était trop fort. Quoi qu'il ait pu se passer, c'était terminé. Je ne pouvais rien faire d'autre que continuer.

—Bien sûr, mon chou. Il me faudrait juste un petit quelque chose pour m'aider à payer mon loyer.

Ma voix était cajoleuse, parfaitement détendue à force d'entraînement. L'histoire du loyer était un hommage à Stéphanie. C'était morbide, mais tout à fait approprié.

—Il est de combien ton loyer, mon cœur ?

—Cent dollars, gloussai-je en me tortillant sur ma chaise pour faire remonter ma robe. Tu ne regretteras pas ta générosité, promis.

Le regard de Charlie s'attarda sur mes cuisses, que j'exhibai généreusement, puis il inspira profondément. Sans tous ces mois d'entraînement, je n'aurais pu m'empêcher de rougir en pensant à ce qui était en train de lui passer par la tête.

—Pour autant que je puisse en juger, ma douce, c'est une affaire.

Il tendit la main et je la saisis en sautant de ma chaise.

—Charlie, c'est ça ? Fais-moi confiance, ça va être une nuit inoubliable pour toi.

Tandis que Charlie conduisait, je remerciai le ciel qu'il n'ait pas tenté sa chance directement dans la boîte. Mon rôle d'entraîneuse avait des limites. Bones nous suivait discrètement et lui et moi espérions que Charlie me conduirait jusque chez lui, ce qui était contraire à la règle numéro un de Bones : ne jamais me laisser entraîner dans l'antre d'un vampire. Les informations que nous allions peut-être soutirer à Charlie valaient bien le risque de tomber sur des colocataires potentiels.

—Ça fait longtemps que tu es dans le métier, mon chou ? demanda Charlie comme s'il discutait de la météo.

—Oh, environ un an, répondis-je. Je viens d'arriver dans le coin, mais j'économise pour changer de région.

—Tu ne te plais pas à Charlotte ? dit-il en entrant sur l'autoroute.

Je mis une pointe de nervosité dans ma voix.

—Où on va ? Je pensais que tu allais te garer quelque part sur le bord de la route, ou un truc comme ça.

—Un truc comme ça, tu ne pouvais pas mieux dire, dit-il en riant doucement. Fais-moi confiance.

Comment réagirait une vraie prostituée ?

—Hé, va pas trop loin. J'ai pas envie de marcher toute la nuit pour revenir à ma voiture.

Charlie tourna la tête et me regarda bien en face. Ses yeux brillaient d'un feu émeraude et il avait perdu son attitude amicale.

—Ferme ta gueule, salope.

D'accord. L'heure n'était visiblement plus aux amabilités ! D'un côté, j'aimais autant. J'avais horreur de faire la causette.

Je hochai la tête avec une expression que j'espérais figée et regardai droit devant moi sans dire un mot. Une réaction moins passive aurait éveillé ses soupçons.

Charlie sifflotait «Amazing Grace [1]» en conduisant. Je faillis me tourner brusquement vers lui pour lui dire «Tu plaisantes ou quoi?». Il aurait pu choisir une chanson plus appropriée, comme «Shout at the Devil [2]» ou «Don't Fear the Reaper [3]»! Certaines personnes n'avaient aucune idée de la bande-son qui convenait pour accompagner un enlèvement.

Il s'arrêta quarante minutes plus tard devant un minuscule immeuble un peu à l'écart, dans une rue aux bâtiments identiques. Le quartier n'était pas très riche, mais ce n'était pas non plus un ghetto. Pas le genre de coin à attirer les touristes.

— Te voilà chez toi, mon poussin. (Il sourit en coupant le contact.) Enfin, pour un temps. Ensuite, tu quitteras la ville, comme tu le souhaitais.

Intéressant. Comme il ne m'avait pas autorisée à parler, je continuai à feindre la catalepsie. Je bouillais de colère en pensant à toutes les filles qui s'étaient vraiment retrouvées dans cette situation. L'impureté de mon sang avait ses avantages.

Charlie fit le tour de la voiture, ouvrit ma portière et me tira brutalement hors du véhicule. Je le laissai me pousser dans la cage d'escalier jusqu'au premier étage. Il ne prit même pas la peine de me tenir de sa main libre tandis qu'il cherchait ses clés. *C'est ça,*

---

1. En français, «La Grâce du Ciel». (*NdT*)
2. En français, «Hurle sur le diable». (*NdT*)
3. En français, «N'aie pas peur de la Faucheuse». (*NdT*)

mon grand. Ne t'occupe pas de moi, je ne suis plus bonne à rien.

Il ouvrit la porte et me poussa à l'intérieur. Je fis semblant de trébucher, ce qui me permit de me baisser et d'observer l'appartement, mais aussi de positionner ma main plus près de mes bottes.

Charlie ne fit rien pour m'aider à me relever. Il m'enjamba et se jeta sur le canapé.

—J'en ai une autre, Dean, appela-t-il. Viens voir.

Il y eut un grognement, un craquement de sommier, puis un homme – sans doute Dean – apparut.

En le voyant, je faillis pousser un cri, car il était nu comme un ver. Je dus me forcer à ne pas détourner instinctivement les yeux. Bones n'était que le deuxième homme que j'avais vu en tenue d'Adam, et avec Danny les choses s'étaient passées si vite que cela comptait à peine. Je me sentais gênée. C'était bien le moment.

Dean se pencha au-dessus de moi et m'obligea à tourner la tête pour voir mon visage. Ses bijoux de famille se balançaient si près de moi que j'eus du mal à me retenir de rougir. Et à ne pas reculer de dégoût.

—Elle est magnifique.

—C'est moi qui l'ai trouvée, je passe en premier, grogna Charlie.

Ces mots firent disparaître ma gêne instantanément. L'espèce d'enfoiré. Lui et son acolyte allaient y passer, mais pas comme ils l'imaginaient.

J'entendis des pas venant de l'extérieur. Dean se retourna vers Charlie.

—T'attends quelqu'un… ?

Je sortis mon pieu de ma botte à l'instant même où Bones enfonça la porte d'un coup de pied. La première chose que je visai fut l'entrejambe de Dean, peut-être par rancune, ou parce que c'était la cible la plus proche de moi.

Il émit un hurlement aigu et tenta de m'agripper. Je me dégageai en roulant sur le côté tout en sortant mon autre pieu pour le lui lancer dans le dos. Il tomba à genoux et je bondis sur lui en une sorte de rodéo macabre.

Dean ruait tant qu'il le pouvait, mais j'attrapai le pieu à deux mains et me penchai en avant pour l'enfoncer de toutes mes forces. Dean s'aplatit sous mon poids. Pour faire bonne mesure, j'appuyai encore une fois sur l'arme et je me relevai en lui donnant un dernier coup de pied qu'il n'était plus en mesure de sentir.

—On dirait que t'es passé en premier quand même, pauvre merde.

Quand je regardai enfin du côté de Bones, je constatai qu'il avait déjà maîtrisé Charlie. Il le hissa sur le canapé et l'installa sur ses genoux. La scène était plutôt comique, si l'on omettait la lame impressionnante qui sortait de la poitrine de Charlie.

—Heureusement que je n'avais pas besoin de l'autre, ma belle, me dit Bones d'un ton sec.

Je haussai les épaules. C'était un peu tard.

—Tu n'avais qu'à me le dire.

Charlie me regardait, abasourdi.

—Tes yeux…, parvint-il à articuler.

Je n'avais pas besoin de miroir pour deviner qu'ils étaient devenus verts. Rien de tel qu'une bonne bagarre pour les faire luire. En un sens, c'était une sorte d'érection optique. Inévitable, passé un certain point.

— Ils sont beaux, hein ? dit Bones d'une voix douce-reuse. Ils contrastent tellement avec les battements de son cœur. Ne sois pas gêné d'être si étonné. Ça m'a fait le même effet la première fois que je les ai vus.

— Mais ils sont… elle ne peut pas…

— Oh, ne te fais plus de bile à son propos, mon pote. Maintenant, ton plus gros problème, c'est moi.

À ces mots, Charlie reporta toute son attention sur Bones. Il gigota, mais le mouvement de la lame le ramena au calme.

— Chaton, il y a quelqu'un dans l'autre pièce. Quelqu'un d'humain, mais ça ne veut pas dire qu'il n'y a pas de danger.

Je sortis trois petits couteaux de jet de ma botte et je partis vérifier. J'entendais également un battement de cœur au fond de l'appartement. Il venait de la chambre d'où était sorti Dean. Avaient-ils un acolyte à sang chaud ?

En approchant de la pièce, je me mis à genoux et continuai à avancer en rampant. Je ne voulais pas risquer de recevoir une balle dans la tête. J'espérais que le tireur, s'il y en avait un, viserait plus haut, pen-sant m'atteindre à la tête, ce qui me permettrait de le prendre de vitesse avant qu'il ait le temps de tirer. Aurais-je le cran de tuer un autre être humain ? Il n'y avait qu'un seul moyen de le savoir.

Toujours à ras du sol, je jetai un coup d'œil pru-dent derrière le chambranle, puis je me précipitai dans la chambre en criant.

— Appelle une ambulance !

La fille regardait le plafond, les yeux vides. Je vis au premier coup d'œil qu'elle n'avait pas d'armes. Elle n'était recouverte que de son propre sang. Ses bras et ses jambes étaient largement écartés et elle ne bougeait pas. Comment l'aurait-elle pu ? On lui avait ordonné de ne pas bouger.

Sous le choc, je lâchai mes couteaux. Je n'arrivais pas à détourner le regard. Cela faisait des années que je tuais des vampires, mais c'était la première fois que je voyais l'une de leurs victimes. Ce que je pensais savoir n'était rien à côté de la réalité. Comment pouvait-on être aussi cruel ? Je regardai son cou, ses poignets, puis le haut de ses cuisses. Tous présentaient des marques très nettes de perforation d'où suintait encore du sang.

En voyant ses blessures, je sortis de ma stupeur. J'attrapai les draps et j'entrepris de les déchirer pour en faire des bandages. La fille ne réagit même pas lorsque je pansai toutes ses plaies à l'exception de celle qu'elle avait au cou. J'appuyai mes doigts sur les perforations et je la couvris à l'aide de ce qui restait du drap avant de la porter hors de la pièce.

—Il faut l'emmener à l'hôpital…

—Attends, Chaton.

Bones me lança un regard impénétrable tandis que je revenais dans la pièce principale de cette annexe de l'enfer. C'est à peine si Charlie jeta un coup d'œil à la silhouette que je tenais dans mes bras. Il semblait plus inquiet pour son propre sort.

—Mais elle a perdu beaucoup de sang ! Et ce n'est pas le pire !

Bones n'avait pas besoin d'utiliser son sens aigu de l'odorat pour savoir ce que j'entendais par là. La perte de sang n'était pas irréversible. Les blessures psychologiques, par contre, ne guériraient peut-être jamais.

— Si tu l'emmènes à l'hôpital, tu signes son arrêt de mort, me répondit-il d'une voix posée. Hennessey enverra quelqu'un pour la faire taire, elle en sait trop. Je vais m'occuper d'elle, mais d'abord laisse-moi en terminer avec lui.

Charlie fit pivoter sa tête autant qu'il le pouvait.

— Je ne sais pas qui tu es, mon gars, mais tu es en train de faire une terrible erreur. Si tu te tires tout de suite, tu vivras peut-être assez longtemps pour regretter ce que tu viens de faire.

Bones partit d'un rire moqueur.

— Bien envoyé, mon pote ! Je préfère ça aux supplications que certains de tes prédécesseurs m'adressaient dès la première minute – je te laisse imaginer à quel point c'est barbant. Tu as raison, on n'a pas fait les présentations, même si je connais déjà ton nom. Moi, je m'appelle Bones.

À voir l'expression dans les yeux de Charlie, je compris que ce nom ne lui était pas inconnu. Un jour, il faudrait que je demande à Bones comment il s'était taillé une telle réputation. Ceci dit, je n'étais pas vraiment sûre de vouloir le savoir.

— Il n'y a aucune raison de se comporter comme des sauvages. (Charlie avait repris son ton traînant et charmeur.) Hennessey m'a dit que tu essayais de le coincer, mais réfléchis un peu. Tu ne peux pas le battre, alors pourquoi ne pas te joindre à lui ? Bon Dieu, il adorerait avoir quelqu'un comme toi dans son équipe. C'est un gros gâteau qu'il a à partager, et je ne connais personne qui n'en voudrait pas une part.

Bones le fit pivoter de manière à pouvoir le regarder.

— Vraiment ? Je ne suis pas sûr qu'Hennessey veuille de moi. J'ai tué pas mal de ses copains, ça risque de l'avoir légèrement contrarié.

Charlie sourit.

— Ouais, bon, pour lui, ça fait office d'entretien d'embauche ! Te fais pas de bile pour ça. À mon avis, il doit se dire que s'ils ont été assez bêtes pour se faire tuer, c'est qu'ils ne lui étaient pas si utiles que ça.

— Le temps presse, dis-je d'un ton brusque en posant la fille sur le sol. Elle se vide de son sang pendant que vous faites ami-ami !

— Une seconde, ma puce. Je suis en train de parler à Charlie. Revenons à ce que tu disais, mon pote. Un bon gros gâteau, c'est ça ? Il va falloir m'en dire un peu plus si tu veux avoir la vie sauve. Je suis sûr que ton cadavre pourrait me rapporter une belle somme.

— Pas aussi belle que si tu passes dans le camp d'Hennessey. (Il fit un signe de tête dans ma direction.) Tu vois la gamine que ton chat sauvage a dans les bras ? Chacune de ces petites poulettes vaut dans les soixante mille dollars, tout compris. D'abord, on les arrange un peu avant de les proposer aux humains. Ensuite, on les met aux enchères pour les vampires. Un repas complet, sans vaisselle à faire ! Et, après ça, elles constituent un plat idéal pour les charognards ! Au bout du compte, ces filles n'auront jamais été aussi utiles au cours de leur vie…

— Espèce d'ordure ! hurlai-je en me dirigeant vers lui d'un pas décidé, mon pieu à la main.

— Reste où tu es, et si je dois encore te répéter de la fermer, je t'éclate ta putain de tête ! me dit Bones d'une voix menaçante.

Je m'arrêtai net. Une lueur dangereuse brillait dans ses yeux, une lueur que je n'avais encore jamais vue dans son regard depuis notre rencontre. Je fus tout à coup mal à l'aise. Essayait-il encore de soutirer des informations à Charlie, ou bien était-il en train de se laisser persuader?

—C'est mieux. (Bones reporta son attention sur Charlie.) Alors, tu disais?

Charlie rit d'un air complice.

—Waouh! Plutôt nerveuse, ta copine, hein? Surveille bien ta quincaillerie si tu ne veux pas qu'elle s'en fasse un pendentif!

Bones rit à son tour.

—Aucun risque, mon pote. Elle aime trop la façon dont je m'en sers pour m'en priver.

J'avais la nausée et je commençais à avoir mal à la tête. Pourquoi gaspillait-il autant de temps alors que la fille se vidait de son sang sur la moquette? Mon Dieu, et si c'était là le vrai Bones? Après tout, je ne le connaissais pas si bien que ça… Il avait peut-être eu l'intention d'en arriver là dès le départ, et il avait dû trouver ça très amusant de m'enrôler pour l'aider. La voix de ma mère retentit dans ma tête: «Ils ont tous le mal en eux, Catherine. Ce sont des monstres, des monstres…»

—Soixante mille dollars la fille, c'est pas mal, mais divisés en combien de parts? Ça ne fait plus tant que ça si on est nombreux.

Charlie se détendit autant que possible compte tenu de la lame qui lui traversait le corps.

—S'il n'y avait que quelques dizaines de filles, oui, mais là on compte en centaines. On n'est qu'une vingtaine à être impliqués, et Hennessey étend ses activités. Il s'attaque au monde entier. Internet nous offre toute une nouvelle clientèle, si tu vois ce que je veux dire. Mais il veut que la structure interne reste de petite taille. Juste assez pour faire tourner tranquillement son business. T'en as pas marre de gagner des clopinettes en changeant de boulot tout le temps? Les revenus fixes, y a que ça de vrai. On a épuisé notre dernier lot de filles et il faut qu'on renouvelle nos stocks. Quelques mois de travail, et ensuite tu n'as plus qu'à t'asseoir et à regarder grossir ton compte en banque. C'est sympa, crois-moi. Très sympa.

—Je te crois volontiers. C'est un tableau tentant que tu me peins là, mon pote. Le problème, c'est qu'il y a deux ou trois types, parmi les hommes d'Hennessey, qui ne m'apprécient pas trop. Alors dis-moi, qui d'autre est dans la partie? Tu comprends, ils ne voudront pas de moi si j'ai couché avec une de leurs femmes ou dérouillé leur frangin.

Charlie cessa de sourire et son expression se figea. Quand il reprit la parole, sa voix avait perdu ses inflexions du Sud profond.

—Va te faire foutre.

À ces mots, Bones se redressa.

—Comme tu veux. (Son ton aussi était devenu plus cassant.) Je me disais bien que tu allais finir par comprendre. En tout cas, je te dois des remerciements, mon pote. Tu m'as quand même été utile. Vous n'êtes que vingt, à ce que tu as dit? C'est moins que ce que je pensais, et j'ai une assez bonne idée de qui sont les autres.

Mon soulagement fut si brutal que je chancelai. Bon sang, dire que pendant une seconde je l'avais pris au sérieux. J'avais l'impression de m'être fait rouler en beauté.

— Chaton, je ne perçois la présence de personne d'autre, mais fais quand même le tour du bâtiment pour bien t'en assurer. Enfonce les portes au besoin.

Je désignai la fille, qui n'avait pas bougé.

— Et elle ?

— Elle tiendra encore un peu.

— Si tu me tues, ce n'est pas seulement Hennessey que tu auras aux trousses, siffla Charlie. Il a des amis, et ils sont bien trop haut placés pour toi. Ils te feront regretter d'être venu au monde.

Je quittai la pièce, mais j'entendis la réponse de Bones alors que j'entrais dans l'appartement voisin.

— En ce qui concerne Hennessey et ses amis, je croyais qu'ils s'en fichaient des types assez débiles pour se faire tuer par moi ? Ce sont tes propres paroles, mon pote. J'imagine que tu dois les regretter.

Je fis rapidement le tour de l'immeuble, et je ne trouvai personne. Il n'y avait que quatre appartements, tous vides. Je soupçonnais le bâtiment de n'être qu'une couverture. Un seul appartement était occupé, celui du regretté Dean et de Charlie, qui n'allait pas tarder à rejoindre son acolyte. Mais pour les passants, c'était un immeuble de location tout ce qu'il y avait de banal. Moi aussi, un jour, j'aimerais bien voir quelque chose de réellement banal. Ça me changerait de mon quotidien.

Lorsque je revins dix minutes plus tard, la fille était toujours étendue sur le sol, mais Bones et Charlie avaient disparu.

— Bones ?

— Par ici, appela-t-il.

Sa voix venait de la chambre de Dean. Je m'y rendis d'un pas plus assuré que tout à l'heure, mais je ne pouvais m'empêcher d'avancer avec prudence. Méfiance aurait pu être mon deuxième prénom.

Arrivée dans la chambre, j'écarquillai les yeux devant le spectacle qui s'offrait à moi. Bones avait mis Charlie au lit. Pas *sur* le lit, mais *à l'intérieur* du lit. Bones en avait tordu le cadre métallique et l'avait enroulé autour de son prisonnier. Le couteau en argent était toujours enfoncé dans la poitrine de Charlie, et il était maintenu en place par une barre tordue qui faisait office de cale.

Il y avait trois récipients aux pieds de Bones. Même avec mon odorat peu développé, je devinai ce qu'ils contenaient.

— Maintenant, mon pote, je vais te faire une offre. Écoute-moi bien car je ne me répéterai pas. Dis-moi les noms de tous tes collègues et tu mourras vite et proprement. Si tu refuses… (Il souleva l'un des récipients et en versa le contenu sur Charlie. Ses vêtements absorbèrent le liquide et l'odeur âcre de l'essence emplit l'air.) Tu agoniseras jusqu'à ce que les flammes t'aient totalement réduit en cendres.

— T'as trouvé ça où ? demandai-je à propos de l'essence, bien que le moment soit mal choisi.

— Sous l'évier de la cuisine. J'étais sûr qu'ils auraient quelque chose de ce genre à portée de la main. Tu ne croyais quand même pas qu'ils allaient mâcher le travail aux experts médico-légaux une fois leur sale boulot terminé !

Je n'étais pas encore allée aussi loin dans mes réflexions. Visiblement, j'avais une longueur de retard depuis le début de la soirée.

Charlie lança à Bones un regard glacial et rempli de haine.

—Je te le dirai en enfer, et on s'y retrouvera bientôt.

Bones craqua une allumette et la laissa tomber sur Charlie. Ce dernier prit feu immédiatement. Il hurla et essaya de se débattre, mais le cadre du lit était trop solide. Ou bien peut-être était-il déjà affaibli par les flammes.

—Mauvaise réponse, mon pote. Je ne bluffe jamais. Viens, Chaton, on s'en va.

Chapitre 14

Nous attendîmes un peu, le temps de nous assurer que Charlie ne se dégagerait pas. Bones versa de l'essence dans les autres appartements de l'étage, qui ne tardèrent pas à prendre feu à leur tour. La fille n'avait toujours pas prononcé le moindre mot. Ses pupilles ne se dilatèrent même pas lorsque je la portai hors de l'immeuble.

Bones lui donna quelques gouttes de son sang. D'après lui, ça lui permettrait de tenir jusqu'à ce qu'il l'amène en lieu sûr. Plusieurs raisons nous forçaient à partir rapidement. Les pompiers allaient bientôt arriver. La police aussi. Sans oublier les sbires d'Hennessey, qui ne tarderait pas à apprendre que l'une de ses résidences était partie en fumée, avec deux de ses hommes à l'intérieur.

Je fus surprise en voyant Bones aller à la voiture de Charlie puis en ouvrir le coffre.

—Je reviens tout de suite, murmurai-je à la fille tout en l'installant sur la banquette arrière.

Elle n'avait pas l'air de m'avoir entendue.

Curieuse, je fis le tour de la voiture de Charlie. Bones était penché au-dessus du coffre. Lorsqu'il se releva, il portait un homme dans ses bras.

J'ouvrai la bouche, ébahie.

—C'est qui celui-là ?

J'aperçus le visage de l'homme et j'inspirai violemment. Le lourdaud du bar !

Je ne percevais aucun battement de cœur, mais je posai tout de même la question.

—Est-ce qu'il est… ?

—Bon pour la morgue, répondit Bones. Charlie l'a emmené dans l'arrière-cour et lui a brisé la colonne vertébrale. Il aurait senti ma présence s'il avait fait plus attention. C'est là que je m'étais caché.

—Tu n'as rien fait pour l'arrêter ?

Je me sentais un peu coupable de la mort de cet inconnu. Moi non plus, je n'avais rien fait pour arrêter Charlie. C'était peut-être ce qui rendait mon ton si amer.

Bones me regarda sans ciller.

—Non.

J'avais envie de me cogner la tête contre le mur. Techniquement, nous avions gagné ce soir, mais la victoire n'avait aucune saveur. Un innocent avait été tué, une jeune femme était dans un profond état de choc, nous n'avions obtenu aucun autre nom de personne impliquée et nous savions maintenant que notre mission allait devenir de plus en plus difficile.

—Que vas-tu faire de lui ?

Il le posa sur la pelouse.

—Le laisser ici. Il n'y a rien d'autre à faire. Avec l'incendie, il sera vite découvert. Au moins, il aura un véritable enterrement. C'est tout ce qui lui reste.

Laisser le cadavre ici pouvait paraître cruel, mais, d'un point de vue purement pratique, Bones avait raison. Nous ne pouvions rien faire de plus pour lui.

Le laisser à la porte d'un hôpital avec un petit mot n'atténuerait pas la douleur de sa famille.

— Allons-y, dit-il brièvement.

— Mais… et pour Charlie ? insistai-je en me glissant sur la banquette arrière. (Je pris la main de la fille tandis que la voiture commençait à rouler.) Tu vas le laisser ici pour que la police les trouve, lui et Dean ?

— Les flics ? (Il afficha un sourire sans joie.) Tu sais que lorsqu'un vampire meurt, son corps se décompose et retrouve son âge réel. C'est pour ça que certains ressemblent à des momies une fois morts. On va laisser la police chercher pourquoi un type mort depuis soixante-dix ans s'est retrouvé fourré dans un sommier avant de prendre feu. Ils vont se creuser la cervelle pendant des semaines. Si j'ai décidé de laisser Charlie sur place, c'est pour une bonne raison. Je veux qu'Hennessey sache qui a fait ça, et il le saura. Dès qu'on sera rentrés à l'hôtel, je vais passer quelques coups de fil afin de savoir si la tête de ce salopard de Charlie était mise à prix. Et si c'est le cas, je revendiquerai la récompense. Hennessey en entendra parler. Ça le rendra nerveux, il se demandera ce que Charlie a bien pu me dire, et avec un peu de chance ça le fera sortir de son trou. Il voudra me faire taire pour de bon.

C'était une manœuvre très risquée. Hennessey n'était pas le seul à vouloir réduire Bones en poussière. Selon les dires de Charlie, c'était également le souhait d'une vingtaine d'autres personnes.

— Où est-ce qu'on emmène la fille ?

— Je m'en occupe.

Il sortit son portable et composa un numéro en tenant le volant de l'autre main. Je murmurais des paroles réconfortantes – mais inutiles – à la fille en pensant à ma mère. Il y a bien longtemps, elle aussi avait été une victime. Le scénario n'était pas le même, c'est vrai, mais à mon sens cela ne faisait pas une grande différence.

—Tara, c'est Bones. Désolé de t'appeler si tard… j'ai un petit service à te demander… Merci. Je serai là dans une heure.

Nos regards se croisèrent dans le rétroviseur intérieur.

—Tara habite à Blowing Rock, pas très loin d'ici. La fille sera en sécurité avec elle. Personne ne connaît vraiment Tara, donc Hennessey ne pensera pas à chercher chez elle. Elle lui apportera toute l'aide nécessaire, et pas seulement du point de vue physique. Elle a vécu le même genre de traumatisme.

—Elle a été torturée par un vampire ?

Je plaignais de tout mon cœur les malheureuses qui faisaient partie de ce club.

Bones détourna les yeux et reporta son attention sur la route.

—Non, ma belle. Dans son cas, c'était un homme.

Tara vivait dans une maison en rondins située dans la chaîne montagneuse de Blue Ridge. On ne pouvait se rendre chez elle qu'en empruntant un chemin privé. C'était la première fois que je mettais un pied hors de l'Ohio, et j'étais fascinée par les hautes falaises, les pentes escarpées et le paysage accidenté. En d'autres circonstances, j'aurais demandé à Bones de s'arrêter juste pour admirer la vue.

Une femme afro-américaine aux cheveux poivre et sel attendait sous le porche. Les battements de son cœur indiquaient qu'elle était humaine. Bones sortit de la voiture et l'embrassa sur la joue.

Une sensation désagréable m'envahit tandis que je les regardais. Une ancienne copine ? Ou peut-être pas si ancienne que ça ?

Elle le serra dans ses bras et l'écouta exposer brièvement ce qui était arrivé à la fille. Je remarquai qu'il ne citait aucun nom. Bones termina son récit en demandant à Tara de ne parler à personne de sa nouvelle protégée, ni des circonstances de son arrivée chez elle. Il se tourna ensuite vers moi.

— Chaton ? Tu viens ?

Je m'étais demandé si je devais sortir ou rester dans la voiture, mais sa question me décida.

— Une gentille dame va s'occuper de toi, dis-je à la fille en l'aidant délicatement à sortir de la voiture.

Je ne la portais pas vraiment – si on le lui demandait, elle marchait. J'empêchais juste le drap qui la recouvrait de tomber et je la guidais dans la bonne direction.

Le visage de Tara s'emplit de compassion à notre approche. C'est alors que je remarquai une cicatrice qui courait de son sourcil jusqu'à sa tempe, et j'eus honte de mes pensées mesquines au sujet de ses relations avec Bones.

— Je m'en occupe, dit ce dernier en soulevant la fille comme si c'était une plume. Tara, je te présente Cat.

Je fus surprise de l'entendre m'appeler ainsi, mais je tendis la main à Tara qui la serra chaleureusement.

— Enchantée, Cat. Bones, mets-la dans ma chambre.

Il entra sans demander le chemin, et je dus une nouvelle fois me répéter que ce n'étaient pas mes affaires.

— Entre, ma petite, tu dois avoir froid ! dit Tara en frissonnant.

À 4 heures du matin, à cette altitude, la température était glaciale.

Je baissai alors les yeux et jurai en silence. N'avais-je pas l'air à croquer ? Entre ma robe et mon maquillage plus qu'outrancier, Tara devait probablement se dire que j'étais une roulure de première.

— Merci. Je suis enchantée de te rencontrer, répondis-je poliment.

Au moins, je pouvais lui montrer que j'avais de bonnes manières.

Je suivis Tara dans la cuisine et acceptai la tasse de café qu'elle me tendait. Elle s'en versa une également et me fit signe de m'asseoir.

Un hurlement déchira le silence alors que j'étais sur le point de prendre un siège, et je me redressai d'un seul coup.

— Tout va bien, dit immédiatement Tara en me tendant la main. Il est en train de la réveiller.

Derrière ces gémissements déchirants, j'entendis Bones expliquer rapidement à la fille qu'elle ne risquait plus rien et que personne ne lui ferait de mal, désormais. Bientôt, ses cris se transformèrent en sanglots.

— Ça peut prendre un petit moment, continua Tara d'un ton neutre. Il fera en sorte qu'elle se souvienne de tout, puis il la programmera pour éviter qu'elle devienne suicidaire. Ça leur arrive parfois.

— Comment ça? demandai-je bêtement. Ce n'est pas la première fois qu'il t'amène des filles en état de choc?

Tara sirotait son café.

— Je m'occupe d'un centre pour femmes battues en ville. Le plus souvent, je n'amène personne ici, mais de temps en temps il nous arrive quelqu'un qui a besoin d'une aide plus substantielle. Quand il s'agit d'un cas vraiment désespéré, j'appelle Bones. Je suis heureuse de pouvoir enfin lui rendre service. Il m'a sauvé la vie, mais j'imagine qu'il te l'a dit.

Je la regardai, perplexe.

— Non, je n'en savais rien. Qu'est-ce qui t'a fait penser qu'il m'en avait parlé?

Elle me sourit d'un air entendu.

— Parce que c'est la première fois qu'il amène une fille ici, ma petite. Enfin, une qui n'a pas besoin de mon aide, en tout cas.

Je tentai de dissimuler le plaisir que ses paroles me causaient.

— Ce n'est pas ce que tu crois. On… euh… on travaille ensemble. Je ne suis pas sa… enfin, je veux dire, si tu le veux, il est à toi! conclus-je en bafouillant.

Un grognement de dégoût nous parvint de l'étage, et il ne venait pas de la fille. Je regrettai aussitôt mes paroles, mais il était trop tard.

Tara me considéra de son regard clair.

— Mon mari me battait. J'avais peur de le quitter parce que je n'avais pas d'argent et que j'avais une petite fille, mais un soir il m'a fait ça. (Elle me montra la cicatrice qui courait le long de sa tempe.) Alors je lui ai dit que c'était fini. Que j'en avais assez. Il s'est mis à

271

pleurer, en me disant qu'il n'avait pas voulu faire ça. C'est ce qu'il me disait chaque fois qu'il me battait, mais c'était faux, il savait parfaitement ce qu'il faisait. On ne bat pas quelqu'un sans le faire exprès! Quoi qu'il en soit, il comprit que j'étais on ne peut plus sérieuse quand je lui ai dit que je le quittais. Alors il s'est caché derrière ma voiture ce soir-là. Je suis sortie de mon travail, j'ai marché jusqu'au parking, et c'est alors qu'il s'est dressé devant moi en souriant et en me menaçant avec un revolver. J'ai entendu un coup de feu, je me suis cru morte... et j'ai vu ce petit Blanc, un type qui avait l'air d'un albinos, qui tenait mon mari par le cou. Il m'a demandé si je voulais qu'il continue à vivre, et tu sais ce que j'ai répondu? Non.

J'avalai mon café d'une seule traite.

— Je ne vais pas te jeter la pierre. À mon avis, il n'a eu que ce qu'il méritait.

— J'ai dit non pour ma fille, pour qu'il ne lui fasse jamais subir la même chose, dit-elle en prenant ma tasse pour la remplir de nouveau. Bones ne s'est pas contenté de lui briser la nuque. Il m'a fait quitter l'appartement minable que j'occupais, il m'a trouvé un endroit où vivre, et au bout de quelque temps j'ai pu me loger par moi-même et ouvrir le centre. Maintenant, c'est moi qui aide les femmes qui n'ont plus aucun endroit où aller. Le bon Dieu a parfois un sacré sens de l'humour, non?

Je souris.

— Ça, j'en suis la preuve vivante.

Tara se pencha en avant et baissa la voix.

— Si je te dis tout ça, c'est parce qu'il doit vraiment tenir à toi. Comme je te l'ai dit, il n'a jamais amené personne ici.

Cette fois-ci, je ne discutai pas. Cela n'aurait servi à rien, et je ne pouvais pas lui dire que j'étais venue plus par obligation que par choix.

À l'étage, la fille avait entrepris de raconter son histoire, et ce que j'entendis me fit dresser l'oreille.

— … m'a obligée à appeler mes colocataires. Je leur ai dit que j'étais tombée sur mon ex et qu'on partait tous les deux, mais ce n'était pas vrai. Je ne sais pas pourquoi je l'ai dit, les mots sortaient de ma bouche indépendamment de ma volonté…

— Ce n'est pas grave, Emily. (Bones parlait d'une voix douce.) Ce n'était pas ta faute, ils t'ont forcée à dire tout ça. Je sais que c'est dur, mais réfléchis bien. À part Charlie et Dean, as-tu vu quelqu'un d'autre ?

— Je suis restée enfermée dans l'appartement tout le temps, mais personne n'est venu… J'aimerais prendre une douche. Je me sens très sale.

— Ce n'est pas grave, répéta-t-il. Ici, tu seras en sécurité, et je trouverai les salopards qui ont fait ça.

Il devait déjà avoir passé la porte lorsqu'elle poussa tout à coup un cri.

— Attendez ! Si, il y avait quelqu'un d'autre, ça me revient. Charlie m'a emmenée jusqu'à lui, mais je ne sais pas où c'était. Je ne me suis rendu compte de rien, et d'un seul coup je me suis retrouvée dans cette maison. Je me souviens que la pièce était grande, avec du parquet, et du papier aux motifs bleus et rouges sur les murs. Il y avait un homme qui portait un masque. Je n'ai pas vu son visage, il ne l'a jamais enlevé…

Sa voix se mit à trembler. Tara secoua la tête de dégoût en imaginant ce qu'Emily n'était pas parvenue à dire.

—Je les retrouverai, répéta Bones d'un ton résolu. Je te le promets.

Il descendit quelques minutes plus tard.

—Elle s'est calmée, dit-il, plus à l'attention de Tara qu'à la mienne. Elle s'appelle Emily et elle n'a pas de proches à contacter. Elle vit seule depuis qu'elle a quinze ans et ses amis pensent qu'elle est partie avec un ancien copain. Pas la peine de leur dire quoi que ce soit, ça les mettrait en danger.

—Je vais refaire du café et monter la voir, dit Tara en se levant. Vous restez ?

—Impossible, répondit Bones en secouant la tête. On a un avion à prendre cet après-midi et on a réservé une chambre d'hôtel. Merci pour tout, Tara. Je te revaudrai ça.

Elle l'embrassa sur la joue. Cette fois-ci, cela ne me fit aucun effet.

—Pas la peine, mon chou. Fais attention à toi.

—Toi aussi. (Il se tourna vers moi.) Chaton ?

—Je suis prête. Merci pour le café, Tara, j'ai été ravie de te rencontrer.

—Ce n'est rien, ma petite. (Elle sourit.) Sois gentille avec notre petit Bones, et n'oublie pas, ne sois sage que si tu ne trouves pas de bêtise à faire !

Surprise par cette allusion coquine, je me mis à rire. C'était d'autant plus inattendu que les circonstances de notre rencontre n'avaient rien de particulièrement drôle.

—J'essaierai de m'en souvenir.

Bones ne parla pas pendant l'heure que dura le trajet de retour jusqu'à l'hôtel. Il y avait tellement de choses que je voulais lui demander, mais, bien entendu, le courage me fit défaut.

Finalement, quand nous arrivâmes au parking de l'hôtel, je n'y tins plus.

—Alors, c'est quoi le programme ? On cherche à savoir si la tête de Charlie était mise à prix ? Ou bien on essaie de voir si quelqu'un connaît l'identité de l'ordure masquée ? Je me demande pourquoi il s'est fatigué à mettre un masque. Peut-être qu'il était complexé, ou bien c'était quelqu'un qu'elle connaissait et il n'avait pas envie qu'elle puisse l'identifier ?

Bones se gara et me lança un regard insondable.

—Les deux sont possibles, mais, quoi qu'il en soit, je crois qu'il vaudrait mieux que tu te retires de la partie.

—Ah non, tu ne vas pas recommencer ! m'écriai-je, soudain en colère. Tu crois qu'après avoir vu ce qui est arrivé à Emily et à je ne sais combien d'autres filles je vais aller me cacher sous mon lit ? Tu l'as peut-être oublié, mais j'étais censée être l'une des victimes ! Pas question que je laisse tomber !

—Écoute, je ne doute pas de ton courage, répondit-il, agacé.

—Alors quoi ?

—J'ai vu ton visage. Ton regard quand je parlais à Charlie. Tu te demandais si j'allais passer du côté d'Hennessey. Au fond de toi, tu ne me fais toujours pas confiance.

En prononçant cette dernière phrase, il avait donné un violent coup sur le volant, et celui-ci se déforma sous le choc. Je tressaillis, et pas seulement à cause de son accusation.

—Tu étais très convaincant et je me suis presque laissé avoir. Allez, ne me dis pas que tu m'en veux vraiment? Tous les jours depuis six ans, on me martèle que tous les vampires sont des salopards vicieux et menteurs, et, jusqu'ici, je te signale que tu es le seul, parmi tous ceux que j'ai rencontrés, à ne pas correspondre à cette description!

Bones laissa échapper un petit rire étonné.

—Tu te rends compte que c'est la chose la plus gentille que tu m'aies jamais dite?

—Dis-moi, tu es sorti avec Tara?

La question était sortie toute seule. Horrifiée, je retins ma respiration. Bon Dieu, pourquoi lui avais-je demandé ça?

—Oublie ça, lui dis-je précipitamment. Ça n'a pas d'importance. Écoute, à propos de la nuit dernière… je pense qu'on a tous les deux fait une erreur. Tu t'en es probablement rendu compte toi aussi, et je suis sûre que tu es d'accord qu'il vaudrait mieux éviter que ça se reproduise. Je n'avais pas l'intention de perdre la tête avec Charlie, mais les vieilles habitudes sont dures à chasser… J'admets que l'image n'est pas terrible, mais tu vois ce que je veux dire. On va collaborer, faire tomber Hennessey et tous les membres de son petit gang, et ensuite… eh bien, chacun suivra son chemin. C'est ce qu'il y a de mieux pour tout le monde.

Il me regarda en silence pendant plusieurs secondes.

—J'ai bien peur de ne pas être d'accord, répondit-il finalement.

—Mais pourquoi? Je fais un super-appât! Tous les vampires veulent sucer mon sang!

Il eut un petit sourire au moment même où je

regrettais le choix de mes mots. Bones tendit la main et me caressa le visage.

— Je ne veux pas que nous partions chacun de notre côté, Chaton, parce que je suis amoureux de toi. Je t'aime.

Je restai bouche bée, incapable de réfléchir l'espace d'un moment, puis je retrouvai ma voix.

— Non, tu ne m'aimes pas.

Il eut un petit rire et lâcha ma main.

— Tu sais, mon chou, c'est vraiment très énervant, cette habitude que tu as de toujours vouloir me dicter mes sentiments. Ça fait deux cent quarante et un ans que je suis sur Terre et je crois que je suis assez grand pour savoir ce que je ressens.

— Peut-être que tu dis ça juste pour coucher avec moi ? rétorquai-je d'un air soupçonneux en me rappelant Danny et ses mensonges enjôleurs.

Il me regarda, l'air manifestement ennuyé.

— J'étais sûr que tu penserais un truc comme ça. C'est pour ça que je ne t'ai rien dit plus tôt, parce que je n'avais pas envie que tu te demandes si je te racontais des mensonges pour t'attirer dans mon lit. Ceci dit, pour dire les choses crûment, je t'ai déjà fait passer à la casserole, et sans t'avoir déclaré ma flamme. C'est simplement que je n'ai pas envie de cacher mes sentiments plus longtemps.

— Mais on ne se connaît que depuis deux mois !

J'essayais maintenant d'argumenter, étant donné que le déni pur et simple ne semblait pas marcher.

Il eut un léger sourire.

— Je suis tombé amoureux de toi à la seconde où tu m'as proposé ce combat idiot dans la grotte. Tu étais là, enchaînée et tout ensanglantée, et tu remettais mon courage en question, tu me mettais presque au défi de te tuer. Pourquoi crois-tu que j'ai passé ce marché avec toi ? La vérité, ma belle, c'est que je voulais te forcer à passer du temps avec moi. Je savais que c'était le seul moyen pour que tu acceptes. Après tout, tu avais tellement de préjugés contre les vampires. Tu en as toujours, visiblement.

— Bones… (Les yeux écarquillés, je n'en revenais pas de ce qu'il venait de me révéler, et je sentais de plus en plus qu'il était sérieux.) Ça ne marcherait pas entre nous. Il faut qu'on arrête avant que ça aille plus loin !

— Je sais ce qui te fait dire ça. La peur. Tu es terrifiée à cause de la manière dont l'autre branleur t'a traitée, et tu es encore plus terrifiée de ce que dirait ta très sainte mère.

— Ça, elle en aurait des choses à dire, pas de doutes là-dessus, marmonnai-je.

— Je ne compte plus le nombre de fois où j'ai affronté la mort, Chaton, et cette histoire avec Hennessey n'est pas différente des autres. Tu crois vraiment que la colère de ta mère va me faire peur ?

— Si t'étais un peu plus malin, oui, répondis-je, toujours en marmonnant.

— Alors tu peux me considérer comme le type le plus bête du monde.

Il se pencha vers moi et m'embrassa. Un baiser long et profond, chargé de promesses et de passion. J'adorais la manière dont il m'embrassait. On aurait dit qu'il buvait ma saveur et que sa soif était inextinguible.

Je le repoussai, haletante.

— Je te conseille de faire attention. Je t'aime bien, mais si tu essaies de m'embobiner pour arriver à tes fins, je te planterai un bon gros pieu en argent directement dans le cœur.

Il gloussa et fit glisser sa bouche le long de mon cou.

— Je ne pourrai pas dire que tu ne m'as pas prévenu.

La tension érotique de plus en plus palpable me fit frissonner.

— Et pas de morsure, ajoutai-je.

Son rire me chatouilla.

— Je te le jure sur mon honneur. Autre chose ?

— Oui… (J'avais de plus en plus de mal à réfléchir.) Tu n'iras avec personne d'autre si tu es avec moi.

Il releva la tête.

— Je suis soulagé de te l'entendre dire. Quand tu as dit à Tara qu'elle pouvait m'avoir aussi, je me suis demandé si tu n'étais pas polygame.

Je rougis.

— Je suis sérieuse !

— Chaton (il prit mon visage entre ses mains), je t'ai dit que je t'aimais. Ça veut dire que je ne veux personne d'autre.

Nous courions droit à la catastrophe, je le savais. Tout comme je savais que j'étais un monstre hybride, mais, quand je plongeais mes yeux dans les siens, cela n'avait plus aucune importance.

— Pour finir, et ce n'est pas négociable, je veux absolument traquer Hennessey avec toi. Si j'ai assez confiance en toi pour devenir ta… ta petite amie, il faut que de ton côté tu me rendes la pareille.

Il émit comme un soupir.

—S'il te plaît, reste en dehors de tout ça. Hennessey a des relations haut placées et il est impitoyable. C'est un mélange explosif.

Je souris.

—Je suis à moitié morte et tu l'es complètement. Nous aussi, on forme un mélange explosif.

Il rit sèchement.

—Là, tu marques un point.

—Bones… (Je durcis mon regard pour bien lui faire comprendre à quel point j'étais sérieuse.) Je ne peux pas tirer ma révérence quand je vois ce qui se passe. Je ne pourrais jamais me pardonner de ne pas avoir tout essayé pour arrêter ça. D'une manière ou d'une autre, je n'abandonnerai pas. Alors à toi de décider : soit je me bats avec toi, soit je tente ma chance sans toi.

Il m'adressa ce regard pénétrant que je connaissais si bien, et qui semblait capable de me transpercer le crâne. Mais je tins bon, et c'est lui qui finit par détourner les yeux.

—OK, ma belle. Tu as gagné. On le vaincra ensemble. Je te le promets.

Les premiers rayons du soleil commençaient à percer l'obscurité. Je les regardai avec regret.

—Le jour se lève.

—Je vois.

Il m'attira de nouveau contre lui et m'embrassa avec une telle ferveur que j'en eus le souffle coupé. Les mouvements de sa bouche et le contact de son corps ne me laissaient aucun doute quant à ses intentions.

—Mais c'est l'aube ! dis-je, étonnée.

Bones rit doucement.

—Franchement, ma belle, tu me crois mort jusqu'à quel point… ?

Un peu plus tard, nous prîmes le petit déjeuner apporté par le room-service – une extraordinaire invention, à mon humble avis. Le temps que nous passions la commande, il était plutôt l'heure de déjeuner, mais cela ne m'avait pas empêchée de demander des pancakes et des œufs. Amusé, Bones me regarda enfourner la nourriture et saucer mon assiette jusqu'à ce que la dernière miette ait disparu.

—On peut passer une nouvelle commande, si tu veux. Inutile d'aller jusqu'à manger l'assiette.

—Au point où nous en sommes, ce ne serait pas très grave. Je crois qu'on peut dire adieu à notre caution, répondis-je en désignant du regard la lampe brisée, la table cassée, le tapis recouvert de sang, le canapé renversé et divers autres objets qui n'étaient plus vraiment dans le même état qu'à notre arrivée.

On aurait dit que la chambre avait été le théâtre d'une bagarre. En un sens, cela avait été le cas. Une bataille très sensuelle, en tout cas.

Il sourit et étendit les bras au-dessus de sa tête.

—Ça en valait chaque centime.

Le tatouage sur son bras gauche attira mon attention. Je l'avais déjà remarqué l'autre nuit, bien sûr, mais, bizarrement, je n'étais pas d'humeur très causante à ce moment-là. Je passai mon doigt sur le motif à l'encre noire.

—Des os croisés. C'est bien choisi. (Le tatouage n'était pas terminé : on ne voyait que le contour des os. La pâleur de sa peau faisait ressortir la noirceur de l'encre.) Tu l'as depuis quand ?

— C'est un copain qui me l'a fait il y a soixante ans. C'était un Marine qui est mort pendant la Seconde Guerre mondiale.

La vache, ça faisait un sacré fossé intergénérationnel. Son tatouage était trois fois plus vieux que moi. Un peu mal à l'aise, je changeai de sujet.

— Tu as trouvé d'autres infos sur Charlie ?

Il avait travaillé sur son ordinateur pendant que je commandais mon petit déjeuner. Je n'avais aucune envie de savoir de quelle manière il comptait découvrir si la tête de Charlie était mise à prix. Il allait peut-être le mettre en vente sur eBay ? Je voyais d'ici l'annonce : « Un cadavre extra frais ! Mise à prix : mille dollars ! »

— Je vais vérifier, je devrais avoir reçu quelque chose, répondit-il en sortant du lit avec grâce.

Il était encore nu et je ne pus m'empêcher d'admirer son postérieur. Bicentenaire ou pas, il offrait un spectacle qui valait le coup d'œil.

— Ah, un mail, et de bonnes nouvelles. Transfert bancaire effectué, cent mille dollars. Je ne sais pas qui Charlie avait contrarié, mais il avait tiré le mauvais numéro. Je vais lui dire où se trouve le corps pour confirmation, et Hennessey ne tardera pas à en entendre parler. Ça fait aussi vingt mille dollars pour toi, Chaton, et tu n'as même pas eu à l'embrasser.

— Je ne veux pas de cet argent.

Ma réponse avait été immédiate. Je n'avais même pas eu à réfléchir. Malgré les protestations cupides d'une partie de mon cerveau.

Il m'observa avec curiosité.

—Pourquoi ? Tu l'as gagné. Je t'avais dit que cela faisait partie de notre accord, même si je ne t'en ai pas parlé dès le début. C'est quoi, le problème ?

En soupirant, j'essayai de mettre des mots sur le maelström d'émotions et de pensées qui tourbillonnaient dans ma tête.

—Parce que ce ne serait pas juste. C'était une chose de prendre l'argent quand on ne couchait pas ensemble, mais je n'ai pas envie d'avoir l'impression d'être une fille entretenue. Je ne veux pas être à la fois ta copine et ton employée. Franchement, c'est à toi de voir. Si tu me paies, je ne coucherai plus avec toi. Garde l'argent et on continue comme avant.

Bones éclata de rire et s'approcha de l'endroit où j'étais assise.

—Et tu te demandes pourquoi je t'aime ? Quand on y réfléchit bien, c'est toi qui me paies pour que je couche avec toi, parce que si je ne le fais pas, je te dois vingt pour cent sur chaque contrat. Bon Dieu, Chaton, à cause de toi je me prostitue de nouveau !

—Ce… ce n'est pas… merde, tu sais bien ce que je veux dire !

De toute évidence, je n'avais pas vu les choses sous cet angle. J'essayai de me dégager, mais ses bras se firent durs comme l'acier. Ses yeux étaient encore rieurs, mais j'y lisais aussi clairement autre chose. Ses pupilles marron foncé commencèrent à se teinter de vert.

—Tu ne vas nulle part. J'ai vingt mille dollars à gagner, et je vais m'y mettre tout de suite…

Nous montâmes dans l'avion après avoir emballé nos armes pour les faire voyager par transporteur privé, étant donné la rigueur des contrôles de sécurité dans les aéroports modernes. Dans la rubrique « contenu », Bones avait écrit « Tofu ». Il avait parfois un sacré sens de l'humour. Nous n'embarquâmes donc qu'avec nos bagages à main. Bones me laissa une nouvelle fois le siège près du hublot, et je sentis la puissance des réacteurs qui montaient à plein régime. Il avait les yeux fermés et je remarquai que ses doigts se crispèrent légèrement sur l'accoudoir lorsque l'avion se mit à accélérer.

— Tu n'aimes pas l'avion, on dirait ? demandai-je, surprise.

C'était la première fois que je le voyais avoir peur.

— Non, pas trop. Les accidents d'avion constituent l'une des rares morts accidentelles dont peut être victime un vampire.

Ses yeux étaient toujours fermés au moment du décollage, lorsque la puissance des réacteurs nous plaqua contre le dossier de nos sièges. Une fois passé le moment le plus intense, je soulevai l'une de ses paupières et je le vis jeter un coup d'œil torve sur mon expression amusée.

— Tu n'y connais rien en statistiques. C'est le moyen de transport le plus sûr si l'on s'en tient aux seuls chiffres.

— Pas pour un vampire. On peut sortir vivant de n'importe quel genre d'accident de voiture, de catastrophe ferroviaire ou de naufrage. Mais quand un avion s'écrase, même les vampires en sont réduits à prier pour ne pas y rester. J'ai perdu un copain il y a quelques années dans un accident d'avion, en Floride. Le pauvre vieux, tout ce qu'ils ont retrouvé de lui, c'est sa rotule.

Contrairement à ce qu'il craignait, l'avion atterrit sans encombre à 16 h 30. Bones était aussi très utile lorsqu'il s'agissait de trouver un taxi. Il lui suffisait de fixer de son regard vert le chauffeur pour que ce dernier s'arrête. Cela marchait chaque fois, même lorsque le taxi transportait déjà des passagers. Ce fut le cas à deux reprises, pour ma plus grande gêne. Bones en harponna enfin un qui était libre et nous prîmes la direction de la maison de mes grands-parents. Depuis notre descente de l'avion, il était étrangement silencieux. Ce ne fut qu'à cinq minutes de la maison qu'il rompit soudain le silence.

—J'imagine que tu n'as pas envie que je te raccompagne jusqu'à la porte et que je te donne un baiser d'adieu devant ta mère ?

—Bien sûr que non !

Le regard dont il me gratifia me fit comprendre qu'il n'avait pas apprécié la vigueur de ma réponse.

—Comme tu veux, mais j'ai quand même envie de te voir ce soir.

Je poussai un soupir.

—Bones, non. Je ne suis déjà presque plus jamais chez moi. Le week-end prochain, j'emménage dans mon appartement, et les jours qui viennent sont les derniers que je passerai avec ma famille avant un petit moment. Quelque chose me dit que mes grands-parents ne viendront pas souvent me rendre visite.

—Il est où, cet appartement ?

Mince, j'avais oublié de le lui préciser.

—À environ dix kilomètres du campus.

—Donc tu ne seras qu'à vingt minutes de la grotte.

Comme ça tombait bien. Bones ne prononça pas ces derniers mots. Ce n'était pas la peine.

— Je t'appellerai vendredi pour te donner l'adresse. Tu pourras venir une fois que ma mère sera partie. Pas avant. Je ne plaisante pas, Bones. À moins que tu trouves quelque chose sur Hennessey ou sur le violeur masqué, laisse-moi un peu de temps. On est déjà dimanche.

La longue allée qui menait à la maison apparut derrière le virage que venait de prendre le taxi. Bones s'en rendit compte et me prit la main.

— Je veux que tu me promettes quelque chose. Jure-moi que tu ne vas pas encore essayer de t'enfuir.

— M'enfuir ?

Pourquoi ferais-je une chose pareille ? Je n'avais pas beaucoup dormi et je ne me sentais pas vraiment d'attaque pour un jogging.

C'est alors que je compris ce qu'il voulait dire. Lorsque je rentrerais chez moi et que je regarderais ma mère dans les yeux, je préférerais mourir plutôt que d'admettre que j'entretenais une relation avec lui. Je le savais, et lui aussi devait le savoir. Mais, pour l'instant, la seule personne en face de moi, c'était lui.

— Non, je suis trop fatiguée pour m'enfuir, et tu es trop rapide pour moi. Tu me rattraperais.

— Exactement, ma belle, dit-il d'une voix aussi douce qu'implacable. Si tu t'enfuis, je me lancerai à ta poursuite. Et je te retrouverai.

Chapitre 15

Les jours qui suivirent furent très chargés. Il me fallait préparer le déménagement, m'occuper de la paperasse pour l'appartement, de la caution et du contrat de location que je devais signer avec mon propriétaire, mais aussi dire au revoir à ma famille.

Avec une partie de l'argent que m'avait rapporté mon premier contrat avec Bones, j'avais acheté un sommier, un matelas et une armoire pour mes vêtements. J'y ajoutai quelques lampes et j'arrêtai là mes dépenses. Je partageai le reste de l'argent avec ma mère en lui disant que l'un des vampires que j'avais tués avait du liquide sur lui. C'était la moindre des choses. Je mis de côté ce qui me restait en sachant que je devrais tout de même me trouver un boulot à mi-temps pour joindre les deux bouts. Je ne savais pas du tout comment j'allais réussir à suivre mes études tout en prenant un travail et en continuant à aider Bones à traquer un groupe de morts-vivants malfaisants.

Comme je le lui avais demandé, Bones n'avait pas appelé et n'était pas passé me voir, mais il avait occupé mes pensées toute la semaine. À ma grande horreur, ma mère me demanda un matin si j'avais fait un cauchemar pendant la nuit – j'avais répété le nom de « Bones » pendant mon sommeil. Je marmonnai quelques mots à propos d'un cimetière et m'en tirai à bon compte, mais c'était reculer pour mieux sauter. À moins que je rompe avec Bones – ou que je me fasse tuer, bien sûr –, il faudrait un jour que je l'affronte au sujet de notre relation. Très franchement, cela m'effrayait plus que tous les Hennessey du monde.

Mes grands-parents me laissèrent le pick-up. C'était très gentil de leur part. Mon comportement de ces dernières semaines n'avait pas du tout été de leur goût, mais ils me serrèrent avec raideur dans leurs bras lorsque je partis. Ma mère me suivrait dans sa voiture. Comme je m'y étais attendue, elle voulait vérifier que j'étais bien installée.

— Sois sérieuse dans tes études, ma fille, me dit Papy Joe d'un ton bourru alors que je démarrais.

J'avais les larmes aux yeux, car j'étais en train de quitter le seul foyer que j'avais jamais connu.

— Je vous aime tous les deux, sanglotai-je.

— N'oublie pas de continuer à étudier la Bible avec cette gentille petite jeune fille, me dit sévèrement ma grand-mère.

Jésus, Marie, Joseph, si seulement elle savait de quoi elle parlait.

— Oh, je suis sûre que je vais la revoir bientôt.

Très bientôt.

— Catherine, c'est… tu… tu pourrais toujours faire la route depuis la maison.

Je dissimulai un sourire en voyant le désarroi de ma mère lorsqu'elle découvrit mon appartement. Non, ce n'était pas très coquet, mais c'était chez moi.

288

—Ça va, maman. Je t'assure. L'appartement sera déjà beaucoup mieux une fois qu'on aura fait le ménage.

Trois heures de nettoyage intensif ne changèrent rien à l'aspect de l'endroit, mais au moins je n'aurais plus à m'inquiéter des cafards.

À 20 heures, ma mère m'embrassa au moment de me dire au revoir. Elle jeta ses bras autour de mon cou et me serra si fort qu'elle me fit presque mal.

—Promets-moi que tu m'appelleras si tu as besoin de quelque chose. Fais attention à toi, Catherine.

—C'est promis, maman.

« *Ô la toile enchevêtrée que nous tissons, lorsque dès l'abord nous pratiquons la tromperie*[1] »... Ce que je m'apprêtais à faire était loin d'être prudent, mais j'allais le faire quand même. À peine était-elle partie que je pris mon téléphone et composai le numéro.

En attendant Bones, je pris une douche et je passai des vêtements propres. Pas une chemise de nuit – trop suggestif –, mais des vêtements normaux. Notre séparation m'avait beaucoup pesé cette semaine, et pas seulement parce qu'il me manquait. Ma mère m'avait servi son laïus habituel sur les vampires, me répétant à l'envi qu'ils méritaient la mort et qu'il fallait que je continue à les traquer, sans pour autant oublier de travailler sérieusement à la fac. La honte me submergeait chaque fois que je devais acquiescer à ses paroles pour ne pas éveiller ses soupçons.

---

1. Extrait de *Marmion*, de Sir Walter Scott: « *What a tangled web we weave, When first we practise to deceive!* » (*NdT*)

Mes cheveux étaient encore mouillés lorsque j'entendis frapper à la porte deux fois. J'ouvris… et l'angoisse de ces derniers jours s'évanouit. Bones franchit le seuil, referma la porte derrière lui et m'attira dans ses bras. Mon Dieu qu'il était beau, avec ses pommettes ciselées, sa peau pâle et son corps musclé, chargé de désir. Sa bouche s'abattit sur la mienne avant que j'aie eu le temps de respirer. Je saisis ses épaules de mes mains tremblantes, et je plantai mes ongles dans sa chemise tandis qu'il glissait ses doigts à l'intérieur de mon pantalon.

— Je n'arrive plus à respirer, dis-je, le souffle coupé, en agitant la tête pour tenter de me reculer.

Il fit descendre sa bouche sur ma gorge. Je sentais ses lèvres et sa langue sur ma peau, si sensible à cet endroit, tandis qu'il me faisait me cambrer en arrière en me retenant de ses bras.

— Tu m'as manqué, grogna-t-il en m'ôtant méthodiquement mes vêtements. (Il me souleva et demanda simplement :) Où ?

Je lui désignai ma chambre d'un geste de la tête, trop occupée à embrasser sa peau pour lui répondre. Il me porta jusqu'à la petite pièce et me jeta presque sur le lit.

Le lendemain matin, je fus réveillée par des coups timides contre la porte d'entrée. Je me retournai en grognant. Le réveil indiquait 9 h 30. Bones était parti juste avant l'aube, en me promettant de me retrouver ici même un peu plus tard. Il disait que mon appartement était trop exposé pour qu'il puisse y dormir. Je n'avais pas bien compris ce qu'il avait voulu dire par là.

J'enfilai ma robe de chambre à tâtons en fixant mon attention sur la porte. Mon visiteur était un humain – j'avais perçu les battements de son cœur – et il était seul. Je décidai donc de laisser mes couteaux dans la chambre. Ouvrir la porte armée jusqu'aux dents risquerait de jeter un froid, surtout si c'était mon propriétaire.

Entendant que mon visiteur repartait, j'ouvris précipitamment la porte, à temps pour voir un jeune homme qui s'apprêtait à disparaître dans l'appartement voisin du mien.

—Hé! dis-je d'une voix un peu plus agressive que je ne l'aurais voulu.

Il s'arrêta, l'air coupable, et c'est alors que je remarquai le petit panier à mes pieds. J'y jetai un rapide coup d'œil et je vis qu'il contenait des nouilles déshydratées, de l'aspirine et des bons de réduction pour des pizzas.

—Le kit de survie de l'étudiant, dit-il en s'approchant de moi avec un sourire timide. En te voyant décharger tes livres hier soir, je me suis dit que tu devais être à la fac toi aussi. Je suis ton voisin, Timmie. (Il s'empressa de rectifier :) Enfin, je veux dire Tim.

Je souris de sa gêne et de sa maladresse. Les stigmates de l'enfance étaient durs à effacer. Dans mon cas, ils étaient toujours aussi vivaces.

—Moi c'est Cathy, répondis-je en utilisant de nouveau mon nom d'étudiante. Merci pour le panier, et désolée d'avoir été aussi sèche. Je ne suis pas de très bon poil au réveil.

Il s'excusa immédiatement.

— C'est moi qui suis désolé ! Je n'ai même pas pensé que tu pouvais dormir. Quel crétin je fais. Pardon de t'avoir réveillée.

Il reprit le chemin de son appartement. Quelque chose dans ses épaules voûtées et la gaucherie de son attitude me fit penser à… moi. C'était ainsi que je me sentais intérieurement la plupart du temps. Sauf quand j'étais occupée à tuer quelqu'un.

— C'est rien, dis-je précipitamment. Il fallait que je me lève de toute façon, et mon réveil n'a pas dû se déclencher, alors… est-ce que tu as du café ?

Je n'aimais pas vraiment le café, mais il avait eu un geste sympathique et je ne voulais pas qu'il s'en veuille. Le soulagement que je lus sur son visage ne me fit pas regretter mon petit mensonge.

— Du café ? répéta-t-il avec un autre sourire timide. Oui, bien sûr. Entre.

Je me rappelai soudain que je ne portais rien sous ma robe de chambre.

— Laisse-moi une minute.

Après avoir enfilé un pantalon de jogging et un tee-shirt, je mis mes pantoufles et me rendis chez Timmie. Il avait laissé la porte ouverte et je sentis l'arôme du café en entrant chez lui. C'était du Folgers, la marque que mes grands-parents buvaient depuis toujours. En un sens, c'était une odeur réconfortante.

— Tiens. (Il me tendit un mug et je m'assis sur un tabouret devant le comptoir. Nos appartements étaient identiques, à part que celui de Timmie contenait des meubles.) Tu prends du lait et du sucre ?

— Oui, merci.

Je l'observai tandis qu'il s'affairait dans sa petite cuisine. Timmie mesurait un peu moins d'un mètre quatre-vingts, soit quelques centimètres seulement de plus que moi. Il avait les cheveux blonds et les yeux sombres. Il portait des lunettes et sa carrure chétive laissait encore deviner l'adolescent maigrichon qu'il était encore tout récemment. Pour le moment, mon radar interne n'avait rien repéré de menaçant en lui. Mais jusqu'ici, chaque fois que quelqu'un m'avait témoigné de la gentillesse, c'était pour des raisons beaucoup plus sombres. Danny, pour un petit coup d'un soir. Ralphie et Martin, pour tenter de me violer. Et Stéphanie, pour me vendre à son patron. Je n'étais pas paranoïaque sans raison. Si, après avoir bu mon café, je me sentais ne serait-ce que très légèrement vaseuse, j'enverrais directement Timmie au tapis.

—Alors, Cathy, tu es originaire de l'Ohio? demanda-t-il en jouant maladroitement avec sa tasse.

—J'y ai passé toute ma vie, répondis-je. Et toi?

Il acquiesça et renversa du café sur le comptoir. Il bondit en arrière en me jetant un regard furtif, comme s'il avait peur que je le dispute.

—Désolé, j'ai deux mains gauches. Euh… oui, moi aussi je suis de la région. De Powell. Ma mère y dirige une banque, et j'ai une petite sœur qui vient d'entrer au lycée et qui vit encore avec elle. On n'est plus que trois depuis que mon père est mort dans un accident de voiture. Je ne me souviens même pas de lui… Mais tout ça ne t'intéresse probablement pas. Désolé. Je parle trop.

Il avait aussi l'habitude de s'excuser toutes les deux phrases. En apprenant qu'il n'avait pas de père, je me sentis encore plus proche de lui. Je pris une gorgée de café… et fis exprès de laisser un petit filet couler du coin de ma bouche.

— Oups! dis-je en faisant semblant d'être gênée. Excuse-moi. Il m'arrive de baver quand je bois.

C'était encore un mensonge, mais Timmie sourit et me tendit une serviette. Sa nervosité disparaissait peu à peu. Rien de tel que d'avoir quelqu'un de plus ballot en face de soi pour retrouver un peu de confiance.

— C'est mieux que d'être maladroit. Je suis sûr que ça arrive à beaucoup de gens.

— Oui, on a même formé un club, dis-je en plaisantant. Les Baveurs Anonymes. Je n'en suis encore qu'à la première phase, je dois accepter mon incapacité à boire sans baver, et admettre que ça me rend la vie impossible.

Timmie se mit à rire alors qu'il était en train de boire sa tasse. Du café lui sortit par les narines et il écarquilla les yeux, atterré.

— Désolé! balbutia-t-il.

Cela ne fit qu'aggraver les choses. Du café gicla jusque sur mon visage. Horrifié, il ouvrit les yeux encore plus grands, mais à le voir fuir comme une Thermos trouée, je ris de plus belle et me retrouvai avec le hoquet.

— C'est contagieux, parvins-je malgré tout à dire. Une fois qu'on a attrapé le virus du baveur, pas moyen de lui échapper!

Il rit de nouveau, et la situation franchit un nouveau seuil dans le ridicule. Tandis que je hoquetais,

Timmie s'étouffait et crachotait. Si quelqu'un était passé devant la porte de son appartement encore ouverte, il nous aurait certainement pris pour deux évadés de l'asile. Je finis par lui tendre la serviette qu'il m'avait donnée, en essayant de contrôler mon rire. Mon instinct me disait que j'avais trouvé un ami.

Le lundi suivant, je me rendis à la grotte après mes cours de l'après-midi. Quelques kilomètres avant de tourner sur la route gravillonnée qui conduisait à la lisière de la forêt, j'aperçus une Corvette garée sur le bas-côté, les feux de détresse allumés. Il n'y avait personne à l'intérieur. J'étais toute fière de moi. Ce n'était pas tous les jours que ma vieille Chevrolet doublait une voiture de sport à soixante mille dollars ! Et toc !

J'entrai dans la grotte en sifflotant le même air que Darryl Hannah dans *Kill Bill*. C'est alors que je sentis un changement dans l'air. Une perturbation. Quelqu'un se cachait à une quarantaine de mètres devant moi, et ce quelqu'un n'avait pas de pouls. Instinctivement, je sus que ce n'était pas Bones.

Je continuai à siffler, sans ralentir le pas ni respirer plus vite. Je n'étais pas armée. J'avais laissé mes couteaux et mes pieux dans mon appartement, et mon autre jeu d'armes était dans mon vestiaire, qui se trouvait derrière l'inconnu. Sans mes armes, j'étais très désavantagée, mais je ne pouvais rien y faire. Bones avait dû avoir des ennuis, ou pire, car je ne percevais pas sa présence. Quelqu'un avait découvert sa cachette, et, avec ou sans armes, je n'avais d'autre choix que d'avancer.

Je progressai aussi naturellement que possible, l'esprit en ébullition. Que pouvais-je utiliser comme arme? Mes options étaient très réduites. C'était une grotte, il n'y avait que de la poussière et…

Je tendis la main vers le sol alors que je me baissais pour passer sous l'une des excroissances du plafond, et ramassai discrètement ce que je trouvai par terre. L'inconnu se dirigeait maintenant vers moi, sans faire aucun bruit. Serrant mes doigts autour de mon arme de fortune, je tournai au coin suivant et vis l'intrus.

C'était un homme de grande taille, avec des cheveux noirs en épi, et il se tenait à six mètres environ de moi. Il s'approcha en souriant, un peu trop sûr de sa supériorité.

—Une aussi jolie rousse, ça ne peut être que Cat.

C'était le nom que j'avais donné à Hennessey. Ce devait être l'un de ses sbires, et il avait réussi à trouver Bones. Je priai pour qu'il ne soit pas trop tard et qu'il ne l'ait pas déjà tué.

Je lui souris froidement.

—Alors, je te plais? Et ça, t'en penses quoi?

Sur ces mots, je lui lançai dans les yeux les cailloux que j'avais ramassés avec toute la force dont j'étais capable. Je savais que le coup ne serait pas mortel, mais j'espérais l'immobiliser pendant quelques secondes. Sa tête partit en arrière et je bondis sur lui, saisissant ma chance tant qu'il était aveuglé. Il chancela et nous tombâmes tous les deux par terre. Je saisis immédiatement sa tête et lui écrasai le visage contre le sol tout en lui jetant de nouveaux cailloux dans les yeux. Il se débattait avec une telle énergie que je faillis lâcher prise. Je grimpai alors sur son dos pour faire usage de mon poids et je l'enserrai avec mes cuisses de toutes mes forces. Tandis que je lui cognais la tête contre le sol, je maudis sa puissance. C'était un Maître vampire, sans aucun doute. Après tout, s'il avait été un débutant, c'est Bones qui m'aurait accueillie, pas lui.

—Arrête ça ! Arrête ! hurla-t-il.

Sans tenir compte de ses protestations, je redoublai d'efforts pour le maîtriser.

—Où est Bones ? Où est-il ?

—Bon Dieu, il a dit qu'il arrivait !

Il avait un accent anglais. Toute à mon inquiétude, je ne l'avais pas remarqué jusque-là. J'arrêtai de lui cogner la tête mais je le maintins immobile contre le sol.

—Tu fais partie de la bande d'Hennessey. Pourquoi aurais-tu prévenu Bones que tu serais là à l'attendre ?

—Parce que je suis le meilleur ami de Crispin, pas un des hommes de main de ce salopard d'Hennessey ! dit-il avec indignation.

C'était une réponse à laquelle je ne m'attendais pas du tout. De plus, il avait appelé Bones par son vrai prénom, et j'ignorais combien de gens connaissaient ce détail. Je réfléchis une fraction de seconde, puis j'attrapai une autre pierre en immobilisant sa tête à l'aide de mon autre main. J'appuyai l'extrémité la plus pointue de la pierre dans son dos.

—Tu sens ça ? C'est de l'argent. Si tu bouges, je te l'enfonce droit dans le cœur. Peut-être que tu es vraiment l'ami de Bones, ou peut-être pas. Comme je ne suis pas du genre à faire confiance facilement, on va l'attendre. Si, contrairement à ce que tu as dit, il n'est pas là rapidement, je saurai que tu as menti, et ce sera fini pour toi.

Je retins presque ma respiration tandis que j'attendais de voir s'il avait deviné que je bluffais. Comme je ne lui avais pas percé la peau, il ne pouvait normalement pas sentir que ce n'était pas de l'argent. J'espérais que les vampires n'avaient pas un sixième sens pour détecter la kryptonite. S'il avait menti, j'avais prévu de lui enfoncer quand même la pierre dans le cœur et de me précipiter dans le vestiaire pour récupérer mes armes. Restait à savoir si j'arriverais à les atteindre à temps.

— Si tu voulais bien cesser de m'écraser le visage dans la poussière, je ferais tout ce que tu désires, répondit-il calmement. Ça t'ennuierait de me lâcher la tête ?

— C'est ça, dis-je en ricanant sans relâcher ma pression d'un pouce. Et pourquoi pas te présenter ma jugulaire, pendant qu'on y est ? Tu rêves.

Il poussa un soupir exaspéré qui me rappela fortement quelqu'un.

— Voyons, c'est grotesque…

— Ferme-la. (Je ne voulais pas que son bavardage m'empêche d'entendre l'arrivée de Bones – si jamais il arrivait.) Reste tranquille et fais le mort, si tu veux rester en vie.

Vingt minutes très inconfortables plus tard, mon cœur bondit lorsque j'entendis des pas réguliers à l'entrée de la grotte. L'aura d'une puissance reconnaissable entre mille remplit l'espace à mesure que les pas se rapprochaient.

Bones tourna au coin et s'arrêta net. Il haussa un sourcil au moment où je me reculai, lâchant enfin la tête du vampire.

— Charles, dit Bones distinctement, je serais curieux de savoir ce qu'elle faisait sur ton dos.

CHAPITRE 16

L e vampire aux cheveux noirs se releva dès que j'eus sauté sur mes pieds, puis il épousseta ses vêtements.

— Crois-moi, mon pote, je n'ai jamais pris aussi peu de plaisir à avoir une femme sur moi. À peine lui avais-je dit bonjour que ce démon en jupon m'a aveuglé en me lançant des cailloux dans les yeux. Ensuite, elle a joyeusement tenté de me fendre le crâne avant de me menacer de m'empaler avec une arme en argent si je bougeais le petit doigt ! Moi qui ne suis pas venu en Amérique depuis quelques années, j'ai l'impression que l'accueil n'est plus ce qu'il était !

Bones roula des yeux et lui tapa sur l'épaule.

— Je suis heureux de te voir sur pied, Charles, et la seule raison pour laquelle elle ne t'a pas tué, c'est qu'elle n'avait pas d'arme en argent sur elle. Sinon, elle t'aurait planté son pieu dans le cœur directement. Elle a un peu tendance à tuer les gens avant même de faire les présentations.

— Tu exagères ! protestai-je.

Je me sentais insultée par la réputation que Bones était en train de me faire. Il ne releva pas et passa à autre chose.

—Chaton, je te présente mon meilleur ami, Charles, mais tu peux l'appeler Spade[1]. Charles, voici Cat, la femme dont je t'ai parlé. Tu as pu constater par toi-même que tout ce que je t'ai dit était... en dessous de la vérité.

À son ton, ce n'était pas vraiment un compliment, mais comme je n'étais pas très fière du traitement que j'avais infligé au vampire dégingandé qui me regardait, je ne répondis rien et me contentai de lui tendre la main.

—Salut.

—Salut, répéta Spade avant de rejeter la tête en arrière et d'éclater de rire. Je suis vraiment enchanté de faire ta connaissance maintenant que tu as cessé de m'écraser la tête contre le sol.

Ses yeux étaient de la même couleur que ceux d'un tigre, et il me regarda des pieds à la tête en me serrant la main. J'en fis autant. Il n'y avait pas de raison, après tout. Spade semblait mesurer environ cinq centimètres de plus que Bones, soit un peu plus d'un mètre quatre-vingt-dix. Il avait des traits fins et séduisants, le nez droit, et ses cheveux couleur corbeau se dressaient sur le haut de son crâne avant de retomber sur ses épaules.

—Ainsi on te surnomme Spade... Pourtant tu es blanc. N'est-ce pas un peu... politiquement incorrect ?

Il rit de nouveau, mais cette fois avec moins d'humour.

---

1. En anglais, *spade* veut dire « pique » (aux cartes) et aussi « pelle ». (*NdT*)

— Oh, mon surnom n'a rien à voir avec ma couleur de peau. C'était comme ça que le contremaître m'appelait en Australie. Spade signifie « pelle », et j'étais terrassier. Il n'appelait jamais les gens par leur nom, il les désignait juste par l'outil qu'ils utilisaient. Il pensait que les condamnés ne méritaient pas mieux.

C'était donc ce Charles-là. Je me rappelai que Bones avait parlé d'un Charles lorsqu'il m'avait raconté son expérience de prisonnier. « J'ai sympathisé avec trois personnes », m'avait-il dit, « Timothy, Charles et Ian ».

— Ça paraît plutôt avilissant. Pourquoi as-tu gardé ce surnom ?

Spade conserva son sourire, mais ses beaux traits se durcirent.

— Pour ne jamais oublier.

Il était temps de changer de sujet. Bones s'en chargea à ma place.

— Charles a des informations concernant un des larbins d'Hennessey. Ce dernier pourrait s'avérer utile.

— Super, dis-je. J'enfile ma tenue d'allumeuse et je me tartine de maquillage ?

— Tu devrais rester en dehors de tout ça, répondit Spade d'un ton sérieux.

J'eus soudain envie de recommencer à lui jeter des pierres.

— Dis-moi, le machisme c'est un truc de vampires ? Ou bien ça vient du XVIIIe siècle ? Tu préfères que les femmes restent à la cuisine, là où elles ne risquent rien, c'est ça ? Réveille-toi, Spade, on est au XXIe siècle ! Les femmes ont autre chose à faire que trembler de peur en attendant qu'un homme vienne les sauver !

— Si Crispin n'avait pas de tels sentiments pour toi, je te dirais volontiers de tenter ta chance, répondit immédiatement Spade. Mais je sais d'expérience combien il est douloureux de voir une personne que l'on aime être assassinée. Il n'y a rien de pire, et je ne veux pas qu'il vive ça.

Intérieurement, j'étais heureuse que Bones ait dit à son ami que je comptais pour lui. Je n'arrivais toujours pas à croire à son amour, mais c'était agréable de savoir que je n'étais pas juste une fille parmi d'autres à ses yeux.

— Écoute, je suis désolée que des vampires aient tué quelqu'un à qui tu tenais, sincèrement. Mais…

Il m'interrompit.

— Ce ne sont pas des vampires qui l'ont tuée. Elle a été égorgée par un groupe de déserteurs français.

J'ouvris la bouche puis je la refermai presque aussitôt, ne trouvant rien à dire. Sa dernière remarque m'avait appris plusieurs choses : d'une part, je m'étais trompée sur la nature des assassins, et, d'autre part, la femme qu'il avait aimée était humaine.

— Je ne suis pas vraiment comme tout le monde, finis-je par dire en lançant un regard inquisiteur à Bones pour tenter de deviner s'il avait également parlé de ce détail à son ami.

— Oui, il paraît, dit Spade. Et tu m'as pris par surprise toute à l'heure. Mais, bien que tu possèdes des capacités exceptionnelles… tu es facile à tuer. Le pouls qui bat sur ton cou est ton plus gros point faible, et si je l'avais vraiment voulu tout à l'heure, j'aurais pu te retourner et t'égorger.

Je souris.

— Je te trouve bien arrogant. Remarque, je le suis aussi, pour certaines choses. Je crois qu'on va très bien s'entendre. Ne bouge pas.

— Chaton…, dit Bones en me voyant partir, devinant sans doute où j'allais.

— Reste là, ça va être marrant !

— Où va-t-elle ? entendis-je Spade demander à Bones.

Ce dernier émit un grognement presque compatissant.

— Chercher de quoi te botter le train, et, entre nous, si j'avais le moindre espoir de la tenir en dehors de tout ça, je le ferais. Elle est plus têtue qu'un troupeau de mules.

— Ce ne sera pas suffisant pour lui permettre de rester en vie. Ça m'étonne vraiment que tu la laisses…

Spade s'interrompit en me voyant de retour. Ce que je tenais dans les mains devait certainement y être pour quelque chose.

— Alors, imaginons que tu es un méchant vampire qui veut me trancher la gorge, d'accord ? Tu vois, je suis armée. À ce propos, c'est de l'acier ; après tout, il ne s'agit que d'une démonstration, et je ne voudrais pas que tu finisses en vieille momie ratatinée. Mais tu t'en fiches, vu que tu es invincible et que pour toi je ne suis qu'une artère affublée d'une robe. Voilà le marché : si tu arrives à poser ta bouche sur ma gorge, tu gagnes, mais si je te plante mon pieu dans le cœur en premier, c'est moi qui gagnerai.

Spade tourna la tête vers Bones.

— Elle plaisante ?

Bones fit craquer ses doigts et s'écarta.

— Pas le moins du monde.

— Le repas est en train de refroidir, dis-je à Spade pour le provoquer. Viens me chercher, suceur de sang.

Spade rit, puis feignit une attaque vers la droite avant de bondir sur moi d'un mouvement bien trop rapide pour être perceptible à l'œil nu. Il n'était qu'à un souffle de moi lorsqu'il baissa les yeux, surpris.

— Saperlipopette ! dit-il en se redressant dans son élan.

— Ce n'est pas le mot que j'aurais employé, mais c'est du pareil au même.

Deux lames en acier étaient plantées dans sa poitrine. Il les regarda avant de les arracher et de se tourner vers Bones, ébahi.

— Je n'arrive pas à y croire.

— Je te l'avais dit, mon pote, répondit Bones sèchement. Elle est très douée avec les couteaux. Heureusement qu'elle ne s'était jamais entraînée avant notre rencontre, sinon je ne serais peut-être plus là aujourd'hui.

— Je vois ça. (Spade regarda dans ma direction tout en continuant à secouer la tête.) Très bien, Cat. Tu as parfaitement démontré que tu étais beaucoup plus dangereuse que tu en avais l'air. Puisque visiblement je n'arriverai pas à te convaincre de te retirer de la partie et que Crispin a une grande confiance en toi, j'admets ma défaite et je te salue bien bas.

Il joignit le geste à la parole et s'inclina, balayant le sol de ses longs cheveux noirs en un mouvement plein de grâce. Son geste était si élégant et si raffiné qu'il me fit rire.

— Tu étais quoi avant qu'on te jette en prison, un duc ?

Spade se redressa et sourit.

— Baron Charles de Mortimer. À ton service.

Le lampadaire au-dessus de moi était cassé. Un peu plus loin dans le passage, un chat grognait face à une menace invisible. Dans le coin opposé, un vampire blond sautillait, faisant presque des bonds sur place. De toute évidence, il était excité.

Ce n'était guère mon cas. Il était 2 heures du matin, la plupart des gens étaient couchés, et j'aurais donné très cher pour pouvoir les imiter. Mais je devais d'abord m'occuper de ce vampire survolté.

— Hé, mec, dis-je en m'approchant de lui.

Je feignais d'être très agitée, regardant dans tous les sens et rentrant les épaules. Avec mes bleus tout récents et ma tenue minable, j'aurais pu poser pour une campagne de prévention contre la drogue. Je n'avais eu aucun mal à me mettre dans cet état. Bones m'avait donné quelques coups pour faire plus vrai, et il m'avait suffi de ne pas boire son sang pour que les marques ne s'effacent pas.

— T'as de l'héro, mec ? continuai-je en me frottant les bras comme si je fantasmais sur une seringue invisible.

Il partit d'un rire aigu et nerveux.

— Pas ici, poulette. Mais je sais où en trouver. Suis-moi.

— T'es pas un flic, au moins ? rétorquai-je en feignant la méfiance.

Il gloussa de nouveau.

—Aucun risque.

Essayait-il d'être drôle ? Dans ce cas, il allait adorer la repartie que je lui réservais pour plus tard.

—J'ai pas le temps d'attendre que t'appelles quelqu'un, je suis vraiment en manque…

—J'ai ce qu'il te faut dans ma voiture, m'interrompit-il. Par là.

Il se mit en route, sautillant presque. À l'autre bout du passage se trouvait une rue encore plus abandonnée.

—Par ici, dit-il d'une voix chantante alors que je le suivais plus lentement en regardant autour de moi pour vérifier s'il n'y avait pas d'autres morts-vivants dans les parages. On y est, poulette.

Le vampire ouvrit la portière de sa voiture en m'adressant un large sourire. Docilement, je me penchai pour regarder à l'intérieur.

Je m'étais préparée à ce qu'il me frappe, mais la douleur n'en fut pas atténuée pour autant. Je m'affalai sur le siège passager comme l'aurait fait une personne normale. Le vampire gloussa et balança mes jambes dans la voiture avant de claquer la portière. Il monta à son tour dans le véhicule puis il démarra.

J'étais avachie à côté de lui. Il ne me prêtait pas la moindre attention et continuait à hennir doucement en conduisant. Cette manie me tapait sur les nerfs. Je sentais que mes règles étaient pour bientôt et j'avais un examen dans la matinée. Il n'avait vraiment pas choisi la bonne victime.

Tout à coup, un véhicule nous percuta à l'arrière. Je profitai de l'impact pour sortir mon arme de ma botte sans qu'il s'en aperçoive. Il poussa un cri perçant lorsque je la lui enfonçai dans la poitrine. J'avais fait exprès de ne pas viser le cœur, mais la lame en était assez proche pour qu'il m'accorde toute son attention.

—Ferme-la, sale moulin à paroles! dis-je d'un ton brusque. Gare-toi si tu ne veux pas que mon copain te rentre encore dedans. Parce que si ça arrive, je te laisse deviner où ma lame va atterrir.

L'expression horrifiée de son visage était presque drôle à voir. Puis ses yeux s'enflammèrent.

—Lâche-moi!

—Pas la peine de me faire le coup des yeux verts, ça ne marchera pas. Tu as trois secondes pour te garer, sinon tu peux faire tes prières.

Derrière nous, Bones fit rugir son moteur comme pour souligner mes paroles. Une autre collision et la lame en argent irait droit dans son cœur, il le savait.

Je ne détournai pas les yeux lorsque la voiture s'arrêta et que Bones ouvrit la portière côté conducteur.

—Alors Tony, ça va comme tu veux?

Le vampire ne riait plus.

—Je ne sais pas où est Hennessey! cria-t-il.

—D'accord, mon pote, je te crois. Chaton, tu veux bien conduire? Lui et moi, on a des trucs à se dire.

Bones installa Tony sur la banquette arrière. Je me mis au volant et réglai le rétroviseur intérieur de manière à pouvoir les voir.

—On va où?

—Tourne un peu dans le quartier, le temps que notre ami Tony nous indique la direction à prendre.

Nous laissâmes la voiture accidentée de Bones sur le bas-côté. Elle appartenait à Ted, qui n'en avait pas l'usage. Avoir un propriétaire de casse de voitures parmi ses relations se révélait finalement très pratique.

— Je ne sais rien, répéta Tony. Moi, j'essaie juste de gagner ma vie.

— Menteur, dit Bones d'une voix aimable. Tu fais partie de la bande d'Hennessey, alors n'essaie pas de me faire croire que tu ne sais pas comment le contacter. Tous les vampires savent comment joindre leur maître. Je devrais te tuer rien que pour la vie de cloporte que tu mènes. Faire semblant de vendre de la drogue à des camés, les faire payer et ensuite les hypnotiser pour leur faire croire que tu leur as donné ce qu'ils voulaient… c'est minable.

— Enfoiré, ajoutai-je.

— Il me tuera si je parle !

Sa voix n'était plus qu'un gémissement.

— Pas s'il meurt en premier. De toute façon, t'es fichu, que tu parles ou pas. Que crois-tu qu'Hennessey va faire quand il saura que tu t'es laissé capturer ? Tu penses qu'il sera content d'apprendre que c'est grâce à ton petit trafic que je t'ai déniché ? Tu t'imagines qu'il est assez grand seigneur pour te pardonner, c'est ça ? Allons, voyons ! Il t'arrachera la tête, et tu le sais parfaitement. Je suis ton seul espoir, mon pote.

Tony me regarda, comme pour implorer mon aide. Je lui fis un doigt. Franchement, il s'attendait à quoi ?

Il se tourna de nouveau vers Bones.

— Jure de ne pas me tuer et je te dirai tout.

— Je ne te tuerai que si tu refuses de parler, lui répondit Bones avec rudesse. En revanche, si tu parles mais que tu me mens, je n'irai pas jusqu'à te tuer, mais je te le ferai payer si cher que tu regretteras d'être encore en vie. Fais-moi confiance.

La froideur de sa voix me rappela le jour où je m'étais trouvée à la place de Tony. Bones pouvait vraiment faire peur, aucun doute là-dessus.

Tony entreprit de tout raconter. Son débit était rapide.

—Ces derniers temps, Hennessey n'a dit à personne où il se trouvait, mais si j'ai besoin d'un truc, je suis censé aller voir Lola. J'ai son adresse – elle est à Lansing. Elle est très proche d'Hennessey. Si elle-même ne sait pas où il est, elle connaît au moins quelqu'un qui le sait.

—Donne-moi son adresse.

Tony cracha l'info. Bones ne prit même pas la peine de la noter, mais c'était peut-être parce qu'il maintenait toujours le poignard enfoncé dans la poitrine de Tony.

—Chaton, prends la I-69 et roule vers le nord. On va à Lansing.

Il fallait compter trois heures de route. Bones utilisa le GPS de son téléphone portable pour connaître l'itinéraire exact. Il adorait la technologie moderne. Nous fîmes le dernier kilomètre à pied. Nous avions garé la voiture de Tony sur le parking d'un supermarché et nous avions emmené notre prisonnier avec nous. Bones le menaçait à l'aide du poignard, un rictus malveillant sur les lèvres ; au moindre couinement, il l'enverrait *ad patres*. Alors que nous approchions, je vis que Lola vivait elle aussi dans un immeuble, quoique bien plus huppé que le mien ou celui de Charlie. Il était déjà 5 heures du matin, et qu'est-ce que je faisais ? Je rôdais de nouveau autour d'un immeuble. J'espérais qu'on aurait fini à temps pour que je puisse passer mon examen.

J'imaginai la tête du prof quand je lui expliquerais la cause de mon retard : « Vraiment, je vous jure, j'étais en train de chasser un méchant vampire ! » Curieusement, je subodorais que ça ne marcherait pas.

— Sa voiture n'est pas là, murmura Tony.

Il avait pris la menace de Bones au sérieux et continuait à parler à voix basse.

— Et tu es capable de voir ça au premier coup d'œil ? demanda Bones d'un ton plus que sceptique.

— Quand tu la verras, tu comprendras, répondit Tony.

Lorsque nous arrivâmes à une trentaine de mètres de l'endroit, Bones nous fit signe de rester silencieux et nous indiqua par gestes que Tony et moi devions rester là pendant qu'il fouillerait le bâtiment. Je résistai à l'envie de lui faire un doigt à lui aussi, mais je me consolai en me disant que surveiller le périmètre était aussi une tâche importante. De toute façon, si j'entendais une bagarre, j'étais assez près pour intervenir.

Bones se glissa jusqu'à l'angle opposé de l'immeuble, puis disparut. Les minutes passèrent, puis se transformèrent en heures. Bones ne revenait toujours pas, mais je ne percevais aucun bruit de lutte. J'en conclus qu'il s'était lui aussi posté quelque part. Le jour n'allait pas tarder à se lever, et la position dans laquelle je me trouvais – j'étais accroupie, la pointe de mon poignard appuyée contre Tony – devenait de plus en plus inconfortable. Je commençais à avoir mal au dos et je me rendis compte avec mauvaise humeur que je ne serais jamais rentrée à temps pour mon examen.

Je m'apprêtais à chercher un endroit plus confortable où m'asseoir lorsque je vis une voiture s'arrêter.

Tony avait dit vrai. Il était en effet difficile de ne pas remarquer cette voiture, même en ne lui jetant qu'un bref coup d'œil.

C'était une Ferrari rouge vif, et la femme qui était au volant n'était pas humaine. Je me baissai davantage. Les buissons offraient une cachette efficace et je la voyais parfaitement depuis la petite éminence où nous nous trouvions. Elle avait les cheveux noirs et courts, et ses traits indiquaient qu'elle était d'origine asiatique. Sa voiture, sa tenue, et même son sac à main devaient coûter une petite fortune. Elle puait le fric à plein nez.

Elle était à quatre ou cinq mètres de l'entrée de l'immeuble lorsque Bones apparut. Visiblement, il s'était caché à l'intérieur pour l'attendre. Elle se mit à courir, mais il bondit pour la rattraper.

La femme se redressa et leva le menton.

— Comment oses-tu me toucher !

— Oser ? (Bones rit, mais pas de son rire charmeur.) Voilà un mot intéressant. Pour oser, il faut du courage. Es-tu courageuse, Lola ? On va vite le savoir.

Il avait sciemment insisté sur la dernière phrase. Elle regarda autour d'elle avant de lui lancer un regard furieux.

— Tu es en train de commettre une énorme erreur.

— Ce ne serait pas la première fois. (Il l'attira à lui.) Allez, ma douce. Tu sais ce que je veux.

— Hennessey et les autres vont te tuer, ce n'est qu'une question de temps, cracha-t-elle.

Bones lui saisit la mâchoire et approcha son visage du sien.

— Je n'aime pas brutaliser les femmes, mais je crois que dans ton cas je vais faire une exception. Ce n'est pas très intime ici, alors je suis un peu obligé d'improviser. Tu vas me dire qui d'autre travaille pour Hennessey, et où je peux les trouver, ou je te jure que je te ferai subir toutes les tortures et toutes les humiliations que d'autres ont subies à cause de toi. Ça te tente ? Au cours de mes pérégrinations, j'ai rencontré deux ou trois types aussi primaires que dépravés qui adoreraient s'en charger à ma place. Tu sais quoi ? Je pourrais même te vendre à eux. Plutôt marrant, non ? Ce serait un juste retour des choses.

Même éloignée comme je l'étais, je vis les yeux de Lola s'écarquiller.

— Je ne sais pas où est Hennessey, il ne me l'a pas dit !

Bones commença à la traîner jusqu'au parking.

— Tu viens de faire le bonheur d'une poignée de pervers, déclara-t-il d'un ton acerbe.

— Attends ! (Son cri était une supplication.) Je sais où est Switch !

Il s'arrêta et la secoua sans ménagement.

— Qui est Switch ?

— Le gros bras d'Hennessey, dit Lola en faisant une moue. Tu sais qu'il déteste se salir les mains. Switch s'occupe de tout le sale boulot, comme faire taire les témoins ou cacher les corps. Il est aussi chargé de chercher de nouvelles recrues, vu qu'on a perdu Stéphanie, Charlie et Dean. Grâce à la nouvelle protection dont bénéficie Hennessey, on n'a même plus à s'inquiéter des conséquences judiciaires.

Du coin de l'œil, j'aperçus quelque chose sur le toit de l'immeuble au moment même où Bones posait sa question suivante.

—Quel est le vrai nom de Switch, et qui est derrière cette nouvelle protection dont tu parles?

À ce moment-là, deux formes sautèrent du toit de l'immeuble, haut de dix étages. Bones et Lola étaient juste en dessous. Je bondis de derrière les buissons.

—Attention, au-dessus de toi!

Au même moment, Lola tira un couteau de son sac à main alors que Bones levait la tête, et je lançai immédiatement trois lames en argent.

C'est le moment que choisit Tony pour passer à l'action. Je l'avais lâché pour lancer mes couteaux, et il se jeta sur moi, tous crocs dehors. J'empêchai sa mâchoire de se refermer sur ma gorge et j'empoignai de nouveau le couteau enfoncé dans son thorax pour le tordre. Je lui donnai ensuite un coup de genou dans la poitrine pour le repousser avant de plonger mon autre couteau dans son cœur. Il émit un bruit étrange, une sorte de gloussement de douleur, puis tomba sur le côté.

D'un bond je fus de nouveau sur mes pieds, et je vis Bones agenouillé à côté de Lola. Elle était allongée sur le ciment et trois lames d'argent sortaient de sa poitrine en formant un cercle. Derrière eux, je distinguai deux corps décapités. Les agresseurs tombés du ciel avaient visiblement eu leur compte.

Bones se releva et regarda dans ma direction.

—C'est pas vrai, Chaton, t'as recommencé!

Mince. Je me tortillai sur place en essayant instinctivement de dissimuler le corps de Tony. Comme si ça pouvait le ramener à la vie.

—Elle allait te poignarder, rétorquai-je pour me défendre. Regarde ce qu'elle tient dans la main!

Au lieu de ça, il regarda le corps qui gisait à mes pieds.

— Lui aussi ?

J'acquiesçai, penaude.

— Il m'a sauté dessus.

Bones se contenta de me regarder.

— Tu n'es pas une femme, dit-il finalement. Tu es la Faucheuse en personne affublée d'une perruque rousse !

— Tu es injuste…, protestai-je, mais un cri perçant m'interrompit.

Une femme en tailleur laissa tomber son sac à main et courut se réfugier dans l'immeuble en hurlant. Elle avait dû être effrayée en voyant les cadavres sur le parking. Ce n'est pas le genre de spectacle auquel on s'attend quand on part travailler.

Bones soupira et retira les couteaux du corps de Lola.

— Viens, Chaton. Allons-y avant que tu fasses une nouvelle victime.

— Je ne trouve pas ça drôle…

— J'ai quand même eu le temps de soutirer quelques infos à Lola, continua-t-il sur le ton de la conversation tout en me tirant en direction de la voiture. Le gros bras d'Hennessey, Switch, on va commencer par essayer de savoir qui c'est.

— Je te répète qu'elle allait te tuer…

— Tu n'as jamais pensé à viser autre chose que le cœur ?

Nous marchions d'un pas rapide. D'autres personnes étaient sorties de l'immeuble. Je n'avais pas besoin de me retourner pour le savoir, il me suffisait d'écouter les cris.

Lorsque nous arrivâmes à la voiture, il me donna un baiser fugace mais intense.

— Je suis très touché que tu aies voulu me protéger, mais la prochaine fois, lance seulement pour blesser, d'accord ? En visant la tête, par exemple. Ça les immobilise pendant quelques secondes sans les réduire à l'état de cadavres en décomposition. Penses-y.

Chapitre 17

Malgré les excès de vitesse de Bones, je n'aurais jamais le temps de prendre une douche avant d'aller en classe. Je pourrais déjà m'estimer heureuse si j'arrivais à passer chez moi en coup de vent pour me changer.

— Il faut que je me débarrasse de la voiture, dit-il alors que je descendais. Je vais l'emmener chez Ted. Je serai de retour dans quelques heures.

— Je serai en train de dormir, marmonnai-je. Est-ce qu'il faut vraiment qu'on…

— Salut, Cathy !

Timmie était sur le pas de sa porte avec un grand sourire. Il avait dû me voir arriver par la fenêtre.

Le regard que lui lança Bones le figea.

— Pardon, je ne savais pas que tu avais de la compagnie, s'excusa Timmie.

Il entreprit de rentrer chez lui avec une telle précipitation qu'il manqua de trébucher.

À mon tour, je gratifiai Bones d'un regard hostile pour avoir effrayé mon voisin, lui qui était déjà si emprunté.

— C'est rien, dis-je en souriant à Timmie. Ce n'est pas vraiment ce que tu crois.

— Oh, dit Timmie en jetant un regard timide à Bones. Tu es le frère de Cathy ?

— Qu'est-ce qui peut bien te faire croire que je suis son putain de frère ? répondit Bones brutalement.

Timmie recula si vite qu'il se cogna l'arrière du crâne contre le chambranle.

— Désolé, souffla-t-il, et il heurta une nouvelle fois la porte avant de réussir à se réfugier chez lui.

Furieuse, je fondis sur Bones et le menaçai de mon index. Il me regarda d'un air que j'aurais qualifié de boudeur s'il n'avait pas eu plus de deux cents ans.

— Tu as le choix, lui dis-je, articulant chaque mot. Soit tu présentes tout de suite des excuses sincères à Timmie, soit tu repars te cacher dans ton trou. Tu t'es comporté de façon ignoble ! Je ne sais pas ce qui t'est passé par la tête, mais Timmie est un gentil garçon, et tu lui as sûrement fichu une trouille bleue. C'est à toi de voir, Bones. Choisis.

Le voyant hausser un sourcil, je tapai du pied.

— Un… Deux…

Il marmonna une injure et monta l'escalier, puis frappa deux coups à la porte de Timmie.

— Écoute, mon pote, je suis désolé de m'être montré si grossier avec toi, dit-il avec une admirable humilité lorsque Timmie entrouvrit sa porte. Je te fais toutes mes excuses. (Timmie ne perçut cependant pas le ton légèrement sec de Bones lorsqu'il reprit :) Tout ce que je peux dire, c'est que je n'ai pas supporté que tu puisses la prendre pour ma sœur. Tu comprends, comme on va baiser ensemble ce soir, ça me dérangerait qu'on la prenne pour quelqu'un de ma fratrie.

— Pauvre crétin ! éclatai-je, tandis que Timmie ouvrait grand la bouche. La seule chose que tu baiseras ce soir, c'est ton oreiller !

— Tu voulais de la sincérité, répliqua-t-il. Eh bien voilà, ma belle, j'ai été sincère.

— Retourne à la voiture, je te verrai plus tard, si tu te comportes un peu mieux !

Timmie ne cessait de passer de Bones à moi, la bouche toujours grande ouverte. Bones lui sourit, ou plutôt il lui montra les dents.

— Enchanté d'avoir fait ta connaissance, mon pote. J'ai un petit conseil pour toi : oublie ce qui vient de se passer. Essaie seulement de la draguer et je t'émasculerai de mes propres mains.

— Va-t'en ! criai-je en tapant du pied.

Il passa devant moi et se retourna pour me planter un baiser appuyé sur la bouche. Exaspérée, je voulus lui donner un coup de poing, mais il l'esquiva en faisant un saut en arrière.

— À plus tard, Chaton.

Timmie attendit que la voiture de Bones ait disparu pour oser parler de nouveau.

— C'est ton copain ?

J'émis un grognement qui se voulait affirmatif.

— Il ne m'aime vraiment pas, dit-il, presque en murmurant.

Je jetai un dernier regard à la route par laquelle Bones était parti et je secouai la tête en pensant à son comportement incroyable.

— En effet, Timmie, je crois que tu as raison.

J'arrivai en classe au moment même où le professeur distribuait les copies. J'étais sale et j'avais des écorchures un peu partout, ce qui me valut quelques regards et murmures, mais je fis semblant de ne pas les remarquer.

J'étais si fatiguée que je ne me rendais même pas compte des réponses que je gribouillais. Pendant les autres cours, ce fut encore pire. Je m'assoupis en physique et c'est mon voisin qui dut me réveiller. Lorsque je rentrai chez moi, je découvris que mes règles venaient de commencer.

Cela ne faisait plus aucun doute. C'était vraiment une journée pourrie.

J'utilisai le peu d'énergie qui me restait pour me doucher avant de m'effondrer sur mon lit. Cinq minutes plus tard, on frappait à la porte.

—File, c'est un conseil, marmonnai-je, les yeux fermés.

Les coups se firent plus insistants.

—Catherine!

Zut. C'était ma mère. *Que se passe-t-il, Seigneur?* pensai-je, *tu veux voir tout ce que je peux endurer avant de craquer?*

—J'arrive!

J'ouvris la porte – en pyjama –, les yeux rougis par le sommeil. Ma mère entra, une expression désapprobatrice sur le visage.

—Tu n'es pas encore habillée? Le film commence dans moins d'une heure.

Et triple zut! Nous étions lundi et je lui avais promis d'aller au cinéma avec elle. Avec tout ce qui s'était passé, j'avais complètement oublié.

—Oh, maman, je suis désolée. Je me suis couchée très tard la nuit dernière et je venais juste de me mettre au lit…

—Tu as terrassé un de ces monstres? s'enquit-elle.

Il n'y avait plus la moindre trace de désapprobation dans sa voix.

322

— C'est tout ce qui t'intéresse ?

La sécheresse de ma question nous surprit toutes les deux. Je fus immédiatement submergée par le remords en voyant son expression blessée.

— Je suis désolée, dis-je de nouveau. (Zut, on aurait dit Timmie.) En fait, j'ai tué deux vampires malfaisants la nuit dernière.

C'était en partie vrai. Je laissai juste de côté les détails qu'elle n'avait pas à connaître.

— Deux vampires malfaisants, dis-tu ? Pourquoi prends-tu la peine de les qualifier de « malfaisants » ? Tous les vampires le sont.

Elle n'y peut rien, me dis-je en luttant maintenant contre un remords d'une autre espèce. *Le seul vampire qu'elle ait jamais rencontré l'a violée.*

— Tu as raison… Je suis très fatiguée, c'est tout. On ne peut pas remettre le film à une autre fois ? S'il te plaît !

Elle entra dans le cagibi qui me servait de cuisine et ouvrit mon réfrigérateur. Ce qu'elle y vit n'adoucit guère son expression.

— Il est vide. Tu n'as rien à manger. Comment se fait-il qu'il n'y ait rien dans ton frigo ?

Je haussai les épaules.

— Je n'ai pas fait les courses. J'avais oublié que tu devais venir.

J'avais mangé mon dernier paquet de nouilles déshydratées la veille pour mon déjeuner, et je ne pouvais pas lui dire que Bones m'emmenait dîner la plupart du temps. C'était l'une des rares choses normales que nous faisions ensemble, sauf que nous choisissions des endroits aussi peu fréquentés que possible pour éviter d'être vus.

— Tu es très pâle.

Une nouvelle fois, ses paroles sonnaient comme une accusation. Je bâillai en espérant qu'elle comprendrait le message.

— Ce n'est pas nouveau.

— Catherine, tu es plus pâle qu'avant, ton frigo est vide… Te serais-tu mise à boire du sang ?

Je restai bouche bée en entendant ces mots.

— Tu plaisantes ? dis-je enfin.

Elle recula d'un pas, dans un vrai mouvement de défiance.

— Réponds-moi.

— Enfin, voyons, bien sûr que non !

Je m'avançai vivement vers elle, choquée et furieuse qu'elle ait pu avoir peur de moi.

— Tiens. (Je saisis sa main et l'appuyai contre ma gorge.) Tu sens ça ? C'est un pouls. Je ne bois pas de sang, je ne suis pas en train de me transformer en vampire, et mon frigo est vide parce que je n'ai pas fait les courses ! Pour l'amour de Dieu, maman !

C'est le moment que choisit Timmie pour me faire une petite visite.

— Ta porte était ouverte, alors…

Il s'interrompit en voyant l'expression orageuse sur mon visage. Ma mère ôta sa main de mon cou et redressa les épaules.

— Qui est-ce, Catherine ?

Timmie blêmit en entendant la voix de ma mère. Le pauvre, il ne savait pas que c'était son ton habituel.

— Sois gentille, sifflai-je.

Timmie avait déjà eu sa dose d'émotions fortes avec Bones ; il ne manquait plus qu'il ait une crise cardiaque à cause de ma mère.

— C'est ton petit ami ? me demanda-t-elle dis-crètement, mais pas assez pour empêcher Timmie d'entendre.

Je m'apprêtais à lui dire « non » lorsqu'une pensée me traversa l'esprit. Une idée astucieuse, calculatrice et oppor-tuniste. Je regardai Timmie et le vis exactement comme ma mère le voyait. Un jeune homme vivant et normal. Un jeune homme certifié cent pour cent non-mort.

À ma décharge, je n'avais probablement pas toute ma tête : je manquais de sommeil, j'avais mes règles, et pour couronner le tout ma mère m'avait accusée d'être devenue une suceuse de sang.

— Tu as deviné ! (Les mots étaient sortis de ma bouche avec la plus grande désinvolture.) Maman, je te présente Timmie !

Je courus jusqu'à la porte et me plaçai entre ma mère et lui pour éviter qu'elle ne voie son expression ahurie, puis je l'embrassai avec enthousiasme sur la joue.

— S'il te plaît, joue le jeu, lui demandai-je à l'oreille tout en le serrant dans mes bras.

— Aïe ! couina-t-il.

Zut. J'avais serré trop fort. Je le relâchai avec un grand sourire.

— N'est-il pas à croquer ?

Ma mère s'approcha en l'examinant des pieds à la tête. Timmie la regarda venir, bouche bée, avant de lui tendre une main tremblante.

— B… bonjour, madame… ?

— Mademoiselle, rectifia-t-elle instantanément.

La violence de sa réponse le fit blêmir. Il ne pouvait pas en connaître les causes. Néanmoins, il trouva le courage de ne pas s'enfuir à toutes jambes.

— Mademoiselle, reprit-il. Enchanté, mademoiselle… ?

— Tu couches avec lui et il ne connaît même pas ton nom de famille ? demanda ma mère en fronçant les sourcils.

Je levai les yeux au ciel avant de pincer de nouveau Timmie qui commençait à battre en retraite.

— Ne fais pas attention à elle, mon canard, elle a tendance à oublier les bonnes manières. Maman, est-ce que Timmie peut t'appeler Justina ? Ou bien Mme Crawfield, si tu préfères ?

Elle me regardait toujours d'un air outré, mais je sentais que sa froideur se dissipait.

— Justina, ce sera parfait. Ravie de vous rencontrer enfin, Timmie. Catherine m'a dit que vous l'aidiez à tuer ces démons. Je suis heureuse de savoir qu'elle n'est pas la seule à débarrasser le monde de ces horreurs.

Timmie semblait au bord de l'évanouissement.

— Allons chercher du café, dis-je en le poussant quasiment dehors avant qu'il se mette à balbutier une bêtise. Reste ici, maman. Il habite juste à côté, on en a pour une minute.

Dès que nous arrivâmes dans l'appartement de Timmie, je l'attirai vers moi et baissai la voix.

— Ma pauvre maman ! Elle a des jours avec et des jours sans. Le médecin est censé ajuster son traitement, mais on ne peut jamais prévoir l'arrivée des crises. Ne fais pas attention à ces histoires de démons. C'est une pentecôtiste pure et dure, elle croit qu'il faut tuer les esprits, et d'autres trucs dans le même genre. Tu n'as qu'à acquiescer et en dire le moins possible.

— Mais… (Les yeux de Timmie étaient si écarquillés que je crus qu'ils allaient sortir de leur orbite.) Pourquoi lui as-tu dit que j'étais ton petit ami ? Comment se fait-il qu'elle ne connaisse pas le vrai ?

C'était une bonne question. J'essayai de trouver une réponse qui tienne la route. N'importe laquelle.

— Parce qu'il est anglais ! dis-je en désespoir de cause. Et maman… maman déteste les étrangers !

Elle resta avec nous pendant une heure. Lorsqu'elle se décida à partir, j'étais à ramasser à la petite cuiller, et Timmie aussi. Il avait ingurgité tellement de café qu'il en avait la tremblote, même assis. J'avais essayé de détourner la conversation sur la fac, le verger, mes grands-parents, ou n'importe quel autre sujet qui ne soit pas en rapport avec les vampires, profitant de la moindre occasion pour prendre un air apitoyé à l'intention de Timmie, ou lui signifier d'un geste que ma mère était un peu folle.

Timmie fit de son mieux pour aider ma mère à traverser sa prétendue crise. « Tout à fait, Justina ! » répéta-t-il plus d'une fois. « On va tuer ces démons grâce au pouvoir de Jésus. Alléluia, j'ai votre bénédiction ? »

Il prit d'ailleurs une attitude religieuse si exagérée que lorsque je la raccompagnai à la porte, elle me prit à part et marmonna qu'il était charmant – mais peut-être un peu fanatique.

Lorsqu'elle fut finalement partie, je m'appuyai contre la porte et fermai les yeux, soulagée.

— Merci mon Dieu, grognai-je.

— Amen ! acquiesça Timmie.

— Tu peux arrêter avec les références religieuses, lui dis-je avec un sourire fatigué. Je te dois une fière chandelle, Timmie. Merci.

Alors que je le serrais dans mes bras avec gratitude, j'entendis quelqu'un ouvrir la porte sans frapper.

— Je vous dérange ? demanda une voix animée d'une colère froide.

Cette fois-ci, je levai les yeux au ciel d'un air de défi : *Ah c'est comme ça ? D'accord, ça marche ! Abats tes cartes !*

Soudain, Timmie sursauta comme s'il avait reçu un coup de poignard.

Je ne savais pas ce que cela voulait dire, mais en le voyant bondir, une main sur son entrejambe, je me retournai avec irritation.

— Nom d'un chien, explique-lui que tu ne vas pas l'émasculer !

Bones croisa les bras et regarda Timmie sans la moindre pitié.

— Et pourquoi ça ?

Je lui lançai un regard mauvais.

— Parce que si tu ne le fais pas, je sens que je vais très vite redevenir célibataire !

Il lut dans mes yeux que je ne plaisantais pas. Il hocha la tête en signe d'acceptation, ce qui n'empêcha pas Timmie d'avoir une trouille bleue.

— T'inquiète pas, mon pote. Tes babioles n'ont rien à craindre, mais n'oublie pas que tu as seulement fait semblant d'être son petit ami, rien de plus. Alors ne va pas te faire des idées.

Entendant ces paroles, j'agitai mentalement un drapeau blanc en direction du ciel. *C'est bon, tu as gagné !*

Bones afficha un rictus.

—Je n'ai même pas droit à une petite bénédiction? Vraiment très drôle.

—Écoute, je suis désolée, mais j'ai un peu disjoncté quand elle m'a accusée de… de boire!

—C'est vrai que tu bois, répondit Bones sans comprendre.

—Non, pas ça! (Je tapotai mon cou.) Tu vois ce que je veux dire?

Timmie avait l'air complètement perdu, mais je vis à l'expression de Bones que lui avait compris.

—Bon sang, finit-il par dire.

J'acquiesçai.

—Comme tu dis.

Bones se retourna vers Timmie.

—On a besoin d'intimité, mon gars. Dis au revoir.

Il ne s'était pas montré particulièrement poli, mais, en voyant la raideur de ses épaules, je compris qu'il aurait pu être bien plus agressif encore.

—Timmie, merci mille fois. On se voit demain matin, lui dis-je en lui souriant de nouveau.

Il semblait heureux de s'en aller et fila tout droit jusqu'à la sortie. Mais alors qu'il venait de franchir le seuil, il revint sur ses pas et passa de nouveau la tête dans l'embrasure de la porte.

—Vous savez, je n'ai rien contre les étrangers. *God save the Queen!* glapit-il avant de s'enfuir.

Bones leva un sourcil d'un air interrogateur.

—Laisse tomber, dis-je en soupirant.

CHAPITRE 18

Deux semaines passèrent, mais nous ne trouvâmes rien de plus concernant Switch. Pire encore, les quelques rapports de police qui avaient été établis sur les filles disparues se volatilisèrent du jour au lendemain. Hennessey effaçait ses traces bien trop vite pour que nous puissions les suivre.

— Ça n'a aucun sens, enrageait Bones. Ça va faire soixante ans qu'Hennessey enlève des filles, et c'est la première fois qu'il est aussi prudent. Avant, quand les choses commençaient à mal tourner, il partait tisser sa toile ailleurs. Je n'arrive pas à comprendre ce qui le pousse désormais à hypnotiser les familles de ses victimes ou à faire disparaître les rapports de police. Que peut-il bien avoir derrière la tête ?

Nous étions dans la grotte et nous pouvions donc parler sans craindre d'être entendus de mes voisins. Les murs de mon appartement étaient très minces. Je n'osais imaginer tout ce que Timmie avait déjà dû entendre les nuits où Bones était resté chez moi.

— Il en a peut-être assez d'être en fuite, suggérai-je. Il se sent bien ici, il a envie de se poser un peu, et il se dit que si les journaux commencent à parler d'un tueur en série, la police sera obligée de se remuer, ce qui le forcerait à se planquer ou à faire ses valises. C'est une possibilité, non?

Bones leva les yeux de son ordinateur portable pour me regarder.

—J'y ai pensé, mais il y a forcément autre chose. Lola a dit qu'il bénéficiait d'une nouvelle protection, tu te rappelles? C'est ça, le morceau du puzzle qui nous manque. Qui que puissent être ces gens, c'est pour eux qu'il est obligé de se faire très discret, ce qui nous amène à nous demander pourquoi. À mon avis, ce sont soit des vampires, soit des humains haut placés. Des gens qui ont une réputation à protéger.

Je ne connaissais pas grand-chose à la communauté des vampires, et je ne pouvais donc pas lui être très utile sur ce sujet. Par contre, j'en savais un peu plus sur le monde des vivants, et je me disais que mon pouls me donnait le droit de spéculer.

—Tu penses à des flics corrompus? Un commissaire, peut-être? Il est possible que quelques rapports aient été perdus par accident, mais pas tous. Imaginons que tu sois commissaire, ou que tu veuilles te faire élire au poste de shérif, et que tu aies envie de te faire un peu d'argent facile sans entamer le crédit dont tu bénéficies auprès du grand public. Trop de disparitions, ça fait mauvais genre, alors tu demandes à ton associé de faire plus attention, tu vas peut-être même jusqu'à lui indiquer où trouver des filles vulnérables. Bon sang, s'il s'agissait d'un shérif, il n'aurait qu'à inviter Hennessey à faire son choix lors d'un tapissage au bureau de police! Et ensuite, il pourrait facilement faire disparaître les dossiers. Et en échange, tout ce qu'il demanderait à Hennessey, c'est de contrôler l'éventuel tollé public. Ce n'est pas un si gros prix à payer, non?

Bones se tapota le menton d'un air pensif en réfléchissant à ce que je venais de dire. C'est alors que son portable sonna.

—Allô… Oui, Charles, je t'entends… Où ça ?… Quand ?… Qui ?… Très bien. On se voit bientôt.

Il raccrocha et me regarda.

—Que se passe-t-il ? demandai-je, impatiente.

—Il y a du nouveau. Charles est avec un membre de la bande d'Hennessey qui veut me parler et qui envisage de changer de camp.

—Je t'accompagne, dis-je immédiatement.

Bones soupira.

—Je savais que tu dirais ça.

Spade ouvrit la porte de la chambre et me jeta un rapide coup d'œil.

—Je suis surpris que tu l'aies amenée, Crispin.

J'eus le plus grand mal à me retenir de l'envoyer se faire voir.

—Il vaut mieux qu'elle vienne et qu'elle sache ce qui se passe plutôt qu'elle reste toute seule à gamberger, répondit Bones. Entrons, Charles, et commençons.

C'est agaçant, cette manie qu'ont les vampires d'avoir deux noms, pensai-je alors que Spade s'écartait. *Ils ne pourraient pas en choisir un et s'y tenir ?*

Une femme se tenait au centre de la pièce. Malgré le côté somptueux et particulièrement spacieux de l'intérieur – la pièce était aussi grande que le premier étage de la maison de mes grands-parents –, je ne remarquai qu'une seule chose.

C'était la plus belle femme que j'avais jamais vue. Que ce soit en vrai ou à la télévision. Elle semblait originaire d'Amérique latine. Elle avait de longs cheveux noirs et bouclés qui lui descendaient jusqu'aux hanches, des traits d'une perfection absolue, un corps qui semblait faux et des lèvres rouge foncé. On l'aurait cru sortie tout droit d'un dessin animé, avec sa taille incroyablement fine, sa forte poitrine, ses fesses bien rebondies et ses longues jambes. Du reste, sa silhouette n'était pas difficile à deviner. Elle portait une robe particulièrement courte et si moulante qu'il était heureux qu'elle n'ait pas besoin de respirer.

—Francesca, dit Bones en s'approchant d'elle et en l'embrassant sur la joue. Je suis content que tu sois là.

Il ne m'en fallut pas plus pour la détester.

—Bones…

Elle prononça son nom langoureusement, et lorsqu'elle l'embrassa sur la joue, lui laissant au passage une trace de rouge à lèvres rouge vif, ses yeux provocateurs croisèrent les miens.

Spade posa sa main sur mon épaule, ce qui me sortit de ma transe – j'étais en train de rêver que je sortais deux couteaux de ma veste pour les lancer sur ses obus (elle devait faire du 95 D !).

—Francesca, je te présente Cat, dit alors Bones en me désignant. Elle est avec moi, alors tu peux parler librement devant elle.

Je m'avançai, faisant de mon mieux pour arborer un semblant de sourire.

—Salut. On couche ensemble, dis-je d'une voix relativement détachée.

J'entendis vaguement Spade marmonner que c'était vraiment une mauvaise idée, et je vis Bones hausser les sourcils, visiblement perplexe.

Francesca se contenta de tordre ses lèvres charnues et boudeuses en une moue suggestive.

— Mais bien sûr, *niña*. Qui pourrait lui résister ? dit-elle en faisant glisser ses doigts le long de la chemise de Bones.

Là, je faillis perdre tout contrôle. Je levai la main en vue de donner une bonne fessée à Francesca, mais Bones m'attrapa le bras avant que je puisse atteindre le postérieur rebondi de ma rivale et posa nonchalamment ma main sur son bras.

— Te voilà, Chaton. Et si on s'asseyait ?

Je ne comprenais pas ce que j'avais. Une petite partie de mon être, la plus rationnelle, me hurlait que Francesca était susceptible de nous aider à avoir Hennessey, et qu'à ce titre il fallait que je me ressaisisse. Mais le reste de ma personne était envahi par une hostilité aveugle et irraisonnée, et refusait d'envisager un quelconque retour à un comportement raisonnable.

Bones m'emmena jusqu'au canapé sans lâcher ma main. Du coin de l'œil, je vis Francesca le regarder s'éloigner en passant sa langue sur ses lèvres pulpeuses et rouges.

Je plaquai alors ma main libre sur les fesses de Bones, qui semblaient tant susciter son admiration. Avec un regard furieux, je raffermis ma prise sur son postérieur, et j'eus du mal à me retenir de hurler : « Ça te plaît ? Eh bien regarde à qui ça appartient ! »

Bones s'arrêta et baissa les yeux de manière éloquente. Je retirai précipitamment ma main en essayant intérieurement de sortir de cette crise de folie.

— Désolée, marmonnai-je.

—Ce n'est rien, me répondit-il avec un sourire qui me remonta un peu le moral. J'avais juste un peu de mal à marcher, c'est tout.

Je ris en l'imaginant avec l'une de mes mains accrochée à sa poitrine et l'autre collée sur ses fesses. Guère pratique en effet.

—Tu peux me lâcher, maintenant, murmurai-je.

J'avais repris le contrôle de moi-même et j'étais déterminée à agir en adulte. Bon, d'accord, il y avait de grandes chances que Bones et cette petite renégate en herbe aient eu une aventure. Si ça se trouve, cela s'était passé il y a un siècle. Avant même la naissance de mes grands-parents. Je n'allais pas en mourir. Après tout, si j'avais été un homme, j'aurais sans doute eu envie de coucher avec elle, moi aussi.

Bones s'assit à mes côtés sur le canapé et Spade prit place à côté de lui – ce qui le fit remonter dans mon estime –, laissant à Francesca le fauteuil en face de nous. Mais mon sentiment de supériorité fut de courte durée.

La robe que portait Francesca ne couvrait que le haut de ses cuisses. Aussi, lorsqu'elle s'assit et croisa les jambes, nous eûmes tout le loisir d'apercevoir la partie la plus intime de son anatomie. Bones posa sa main sur la mienne et la serra. Ses doigts étaient encore chauds de notre précédent contact quelques secondes plus tôt – preuve qu'il avait réagi très vite pour m'empêcher une nouvelle fois de bondir, cette fois pour retirer ma veste afin qu'elle s'en fasse une culotte.

—Nous savons tous pourquoi nous sommes là, dit-il d'une voix imperturbable, comme si Francesca ne venait pas de lui dévoiler son intimité dans toute sa splendeur. Je traque Hennessey et toi, Francesca, tu lui appartiens, ce n'est un secret pour personne. Je sais que toi et lui n'êtes pas très proches, mais pour un vampire trahir son Maître reste la plus grave des offenses. Ne te méprends pas, je suis déterminé à le tuer, et toutes les informations que tu me donneras seront utilisées dans cette intention.

Vas-y, mon gars ! l'encourageai-je intérieurement. *Va droit au but et montre-lui qu'il en faut plus qu'un petit effeuillage pour te distraire ! Tu es très en veine ce soir.*

Francesca fit la moue.

— Pourquoi serais-je venue si je ne voulais pas que tu le supprimes ? Si tu comptais faire moins que ça, je n'aurais pas pris un tel risque. Tu sais que je lui voue une haine féroce depuis quatre-vingt-treize ans. Depuis le jour où il m'a enlevée de mon couvent pour me transformer.

— Tu étais une religieuse ? demandai-je, incrédule, en la scrutant de nouveau des pieds à la tête pour être sûre que j'avais bien entendu. Tu veux rire ?

— Bones, qu'est-ce que cette fille fait là ? Sa présence est-elle vraiment indispensable ? demanda Francesca sans me prêter la moindre attention.

Il la regarda, un éclair émeraude dans les yeux.

— Elle est là parce que je veux qu'elle soit là, point final.

Cette remarque méritait bien un petit extra. Je me promis de lui faire une fellation la prochaine fois que nous ferions l'amour. Non pas que l'activité me dérangeait, pour être honnête. J'avais découvert que j'aimais ça. Peut-être n'y avait-il pas qu'une seule traînée dans la pièce, après tout…

— Je veux qu'Hennessey meure, reprit Francesca après avoir baissé les yeux devant Bones. C'est mon Maître depuis trop longtemps.

Sa réponse me laissa bouche bée.

— Comment ça, son Maître ? demandai-je à Bones.

Francesca était-elle une esclave ? Et dire que je pensais qu'Hennessey ne pouvait pas tomber plus bas dans mon estime…

— Les vampires sont organisés selon une sorte de pyramide hiérarchique, m'expliqua Bones. Chaque lignée est évaluée selon la force de son chef, ou Maître, et chaque personne transformée par le Maître d'une lignée tombe sous sa coupe. On peut comparer ce système au féodalisme. Au Moyen Âge, le seigneur était responsable du bien-être de tous ceux qui vivaient sur ses terres, et en retour ses gens lui devaient fidélité et lui versaient une partie de leurs revenus. C'est le même système chez les vampires, à quelques variations près.

C'était la première fois que j'en apprenais autant sur la société des vampires, et tout cela me semblait barbare.

— En d'autres termes, le monde des vampires tient à la fois de l'entreprise de vente pyramidale et du culte.

Francesca marmonna quelque chose en espagnol qui semblait loin d'être amical.

— Parle anglais, et dispense-nous de tes sarcasmes, lui dit Bones sèchement.

Une lueur de colère apparut dans les grands yeux noirs de Francesca.

— Si je ne te connaissais pas aussi bien, je m'en irais tout de suite.

— Mais tu me connais, répondit Bones sans sourciller. Et si je décide d'expliquer le fonctionnement de notre monde à ma compagne, cela ne veut pas dire que je ne prends pas ta position au sérieux. Franchement, tu devrais faire preuve d'un peu plus de respect à l'égard de Cat. C'est grâce à elle que ton vœu le plus cher a failli être réalisé, et qu'Hennessey a manqué de peu de retourner à la poussière.

À ces mots, Francesca éclata de rire.

— C'est toi la vomisseuse ?

Je ne savais pas si ce mot était dans le dictionnaire, mais je compris ce qu'elle avait voulu dire. Vous parlez d'une carte de visite…

— Oui, c'est moi.

Elle souriait toujours. Elle n'en était que plus radieuse. Sa peau légèrement mate et brillante semblait incrustée de minuscules pierres précieuses colorées.

— Eh bien, *niña*, dans ce cas, ça te donne une certaine latitude. Hennessey n'a pas dit grand-chose sur toi. Il était trop furieux, et surtout très humilié. Cela faisait plaisir à voir.

— Sait-il à quel point tu le détestes ? demandai-je, sceptique. Parce que si c'est le cas, comment comptes-tu t'y prendre pour l'approcher suffisamment et obtenir des informations susceptibles de nous être utiles ?

Elle se pencha en avant, ce qui eut pour effet d'ouvrir encore plus son décolleté. J'essayai de ne pas regarder, mais j'étais comme hypnotisée par la forme incroyablement rebondie de ses seins…

— Hennessey sait parfaitement que je le déteste, mais ce ne sera pas la première fois que je lui cache quelque chose. (Elle s'interrompit pour lancer un sourire entendu à Bones, et je faillis de nouveau sortir de mes gonds.) Il prend plaisir à me garder, parce qu'il sait combien je déteste le fait de lui appartenir. Les vampires ne peuvent se libérer de la domination de leur Maître que s'ils le battent en duel, s'ils sont achetés par un autre Maître ou s'ils sont émancipés dans un geste de bonté. Hennessey est trop fort pour que je le batte, il n'a pas une once de bonté en lui et il ne permettra jamais à un autre vampire de m'acheter. Pourtant, il ne croit pas une seule seconde que je puisse le trahir. Il pense que j'ai trop peur de ce qu'il me ferait en guise de représailles.

Le ronronnement de sa voix ne rendait son discours que plus effrayant. Elle savait mieux que quiconque de quoi il était capable, mais, malgré cela, elle le détestait assez pour risquer sa vie. Je m'étais peut-être trompée sur son compte. Une telle détermination forçait l'admiration, petite culotte ou pas.

— Dans ce cas, nous avons une chose en commun, dis-je. (Puis je regardai Bones et je laissai échapper un rire ironique.) Je veux dire, quelque chose *d'autre*. Moi aussi, je veux la mort d'Hennessey. C'est tout ce qu'on a vraiment besoin de savoir l'une de l'autre, non ?

Elle m'examina de ses yeux de braise, puis elle haussa les épaules.

— Je suppose que oui.

Bones et Spade échangèrent un regard, et je crus voir un léger sourire se dessiner sur les lèvres de Spade.

— Dis-moi, Francesca, outre les contreparties classiques, que veux-tu en échange des informations que tu peux nous donner ? demanda Bones, ramenant la conversation sur le sujet principal.

— Que tu me prennes, répondit-elle immédiatement.

— Pas question ! éructai-je en agrippant Bones d'une main possessive.

Tous tournèrent sur moi des yeux écarquillés. Je me rendis alors compte que ce n'était plus la main de Bones que je tenais si fermement entre mes doigts.

Spade éclata de rire. Je rougis de nouveau en retirant précipitamment ma main, prise d'une furieuse envie de m'asseoir dessus pour l'empêcher de faire une nouvelle bêtise. Dieu tout-puissant ! Pourquoi avais-je fait ça ?

Bones remua les lèvres, mais il ne rit pas, contrairement à Spade, dont le fou rire semblait ne jamais devoir s'arrêter.

— Ce n'est pas ce qu'elle voulait dire, ma belle, dit-il sur un ton qu'il prit grand soin de garder neutre. En fait, si le chef de sa lignée décède, Francesca voudra entrer sous la protection d'un autre vampire, et je pourrai la revendiquer comme faisant partie de ma lignée. C'est dans ce sens-là qu'elle entendait le verbe « prendre ». Même si je suis toujours sous le joug d'Ian, cela fait très longtemps qu'il n'exerce plus aucune autorité sur moi, et c'est pour cette raison que je n'ai pas pris la peine de le défier pour prendre mon indépendance. Cela m'a laissé une grande liberté, et c'est pourquoi je peux me passer de son approbation pour prendre Francesca sous ma protection. Ceci dit, en des circonstances normales, la procédure classique aurait été de lui demander son accord.

Dieu merci, son explication m'avait demandé suffisamment de concentration pour me détourner de l'envie de l'agripper de nouveau.

— Pourquoi ne veux-tu pas être indépendante ? demandai-je à Francesca.

— Les vampires sans maître sont des cibles trop faciles, *niña*. On peut leur faire subir toutes les cruautés possibles sans avoir de comptes à rendre à personne. Un peu comme les apatrides dans le monde des humains. Quand tu n'appartiens à aucun pays, à qui fais-tu appel quand tu as besoin d'aide ? Qui te défend ?

— Le système dans lequel vous évoluez est vraiment très brutal, dis-je, heureuse d'avoir un pouls.

— Ne sois pas si naïve, répondit-elle sèchement. Le monde des vampires reste malgré tout bien plus civilisé que le tien. Combien d'humains meurent de faim chaque jour parce que vos nations refusent de s'occuper des plus démunis ? Combien d'Américains meurent de maladie parce qu'ils n'ont pas les moyens de s'offrir des traitements qui pourtant existent ? Un vampire ne laisserait jamais l'un des siens souffrir de la faim ou de la misère. Même Hennessey, qui pourtant est un monstre, considérerait le fait de laisser l'un de ses subordonnés dans une telle condition comme un déshonneur. Réfléchis à ça. Le pire d'entre nous traite mieux ses inférieurs que vos pays ne s'occupent de leurs citoyens.

— Francesca…, commença Spade, qui ne riait plus. Elle lui fit un signe de la main.

— Ne t'inquiète pas, j'ai fini.

Ce n'était pas mon cas.

— Si vous êtes tous de tels parangons de vertu, alors pourquoi aucun d'entre vous ne s'est dressé contre Hennessey pour l'empêcher de faire tant de victimes parmi les humains ? Bones m'a dit qu'environ cinq pour cent des gens qui vivent sur cette planète ne sont pas des humains, vous êtes donc un sacré petit paquet à arpenter le monde ! Mais peut-être que le kidnapping, le viol, le meurtre et la consommation d'êtres humains ne sont pour vous pas si graves que ça ?

Bones passa la main sur mon bras.

— Chaton, peut-être que...

Francesca bondit de sa chaise.

— Réveille-toi ! Ce que fait Hennessey n'est rien comparé à ce que font les humains ! Chaque année, plus de cinquante mille adolescentes colombiennes sont vendues comme esclaves en Europe et en Asie, et ce n'est pas le fait des vampires ! Au Congo, plus de cent mille femmes ont été violées, par les rebelles mais aussi par les soldats de l'armée régulière ! Au Pakistan, on trouve encore des régions où le viol et l'assassinat au nom de l'honneur ne sont pas condamnés par la justice, mais ni ton pays ni le reste du monde ne font rien pour empêcher toutes ces horreurs ! Les vampires s'intéressent peut-être avant tout à leurs propres affaires, mais si on voulait vraiment mettre de l'ordre sur la planète, il faudrait commencer par se débarrasser des humains, car ce sont eux les plus ignobles...

— Ça suffit !

Bones s'était dressé devant elle. Il ne l'avait pas touchée, mais sa voix avait claqué comme un coup de fouet.

— Je crois me rappeler une très jeune fille qui avait des opinions très similaires, il y a environ quatre-vingt-dix ans. Maintenant, pour en revenir à ta demande, c'est d'accord, je te prendrai sous ma protection une fois que j'aurai tué Hennessey. En plus, si les informations que tu obtiens se révèlent utiles, je te paierai en conséquence une fois que tout sera terminé. Tu as ma parole. Ça te convient?

Les yeux de Francesca brillaient d'une lueur verte, mais ils retrouvèrent graduellement leur couleur brune habituelle. Elle s'assit, se mordilla la lèvre quelques secondes, puis hocha la tête.

—J'accepte.

Ensuite, les choses se déroulèrent assez vite. Francesca ne connaissait pas l'identité de Switch et elle ne savait pas non plus qui étaient les nouvelles relations d'Hennessey. Au cas où elle en apprendrait plus, Bones lui indiqua un moyen de le contacter sans toutefois lui dévoiler où le trouver. Spade, quant à lui, nous informa qu'il allait quitter la ville pendant quelque temps pour suivre différentes pistes concernant Hennessey, et qu'il appellerait Bones plus tard. Ce fut tout. Francesca et moi ne nous dîmes pas au revoir. Elle resta dans la chambre d'hôtel, et je partis avec Bones. Nous ne prîmes pas l'ascenseur, bien que nous nous trouvions au vingtième étage. Il m'indiqua la cage d'escalier et je commençai à descendre. Au moins, cela me donnait quelque chose à faire au lieu de simplement bouillir de rage.

—Tu ne m'avais encore jamais rien dit de tel sur les vampires, remarquai-je calmement.

Et un étage de passé, plus que dix-neuf.

Bones me jeta un regard impénétrable. Il ne me tenait plus la main – j'avais enfoncé mes poings dans les poches de ma veste.

—Tu ne m'as jamais rien demandé à ce sujet.

Mon premier réflexe fut de me fâcher et de lui dire que ce n'était pas une réponse. J'ouvris la bouche, prête à sortir une remarque blessante, mais, une fois n'est pas coutume, je réfléchis et choisis de me taire.

— Tu as sans doute raison.

S'il avait eu un caractère aussi contrariant que le mien, il aurait répondu que le seul intérêt que j'avais manifesté pour les vampires jusqu'ici portait sur les moyens de les tuer. En revanche, tout ce qui concernait leur culture, leurs croyances, leurs valeurs ou leurs traditions n'avait jamais éveillé ma curiosité, sauf si cela me permettait de chasser plus efficacement. Me rendre compte que j'avais exactement le même mode de pensée qu'un tueur me fit un choc. Je n'avais que vingt-deux ans. À quel moment étais-je devenue si insensible ?

— Comment tout cela a-t-il commencé ? demandai-je doucement. Comment les vampires ont-ils vu le jour ?

C'était une question très élémentaire que je n'avais jamais pris la peine de me poser jusqu'ici.

Bones eut un semblant de sourire.

— Tu veux la version évolutionniste ou création-niste ?

Je réfléchis une seconde.

— Créationniste. Je suis croyante.

Nous continuions à descendre les étages, nos pas produisant de légers bruits saccadés sur les marches. Bones parlait à voix basse. La cage d'escalier était semblable à une caisse de résonance. Même si la nuit était très avancée, mieux valait ne pas prendre le risque d'effrayer les gens qui auraient pu nous entendre par accident.

—Tout a commencé avec deux frères, qui avaient des vies et des occupations différentes. L'un était jaloux de l'autre. Tellement jaloux, d'ailleurs, qu'il commit le premier meurtre de l'histoire. Caïn tua Abel et Dieu le chassa, mais pas avant de l'avoir affublé d'un stigmate pour le distinguer du reste des hommes.

—Le Livre de la Genèse, chapitre Quatre, soufflai-je. Ma mère tenait beaucoup à ce que j'étudie la Bible.

—La suite, tu ne la trouveras pas dans la Bible, poursuivit-il en me lançant des regards en biais. Le « stigmate » en question, c'était la transformation en mort-vivant. En guise de punition pour avoir fait couler le sang, Caïn fut forcé d'en boire jusqu'à la fin de sa vie. Plus tard, regrettant d'avoir tué son frère, il fonda une société à part, qui vécut en marge de celle dont il avait été chassé. Les enfants qu'il « procréa » étaient des vampires, qui eux-mêmes en générèrent d'autres, et ainsi de suite. Bien sûr, si tu poses la question à une goule, elle te donnera une autre version. Selon les goules, Caïn a été transformé en l'une d'elles, et non en vampire. C'est d'ailleurs une cause de chamaillerie entre les deux espèces, chacune voulant savoir qui était là en premier, mais Caïn n'est plus là pour mettre tout le monde d'accord.

—Que lui est-il arrivé ?

—Il est l'équivalent, côté mort-vivant, du Grand Barbu. Il surveille ses enfants dans l'ombre. Qui sait s'il existe vraiment ? Ou si Dieu a finalement considéré qu'il avait payé sa dette, et lui a pardonné ?

Je réfléchis à ce qu'il venait de dire. Bones accéléra le pas.

—Tu te dis sans doute que ta mère avait raison, non ? demanda-t-il d'un ton las. Que nous sommes tous des

346

meurtriers? Après tout, ne sommes-nous pas les descendants du premier meurtrier de l'histoire? À moins que tu te ranges plutôt du côté de ceux qui considèrent que les vampires et les goules sont le résultat de mutations génétiques dues aux hasards de l'évolution.

J'adaptai ma cadence à la sienne. Douzième étage… onzième… dixième…

— La première femme de l'histoire a elle aussi dû payer le prix fort pour ce qu'elle avait fait, finis-je par dire en haussant les épaules. Je ne suis donc pas la mieux placée pour critiquer, si l'on considère l'histoire du serpent et de la pomme.

Il rit puis il me souleva si rapidement dans ses bras que je n'eus même pas le temps de poser le pied sur la marche suivante. Il m'embrassa avec fougue, à tel point que j'en eus le souffle coupé, et l'étrange compulsion irraisonnée qui m'avait poussée à agir si bizarrement dans la chambre de Francesca se manifesta sous une autre forme. Je passai mes bras autour de son cou, j'enroulai mes jambes autour de sa taille et je l'embrassai avec passion, comme pour effacer de sa mémoire les souvenirs de toutes les femmes qui m'avaient précédée.

J'entendis un bruit de tissu déchiré, puis il me plaqua contre le mur et entra en moi.

Je m'accrochai à lui, mes ongles labourant son dos de manière de plus en plus pressante, ma bouche collée contre son cou pour étouffer mes cris. Il gémit, sa main libre enfoncée dans mes cheveux, tandis que ses mouvements se faisaient plus rapides et plus profonds. Il n'y mettait aucune douceur, mais je m'en fichais, toute à l'exultation que me procurait la passion débridée qui nous unissait.

Soudain tout se tendit en moi, puis l'extase me submergea des pieds à la tête. Bones cria, et, quelques minutes éreintantes plus tard, se détendit contre moi.

Une porte grinça et j'entendis un hoquet de surprise.

— Disparais, tu n'as rien vu! dit Bones sèchement, et la porte se referma en claquant.

Le brouillard se leva, et je sentis une énorme vague de gêne s'abattre sur moi.

— Bon Dieu, mais qu'est-ce qui m'arrive?

Je le repoussai et il me reposa à terre tout en me donnant un long baiser.

— Rien du tout, si tu veux mon avis.

Mon jean était déchiré depuis la fermeture Éclair jusqu'à la cuisse. La personne qui tout à l'heure avait ouvert la porte de la cage d'escalier était partie depuis longtemps, mais j'étais morte de honte en pensant à ce qu'elle avait pu voir. *Tu parles d'une jeune fille bien élevée!* pensai-je. *Quelle hypocrite je fais!*

— D'abord, je te tripote en public, ensuite je manque de poignarder notre Judas potentiel, et enfin, pour couronner le tout, j'attente à ta pudeur dans une cage d'escalier! Et dire que je pensais que tu t'étais mal conduit avec Timmie! Tu devrais exiger des excuses!

Bones rit doucement et ôta sa veste pour l'enrouler autour de ma taille. Au moins, elle dissimulerait la déchirure de mon pantalon. Ses vêtements à lui étaient intacts. Rien d'étonnant à cela : il ne portait jamais de sous-vêtements, et tout ce qu'il avait à faire, c'était descendre sa braguette.

— Tu n'as pas attenté à ma pudeur, et jamais je ne te demanderai de t'excuser pour ce qui s'est passé ce soir. Je suis même soulagé, pour être honnête.

—Soulagé? (Je le regardai.) J'imagine qu'on peut dire ça comme ça…

—Pas dans ce sens-là, dit-il en riant de nouveau. Quoique le terme s'applique également à ce qu'on vient de faire. Tu sais comment tu as agi, ce soir? Comme un vampire. Nous avons tous un comportement territorial, c'est pour ça que j'ai réagi aussi violemment quand j'ai vu Timmie te regarder avec ses yeux de veau enamouré. La réaction tout aussi hostile que tu as eue face à Francesca m'a prouvé que… tu considérais que je t'appartenais. Ça fait longtemps que je me demande ce que tu ressens pour moi, Chaton. J'espérais que ce soit autre chose que de la simple camaraderie ou qu'une vulgaire attirance physique, et même si je peux t'assurer que tu n'avais rien à craindre d'elle, j'ai été ravi de voir la profondeur de tes sentiments.

Je le regardai en silence. Il y avait tellement de choses que je voulais lui dire, comme par exemple, «Comment as-tu pu croire que l'attirance que j'éprouvais pour toi était seulement physique?», ou «N'as-tu donc pas compris que tu es mon meilleur ami?», et enfin «Bones, je t'…».

— Je crois qu'on devrait partir d'ici, finis-je par dire, lâchement. Avant que tu aies à hypnotiser un autre gêneur.

Il sourit, et il me sembla, peut-être à cause de la culpabilité que j'éprouvais à son égard, que ce sourire était légèrement teinté de tristesse.

—Ne t'inquiète pas, Chaton. Je n'exige rien de toi. Alors ne te fais pas de bile.

Je lui pris la main, sans me soucier de la différence de température entre ma peau et la sienne. Ça m'était égal à présent, et ce constat me terrifia.

— Tu es vraiment à moi ? ne pus-je me retenir de
demander.

Ses doigts froids serrèrent doucement les miens.

— Bien sûr que oui.

Je serrai sa main en retour, mais avec plus de force.

— Je suis contente.

CHAPITRE 19

Il était 23 heures. Cat la tueuse de vampire était partie à la chasse, avec pour seules armes un soutien-gorge pigeonnant, des cheveux ondulés et une robe courte. Ce n'était pas un boulot très agréable, mais je comptais le mener à son terme. *Allez, les suceurs de sang, venez tous! Le bar est ouvert!*

Hennessey cherchait constamment à renouveler son stock. Après dix jours passés à espionner son Maître, Francesca nous l'avait confirmé. Ce n'était pas un scoop, nous avions déjà été mis au courant par Lola et Charlie, mais ce qu'elle avait dit lors de son dernier coup de téléphone clandestin avait mobilisé notre attention. Elle avait entendu l'un des hommes d'Hennessey parler d'un associé humain inconnu qu'il avait appelé «Votre Honneur». Peut-être s'agissait-il simplement d'un surnom, mais compte tenu des rapports de police qui avaient mystérieusement disparu et de la nouvelle méthode mise en œuvre par Hennessey pour empêcher les enquêteurs d'avoir vent des disparitions, Bones était d'un avis contraire. Il pensait que l'homme en question était un juge et qu'il exerçait peut-être à Columbus, où la plupart des cas de disparitions de preuves avaient été enregistrés. Nous travaillions sur cette hypothèse sans toutefois négliger la seconde. Pour attraper quelqu'un qui ne veut pas être pris, il faut un appât. Un appât suffisamment tentant pour que Switch, dont nous ignorions toujours l'identité, ou Hennessey lui-même mordent à l'hameçon. C'était là que j'entrais en scène. Pendant la journée, je suivais mes cours à la fac, mais la nuit venue je faisais la tournée des bars et des boîtes les plus sordides que nous pouvions trouver. Pas de doute, c'était vraiment un sale boulot!

—Catherine? Mon Dieu, Catherine, c'est bien toi?

Je n'en croyais pas mes oreilles! À part ma mère et mes grands-parents, personne ne m'appelait par mon prénom complet, et aucun membre de ma famille ne pouvait se trouver là. Pourtant, cette voix m'était vaguement familière.

Je pivotai sur ma chaise, et je lâchai aussitôt le verre que je tenais à la main. Cela faisait six ans, mais il me suffit d'un seul coup d'œil pour le reconnaître.

Danny Milton se tenait devant moi, bouche bée devant ma robe moulante argentée et mes bottes qui montaient jusqu'aux genoux. En voyant ses yeux descendre sur mon décolleté avant de remonter jusqu'à mon visage, je fus envahie d'une colère noire, parfaitement assortie aux gants que je portais.

—Waouh, Catherine, tu es… waouh!

Soit mon apparence l'empêchait réellement de trouver ses mots, soit il n'avait pas été très attentif pendant les cours d'expression orale à l'école. Je plissai les yeux et j'étudiai les options qui se présentaient à moi. Un: lui planter un pieu dans le cœur. Très tentant, mais inacceptable sur le plan moral. Deux: faire semblant de ne pas le voir en espérant qu'il s'en irait. Faisable, mais trop facile. Trois: commander un autre verre et le lui balancer dans la figure tout en le remerciant pour les bons souvenirs qu'il m'avait laissés. Légitime, mais trop tapageur. Je n'avais pas envie d'attirer l'attention sur moi ni de me faire éjecter du bar. Il ne me restait donc que l'option numéro deux. Zut, c'était la moins satisfaisante du lot.

Je lui lançai un regard aussi méprisant que possible et lui tournai le dos, en espérant qu'il comprenne le message.

Raté.

— Hé, tu te souviens forcément de moi ! On s'est rencontrés sur une route, tu m'avais aidé à changer ma roue. Et tu n'as pas pu oublier que je suis le premier avec qui tu as…

— Ferme-la, pauvre crétin !

Après tout ce temps, il avait le culot de crier à la cantonade qu'il avait été mon premier amant ? L'option numéro un était peut-être la meilleure des trois, après tout.

— Tu vois bien que tu te rappelles de moi, continua-t-il. (Visiblement, s'entendre traiter de pauvre crétin ne l'avait pas perturbé.) Ça alors, ça doit bien faire… quoi, six ans ? Plus ? J'ai failli ne pas te reconnaître. Tu ne ressemblais pas à ça à l'époque. Je veux dire, tu étais très mignonne, mais tu faisais plutôt bébé. Aujourd'hui, par contre, on voit que tu es devenue une femme !

Lui, en revanche, n'avait pas beaucoup changé. Il avait à peu près la même coupe de cheveux, il était toujours châtain clair, et ses yeux étaient du même bleu que dans mes souvenirs. Il avait peut-être un peu épaissi au niveau de la taille, ou alors l'amertume déformait ma vision. Pour moi, il ressemblait désormais à tous les autres. Il n'était qu'un type de plus qui essayait de m'abuser. Dommage que ce ne soit pas une raison suffisante pour le tuer.

— Danny, pour ton bien, tu ferais mieux de t'en aller.

Bones était dans les parages, même si je ne le voyais pas, mais s'il me regardait et qu'il découvrait qui j'avais en face de moi, je savais qu'il n'aurait aucun scrupule à faire un sort à Danny.

— Mais pourquoi ? On devrait rattraper le temps perdu. Après tout, ça fait longtemps.

Sans y être invité, il s'assit à la place que mon voisin venait de libérer.

— Il n'y a rien à rattraper. T'es venu, t'as vu, t'as vaincu, t'es parti. Fin de l'histoire.

Je lui tournai une nouvelle fois le dos, surprise par la douleur que je ressentais encore. Certaines blessures ne se refermaient jamais complètement, même avec le temps et l'expérience.

— Oh, allez, Catherine, ça ne s'est pas vraiment passé comme ça…

— Tiens tiens, mais qu'avons-nous là ?

Bones se matérialisa derrière Danny, un sourire très malveillant sur les lèvres.

— Monsieur allait justement s'en aller, dis-je sèchement en priant pour que Danny fasse preuve de jugeote et déguerpisse avant que Bones découvre son identité.

Si ce n'était déjà fait. L'expression sur son visage lui donnait un air de prédateur particulièrement féroce.

— Pas encore, Chaton, nous n'avons pas été présentés.

Mauvaise idée, très mauvaise idée, pensais-je.

— Je m'appelle Bones, et vous êtes… ?

— Danny Milton. Je suis un vieil ami de Catherine.

Sans se douter de rien, Danny serra la main que lui tendait Bones. Ce dernier la saisit et ne la lâcha plus.

— Hé, je ne veux pas d'ennuis, je disais juste bonjour à Catherine et… aaaghhhh.

— Ne dis plus un mot.

Bones avait parlé d'une voix si basse qu'elle en était presque inaudible. Derrière ses cils, ses yeux brillaient d'une lueur verte, et une grande puissance émanait de lui. Il resserra encore l'étau de sa main, et j'entendis littéralement les os de Danny se briser.

— Arrête, soufflai-je en me levant et en posant ma main sur son épaule.

Il était parfaitement immobile, seuls ses doigts continuaient à se contracter. Des larmes commencèrent à couler le long des joues de Danny qui restait silencieux et impuissant sous l'emprise du regard vert.

— Ça ne vaut pas le coup. Tu ne pourras pas changer le passé.

— Il t'a fait du mal, Chaton, répondit Bones en regardant Danny sans la moindre pitié. Et je vais le tuer pour ça.

— Je t'en prie, non. (Je savais que ce n'était pas juste une façon de parler.) Tout ça, c'est de l'histoire ancienne. S'il ne m'avait pas traitée comme il l'a fait, je n'aurais pas essayé de tuer mon premier vampire, ce qui veut dire que je ne t'aurais jamais rencontré. Les choses n'arrivent jamais totalement par hasard, tu ne crois pas ?

Il ne relâcha pas sa prise mais tourna les yeux vers moi.

Je lui caressai le visage.

—S'il te plaît. Lâche-le.

Bones obéit. Danny tomba à genoux et vomit presque instantanément. Du sang coulait de sa main, là où les os brisés avaient transpercé la peau. Je baissai les yeux sur lui et ne ressentis qu'une vague compassion. Il s'était passé beaucoup de choses depuis notre petite aventure.

—Barman, on dirait qu'il va avoir besoin d'un taxi, dit laconiquement Bones à l'homme derrière le comptoir, qui n'avait rien remarqué. Cet abruti ne tient pas l'alcool.

Il se baissa comme pour aider Danny à se relever, et je l'entendis lui parler d'une voix absolument terrifiante.

—Dis un mot de plus et cette fois ce sont tes couilles que je réduirai en bouillie. C'est ton jour de chance, mon pote. Tu ferais bien de remercier ta bonne étoile, car sans l'intervention de Cat, je t'aurais fait passer quelques moments inoubliables avant de t'envoyer dans l'autre monde.

Tandis que Danny continuait à sangloter en tenant sa main serrée contre sa poitrine, Bones m'entraîna à grands pas vers la porte après avoir jeté cinquante dollars au barman, soit bien plus que le prix de mes consommations.

—On ferait mieux d'y aller, ma puce. On retentera notre chance une autre fois. On s'est un peu trop fait remarquer ce soir.

—Je t'avais dit de laisser tomber. (Je le suivis jusqu'au pick-up et démarrai en trombe dès que nous fûmes installés.) Franchement, Bones, ce n'était vraiment pas nécessaire.

—J'ai vu ton visage quand il t'a parlé. Tu es devenue blanche comme un linge. Je me doutais que c'était lui, et je sais tout le mal qu'il t'a fait.

Il parlait doucement, mais ses paroles portaient davantage que s'il avait hurlé.

—Mais à quoi ça a servi de lui broyer la main ? On ne pourra pas savoir si Hennessey ou Switch viendront ce soir. Et si l'un des deux se pointe et enlève une fille ? Danny ne valait pas la vie d'une femme, même s'il a profité de moi et qu'il m'a larguée juste après !

—Chaton, je t'aime. Tu n'as pas la moindre idée de ce que tu représentes à mes yeux.

Sa voix était de nouveau basse, mais cette fois-ci elle vibrait d'émotion. Trop confuse pour conduire et parler en même temps, je me garai sur le bas-côté et me tournai vers lui.

—Bones, je... je ne peux pas te dire la même chose, mais je veux que tu saches que tu es la première personne qui compte autant pour moi. Ça ne m'était jamais arrivé avant. C'est quand même quelque chose, non ?

Il se pencha et prit ma tête entre ses mains. Ces mêmes doigts qui venaient de broyer les os de Danny glissaient délicatement le long de ma mâchoire comme si elle était aussi fragile que du cristal.

—Oui, c'est quelque chose, mais j'attends toujours que tu me dises ce que je veux entendre. Tu sais que ce soir, c'était la première fois que j'entendais quelqu'un t'appeler par ton vrai prénom ?

—Ce n'est plus mon vrai prénom.

Je le pensais sincèrement. Mon côté vampire, sans doute.

— Quel est ton nom complet ? Je le connais déjà, mais je voudrais t'entendre le dire.

— Catherine Kathleen Crawfield. Mais tu peux m'appeler Cat, dis-je en souriant, car il n'avait jamais utilisé qu'un seul nom pour s'adresser à moi.

— Je crois que je vais en rester à Chaton. (Il me rendit mon sourire et la tension retomba.) C'est à ça que tu m'as fait penser quand on s'est rencontrés. À un petit chaton courageux, furieux et indocile. Et qui peut aussi être d'humeur câline, de temps en temps.

— Bones, je sais que tu n'avais pas envie de battre en retraite tout à l'heure, au bar, et je suis sûre que tu considères Danny comme un cadavre en sursis. Mais je ne veux pas avoir sa mort sur la conscience. Promets-moi que tu ne le tueras pas.

Il me regarda, étonné.

— Ne me dis pas que tu as toujours des sentiments pour ce crétin !

Visiblement, nous avions encore des choses à éclaircir quant aux gens qu'il convenait ou pas de tuer.

— Des sentiments pour lui ? Ça pour en avoir, j'en ai. Crois-moi, j'aimerais bien l'étriper de mes propres mains. Mais ce ne serait pas bien. Alors ?

— Très bien. Je te le promets.

Il avait cédé trop facilement. Je fronçai les sourcils.

— Tu dois également me promettre de ne pas le mutiler, de ne pas le démembrer, de ne pas l'aveugler, de ne pas le torturer, et de ne lui infliger aucune blessure. Et tu ne demanderas à personne d'autre de le faire pour toi.

— Bon sang, ce n'est pas juste ! protesta-t-il.

J'avais bien fait de ne pas me contenter de sa première promesse.

—Jure-le!

Il poussa un gémissement exaspéré.

—D'accord, tu as gagné. Je t'ai visiblement un peu trop bien appris à ne rien laisser au hasard!

—Tout juste… Dis-moi, que veux-tu faire maintenant qu'on ne peut plus retourner au bar?

Il passa un doigt sur mes lèvres.

—C'est toi qui décides.

Un éclair de malice me traversa l'esprit. Ces derniers temps, avec toutes les recherches que nous avions effectuées, épluchant les dossiers sur les disparitions, les rapports d'autopsie, et notre traque permanente d'un réseau de tueurs en série, nous n'avions pas vraiment eu le temps de nous amuser. Je remis le moteur en marche et je repris l'autoroute en direction du sud. Une heure plus tard, j'engageai le pick-up sur une route gravillonnée.

Bones me lança un sourire oblique.

—Tiens tiens, on fait un petit pèlerinage?

—Je vois que tu te souviens de cet endroit.

—J'aurais du mal à l'oublier, grogna-t-il. C'est ici que tu as essayé de me tuer. Tu étais si nerveuse que tu n'arrêtais pas de rougir. C'était la première fois que je me trouvais face à un adversaire aussi rouge qu'une tomate.

Je me garai au bord du lac et détachai ma ceinture de sécurité.

—Ce soir-là, tu m'as mise KO. Tu veux réessayer?

—Tu as envie que je te frappe? Bon Dieu, tu aimes quand ça secoue, toi.

—Essayons plutôt l'autre option. Peut-être que tu obtiendras de meilleurs résultats que la dernière fois. Alors, on s'envoie en l'air ?

Je réussis à ne pas rire, mais mes lèvres tremblaient. Une lueur apparut dans ses yeux, annonciatrice d'une flamme verte.

—Tu as toujours tes pieux sur toi ? Aurais-tu l'intention de m'envoyer au septième ciel en pièces détachées ? dit Bones en ôtant sa veste, pas alarmé pour un sou.

—Embrasse-moi si tu veux le savoir.

Il bougea avec la rapidité de l'éclair. Je l'avais vu faire des centaines de fois, mais la vitesse de ses mouvements continuait à me surprendre. Bones m'attira à lui, me fit basculer la tête en arrière et colla ses lèvres contre les miennes avant que j'aie eu le temps de cligner des yeux.

—On est un peu à l'étroit, là-dedans, murmura-t-il au bout d'une longue minute. Tu veux qu'on sorte pour avoir plus de place ?

—Oh non. J'adore faire ça en voiture.

Il rit en m'entendant reprendre ses mots exacts. Ses yeux luisaient d'un vert émeraude et, lorsqu'il sourit, ses lèvres laissèrent apparaître ses crocs.

—Voyons ça.

Au bout de deux semaines de recherches infructueuses, nous n'avions toujours pas trouvé la moindre trace d'Hennessey ou de Switch. J'avais écumé tous les bars miteux dans un rayon de quatre-vingts kilomètres autour de Columbus, mais sans résultat. Bones me rappela que cela faisait près de onze ans qu'il traquait

Hennessey. Le temps lui avait appris la patience. Moi, du haut de mes vingt-deux ans, je ne savais que m'énerver face au manque de résultats.

Nous étions chez moi, et nous attendions le livreur de pizzas. C'était dimanche soir et nous ne devions donc pas sortir ce jour-là. J'avais seulement l'intention de me détendre, puis de me mettre à travailler pour mes cours. Même faire les courses avait été au-dessus de mes forces, c'est pourquoi j'avais opté pour une pizza livrée à domicile. J'ignorais ce que j'avais hérité de ma mère, mais en tout cas ce n'étaient pas ses talents de cordon-bleu.

Soudain on frappa à la porte. Je regardai l'horloge, étonnée. Cela faisait seulement un quart d'heure que j'avais passé ma commande. C'était du rapide !

Courtoisement, Bones fit mine de se lever, mais j'attrapai ma robe de chambre et l'arrêtai.

— Ne bouge pas. Tu ne vas même pas en manger, de toute façon.

Il esquissa un sourire. Il pouvait manger de la nourriture solide, je l'avais déjà vu le faire, mais il n'y prenait aucun plaisir. Il m'avait dit une fois qu'il le faisait surtout pour ne pas se faire remarquer en société.

J'ouvris la porte, puis je la refermai brutalement en poussant un cri.

— Oh mon Dieu !

Bones se leva en un éclair, toujours nu mais armé d'un couteau à la main. Je criai de nouveau en le voyant ainsi dévêtu tandis qu'on tambourinait furieusement à la porte.

— Catherine, qu'est-ce qui se passe ? Ouvre la porte !

J'étais complètement paniquée.

— C'est ma mère, murmurai-je, comme si Bones ne l'avait pas déjà compris. Merde, il faut que tu te caches! (Je le poussai littéralement dans la chambre tout en hurlant:) Je... j'arrive, je m'habille!

Il céda, mais sans se laisser aller comme moi à l'hystérie.

— Chaton, tu ne lui as toujours rien dit? Mais qu'est-ce que tu attends pour le faire?

— Le retour du Messie! dis-je sur un ton brusque. Et le plus tôt sera le mieux! Là, entre dans le placard!

Les coups sur la porte se faisaient plus insistants.

— Pourquoi es-tu si longue à m'ouvrir?

— J'arrive! criai-je. (Puis à l'intention de Bones, qui me regardait d'un air très sombre:) On en parlera plus tard. Reste là-dedans et ne fais pas de bruit. Je vais essayer de me débarrasser d'elle le plus vite possible.

Sans attendre sa réponse, je claquai la porte du placard et ramassai ses habits et ses chaussures en hâte pour les jeter sous le lit. Avait-il laissé ses clés sur le comptoir? Qu'est-ce qu'elle pourrait encore voir d'autre?

— Catherine!

Cette fois-ci, elle avait donné un coup de pied dans la porte en criant mon nom.

— J'arrive!

Je courus jusqu'à l'entrée et lui ouvris avec un grand sourire hypocrite.

— Maman, quelle surprise!

Elle entra sans me jeter un regard, visiblement très énervée.

— Je passe te dire bonjour et tu me claques la porte au nez? Mais que t'arrive-t-il?

Je me creusai les méninges pour trouver une excuse.

—Une terrible migraine! dis-je d'une voix triomphante avant de baisser d'un ton et de prendre un air malade. Maman, je suis contente de te voir, mais ce n'est pas le moment.

Elle regardait mon appartement, ébahie. *Aïe aïe aïe. Comment lui expliquer ça?*

—Regarde-moi tout ça, dit-elle en montrant du doigt tout ce qui avait changé depuis sa dernière visite. Catherine, comment as-tu fait pour te payer ces meubles?

La première fois qu'il était venu chez moi, Bones avait déclaré qu'il allait tuer mon propriétaire pour avoir osé me demander un loyer. Il ne l'avait pas fait, mais, au son de sa voix, je m'étais dit qu'il ne plaisantait qu'à moitié. En revanche, il avait aménagé mon appartement du sol au plafond. Il m'avait acheté un canapé, en me faisant remarquer que c'était plus confortable que le plancher pour s'asseoir, une télé, pour que je puisse regarder les infos à la recherche de pistes éventuelles, un ordinateur, pour les mêmes raisons, différentes tables basses – à ce stade, j'avais renoncé à protester.

—Avec des cartes de crédit, dis-je spontanément. Les banques en donnent à n'importe qui.

Elle fronça les sourcils d'un air désapprobateur.

—Ça va te causer des ennuis.

J'eus du mal à me retenir de rire devant l'absurdité de la situation. Si elle connaissait la véritable provenance de mon mobilier, les dangers du surendettement lui paraîtraient bien peu de choses en comparaison!

—Maman, je suis contente de te voir, mais…

En la voyant regarder ma chambre d'un air choqué, j'eus soudain un frisson. Bones était-il sorti du placard malgré ce que je lui avais dit ? J'avais peur de me retourner pour en avoir le cœur net.

— Catherine... le... lit est neuf, lui aussi ?

Je faillis m'évanouir de soulagement.

— Il était en soldes.

Elle s'approcha de moi et posa sa main sur mon front.

— Tu ne sembles pas avoir de fièvre.

— Fais-moi un peu confiance, dis-je avec la plus grande sincérité. Je me sens vraiment nauséeuse.

— Bon. (Elle parcourut l'appartement du regard une nouvelle fois, les sourcils toujours froncés, puis elle haussa les épaules.) La prochaine fois, je t'appellerai. Je m'étais dit qu'on pourrait aller manger quelque part, mais... oh, veux-tu que j'aille t'acheter quelque chose ?

— Non ! (J'avais répondu trop vivement. Je radoucis mon ton.) Enfin, je veux dire, merci quand même, mais je n'ai pas faim. Je t'appellerai demain.

Sur ces mots, je la poussai gentiment vers la porte – je n'avais pas pris tant de gants avec Bones. Elle me regarda en soupirant.

— Cette migraine te fait réagir bizarrement, Catherine.

Après avoir refermé la porte derrière elle, j'appuyai mon oreille contre le montant pour m'assurer qu'elle était vraiment partie. Fidèle à mes tendances paranoïaques, je n'étais pas loin de croire qu'elle avait fait semblant de s'en aller et qu'elle attendait dans le couloir, prête à revenir me surprendre avec mon amant mort-vivant.

Je me retournai en entendant un bruit. Bones se tenait dans l'embrasure de la porte de la chambre ; il était habillé. Je réussis à rire, mais mon rire sonnait faux.

—Ouf, on a eu chaud.

Il me regardait fixement. Ses yeux n'exprimaient plus aucune colère, et c'était peut-être pour ça que je me sentais si mal à l'aise. J'aurais pu faire face à la colère.

—Je ne supporte pas de te voir faire ça.

Je le regardai avec prudence.

—Faire quoi ?

—Continuer à te punir pour les péchés commis par ton père, répondit-il d'une voix ferme. Tu vas t'infliger ce châtiment encore longtemps ? Combien de vampires faudra-t-il que tu tues avant que toi et ta mère soyez quittes ? Tu es l'une des personnes les plus courageuses que j'aie jamais rencontrées, et pourtant tu as une peur bleue de ta mère. Ne le vois-tu donc pas ? Ce n'est pas moi que tu caches dans un placard – c'est toi-même.

—C'est facile pour toi de dire ça, ta mère est morte ! (Je m'assis sur le canapé, fâchée.) Tu n'as plus à t'inquiéter de ce qu'elle pourrait dire en apprenant avec qui tu couches, tu n'as pas à avoir peur de ne plus jamais la revoir si tu lui dis la vérité ! Qu'est-ce que je suis censée faire ? Risquer de perdre la seule personne qui a toujours été là pour moi ? Au premier regard qu'elle jettera sur toi, tout ce qu'elle verra, ce sont tes crocs. Elle ne me le pardonnera jamais, est-ce si difficile à comprendre ?

Ma voix se brisa sur ces derniers mots et j'enfouis mon visage entre mes mains. Génial. Maintenant, je ne faisais plus semblant. J'avais vraiment la migraine.

—C'est vrai, ma mère est morte. Je ne saurai jamais ce qu'elle aurait pensé de l'homme que je suis devenu. Aurait-elle été fière? Ou m'aurait-elle rejeté à cause des choix que j'ai faits? Mais il y a quand même une chose dont je suis sûr. Si elle était encore en vie, je lui montrerais ce que je suis. Sans rien lui cacher. Par respect pour elle comme pour moi. Mais ce n'est pas de moi qu'il s'agit. Écoute, ce n'est pas que je meure d'envie de rencontrer ta mère. Mais, tôt ou tard, tu devras assumer tes choix. Tu ne peux pas chasser le vampire qui est en toi, et tu devrais arrêter de te crucifier à cause de ça. Il faut que tu décides qui tu es et ce que tu veux, et ne pas t'en excuser. Ni auprès de moi, ni auprès de ta mère, ni auprès de quiconque.

Avant que je me rende compte de ce qu'il faisait, il était à la porte.

—Tu t'en vas? Tu… tu me quittes?

Bones se retourna.

—Non, Chaton. Simplement, je pense que tu as besoin d'être seule pour réfléchir à tout ça.

—Mais… et pour Hennessey?

À présent c'était Hennessey qui me servait d'excuse.

—Francesca n'a toujours rien de concret, et nos recherches n'ont rien donné. Autant laisser les choses mijoter un peu. Je t'appelle si j'apprends quelque chose. Promis. (Il me regarda longuement avant d'ouvrir la porte.) Au revoir.

J'entendis la porte se fermer, mais mon esprit était déconnecté. Je restai assise à la regarder pendant vingt minutes, puis, comme par magie, quelqu'un frappa.

Je bondis sur mes pieds, soulagée.

—Bones!

Manqué. C'était un jeune homme en tenue de livreur.

— Votre pizza, dit-il avec un enthousiasme mécanique. Ça fera dix-sept dollars cinquante.

Hébétée, je lui tendis un billet de vingt dollars en lui disant de garder la monnaie, puis je refermai la porte et me mis à pleurer.

Chapitre 20

T immie me regardait avec la même fascination
morbide qu'un scientifique étudiant au micros-
cope un virus inconnu.

— Tu vas encore boire une bière ?

J'immobilisai ma cuiller au-dessus de ma glace au
chocolat et levai un sourcil d'un air de défi.

— Pourquoi ?

Il regarda furtivement les deux packs vides à mes
pieds. Ou peut-être la bouteille de gin posée en équilibre à côté de moi sur le canapé…

— Pour rien !

Cela faisait quatre jours que je n'avais ni vu, ni
parlé à Bones. Ça n'avait pas l'air long, comme ça. Et
pourtant, j'avais l'impression que des semaines s'étaient
écoulées. Timmie sentait que quelque chose n'allait
pas. Par politesse – ou par crainte –, il ne m'avait pas
demandé pourquoi une certaine moto ne s'était pas
garée devant notre immeuble depuis quelques jours.

J'accomplissais tous les gestes de la vie quotidienne.
J'allais en cours. J'étudiais avec ferveur. Je me gavais
de cochonneries, de quoi faire exploser mon taux de
sucre. Mais je n'arrivais pas à dormir. Je n'arrivais
même pas à rester étendue sur mon lit, car j'y cherchais
constamment son corps absent. Je décrochais mon

téléphone cent fois par jour, mais je le reposais avant même de faire le numéro, n'ayant aucune idée de ce que j'allais lui dire.

Seul Timmie m'empêchait de devenir folle. Il venait me voir, regardait des films avec moi jusqu'au petit matin, me faisait ou non la conversation suivant mon humeur. Sa simple présence me faisait du bien, et je lui en étais extrêmement reconnaissante, mais je ressentais toujours une grande solitude. Ce n'était pas sa faute si je devais constamment donner le change, faire attention à ce que je disais et camoufler la moitié de ce que j'étais. Non, ce n'était pas sa faute. C'était la mienne, car j'avais repoussé la seule personne qui m'avait acceptée telle que j'étais, malgré les bizarreries que je devais à mon ascendance.

— C'est vrai, tu sais, dit-il en réaction au programme télévisé qu'il regardait. Ils existent.

— Qui ça?

Je n'avais pas vraiment écouté, trop occupée à broyer du noir.

— Les *Men in Black*. Ces agents secrets du gouvernement qui contrôlent les phénomènes extraterrestres et paranormaux. Ils existent.

— Ah, dis-je avec indifférence.

Les vampires aussi, mon gars. D'ailleurs, ta voisine en est un. Enfin, presque.

— Tu sais, il paraît que ce film s'appuie sur des faits réels.

Je jetai un coup d'œil distrait à l'écran et vis Will Smith occupé à en découdre avec un monstre de l'espace. *Ah oui, les* Men in Black.

— C'est possible.

Des cafards géants qui se nourrissent d'être humains? pensais-je. *Je ne suis pas vraiment la mieux placée pour crier au canular.*

—Est-ce que tu comptes me dire pourquoi vous avez rompu?

Sa question me sortit instantanément de ma torpeur.

—On n'a pas rompu, répondis-je aussitôt, plus à mon intention qu'à la sienne. On… on prend un peu de recul pour évaluer la situation, et… réfléchir à notre relation, parce que… je l'ai enfermé dans un placard! éclatai-je, honteuse.

Timmie écarquilla les yeux.

—Il y est toujours?

Il avait une expression si horrifiée que j'aurais dû me mettre à rire, mais j'avais perdu mon sens de l'humour depuis quelques jours.

—Dimanche dernier, ma mère est passée sans prévenir, j'ai paniqué et je l'ai obligé à se cacher dans le placard jusqu'à ce qu'elle parte. C'est de là qu'est venue l'idée de réévaluer notre relation. Je crois qu'il commence à en avoir marre de mes problèmes, et le pire, c'est que je le comprends.

Timmie avait compris son erreur.

—Pourquoi ta mère déteste-t-elle autant les étrangers?

Comment lui dire la vérité?

—Euh… tu te rappelles quand je t'ai dit qu'on avait un truc en commun parce que ni toi ni moi n'avions connu notre père? Eh bien, mon histoire est un peu plus compliquée que la tienne. Mon père était… anglais. Il a violé ma mère lors de leur premier rendez-vous, et depuis… elle déteste les Anglais. Tu sais que mon copain est anglais, et moi je suis… à demi anglaise, ce qui a toujours ennuyé ma mère. Si elle apprend que je sors avec un Anglais, elle pensera que je l'ai trahie et que je suis devenue… une étrangère.

Timmie baissa le son de la télévision. Il eut un moment d'hésitation, puis il redressa les épaules.

— Cathy… c'est l'explication la plus stupide que j'aie jamais entendue.

Je soupirai.

— Tu ne comprends pas.

— Écoute, je trouve ton copain plutôt effrayant, continua Timmie sans se laisser démonter. Mais si tu es bien avec lui et que ta mère n'a rien d'autre à lui reprocher que sa nationalité, alors je te répète que c'est stupide. Ta mère ne peut pas détester tout un pays à cause d'un seul homme! Personne n'est parfait, et on ne peut pas plaire à tout le monde, mais elle devrait avant tout s'inquiéter de savoir s'il te rend heureuse plutôt que de se focaliser sur son origine.

À l'entendre, ça paraissait si simple! Il aurait presque pu ajouter qu'il fallait être complètement idiot pour ne pas comprendre ça. Partant de mon explication embrouillée, Timmie m'avait ramenée à l'essentiel, et tout à coup je me rendis compte que la situation était réellement aussi simple qu'il l'avait décrite. Soit je passais le reste de ma vie à me punir d'avoir un vampire pour père – à expier ce péché originel, pour reprendre les mots de Bones – soit j'allais de l'avant. C'était d'une évidence si flagrante que je n'y avais même pas pensé.

— Timmie, dis-je avec conviction, tu es un génie.

Sa gaucherie naturelle refit tout à coup surface.

—Hein?

Je me levai, lui donnai un baiser sur la bouche et me jetai sur le téléphone.

—Je vais l'appeler tout de suite, lui annonçai-je. T'aurais pas des conseils à me donner pour les excuses que je dois lui faire? Parce que pour ça non plus, je ne suis pas très douée.

Timmie, pétrifié, n'avait pas bougé d'un pouce.

—Quoi? Oh. Dis-lui simplement que tu es désolée.

Je lui souris.

—Décidément, tu es vraiment génial, répétai-je en faisant le numéro de Bones.

Il répondit à la première sonnerie.

—Francesca?

Je me figeai, incapable de parler. Ce n'était pas vraiment ce que j'avais prévu.

—C'est toi Chaton? demanda-t-il une seconde plus tard. Je suis en route. Il y a un problème.

—Que se passe-t-il? demandai-je, oubliant la stupeur que m'avait causée le premier nom qu'il avait prononcé.

—Habille-toi si tu es en pyjama. Bon, il faut que je libère la ligne. Je serai là dans cinq minutes.

Et il raccrocha avant que j'aie eu le temps de lui poser d'autres questions. Timmie me regardait, dans l'expectative.

—Alors?

J'enfilai un pull par-dessus mon tee-shirt. Il faisait froid dehors. Le pantalon de jogging que je portais ferait l'affaire, mais il fallait que Timmie parte pour que je puisse prendre mes armes.

— Il arrive, mais je repars avec lui tout de suite. Quelque chose… quelque chose est arrivé.

— Oh. (Timmie se leva. Il se balança d'une jambe sur l'autre pendant une seconde, puis dit précipitamment :) Si vous n'arrivez pas à recoller les morceaux, tu crois que tu sortirais avec moi ?

J'étais en train de mettre mes chaussures, mais je m'arrêtai net en entendant sa proposition. *Je ne l'avais pas vue venir, celle-là.*

— Je sais que je manque de confiance en moi et que je ne suis pas un gros dur comme lui, mais on s'entend super-bien et ta maman me prend pour ton petit ami… en un sens, c'est un peu comme si on était déjà ensemble, conclut-il d'une voix résolue. Qu'en penses-tu ?

Que si Bones t'avait entendu, tu viendrais de signer ton arrêt de mort.

— Timmie, n'importe quelle fille pourrait s'estimer chanceuse de sortir avec toi. Moi y compris. Mais j'espère vraiment que les choses vont s'arranger avec mon copain, alors, tu comprends, je ne peux pas te répondre maintenant.

Je ne voulais pas lui faire de peine, c'était la première fois que je me retrouvais dans une telle situation. Refuser gentiment ce genre de proposition n'était pas mon fort. D'habitude, je rembarrais les hommes qui essayaient de m'emballer en leur plantant un pieu dans le cœur et en criant « bien fait ! » d'un air satisfait.

Par chance, le bruit d'une moto qui approchait mit un terme à notre conversation. Pris de panique, Timmie écarquilla les yeux. Il sortit précipitamment de mon appartement en me jetant un rapide « Bonne nuit!» tandis que j'entrais dans ma chambre pour sortir la boîte où je rangeais mes armes de sous mon lit. Ce geste expliquait à lui tout seul pourquoi je ne pourrais jamais sortir avec Timmie. Ce n'était pas à cause de son manque de confiance en lui, ni parce que le seul homme avec qui j'avais envie d'être était celui qui montait à présent les marches quatre à quatre. Simplement, certaines choses ne s'expliquaient pas. Et pouvaient encore moins se décider à l'avance.

Je n'eus pas le temps de mettre Bones au courant de ma révélation. Ce qu'il m'apprit en entrant reléguait de fait mes préoccupations sentimentales au second plan.

— Je crois qu'ils ont eu Francesca.

Oh, non. Je regrettai instantanément toutes les vilaines pensées que j'avais nourries à son égard.

— Que s'est-il passé?

Il faisait les cent pas pour évacuer sa frustration.

— Elle m'a appelé il y a deux jours pour me dire qu'elle était tout près de trouver qui tirait les ficelles pour Hennessey au niveau juridique. Ce n'était pas un juge ni un commissaire de police, mais quelqu'un d'encore plus haut placé. Elle n'a pas pu m'en dire plus, elle devait creuser encore un peu. Il y a environ une heure, elle m'a de nouveau appelé. Elle était très agitée. Elle disait qu'elle voulait que je la sorte de là, qu'Hennessey était impliqué dans des choses beaucoup trop dangereuses. Je lui ai proposé de la voir ce soir. On était en train de convenir d'un lieu de rendez-vous lorsqu'elle a dit «Quelqu'un vient», puis la ligne a été coupée. Je n'ai plus eu de nouvelles depuis.

—Tu sais d'où elle appelait ?

Ses yeux lançaient des éclairs verts.

—Bien sûr que non ! Si je le savais, je serais déjà en route !

Je reculai devant sa colère. Il émit un couinement et fit un pas vers moi. Il m'attrapa et m'attira contre lui.

—Je suis désolé, Chaton. Cette histoire finit par me rendre hargneux. Je n'arrive pas à imaginer ce qui a bien pu l'effrayer au point qu'elle veuille se retirer de la partie, mais si Hennessey l'a surprise en train de l'espionner, ce n'est rien à côté de la punition qu'il lui réserve.

Bones n'exagérait pas. Je n'aimais peut-être pas Francesca, mais imaginer ce qu'elle était peut-être en train de subir me rendait malade.

—Je comprends. Ne t'excuse pas. Écoute, imaginons une minute que le pire ne soit pas encore arrivé. Si elle devait s'enfuir précipitamment sans avoir le moyen de te contacter, où pourrait-elle aller ? Y aurait-il un endroit où elle se sentirait en sécurité ? Tu la connais bien. Essaie de te mettre dans sa tête.

Il serrait mes épaules entre ses doigts. Il ne me faisait pas mal, mais c'était loin d'être un massage. À voir son expression, il ne devait même pas s'en rendre compte.

—Elle pourrait aller au *Club Morsure*, dit-il d'un ton songeur. C'est le seul endroit de la région où aucune violence n'est admise. Ça vaut le coup d'essayer. Tu viens avec moi ?

Je le regardai.

—Tu crois pouvoir m'en empêcher ?

Il réussit presque à sourire, mais il était trop inquiet pour aller au bout de son geste.

— Cette fois-ci, ma belle, je suis heureux d'en être incapable.

Francesca n'était pas à la boîte où Bones et moi avions eu notre premier vrai rendez-vous, et où j'avais été droguée. La même videuse baraquée était à l'entrée, et Bones lui donna discrètement son numéro de portable pour qu'elle puisse le prévenir au cas où elle apercevrait Francesca. Ensuite, nous essayâmes l'hôtel où nous l'avions rencontrée quelques semaines plus tôt. Rien. Bones appela Spade, qui était toujours à New York, mais lui non plus n'avait aucune nouvelle d'elle. Plus les heures passaient et plus Bones paraissait sombre. De toute évidence, cette histoire ne se terminerait pas comme dans un conte de fées. Je me sentais impuissante.

À l'aube, nous avions de nouveau essayé l'hôtel et la boîte de nuit, juste au cas où, mais sans résultat. Le portable de Bones n'avait pas sonné une seule fois. Nous étions en route pour mon appartement lorsqu'il arrêta soudain sa moto et se gara sur l'accotement.

À trois kilomètres devant nous, nous pouvions voir les flashs bleus et rouges de plusieurs voitures de police arrêtées sur l'autoroute. Le peu de véhicules qui circulaient à cette heure matinale étaient déviés sur la voie de gauche. Les trois autres voies étaient bloquées par des flammes qui couraient jusqu'à la lisière de la forêt environnante.

— Il a dû y avoir un accident, on devrait prendre une autre route, commençai-je avant de regarder autour de moi avec une sensation de déjà-vu. Cet endroit me rappelle quelque chose…

Bones se tourna vers moi, le visage aussi dur que du granit.

—Pas étonnant. C'est ici qu'Hennessey t'a amenée quand il a essayé de te tuer. Enfin, pas tout à fait. C'était plutôt là où sont les flics.

Je regardai Bones et les lumières qui clignotaient au loin ; elles me semblaient désormais plus alarmantes.

—Bones…

—J'entends ce qu'ils disent, dit-il d'une voix morne, dépourvue d'émotion. Ils ont trouvé un corps.

Il serrait les poings sur le guidon. Tout doucement, je lui donnai un léger coup de coude.

—Ce n'est peut-être pas elle. Allons-y.

Il remit la moto en marche et rejoignit l'autoroute. Il ne parla que pour me dire d'une voix laconique de n'ôter mon casque sous aucun prétexte. Je savais qu'il voulait que mon visage reste caché, au cas où quelqu'un nous attendrait.

À cause du ralentissement, il nous fallut plus d'une demi-heure pour parcourir les trois kilomètres qui nous séparaient du lieu de l'accident. J'entendais moi aussi les policiers parler entre eux, appeler le médecin légiste dans le brouhaha de leurs radios, prendre des notes détaillées sur la manière dont le corps avait été découvert…

Tous les conducteurs qui passaient tournaient la tête pour mieux voir la scène du drame, et Bones n'éveilla donc pas les soupçons de l'agent chargé de réguler la circulation lorsqu'il regarda la forme sur le sol qui était l'objet de toutes les attentions. Je ne vis presque rien – mais ce que j'entraperçus me fit resserrer mon étreinte autour de Bones.

De longs cheveux noirs épars émergeaient de derrière le policier qui était penché sur le corps. Il cachait presque entièrement le cadavre tandis qu'il prenait des photos, mais cette chevelure était reconnaissable entre mille. Et le bras partiellement visible était celui d'un squelette.

La vue des restes de Francesca, dont l'état de décomposition trahissait l'âge véritable, m'avait tellement choquée que c'est à peine si je remarquai l'itinéraire qu'emprunta Bones. Il prit des routes de campagne, des chemins gravillonnés, et coupa même à travers champs avant d'arriver à la forêt qui jouxtait la grotte. Quiconque aurait essayé de nous suivre aurait eu le temps de se perdre dix fois. Ensuite, il porta la moto d'une seule main, sans le moindre effort, sur les trois derniers kilomètres pour plus de discrétion, tandis que je marchais derrière lui. Ce n'est qu'une fois à l'intérieur de la grotte que je parlai.

— Je suis désolée. Ce n'est pas vraiment le moment, je sais, mais je suis désolée qu'Hennessey l'ait tuée.

Bones me regarda et un rictus amer déforma ses lèvres.

— Il ne l'a pas tuée. Il était capable de lui faire beaucoup, beaucoup de choses, mais la tuer directement n'en faisait pas partie. Son corps a été mis là au maximum une heure ou deux après que je lui ai parlé. Hennessey l'aurait gardée en vie pendant au moins plusieurs jours. Jusqu'à ce qu'elle lui ait appris tout ce qu'elle m'avait dit dans les moindres détails. Et pas un seul des hommes d'Hennessey n'aurait osé enfreindre ses ordres pour l'éliminer de son propre chef.

Cela n'avait aucun sens.

—Mais qu'est-ce que tu dis ? Qui l'a tuée, alors ?

Sa bouche se tordit un peu plus.

—Elle l'a fait elle-même. C'est la seule explication logique. Elle a dû se sentir prise au piège, voir qu'il n'y avait aucune échappatoire, et elle s'est suicidée. Il ne lui fallait qu'une seconde pour se transpercer le cœur avec une lame en argent, après ça ils ne pouvaient plus faire grand-chose. En la laissant à l'endroit même où j'ai failli le tuer, Hennessey m'indique qu'il sait pour qui Francesca travaillait.

Je n'arrivais pas à imaginer le courage glacial qu'il avait dû lui falloir pour faire ça. Cela me rappelait l'Indien qui avait donné la grotte à Bones. Lui aussi, tout ce qui lui restait, c'était le pouvoir de décider de sa mort et de la manière dont il mènerait son dernier combat.

—Ta mission s'arrête là, Chaton. C'est fini.

Le ton catégorique qu'il avait employé me sortit brutalement de ma rêverie.

—Bones, dis-je doucement, je sais que tu es bouleversé…

—Foutaise. (Il me saisit par les épaules. Sa voix était grave et résonnait dans la grotte.) Tant pis si ça te met en colère ou si tu veux me quitter, ne plus jamais me parler, ou n'importe quoi d'autre, mais je refuse que tu continues à servir d'appât face à des gens qui ont poussé Francesca à choisir de se donner la mort plutôt que de se retrouver à leur merci. Je ne supporterais pas d'attendre en vain un appel de toi, ou de découvrir ton corps au bord de la route…

Il se détourna brutalement, mais j'eus le temps de voir un reflet rose dans ses yeux. J'en oubliai la colère que j'avais ressentie à ses premières paroles.

— Hé. (Je tirai doucement sur sa chemise. Comme il ne se retournait toujours pas, je m'appuyai contre lui.) Tu ne vas pas me perdre. Francesca agissait seule, elle ne t'avait pas pour veiller sur elle. Ce qui lui est arrivé n'est pas ta faute, tu dois continuer à traquer Hennessey, tu lui dois bien ça. Elle s'est battue, peut-être pas pour les mêmes raisons que nous, mais cela n'enlève rien à son courage. Tu n'as pas le droit de laisser tomber, et moi non plus. Il ne faut pas perdre espoir. Hennessey doit se demander avec angoisse ce qu'elle a bien pu te dire. Il sera peut-être assez effrayé pour commencer à commettre des erreurs d'inattention. Ça fait onze ans que tu es sur ses traces, et tu n'as jamais été aussi près du but ! On ne peut pas revenir en arrière, et il est hors question que je renonce à cause de la peur. On va l'avoir. Bientôt, c'est son cadavre à lui qu'on aura sous les yeux, et celui de chaque salopard qui travaille avec lui, et ils sauront que c'est toi qui as causé leur perte… toi et ta petite Faucheuse, qui ne peut pas voir un vampire sans essayer de le tuer.

Il étouffa un petit rire en m'entendant répéter les paroles qu'il avait prononcées devant l'immeuble de Lola. Il se retourna et me prit dans ses bras.

— Tu es ma petite Faucheuse aux cheveux roux, et tu m'as terriblement manqué.

Malgré tout ce qui se passait, l'entendre dire que je lui avais manqué me rendait très heureuse.

— Bones, quand je t'ai appelé hier soir, avant de savoir pour Francesca… c'était pour te dire que j'avais fini par trouver qui j'étais et ce dont j'avais besoin. Tu m'avais dit qu'une fois que je l'aurais trouvé, je n'aurais à faire d'excuses à personne. Et je n'en ai pas l'intention.

Il recula et me regarda avec circonspection.

— Que veux-tu dire ?

— Que je suis une emmerdeuse anxieuse, bornée, jalouse et en proie à des pulsions meurtrières, mais que je veux que tu me promettes que tu n'y vois pas d'inconvénient, parce que c'est ce que je suis et que tu es ce dont j'ai besoin. Tu m'as manqué chaque minute de chaque jour cette semaine, et je ne veux plus passer un seul jour sans toi. Si ma mère me rejette en me traitant de vampire, tant pis, ce sera sa décision, mais j'ai pris la mienne, et je refuse de m'excuser ou de faire un autre choix.

Il garda si longtemps le silence que je m'inquiétai. Avais-je été trop franche dans mon autoportrait ? D'accord, cela ne ressemblait pas à une petite annonce comme on en voit dans les magazines, mais je voulais juste que les choses soient claires…

— Est-ce que tu pourrais me répéter ça ? finit-il par dire, la tension de son visage s'effaçant peu à peu pour faire place à une tout autre émotion. Cela fait tellement longtemps que j'ai envie de t'entendre prononcer ces mots que j'ai peur d'avoir tout imaginé.

Au lieu de cela, je l'embrassai, si heureuse de me retrouver de nouveau dans ses bras que je ne pouvais plus m'arrêter de le toucher. Jusqu'ici, je ne m'étais pas rendu compte à quel point il m'avait manqué, et malgré les circonstances tragiques de la mort de Francesca, c'était le plus beau moment de ma semaine depuis qu'il avait quitté mon appartement cinq jours plus tôt.

Bones me caressa à son tour et m'embrassa si intensément que j'en eus vite le souffle coupé. Comme je décollais mes lèvres des siennes pour tenter de reprendre ma respiration, il fit glisser sa bouche jusqu'à mon cou et passa sa langue sur ma jugulaire tout en la suçotant. Mon cœur battait plus vite sous l'effet de ses caresses et je tirai sur mon col pour lui faciliter l'accès à ma gorge.

Il releva mon chemisier et le fit passer par-dessus ma tête, rompant le contact avec mon cou pendant une seconde à peine. Ses canines, qui étaient à présent complètement sorties sous l'effet du désir, griffaient mon cou tandis qu'il m'embrassait. Bones ne me perçait jamais la peau, même lorsque nos étreintes devenaient très passionnées. Il veillait à respecter les limites que je lui avais imposées. Je ne pouvais pas en dire autant. Je l'avais fait saigner un nombre incalculable de fois au plus fort de nos ébats, mais il ne m'avait jamais rendu la pareille. Je me demandais si c'était à ça qu'il était en train de penser, tandis qu'il taquinait mon cou d'une manière qu'il savait très agréable pour moi. Se retenait-il ? Cette douleur qui m'envahissait, ce désir brûlant de le sentir en moi… les ressentait-il également, mais d'une autre manière ? Les réprimait-il parce que c'était une facette de son être que je refusais d'accepter, bien que lui m'ait acceptée en totalité ?

Bones fit glisser sa bouche jusqu'à mes seins, mais je l'attirai de nouveau contre mon cou.

— Ne t'arrête pas, murmurai-je.

Il dut comprendre à ma voix que je ne parlais pas des préliminaires, car il se raidit.

— À quoi tu joues, Chaton ?

—Je surmonte mes préjugés. Tu es un vampire. Tu bois du sang. J'ai bu le tien et maintenant je veux que tu boives le mien.

Il me regarda un long moment, puis secoua la tête.

—Non. Tu n'as pas vraiment envie que je fasse ça.

—Tes dents ne me font pas peur, soufflai-je. Et toi non plus. Je veux que mon sang coule en toi, Bones. Je veux savoir qu'il coule dans tes veines…

—Ce n'est pas bien de me tenter comme tu le fais, marmonna-t-il en se détournant de moi, les poings serrés.

Oh oui, il en avait envie, et je voulais le lui offrir, comme tout ce que je lui avais refusé jusque-là.

Je me mis devant lui.

—Je ne joue pas. Je veux que tu boives mon sang. Viens. Brisons le dernier obstacle qui nous sépare encore.

—Tu n'as rien à me prouver, rétorqua-t-il.

Je sentais que sa détermination fléchissait à mesure que son désir augmentait. L'air qui nous entourait semblait électrique et jamais je n'avais vu ses yeux briller d'un vert aussi lumineux.

Je mis mes bras autour de lui et frôlai son cou avec mes lèvres.

—Je n'ai pas peur.

—Mais moi, si. J'ai très peur que tu le regrettes après, dit-il en m'entourant malgré lui de ses bras.

Je me frottai contre lui et je l'entendis émettre un sifflement lorsque nos peaux se touchèrent. Je mordis fermement le lobe de son oreille et il frissonna.

—J'en ai envie. Montre-moi que j'ai eu tort d'attendre si longtemps.

Il me caressa les cheveux et les écarta avant d'enfouir son visage dans mon cou. J'eus le souffle coupé lorsque je sentis sa langue décrire des cercles sur ma gorge palpitante, plus prédatrice que jamais. Il plaqua sa bouche sur ma peau et aspira pour faire affleurer l'artère à la surface. Je sentis ses dents acérées. Mon cœur s'emballa. Bones devait sentir ses battements contre ses lèvres.

—Chaton, gémit-il contre ma peau. Tu es sûre ?

—Oui, murmurai-je. Je suis sûre.

Ses crocs pénétrèrent dans ma gorge. Je me préparai à la douleur, mais c'est une tout autre sensation qui me submergea. À ma grande surprise, je n'eus pas mal comme lorsque Hennessey m'avait mordue. Au contraire, une délicieuse chaleur commençait à m'envahir. Nos rôles semblaient inversés, et le sang qui coulait dans sa bouche paraissait me nourrir moi aussi. La chaleur se fit plus intense, et je l'attirai tout contre moi.

—Bones…

Il aspira mon sang plus avidement et me retint lorsque mes genoux flanchèrent. Je m'abandonnai contre lui, étonnée que chaque succion augmente ma sensation de bien-être. J'eus bientôt l'impression d'avoir fondu dans ses bras, noyée dans un plaisir inattendu.

Je ne sentais désormais plus que les battements sourds de mon cœur, mes halètements réguliers et le flux constant du sang qui s'écoulait dans chaque partie de mon être. C'était une sensation que je n'avais jamais ressentie avec une telle intensité, et je comprenais combien le sang était indispensable à chaque terminaison nerveuse, à chaque cellule, et qu'il était l'essence même de la vie. Je voulais que mon sang passe dans le corps de Bones, qu'il le remplisse jusqu'à le submerger. J'avais l'impression de flotter, comme en apesanteur, puis la chaleur qui m'enveloppait se transforma en un flot liquide.

Oui! Oui!

Je ne savais pas si j'avais parlé à voix haute, car j'avais perdu toute notion de la réalité. Je ne sentais plus que cette chaleur qui coulait en moi et qui s'intensifiait. J'avais l'impression que mon sang bouillait. Puis tout à coup, mes sens se réveillèrent. C'était comme si ma peau allait éclater, j'étais au comble de l'extase. La dernière chose que je sentis, ce fut Bones qui resserrait son étreinte tout en continuant à aspirer mon sang.

Lorsque je rouvris les yeux, j'étais enveloppée dans des couvertures, et des bras pâles m'entouraient. Bien que je ne sache pas l'heure qu'il était, je sentais qu'un long moment s'était écoulé depuis ma perte de connaissance.

—Est-ce qu'il fait nuit? demandai-je.

Instinctivement, je portai la main à mon cou. Aucune marque, ma peau était parfaitement lisse. Je trouvais étrange de n'avoir gardé aucune trace visible de la morsure alors que je ressentais encore des fourmillements.

—Oui, il fait nuit.

Je me tournai vers lui, et le contact de ses pieds froids me fit tressaillir.

—Tu es gelé!

—T'as encore piqué toutes les couvertures.

Je baissai les yeux. J'étais enroulée dans la couette, et Bones n'avait pu récupérer que des bouts de couverture en se collant contre moi. Il faut croire qu'il n'exagérait pas.

Je lui lançai la moitié des couvertures, et je tremblai lorsque sa peau glacée toucha la mienne.

— Tu m'as déshabillée pendant que je dormais ? Tu n'en as pas profité, j'espère ?

— Non, mais j'ai pris des précautions, répondit-il en étudiant mes yeux. (C'est alors que je remarquai qu'il était si tendu qu'un rien aurait suffi à le briser en mille morceaux.) Je t'ai déshabillée et j'ai caché tes vêtements pour t'empêcher de t'enfuir sans me parler si jamais tu te réveillais furieuse à cause de ce qui s'était passé.

Bones était un homme qui savait mettre à profit son expérience. Je souris presque en l'imaginant en train de cacher mes vêtements sous différents rochers. Puis je repris mon sérieux.

— Je ne suis pas furieuse. Je le voulais, et c'était… incroyable. Je ne pensais pas que ce serait comme ça.

— Je suis très heureux de te l'entendre dire, murmura-t-il. Je t'aime, Chaton. Je n'arrive même pas à décrire à quel point.

Le trop-plein de sensations fit bondir mon cœur dans ma poitrine. Les larmes me montèrent aux yeux sous l'effet d'une émotion trop longtemps refoulée.

Il s'en rendit compte.

— Qu'y a-t-il ?

— Tu n'arrêteras pas tant que tu ne m'auras pas tout entière, n'est-ce pas ? Mon corps, mon sang, ma confiance ne te suffisent pas… il t'en faut plus.

Il savait de quoi je parlais et sa réponse fut immédiate.

— C'est ton cœur que je veux. Plus que tout le reste. Tu as tout à fait raison, je ne m'arrêterai pas tant qu'il ne sera pas à moi.

Les larmes commencèrent à couler le long de mes joues car je ne pouvais plus empêcher la vérité de sortir. Je ne savais même pas comment j'avais pu la contenir aussi longtemps.

— Tu peux arrêter. Il est à toi.

Son corps tout entier s'immobilisa.

— Tu parles sérieusement ?

Ses yeux étaient remplis d'incertitude lorsqu'il les posa sur les miens, mais ils exprimaient aussi une émotion grandissante. J'acquiesçai d'un signe de tête car j'avais la bouche trop sèche pour pouvoir parler.

— Dis-le. J'ai besoin de l'entendre. Dis-le-moi.

Je m'humectai les lèvres et m'éclaircis la voix. Je dus m'y reprendre à trois fois, mais je finis par retrouver l'usage de la parole.

— Je t'aime, Bones.

Je sentis alors ma poitrine se libérer d'un poids dont je n'avais pas eu conscience jusque-là. C'est drôle comme j'avais eu peur d'une chose qui n'avait vraiment rien d'effrayant.

— Encore.

Il se mit à sourire, et je sentis une joie belle et pure combler le vide qui m'avait habitée toute ma vie.

— Je t'aime.

Il couvrit mon front, mes joues, mes lèvres, mes yeux et mon menton de baisers aussi légers qu'ils étaient intenses.

—Encore une fois.

Il avait prononcé ces mots d'une voix étouffée, sa bouche sur la mienne, et je soufflai les mots en lui.

—Je t'aime.

Bones m'embrassa au point de me donner le vertige, alors même que j'étais allongée. Il ne s'interrompit que le temps de murmurer sur mes lèvres :

—Ça valait le coup d'attendre.

Chapitre 21

— Catherine, ça fait quatre semaines que tu n'es pas venue nous voir. Je sais que tu es très prise par tes cours, mais promets-moi au moins que tu viendras pour Noël.

Je faisais passer le téléphone d'une oreille à l'autre en attendant que mes toasts sortent du grille-pain – en général, ils étaient si violemment éjectés de l'appareil qu'ils retombaient en s'écrasant sur le comptoir. Je me sentais très coupable.

—Je te l'ai dit, maman, je serai là à Noël. Mais d'ici là, je vais être très occupée. Je travaille très dur. Les examens approchent.

Ce n'étaient pas les révisions qui m'avaient pris la plus grande partie de mon temps. Oh, j'avais travaillé, oui, mais pas pour la fac. Bones et moi avions épluché tous les journaux de la région pour essayer de trouver qui pouvait bien être cette personne « plus haut placée » qu'un juge ou un commissaire dont Francesca avait parlé. Nous étions arrivés à la conclusion que cette personne devait exercer une autorité sur la police, vu le nombre de rapports escamotés ou modifiés, et, par conséquent, le maire de Columbus était notre suspect numéro un. Nous l'avions surveillé, suivi, espionné, nous avions vérifié ses antécédents et nous avions cherché toutes les informations disponibles le concernant. Jusqu'ici, nous avions fait chou blanc, mais peut-être était-ce seulement la preuve qu'il était très prudent. Après tout, cela ne faisait que neuf jours que nous nous intéressions à lui.

—Tu fréquentes toujours Timmie ? J'espère que vous utilisez des préservatifs.

Je pris une profonde inspiration. Cette discussion me rendait plus nerveuse que je ne l'avais jamais été face à des monstres assoiffés de sang, mais je ne l'avais que trop longtemps repoussée.

—En fait, je voulais t'en parler. Tu pourrais venir ce week-end ? On… on pourrait en discuter tous ensemble.

—Tu n'es pas enceinte, au moins ? demanda-t-elle instantanément.

—Non.

Mais quand tu sauras la vérité, ce sera pire à tes yeux que si je l'avais été.

—Très bien, Catherine. (Elle paraissait moins inquiète, mais toujours méfiante.) Quel jour ?

—Vendredi, à 19 heures ?

—D'accord. J'amènerai une tarte.

Et je prévoirai un bon stock d'aspirine, parce que tu vas en avoir besoin.

—OK. À vendredi. Je t'aime, maman.

Même si toi tu décides que tu ne m'aimes plus.

—Il y a quelqu'un à la porte, Catherine. Il faut que j'y aille.

—D'accord. Salut.

Je raccrochai. Bon, voilà qui était fait. J'en parlerais à Bones quand je le verrais. Le connaissant, il serait content. Le malheureux ne savait pas ce qui l'attendait.

Une trentaine de minutes plus tard, quelqu'un frappa à la porte. Cela me fit sursauter. Timmie était parti rendre visite à sa mère, Bones avait quitté mon appartement à l'aube, comme à son habitude, ce qui ne laissait plus comme possibilité que mon propriétaire, monsieur Joseph – ça ne pouvait pas être ma mère puisque je venais juste de lui parler au téléphone. Je regardai par le judas, mais je ne reconnus aucun des deux hommes qui étaient derrière la porte.

— Qui est-ce ?

Les vibrations qui émanaient d'eux étant humaines, je ne pris pas mes pieux.

— Police. Inspecteur Mansfield et inspecteur Black. Vous êtes bien Catherine Crawfield ?

La police ?

— Oui, dis-je sans toutefois ouvrir la porte.

Il y eut un silence embarrassant.

— Pouvez-vous nous ouvrir, mademoiselle ? dit finalement l'un des inspecteurs. Nous aimerions vous poser quelques questions.

Je compris à son ton qu'il n'appréciait pas de parler à une porte. Je cachai frénétiquement mes pieux sous le canapé, pour les avoir à portée de main, au cas où.

— Juste une minute ! Je ne suis pas habillée.

Je mis le reste de mes armes dans une valise que je poussai sous le lit. J'enfilai un peignoir pour leur donner l'impression que je m'étais habillée à la hâte et j'ouvris la porte.

L'homme d'une cinquantaine d'années que j'avais vu par le judas se présenta comme étant l'inspecteur

Mansfield, et le plus jeune, qui devait avoir dans les trente-cinq ans, était l'inspecteur Black. L'inspecteur Mansfield me tendit une carte avec son nom et son numéro de téléphone. Je la pris, leur serrai la main à tous deux et jetai un coup d'œil rapide sur les insignes qu'ils me montrèrent.

— Vous pourriez très bien les avoir achetés au super-marché sans que je puisse faire la différence, alors vous m'excuserez mais je préfère que nous restions près de la porte pour parler.

J'avais parlé d'une voix froide mais polie tandis que je les évaluais mentalement. Ils n'avaient pas l'air menaçants, mais les apparences étaient parfois trom-peuses et nous savions qu'Hennessey avait des sbires en uniforme sous ses ordres.

L'inspecteur Mansfield me regarda lui aussi avec des yeux inquisiteurs. J'espérais ressembler au proto-type même de l'étudiante innocente.

— Mademoiselle Crawfield, si cela peut vous mettre à l'aise, vous pouvez appeler le commissariat pour vérifier nos numéros de matricule. Cela ne nous dérange pas d'attendre. Ensuite nous pourrions entrer, et cela nous éviterait à tous de devoir rester debout pour discuter.

Bien essayé, mon gars, mais ça ne prend pas.

— Oh, ça ira. De quoi s'agit-il ? Quelqu'un a cabossé ma voiture ? C'est arrivé plusieurs fois ces derniers temps sur le campus.

— Non, mademoiselle, nous ne sommes pas là pour votre voiture, mais je suis sûr que vous avez une idée assez précise du motif de notre visite, n'est-ce pas ?

—Non, pas du tout, et je n'aime pas beaucoup jouer aux devinettes, inspecteur.

Je durcis un peu le ton pour leur montrer que je n'étais pas aussi déstabilisée que j'en avais l'air – même si mon estomac criait le contraire.

—Tiens donc! Figurez-vous que nous non plus, nous n'aimons pas les devinettes. Surtout lorsqu'elles concernent des jeunes femmes assassinées et des cadavres déterrés. Connaissez-vous Felicity Summers?

Ce nom me disait vaguement quelque chose, mais je ne risquais pas de le leur dire.

—Non, qui est-ce? Et de quoi est-ce que vous parlez? C'est une farce?

J'écarquillai légèrement les yeux, comme l'aurait fait quelqu'un qui n'avait pas une quinzaine de morts sur la conscience. Lorsqu'il avait parlé de cadavres déterrés, mes genoux avaient failli lâcher. Heureusement, j'avais réussi à rester droite comme un piquet.

—C'était une jeune mère de famille de vingt-cinq ans qui a disparu il y a six ans alors qu'elle était en visite chez une amie. Des chasseurs ont retrouvé son corps décomposé il y a huit semaines, dans l'Indiana. Mais sa voiture, une Passat bleu marine de 1998, a été retrouvée au fond du lac Silver, près d'ici, il y a deux semaines. Rien de tout cela ne vous dit quelque chose?

À présent, ça me revenait. Je revis mentalement les papiers du véhicule, la nuit où j'avais tué mon premier vampire. Celui qui m'avait emmenée au lac Silver au volant d'une belle Passat bleue. Zut, ils avaient retrouvé la voiture dont je m'étais débarrassée.

Je parvins toutefois à cligner des yeux d'un air naïf et je secouai la tête.

—Pourquoi est-ce que ça devrait me dire quelque chose? Je n'ai jamais mis les pieds dans l'Indiana. Comment aurais-je pu connaître cette pauvre femme?

Pauvre femme, en effet. Je savais mieux que ces deux crétins imbus d'eux-mêmes les souffrances qu'elle avait dû endurer.

—Pourquoi ne voulez-vous pas nous laisser entrer, mademoiselle Crawfield? Vous avez quelque chose à cacher?

Voilà qu'il recommençait. Lui et son collègue ne devaient pas avoir de mandat, sinon ils n'auraient pas fait preuve d'une telle insistance pour entrer.

—Je vais vous le dire. Parce que vous n'avez pas le droit de venir me poser des questions sur une femme morte en sous-entendant que j'y suis pour quelque chose. Ça ne me plaît pas.

Et toc. Je croisai les bras sur ma poitrine pour accentuer ma prétendue indignation.

Mansfield se pencha vers moi.

—D'accord. Si vous voulez la jouer comme ça, pas de problème. Sauriez-vous pourquoi un corps sans tête a été enterré à moins de cent mètres de l'endroit où la voiture de Mme Summers a été retrouvée? Ou pourquoi ce cadavre était vieux de près de vingt ans? Avez-vous une idée de la raison qui pourrait pousser quelqu'un à déterrer un corps pour ensuite lui couper la tête, l'habiller avec des vêtements d'aujourd'hui, et l'enterrer près de l'endroit où on s'est débarrassé de la voiture de la victime dont le corps a été retrouvé dans un État voisin?

Et un point pour Bones. Il avait vu juste quand il avait dit que les premiers vampires que j'avais tués étaient jeunes.

— Non, je n'en ai pas la moindre idée. Je ne sais pas ce qui pousse les gens à faire toutes sortes de choses étranges, ici ou ailleurs. (C'était on ne peut plus vrai.) Mais ce que je sais encore moins, c'est pourquoi vous me posez ces questions à moi.

Mansfield eut un petit sourire mauvais.

— Oh, vous êtes douée. Une gentille jeune fille originaire d'une petite ville de campagne, hein ? Mais vous voyez, il se trouve que j'en sais un peu plus sur vous. Je sais, par exemple, que le soir du 12 novembre 2001, un homme répondant à la description du ravisseur de Felicity Summers a été vu en train de quitter la boîte de nuit *Galaxy* en compagnie d'une jeune et jolie rousse. Ils sont partis dans la Passat bleu marine 1998 de Felicity. On avait un avis de recherche sur la Passat, et elle a été arrêtée à Columbus le même soir. Pour je ne sais quelle raison, le policier s'est embrouillé et a laissé partir le suspect, mais pas avant d'avoir relevé le numéro de la plaque. En creusant un peu plus avant, l'inspecteur Black a découvert que cette même nuit votre grand-père avait appelé la police pour signaler que vous n'étiez pas rentrée. Cela ne vous dit toujours rien ?

J'avais la très désagréable impression d'être dans un feuilleton policier.

— Non, pour la cinquième fois, rien de tout cela ne me dit quoi que ce soit. Il se peut que je sois rentrée un peu tard le fameux soir où l'assassin présumé de cette femme a été vu quittant une boîte en compagnie d'une fille rousse. Et alors ? Parce que je suis rousse, c'était forcément moi ?

À la façon dont Mansfield croisa les bras, je compris qu'il n'en avait pas encore fini avec moi.

— Si notre seul indice était la couleur de vos cheveux, votre objection serait parfaitement justifiée. Ce ne serait pas une preuve suffisante pour vous soupçonner. Mais mon nouveau collègue ici présent (il désigna l'inspecteur Black d'un signe de tête) a fait des heures supplémentaires, et vous savez ce qu'il a réussi à trouver à partir d'un procès-verbal d'agression bidon ? Vous, Catherine. Vous avez été identifiée comme la fille rousse qui est partie ce soir-là avec le ravisseur de Felicity Summers.

Bon sang. Comment avaient-ils fait le lien ? Comment ?

— Je ne sais pas qui est votre source, mais que quelqu'un essaie de m'impliquer dans l'affaire de la disparition de cette femme six ans après, c'est grotesque. Vous ne trouvez pas ça bizarre qu'au bout de tout ce temps, quelqu'un affirme tout à coup m'avoir vue partir avec cet homme ?

Mansfield ricana d'un air hargneux.

— Vous savez ce que je trouve bizarre, moi ? C'est qu'une gentille fille comme vous se soit retrouvée mêlée à tout ça. Qui sont ces gens, des adorateurs de Satan ? C'est pour ça qu'ils déterrent des cadavres et qu'ils les habillent avec des vêtements d'aujourd'hui ? Pour en faire des effigies ? En outre, nous avons eu connaissance d'autres affaires de ce type. On a retrouvé un cadavre pas très loin d'ici il y a une dizaine de jours. C'était une femme, ce coup-ci, et elle était morte depuis près de cent ans ! Allons, Catherine. Vous savez qui est derrière tout ça. Dites-nous tout et nous pourrons assurer votre protection. Mais si vous persistez à nier les faits, vous tomberez avec les vrais coupables et vous serez inculpée de complicité de meurtre, conspiration, profanation de sépulture et enlèvement. Vous voulez vraiment passer le reste de votre vie en prison ? Franchement, ça n'en vaut pas la peine.

Eh bien, ils en avaient des théories. D'un point de vue strictement humain, leur raisonnement tenait la route. Pour quelle autre raison déterrerait-on un vieux cadavre avant de le remettre en terre ? Parce que le cadavre en question n'en était pas vraiment un, bien sûr.

— Je vais vous dire ce que je sais. (La colère et l'inquiétude durcissaient ma voix.) Je sais que je refuse d'écouter plus longtemps vos idées tordues à propos de femmes mortes et de vieux cadavres. Vous tendez votre filet un peu au hasard, et je n'ai pas l'intention de m'y laisser prendre.

Sur ces mots, je me retournai et claquai la porte. Ils ne firent rien pour m'en empêcher, mais Mansfield continua à me parler depuis le couloir.

— Donc j'imagine que vous ne connaissez pas non plus Danny Milton ? Comment croyez-vous qu'on a eu votre nom ? C'est lui qui vous a vue partir du club *Galaxy* avec le ravisseur de Felicity Summers, il y a six ans. Il s'en souvient parce que, d'après ce qu'il nous a dit, vous vous étiez disputés ce soir-là, et il n'a rien dit à la police à ce moment-là car il n'avait pas envie qu'on sache qu'il avait une relation avec une mineure. Mais ce matin il a tout raconté au téléphone à l'inspecteur Black, qui est tombé par hasard sur la plainte déposée par Danny : il dit que votre nouveau petit ami lui aurait broyé les os de la main rien qu'en la serrant entre ses doigts. On ne sait pas comment Danny s'est blessé à la main, mais on sait une chose : ce n'est pas le résultat d'une simple poignée de main. Vous l'avez emmené quelque part et vous la lui avez démolie ? Pour le convaincre de ne pas parler, peut-être ? Il va tout nous raconter, soyez-en sûre. Et nous reviendrons.

J'attendis que le bruit de leurs pas disparaisse au loin avant de m'effondrer sur le sol.

Mon expérience des séries policières me disait que sauter sur mon téléphone pour appeler Bones n'était pas du tout la meilleure chose à faire. J'étais peut-être sur écoute. Ils en savaient déjà beaucoup, mais pas encore assez. Leur petit numéro d'intimidation avait eu pour but de me faire peur pour que j'avoue. Eh bien, cela ne risquait pas d'arriver. Ne serait-ce que parce que mes aveux me vaudraient certainement des vacances prolongées dans un hôpital psychiatrique, où je passerais mes journées à raconter mes histoires de monstres sanguinaires aux gentils docteurs qui me soigneraient pour psychose maniaco-dépressive.

Au lieu de cela, j'enfilai un pantalon de jogging noir et un haut moulant à manches longues, puis je mis des baskets et nouai mes cheveux en queue-de-cheval. Ils penseraient que j'allais courir dans les bois. L'entrée de la grotte était difficile à repérer si on ne savait pas où chercher, ce qui était leur cas. De plus, ils ne réussiraient pas à me suivre sur un terrain aussi irrégulier, même s'ils essayaient. Mansfield ferait probablement un arrêt cardiaque. J'avais deviné à son odeur que c'était un gros fumeur.

Je ne devais surtout pas donner l'impression de filer tout droit jusqu'à une scène de crime. Je me rendis donc au centre commercial où je flânai pendant une heure malgré mon estomac sens dessus dessous. Puis je partis et pris la direction de la grotte.

Plutôt que de garer le pick-up à quatre cents mètres de l'entrée, comme à mon habitude, je m'arrêtai plus loin encore. J'avais donc plus de six kilomètres de terrain boisé à parcourir avant d'arriver à la grotte. Au cas où ils m'auraient suivie, je pris soin de m'étirer et de m'échauffer comme l'aurait fait un jogger normal, puis je démarrai en trombe en décrivant de grands cercles pour camoufler ma véritable destination.

Après quinze kilomètres de course rapide, je fonçai à l'intérieur de la grotte. Bones arrivait déjà pour m'accueillir, l'air étonné mais ravi.

—Chaton, je ne t'attendais pas si tôt…

Il s'interrompit lorsqu'il vit mon visage. Je jetai mes bras autour de son cou et j'éclatai en sanglots.

—Qu'y a-t-il ?

Il me souleva et me porta rapidement jusqu'au canapé. Je retrouvai assez de calme pour tout lui expliquer.

—Danny ! Danny Milton ! Ce minable a encore réussi à me baiser, mais cette fois sans même enlever ses vêtements ! Je viens de recevoir la visite de deux policiers. Cet enfoiré leur a donné mon nom et il leur a dit que j'avais quitté une boîte de nuit au bras d'un meurtrier il y a six ans, et maintenant devine qui est leur suspect numéro un dans une affaire irrésolue impliquant une jeune femme assassinée et un étrange cadavre momifié ? Je crois qu'il va falloir que tu t'occupes d'eux et que tu modifies leur mémoire, sinon je n'aurai jamais mon diplôme. Bon Dieu, ils pensent que je protège un tueur occulte… Si tu avais entendu les théories qu'ils m'ont sorties…

Une expression de profonde inquiétude passa sur son visage et il se leva du canapé.

—Chaton. (Sa voix avait une intensité terrible.) Prends le téléphone et appelle ta mère. Tout de suite. Dis-lui de quitter la maison avec tes grands-parents. Amène-les tous ici.

—Tu as complètement perdu la tête? (Je m'étais levée moi aussi, les yeux écarquillés, n'arrivant pas à comprendre où il voulait en venir.) Pour commencer, ma mère sortirait de la grotte en hurlant parce qu'elle a peur du noir, et je vois déjà la tête que feront mes grands-parents en arrivant ici. La police ne vaut pas la peine de…

—Je n'en ai rien à foutre de la police. (Ses mots étaient tranchants comme des lames de rasoir.) Hennessey cherche toutes les informations qu'il peut trouver sur moi ou sur les gens qui me sont proches. Tu sais qu'il a des hommes de main dans la police, ce qui veut dire que s'ils te suspectent de meurtre dans une affaire impliquant un cadavre momifié, il est déjà au courant. Tu as perdu ton anonymat. Tu es liée à un vampire mort, et il n'a qu'à regarder ta photo pour se rendre compte que tu es la fille qui a failli causer sa mort. Alors prends le téléphone et débrouille-toi pour convaincre ta famille de quitter la maison.

Mon Dieu, je n'avais pas pensé à ça! Les mains tremblantes, je pris l'appareil qu'il me tendait et composai le numéro. Le téléphone sonna. Une fois… deux… trois… quatre… cinq… six… Je sentis les larmes me monter aux yeux. Jamais ils ne laissaient sonner si longtemps. *Oh non, par pitié…* dix… onze… douze…

—Ça ne répond pas. J'ai parlé à ma mère ce matin, avant la visite des policiers. Elle a raccroché en me disant que quelqu'un venait de sonner à la porte…

Nous enfourchâmes sa moto et nous fonçâmes à travers la forêt. Pour une fois, j'étais contente qu'il ait cet engin de mort. Il n'y avait pas mieux pour filer à toute allure sur ce genre de terrain. Si jamais quelqu'un essayait de nous arrêter, j'aurais du mal à faire croire que je n'étais coupable d'aucun des crimes dont j'étais accusée. Par-dessus mon pantalon de jogging élastique noir, j'avais enfilé des bottes à croisillons pour ranger mes pieux. J'avais aussi des couteaux en argent attachés à mes bras et à mes cuisses et deux revolvers chargés de balles en argent dans ma ceinture. Cela dit, nous ne nous serions arrêtés pour rien au monde. Si quelqu'un voulait nous appréhender, il lui faudrait nous attraper.

Je continuais à appeler la maison à partir du portable de Bones, en jurant et en priant le ciel. Toujours aucune réponse. S'il leur était arrivé quelque chose, c'était de ma faute. Si seulement je n'avais pas bu ce gin empoisonné qui m'avait empêchée de tuer Hennessey… si seulement je n'avais jamais rencontré Danny… Je ressassais dans ma tête les tas de raisons que j'avais de m'en vouloir. En principe, il fallait une heure et demie pour faire le trajet entre la grotte et la maison de mes grands-parents. Bones parcourut la distance en moins d'une demi-heure.

Il gara la moto devant l'entrée. Je sautai à terre la première et je bondis sur le porche. Je franchis la porte et, une fois à l'intérieur, je ne pus résoudre mon cerveau

403

à accepter ce que voyaient mes yeux. En proie à la panique, je marchai à grandes enjambées et je glissai sur le liquide rouge répandu sur le sol, perdant l'équilibre. Bones entra d'un pas plus sûr mais tout aussi rapide, et me remit sur mes pieds.

— Hennessey et ses hommes sont peut-être encore dans le coin. Ça ne rendra service à personne si tu craques !

Sa voix était dure, mais elle se fraya un chemin jusqu'à la partie de mon cerveau dont j'avais perdu le contrôle en voyant tout ce sang. Les premières ombres du crépuscule assombrissaient le ciel. Les derniers rayons pâles de la lumière du jour se reflétaient dans les yeux sans vie de mon grand-père, étendu sur le sol de la cuisine. Il avait la gorge tranchée. C'était sur son sang que j'avais glissé.

Je me dégageai des mains de Bones et empoignai mes couteaux, prête à les lancer sur le premier mort-vivant qui se montrerait. Une trace de sang courait jusqu'en haut de l'escalier, et des empreintes de mains écarlates nous indiquaient la direction à suivre. Bones inspira profondément et me repoussa contre le palier.

— Écoute. Je ne les perçois que très légèrement, donc je pense qu'Hennessey et tous ceux qui étaient avec lui ne sont pas dans les parages. Garde néanmoins tes couteaux à la main et prépare-toi à les lancer sur tout ce qui bouge. Reste là.

— Non, dis-je les dents serrées. Je monte.

— Ce n'est pas une bonne idée, Chaton. Laisse-moi y aller. Toi, tu montes la garde.

Je pouvais lire de la pitié sur son visage, mais je n'en tins pas compte. Je fis passer mon chagrin à l'arrière-plan. Je m'y abandonnerais plus tard. Beaucoup plus tard, lorsque tous les vampires responsables de ce carnage et toutes les personnes qui les accompagnaient seraient morts.

—Pousse-toi.

Jamais mon ton n'avait été aussi menaçant. Bones recula mais me suivit de près dans l'escalier. La porte de ma chambre avait été défoncée. Elle ne tenait plus que par une charnière. Ma grand-mère était par terre, le visage contre le sol, les doigts figés semblables à des griffes, comme si même dans la mort elle essayait encore d'échapper à ce qui l'avait traquée. Son cou portait deux marques de blessures, l'une superficielle, l'autre béante. Mourante, elle avait dû se traîner dans l'escalier jusqu'à ma chambre. Bones s'agenouilla à côté d'elle et fit une chose étrange : il renifla les plaies de son cou. Il s'empara ensuite d'un oreiller ensanglanté posé sur mon lit et le plaqua contre son visage.

—Qu'est-ce que tu fais ?

Bon Dieu, il n'avait pas faim, quand même ! Cette pensée lugubre me fit frissonner.

—Je perçois leur odeur. Ils étaient quatre, et parmi eux se trouvait Hennessey. Je sens l'odeur de ta mère sur cet oreiller. Ils l'ont emmenée. Elle a perdu du sang, mais pas assez pour que ses jours soient comptés.

Je fus tellement soulagée que je faillis m'effondrer. J'avais eu tellement peur. Mais elle était vivante, ou en tout cas il y avait encore une chance pour qu'elle le soit. Bones fouilla la pièce à la manière d'un chien policier et suivit la piste qui redescendait au rez-de-chaussée. Je l'entendis dans la cuisine et je compris qu'il reniflait à présent le corps de Papy Joe. C'était trop affreux pour que j'y pense. Je retournai doucement le corps de ma grand-mère ; ses yeux ouverts semblaient me fixer d'un air accusateur. «Tout cela est de ta faute !» hurlaient-ils en silence. Étouffant un sanglot, je les fermai en priant le ciel pour qu'elle ait enfin trouvé la paix. Moi, je ne la trouverais jamais.

— Descends, Chaton. Quelqu'un approche.

Je redescendis précipitamment l'escalier en évitant de glisser sur le sang luisant qui recouvrait les marches. Bones froissait quelque chose dans sa main. Il le coinça dans sa ceinture et me poussa hors de la maison. Une voiture approchait. Elle était encore à plus de un kilomètre de distance, mais je saisis deux couteaux supplémentaires pour en avoir quatre dans chaque main.

— Ce sont eux ?

Je l'espérais. Je ne souhaitais rien de plus au monde que d'étriper les brutes qui avaient fait ça.

Bones se posta à côté de moi, les jambes écartées, et plissa les yeux.

— Non, ils sont humains. J'entends les battements de leur cœur. Allons-y.

— Attends ! (Je regardai désespérément autour de moi, mes mains et mes vêtements recouverts du sang de ma famille.) Comment va-t-on réussir à savoir où ils ont emmené ma mère ? Je me fous de qui va arriver, on ne part pas tant qu'on ne le sait pas !

Il sauta sur la moto et lui fit faire demi-tour, puis il me fit signe de venir d'un mouvement de tête.

— Ils ont laissé un mot. Il était dans la chemise de ton grand-père, je l'ai pris. Viens, Chaton, ils sont là.

En effet. La voiture pila à une trentaine de mètres de nous, et les inspecteurs Mansfield et Black en sortirent, leurs armes à la main.

— Plus un geste ! Ne bougez pas !

Bones sauta de la moto et se plaça en un clin d'œil devant moi en vue de me protéger des balles – elles n'auraient aucun effet durable sur lui, mais elles pouvaient en revanche salement m'amocher.

— Grimpe sur la moto, Chaton, murmura-t-il. (Il avait parlé si bas qu'ils n'avaient pas pu l'entendre.) Je monterai derrière toi. Il faut qu'on parte au plus vite. Ils ont certainement appelé du renfort.

— Les mains en l'air ! Lâchez vos armes !

Mansfield approchait à pas mesurés. Bones obéit et étendit les mains. Il essayait de gagner du temps.

Je sentis tout à coup un froid glacial s'emparer de moi et j'oubliai mon chagrin et ma douleur. Bones avait sans doute prévu de se prendre deux chargeurs dans le dos pendant notre fuite. Ou bien il les laisserait essayer de le menotter avant de les assommer. Pour ma part, j'avais une autre idée en tête.

Les deux policiers avançaient vers lui, le considérant comme la menace principale. Ils avaient visiblement oublié le vieil adage selon lequel il ne fallait jamais sous-estimer la puissance d'une femme.

Je fis un pas de côté pour m'écarter de la protection que m'offrait Bones, levant mes mains en l'air, mes paumes face à moi. Mansfield fit un nouveau pas dans notre direction et je lançai le premier couteau. Il lui transperça le poignet et Mansfield lâcha son revolver. Avant que Black ait le temps de réagir, je lançai un deuxième couteau, et le jeune inspecteur s'effondra à son tour en criant et en serrant son avant-bras ensanglanté. Cela me permit de viser plus facilement mes cibles suivantes : en un clin d'œil ils se retrouvèrent avec leur seconde main paralysée, une lame en argent plantée dans chaque poignet.

Bones me regarda en haussant un sourcil mais ne dit rien. Il grimpa derrière moi sur la moto et nous partîmes.

Derrière nous, leurs cris s'évanouirent au loin.

CHAPITRE 22

P our éviter d'être vus, nous empruntâmes des chemins de terre et nous coupâmes à travers les bois. J'entendais par intermittence des sirènes au loin. J'étais devant, mais c'était Bones qui conduisait la moto. Il zigzaguait entre les arbres à une allure qui d'ordinaire m'aurait fait si peur que j'aurais probablement eu envie de vomir. Mais cette fois-ci, j'aurais voulu qu'il aille encore plus vite.

Un peu avant de rejoindre l'autoroute, il s'arrêta. Il faisait nuit à présent, et le peu de lumière qui restait était englouti par les ombres. Bones coucha la moto sur son flanc et arracha quelques branches d'arbre dont il la recouvrit. Nous étions à une centaine de mètres de l'autoroute.

— Ne bouge pas, je reviens tout de suite, me dit-il laconiquement.

Étonnée, je le regardai marcher en direction de la route. Arrivé à l'accotement, il s'arrêta. La circulation n'était pas très dense, car il était plus de 19 heures ; la plupart des gens avaient terminé leur journée de travail et étaient déjà rentrés chez eux. D'où j'étais, je le voyais très distinctement, et je m'aperçus que ses yeux avaient pris leur teinte verte si pénétrante.

Une voiture approcha et Bones la regarda fixement. Elle fit quelques embardées puis commença à ralentir.

Il se mit au milieu de la route. Tandis que la voiture arrivait droit sur lui, ses yeux se firent encore plus luisants. Le véhicule s'arrêta à quelques centimètres de lui. Bones désigna le bas-côté d'un mouvement de tête et la voiture prit docilement la direction indiquée.

Bones attendit qu'elle soit parfaitement à l'arrêt, puis il ouvrit la portière du conducteur. Un homme d'une quarantaine d'années était assis au volant, l'air hébété. Bones le fit sortir et le guida jusqu'à l'endroit où je me trouvais.

Aussitôt, il plaqua sa bouche contre le cou de l'homme. L'inconnu sans défense ne poussa qu'un petit gémissement. Bones le relâcha au bout de quelques minutes et s'essuya les lèvres avec sa manche.

—Tu es fatigué, lui ordonna-t-il de sa voix hypnotique. Tu vas te coucher ici et tu vas dormir. Quand tu te réveilleras, tu ne t'inquiéteras pas à propos de ta voiture. Tu l'as laissée à la maison et tu es allé faire un tour à pied. Tu vas d'abord te reposer, et ensuite tu rentreras chez toi. Tu es très, très fatigué.

Comme un enfant, l'homme se recroquevilla sur le sol et posa sa tête sur ses bras. Il s'endormit sur-le-champ.

—On a besoin d'une voiture qui ne soit pas recherchée, me dit Bones en guise d'explication.

Je le suivis jusqu'à notre nouveau véhicule. Une fois sur l'autoroute, je me tournai vers lui.

—Montre-moi le papier.

J'avais attendu pour demander à le voir, car tant que nous étions à moto j'avais peur qu'il ne s'envole tandis que nous fendions l'air à plus de 150 km/h.

Bones secoua légèrement la tête et sortit le papier de sa ceinture.

— Tu n'y comprendras rien, mais ils savaient que ce serait clair pour moi.

Je défroissai précautionneusement le papier qui contenait le seul indice susceptible de nous conduire jusqu'à ma mère :

Récompense. Deux coups après la mort du jour.

— Ça veut dire qu'elle est toujours en vie ?

— Oui, à condition que tu leur fasses confiance.

— Tu leur fais confiance, toi ? Est-ce qu'il n'y a pas une sorte de… code de l'honneur chez les vampires qui les empêche de mentir à propos d'un otage ?

Il me regarda. La compassion que je lisais sur son visage ne m'apportait aucun réconfort.

— Non, Chaton. Mais Hennessey doit penser qu'elle peut lui être utile. Ta mère est encore très jolie, et tu sais le sort qu'il réserve aux jolies femmes.

Sa réponse me remplit d'une colère aveugle, mais elle avait le mérite d'être honnête. Un mensonge ne m'aurait pas aidée, mais la vérité pourrait peut-être m'aider à sauver ma mère si j'arrivais à contrôler ma rage et à réfléchir, pour une fois.

— Quand est-on censés les retrouver ? J'imagine qu'ils ont fixé une heure ? Que veulent-ils ?

Les questions se multipliaient dans ma tête si vite que je ne pouvais les poser toutes. Il leva la main pour m'interrompre.

— Laisse-moi d'abord trouver un endroit où nous mettre à l'abri, et ensuite on parlera. Je n'ai pas envie que la police nous pourchasse, ça ne ferait que compliquer une situation qui l'est déjà suffisamment comme ça.

J'acquiesçai sans dire un mot et je croisai les bras sur ma poitrine. Bones roula encore une vingtaine de minutes, puis prit une sortie et s'arrêta devant un motel.

—Attends ici une seconde, dit-il en réponse au regard étonné que je lui lançai.

Au bout de dix minutes, il remonta dans la voiture et la gara à l'arrière du bâtiment. Le quartier était loin d'être huppé, à en juger par les regards avides que nous jetaient certains habitants des lieux.

—Viens, c'est par là.

Sans prêter la moindre attention à ce qui se passait autour de nous, il me prit la main lorsque je sortis de la voiture et me fit entrer dans la chambre 326. L'intérieur était aussi peu engageant que l'extérieur, mais c'était le cadet de mes soucis.

—Qu'est-ce qu'on fait là?

De toute évidence, ce n'était pas un rendez-vous d'amoureux.

—On a quitté la route pour quelques heures. On attirera moins l'attention ici et on pourra parler sans être interrompus. Il faudrait une fusillade pour faire réagir les gens du coin. Et tu pourras aussi te laver et enlever tout ce sang.

Je jetai un rapide coup œil sur mes mains teintées de rouge avant de le regarder de nouveau.

—On a le temps?

Bones hocha la tête.

—On a plusieurs heures devant nous. Le rendez-vous est à 2 heures du matin. C'est ce que voulait dire «Deux coups après la mort du jour». La mort du jour correspond à minuit. Ils ont dû prévoir large pour être sûrs que tu aurais découvert les corps de tes grands-parents et que tu m'aurais contacté.

— Très gentil de leur part. (Ma voix était déformée par la haine.) Maintenant, dis-moi quel est le marché, si jamais il y en a un. Est-ce moi contre elle ? Hennessey veut-il l'appât qui a failli causer sa mort ?

Bones m'emmena jusqu'au bord du lit et me fit asseoir. Mon corps était raidi par la colère et le chagrin. Il s'agenouilla devant moi et prit mes mains ensanglantées dans les siennes. Nous n'avions pas allumé la lumière, mais je n'en avais pas besoin pour le voir. Ses cheveux étaient presque blancs sous la lueur de la lune et les contours de son visage me faisaient penser à un bloc de marbre qui aurait pris vie.

— Tu sais bien que ce n'est pas toi que veut Hennessey, Chaton, mais moi. S'il s'intéresse à toi, c'est seulement pour l'usage qu'il peut faire de toi. Tu te rends compte, ma belle, qu'ils ont dû faire cracher à ta mère tous les détails possibles à ton sujet ! Avec un peu de chance, ils n'ont pas posé les bonnes questions. Moi-même, je ne t'ai pas crue quand tu m'as dit ce que tu étais. C'est quand j'ai vu tes yeux que j'ai été convaincu. Même s'ils forcent ta mère à parler, il y a de fortes chances qu'ils la croient folle et qu'ils n'accordent pas le moindre crédit à ses paroles. Tu peux être sûre qu'ils ont déjà fouillé ton appartement. Les policiers t'ont certainement sauvé la vie en venant te voir ce matin et en te faisant assez peur pour que tu t'enfuies. Ils trouveront tes armes, mais ils penseront probablement qu'elles sont à moi et que je les rangeais chez toi par commodité. C'est moi qu'ils veulent, et je vais aller à leur rencontre. En revanche, ils ne s'attendront pas à te voir. C'est notre seul avantage.

— Bones, ne te crois pas obligé de faire ça. Dis-moi où elle est et j'irai. Comme tu l'as dit, ils ne s'attendront pas à me voir.

C'était ma mère, et j'étais déterminée à y aller, quoi qu'il puisse advenir, mais ce n'était pas la peine qu'il se fasse tuer en essayant de la sauver alors qu'elle était peut-être déjà morte.

Il posa sa tête sur mes genoux avant de me répondre.

— Comment peux-tu seulement suggérer une chose pareille ? Premièrement, tout ce qui est arrivé est ma faute, car c'est moi qui t'ai entraînée là-dedans. J'aurais dû écouter mon instinct et te laisser en dehors de tout ça. Ensuite, j'aurais mieux fait de tuer Danny l'autre soir, comme j'en avais l'intention. J'aurais au moins dû lui faire oublier ce qui était arrivé à sa main, comme ça il n'aurait pas donné ton nom à la police. Mais j'étais furieux, et je voulais qu'il sache qui lui avait brisé les os, et pour quelle raison… Bref, je tiens à y aller. Même Hennessey, qui ne peut pas imaginer une seconde que je t'aime, sait que je vais venir. Même si elle est déjà morte et que tout ce que je peux en retirer c'est une vengeance, j'irai quand même, et je te jure que je taillerai en pièces tous ceux qui ont osé toucher ta mère ou tes grands-parents. Je te dois bien ça. La seule chose qui me fait peur, c'est que tu puisses de nouveau me voir comme un monstre, du fait que ce sont des vampires qui ont commis ce carnage.

Bones me regarda, les yeux teintés de rose. Des larmes de vampire. Tellement différentes des gouttes claires et salées qui coulaient le long de mes joues. Je me laissai glisser jusqu'au sol et le serrai dans mes bras. Il était le seul repère que j'avais dans la vie. Tout le reste était en train de s'écrouler.

— Je ne cesserai jamais de t'aimer. Personne ne peut rien y changer. Quoi qu'il se passe tout à l'heure, je t'aimerai toujours.

Je ne me faisais guère d'illusions sur la nuit qui nous attendait. Nous allions foncer tout droit dans un piège, et, selon toute probabilité, nous n'en ressortirions pas vivants. À l'heure qu'il était, ma mère était probablement terrorisée, si tant est qu'elle soit encore en vie, et je ne pouvais rien faire d'autre qu'attendre. C'était peut-être la dernière fois que je pourrais me blottir dans les bras de Bones. La vie était trop courte pour en gâcher la moindre seconde.

— Bones. Fais-moi l'amour. J'ai besoin de te sentir en moi.

Il se recula pour pouvoir me regarder dans les yeux tandis qu'il retirait sa chemise sans la déboutonner. Je l'imitai et jetai mon tee-shirt par terre. Il défit la ceinture qui m'enserrait la taille, détacha mes couteaux et mes pistolets et retira mes bottes et les pieux qui y étaient attachés. Mon pantalon était raide à cause du sang séché, mais je chassai de mon esprit l'image des corps de mes grands-parents, même si je savais que je ne parviendrais jamais à les oublier. Ils hanteraient mes cauchemars jusqu'à la fin de mes jours. À supposer que je vive assez longtemps pour avoir l'occasion de rêver de nouveau.

— Je sais ce que tu penses, mais tu te trompes. On ne se fait pas nos adieux, Chaton. Je ne t'ai pas attendue pendant plus de deux cents ans pour te perdre après seulement cinq mois. J'ai envie de toi, mais je ne te dis pas adieu, parce qu'on va s'en sortir.

Bones commença à me caresser aussi délicatement que si j'avais été en cristal. Sa bouche suivait le trajet de ses mains et j'essayais de graver la sensation de son corps contre le mien. Pas une seule seconde je ne cessai de croire que c'étaient là nos derniers moments ensemble. Mais j'avais aimé, et j'avais été aimée en retour, et il n'existait rien de plus beau. La solitude qui avait marqué ma jeunesse n'était plus qu'un lointain souvenir. Pour Bones, les cinq mois que nous avions vécus avaient été trop courts. Personnellement, j'étais étonnée d'avoir eu droit à un bonheur aussi long.

—Je t'aime, gémit-il.

Ou bien était-ce moi ? Je n'aurais su le dire. Nous ne formions désormais plus qu'un.

Je refusai de me laver car je voulais que le sang des miens pénètre dans ma peau. Plus tard – si j'étais encore en vie – je le ferais, mais seulement après m'être recouverte du sang de ceux qui avaient assassiné ma famille. Je comprenais enfin pourquoi l'ami indien de Bones s'était couvert le corps de peintures de guerre avant de partir pour son dernier combat. C'était un symbole, pour que tous puissent voir la force de sa détermination. Le sang de ma famille revêtait le même sens pour moi. Avant la fin de la nuit, je serais en grande partie couverte de sang. À commencer par ma bouche.

Bones souleva la question, et pour une fois j'acceptai sans hésiter. Son sang me rendrait plus forte – temporairement, il est vrai, mais c'était tout ce dont j'avais besoin. En outre, cela m'aiderait à me remettre plus rapidement des blessures que je n'allais pas manquer de recevoir. Plus vite je guérirais, plus vite je pourrais recommencer à tuer.

Il commença par faire le plein, comme il aurait rempli le réservoir d'une voiture. Étant donné le quartier, il ne lui fallut que quelques minutes pour trouver des candidats à la bagarre, en l'occurrence quatre hommes qui pensaient repartir avec son portefeuille. Au lieu de cela, ils se retrouvèrent avec une petite déficience en fer. Sans même prendre le temps de les hypnotiser, Bones les assomma tous les quatre d'un seul coup de poing, heurtant successivement les mâchoires de chacun tout en décrivant un demi-cercle aussi gracieux que rapide. En d'autres circonstances, j'aurais ri en les voyant tomber l'un après l'autre sans la moindre réaction. Peut-être cela les aiderait-il à comprendre que le crime ne paie pas.

Bones préleva du sang sur chacun d'entre eux, et son visage était écarlate lorsqu'il revint vers moi presque en flottant. Je secouai la tête et repartis en direction de l'hôtel.

— D'abord, tu vas te laver la bouche. Si tu m'embrasses, je suis sûre d'attraper une hépatite.

J'avais de nouveau revêtu mon bouclier de sarcasmes, tout comme mon armure au grand complet. Les émotions plus profondes que j'abritais allaient devoir attendre que je les libère de la cage dans laquelle je les avais enfermées.

Dès que nous fûmes de retour dans la chambre, il se passa docilement de l'eau sur la bouche. Inutile de préciser que nous n'avions pas pensé à prendre de dentifrice.

—T'en fais pas, ma belle. Avec ton hérédité, il n'y a aucun risque que tu attrapes quoi que ce soit. Aucun microbe ni aucun virus ne peut survivre dans du sang de vampire. Je parie que tu n'as jamais été malade de ta vie.

—En fait… non. Mais c'est quand même dégoûtant, avec ou sans microbes.

Sa remarque m'avait ouvert les yeux. On ne se rend compte de l'importance d'un corps sain que lorsqu'on est malade, et je ne m'étais jamais interrogée sur ma santé de fer. On verrait bien si je vivrais assez longtemps pour attraper un rhume.

—Viens.

Bones, qui s'était assis sur le lit, tapota ses genoux. Comme un enfant qui veut se faire prendre en photo avec le Père Noël, je m'assis, à la différence près que je passai les bras autour de son cou en m'apprêtant à boire autant de son sang que je le pourrais.

—Tu me diras quand arrêter?

Ma voix trahissait mon anxiété. Cela n'allait pas me transformer en vampire, mais j'étais sur le point de m'aventurer sur un chemin que je m'étais promis de ne jamais emprunter.

—Promis.

Ce simple mot me rassura. Bones ne m'avait jamais menti.

—Explique-moi encore une fois pourquoi je ne peux pas boire ton sang à partir de ton poignet?

Pour je ne sais quelle raison, cela m'aurait semblé moins… rebutant.

Bones resserra son étreinte.

—Parce que je ne pourrais pas te tenir. Arrête de pinailler. Tu sais comment faire.

Je collai ma bouche contre son cou, sur sa jugulaire. Comme son cœur ne battait pas, le sang ne giclerait pas de l'artère. J'allais donc devoir aspirer. *Une belle métaphore de l'existence*, pensai-je non sans ironie tandis que je le mordais avec force jusqu'à ce que mes dents émoussées lui transpercent la peau. *La vie aspire toute notre énergie, et une fois qu'elle nous a complètement vidés, on meurt.*

La première gorgée de sang me donna un haut-le-cœur, mais je me forçai à avaler. Une personne normale ne peut boire qu'un demi-litre de sang avant que son corps le régurgite naturellement. Or je ne m'étais jamais considérée comme une personne normale, et ce n'était pas maintenant que j'allais commencer. Je mordis son cou une nouvelle fois tandis que la blessure commençait déjà à se refermer, et Bones appuya sur l'arrière de ma tête pour accentuer la pression.

— Plus fort.

Il avait parlé d'un ton sec et je l'entendis haleter. Était-ce dû à la douleur ou au plaisir ? Je n'en savais rien et je n'avais aucune envie de le savoir.

— Encore, me dit-il lorsque je tentai de me dégager.

Le goût âpre et cuivré de son sang envahissait l'intérieur de ma bouche. Cela n'avait rien à voir avec les quelques gouttes que j'avais bues au cours des cinq derniers mois. Je continuai à boire en essayant d'oublier mon envie de tout recracher.

Puis quelque chose se passa en moi. Je sentis que ma force grandissait, dépliait ses tentacules et se répandait dans tout mon corps. Tous mes sens semblaient décuplés. La peau de son cou exhalait une odeur bien plus marquée qu'auparavant. La chambre était parfumée de la sueur de mon corps et de tous les corps des occupants précédents. Ce qui jusque-là me faisait l'effet d'un bruit de fond venu des chambres voisines augmenta, ainsi que les sons venus de l'extérieur. Ma vision atteignit une précision et une clarté que je n'avais jamais connues auparavant. La nuit devenait petit à petit plus claire.

Le contact de sa peau sous mes dents se fit presque sensuel. Je le mordis plus fort, enivrée par le plaisir soudain que me procurait le flux de sang dans ma bouche. Je tirai sa tête en arrière et le mordis de nouveau. C'était tellement agréable. Comme une chose que j'aurais attendue toute ma vie. Je me sentais progressivement envahie par la chaleur. J'enroulai mes jambes autour de sa taille et je me pressai contre lui en tirant encore davantage sa tête en arrière, et tout à coup son sang devint… délicieux.

—Assez.

Bones décolla ma bouche de son cou. Je résistai car je ne voulais pas m'arrêter. Je ne pouvais pas. Avec un grognement, j'essayai de refermer mes dents sur son cou, mais il me tordit les bras dans le dos et se jeta sur moi. Son poids et sa force m'immobilisèrent.

—Détends-toi et inspire profondément. Calme-toi, Chaton, ça va passer.

Je commençai par lutter, mais ma crise passa, et l'envie de vider Bones de son sang jusqu'à la dernière goutte finit par s'évanouir. L'expression « assoiffé de sang » m'apparut tout à coup sous un jour nouveau.

—Comment arrives-tu à supporter ça ?

J'étais à bout de souffle et il relâcha son emprise sur mes bras. Il resta néanmoins assis sur moi.

—On n'y arrive pas, pas les premiers jours en tout cas. On tue tout ce qui passe à notre portée pour assouvir notre envie de sang dès qu'elle se présente. Ensuite, on apprend à la contrôler. Tu n'as fait qu'y goûter. Dès la semaine prochaine, tu ne ressentiras plus ce besoin. Tu redeviendras toi-même.

Il ne doutait pas une seule seconde que je vivrais jusqu'à la semaine prochaine. Qui étais-je pour dire le contraire ?

—Je te sens, dis-je, émerveillée. Je sens mon odeur sur ta peau. Je sens tout. Mon Dieu, il y a tellement d'odeurs dans cette pièce…

Mes autres sens étaient décuplés, mais celui-ci me paraissait complètement nouveau. Bones m'avait souvent dit que mon nez ne servait qu'à décorer mon visage, car c'était l'une des seules parties de mon corps qui était presque entièrement humaine. Je n'avais jamais pris conscience de l'incroyable atout que représentait un odorat développé. Même sourde et aveugle, j'aurais pu décrire avec exactitude tout ce qui m'entourait à l'aide de mon seul nez.

—Je ne me rendais pas compte à quel point tu percevais les choses différemment. Comment arrives-tu à passer devant des toilettes publiques sans t'évanouir ?

L'esprit humain avait le don de penser aux choses les plus extravagantes aux moments les moins appropriés.

Bones sourit et m'embrassa tendrement.

—Question de volonté, mon chou.

—Alors c'est ce qu'on ressent quand on est un vrai vampire ?

C'était une question piège. Je me sentais… bien. Supérieure. Cela me fichait une peur bleue.

— Tu n'as bu qu'un litre de mon sang – l'un des meilleurs crus qui soient, ceci dit en passant. Deux cent quarante ans d'âge. Tu ne fais qu'emprunter ma puissance, mais, en un sens, c'est bien ce que ressent un vampire. Es-tu en train de me dire que tu aimes ça ?

Il était urgent que je me calme et que j'arrête ne serait-ce que d'y penser, car cela me plaisait tellement que j'avais peur de ne plus pouvoir m'en passer.

Il le lut dans mes yeux et comprit qu'il n'obtiendrait pas de réponse. Il m'embrassa alors plus intensément et je poussai un grognement de surprise. Même le goût de ses lèvres était plus prononcé.

Il décolla ses lèvres des miennes et me regarda fixement.

— Lorsque le moment sera venu, quelle que soit la situation, je veux que tu donnes tout ce que tu as. Ne retiens rien. Tu as de la force et je veux que tu t'en serves. Abandonne-toi à la colère et laisse-la te nourrir. Tue tout ce qui se dressera entre toi et ta mère, vampires ou humains. Et souviens-toi, à moins qu'ils soient enchaînés, tous ceux que tu trouveras sur place seront des hommes d'Hennessey, tes ennemis.

— Je suis prête.

Je repoussai ma conscience aussi loin que je le pouvais. Je la récupérerais après. S'il y avait un après.

Bones bondit du lit avec la grâce et la vitesse propres aux morts-vivants. Et que je possédais aussi, du moins pour un temps. Grâce à son sang qui coulait dans mes veines, mes mouvements étaient presque aussi fluides que les siens. Il fit craquer ses doigts et rouler sa tête sur ses épaules. La lueur émeraude qui brillait dans ses yeux marron sombre trouvait un écho dans les miens.

— Alors, en route pour le massacre.

CHAPITRE 23

M es pieux et mes couteaux étaient alignés à l'intérieur de mes bottes, tout autour de mes cuisses. Ma ceinture était truffée d'autres instruments de mort. Nous étions en route pour retrouver les hommes d'Hennessey à l'endroit où nous avions tenté de le tuer et où il avait laissé le corps de Francesca. C'était le sens de l'autre partie du message énigmatique. La topologie de l'endroit leur permettait de s'assurer que nous venions seuls, sans renforts nous suivant à distance. De là, nous nous rendrions là où ils détenaient ma mère. Bones ne s'inquiétait pas de me voir porter mon arsenal de façon aussi ostentatoire. Comme Hennessey et ses hommes ne se doutaient pas de l'usage que je pouvais en faire, ils seraient certainement plus amusés qu'inquiets en voyant mes armes en argent. Bones n'avait pas emporté d'arme car il savait qu'on la lui prendrait dès son arrivée. Son plan était terrifiant de simplicité. Il allait se laisser conduire à l'intérieur du bâtiment où était retenue ma mère, et au premier coup tordu j'étais censée entrer en action.

— Mais s'ils te tuent dès qu'on arrive ? (J'avais l'estomac noué à cette idée.) Bon Dieu, Bones, tu ne peux pas prendre un tel risque.

Il me lança un regard blasé.

—Ce n'est pas le genre d'Hennessey. Il voudra faire durer mon agonie pendant des semaines. Je te l'ai dit, achever un prisonnier rapidement par excès de pitié, ce n'est pas son truc. Surtout s'il s'agit de quelqu'un qui lui a donné du fil à retordre. Non, il voudra m'entendre le supplier. On aura tout le temps nécessaire.

J'étais abasourdie de l'entendre parler avec un tel détachement de sa mort et des tortures qui l'attendaient peut-être, car j'étais moi-même loin d'être indifférente à ces questions. Ceci dit, il analysait la situation d'un point de vue strictement pratique. Soit notre plan marchait, soit il ne marchait pas. Et s'il ne marchait pas, il n'y avait pas de plan B.

—Bones.

J'agrippai sa main et je lui criai à travers mes yeux tout ce que je n'avais plus le temps de lui dire. Il serra mes doigts en retour avec un sourire enjoué.

—Garde cette pensée bien au chaud, Chaton. J'espère bien te retrouver plus tard.

Nous étions presque arrivés. Il se pencha vers moi pour me murmurer un dernier conseil avant que nous soyons trop près.

—Laisse-les sentir ta peur, ça les induira en erreur. Ne leur montre pas ta force tant que le moment ne sera pas venu.

C'était un précepte que je n'aurais aucun mal à suivre. Grâce à mon nouveau sens de l'odorat, je sentais la peur suinter de tout mon être. Une odeur doucereuse, semblable à celle d'un fruit pourri. Il voulait que je me laisse envahir par la peur pour que l'effet soit plus crédible? Il n'y avait qu'à demander!

Quatre gros véhicules SUV attendaient dans le noir, alignés sur l'accotement, phares éteints. Notre voiture s'arrêta et six vampires nous encerclèrent instantanément. Ils semblaient sortir de nulle part, mais je constatai avec soulagement que leurs mouvements me paraissaient nettement plus lents qu'avant. *Vive le sang de Bones*, pensai-je avec une pointe d'ironie. *Amen.*

—T'es venu quand même.

L'un d'entre eux se trouvait au niveau de la portière de Bones. Celui-ci baissa la vitre et le regarda.

—Salut, Vincent. Si je m'attendais à te trouver là…

Il avait parlé d'une voix qui imitait si bien l'ennui que j'en restai bouche bée. Jamais je ne pourrais feindre un tel détachement.

Vincent sourit.

—Appelle-moi Switch.

L'enfoiré! Alors c'était lui le gros bras d'Hennessey? Celui qui faisait tout le sale boulot? Switch paraissait encore plus jeune que moi, avec ses traits enfantins et ses cheveux noisette. Mon Dieu, il avait même des taches de rousseur! Il n'aurait guère détonné dans une troupe de boy-scouts.

—Ça me surprend que tu l'aies amenée avec toi, continua Switch.

—Elle a insisté. Elle voulait voir sa mère, je n'ai pas pu l'en dissuader.

Une nouvelle fois, le ton monotone de sa voix me troubla.

Switch me dévisagea, et je laissai l'anxiété sortir par tous les pores de ma peau à son intention. Son sourire s'élargit, révélant des crocs derrière ses lèvres.

—Sympa, ta famille, Catherine. Désolé pour tes grands-parents. Je sais que c'est malpoli de se sauver juste après le repas, mais je n'avais pas beaucoup de temps.

Au prix d'un effort extraordinaire, je contins ma fureur. Ils ne devaient surtout pas voir mes yeux briller, ça gâcherait la surprise. Ce salopard pensait-il réussir à me faire sortir de mes gonds en me parlant si nonchalamment de la mort de mes grands-parents ? Je décidai sur-le-champ que si je devais mourir, il mourrait avec moi.

—Où est ma mère ?

Aucune nonchalance dans ma voix, juste de la haine à l'état brut. Ça, il devait s'y attendre.

—On l'a mise en lieu sûr.

Un autre vampire s'approcha de Switch pour lui dire qu'ils n'avaient repéré personne derrière nous.

—Bon, allons-y, dit Switch en se tournant de nouveau vers Bones. Tu ne vas pas te perdre en route ?

—Ne t'en fais pas pour moi, répondit Bones sans sourciller.

Switch grogna et partit rejoindre son véhicule.

—J'ai peur, dis-je lorsque nous reprîmes la route, répétant mot pour mot le texte que nous avions mis au point plus tôt.

Même à près de trente mètres de distance, ils pouvaient nous entendre.

—Reste dans la voiture et n'en sors pas. Une fois que tu auras récupéré ta mère, tu pars sur-le-champ, d'accord ?

—Oui, d'accord.

Quand les poules auront des dents. J'avais une furieuse envie de leur briser les os de mes propres mains. Au moment opportun, je me mis à sangloter doucement tout en rongeant intérieurement mon frein. Bientôt, très bientôt, ils allaient savoir ce qu'un de leurs congénères avait enfanté. J'allais leur rendre la monnaie de leur pièce, et ils le sentiraient passer.

Après quarante minutes de trajet, nous arrivâmes devant une maison délabrée située à quinze kilomètres de l'autoroute. Elle était parfaitement isolée, au bout d'une longue allée privée. L'endroit idéal pour un massacre. Bones s'arrêta et serra le frein à main sans couper le moteur. Nos regards se croisèrent l'espace d'un instant avant que l'un des membres de notre escorte ouvre brutalement sa portière.

—Fin du voyage. Hennessey dit qu'on libérera la femme une fois que tu seras entré.

Switch était une nouvelle fois devant la portière, le même sourire malveillant sur les lèvres.

Bones le regarda en haussant un sourcil.

—Je ne crois pas, mon pote. Faites-la sortir sur le palier pour que je puisse la voir, et ensuite j'entrerai. Sinon, ça va valser.

Sa voix avait perdu sa douceur et ses yeux étaient devenus verts. Notre voiture était bloquée par d'autres véhicules à l'arrière et nous étions encerclés, mais Switch ne semblait malgré tout pas très à l'aise.

—Tu peux entendre les battements de son cœur. C'est bien la preuve qu'elle est en vie, répondit-il, sur la défensive.

Bones rit brièvement.

—J'entends battre sept cœurs différents dans la maison, qui me dit qu'elle est bien à l'intérieur ? Qu'avez-vous à cacher ?

Switch lui jeta un regard furieux, puis, d'un mouvement de tête, il fit signe à l'un des autres vampires d'entrer dans la maison.

— Regarde.

Ce que je vis me coupa le souffle. À une fenêtre faiblement illuminée, le visage de ma mère apparut. Une main était serrée autour de son cou et son ravisseur la tenait serrée contre sa poitrine. Le sang qui suintait de sa tête avait complètement souillé son chemisier.

— La voilà, ta preuve. Satisfait ?

Bones acquiesça et sortit de la voiture. Immédiatement, les six vampires l'entourèrent. Je me glissai sur le siège du conducteur et verrouillai la portière.

Switch me sourit d'un air narquois à travers la vitre.

— Attends ici. On va la faire sortir et vous pourrez vous en aller.

Vu l'absence totale d'intérêt qu'il manifestait à mon égard, je me dis que soit ma mère n'avait rien dit à mon sujet, soit, comme je l'avais prévu, ils ne l'avaient pas crue. Je pouvais remercier le ciel d'avoir créé de tels imbéciles.

La porte d'entrée se referma sur Bones et je me retrouvai seule dans la voiture, bloquée sur trois côtés par les SUV. Ma mère disparut de la fenêtre, à mon grand soulagement.

Une voix retentit dans la maison, à la fois sinistre et gaie. Je la reconnus tout de suite – c'était celle d'Hennessey.

— Tiens tiens, regardez qui vient se joindre à notre petite fête ! Il faut faire attention aux vœux que l'on formule, Bones. Ça fait des années que tu essaies de savoir qui travaille avec moi, alors regarde bien autour de toi. Ils sont tous là, sauf un.

Ils étaient tous là. Ceux qui avaient anéanti des centaines de vies, pas seulement la mienne. Je pensai à toutes les familles que ces ordures avaient détruites et cela me donna de la force. D'une main ferme, je saisis le téléphone portable et je composai le numéro inscrit sur la carte que m'avait donnée l'inspecteur Mansfield dans ce qui me paraissait une autre vie. Une voix féminine répondit.

— Bureau du shérif du comté de Franklin, appelez-vous pour une urgence ?

— Oui, soufflai-je. Ici Catherine Crawfield. Je suis actuellement près du croisement des routes 7 et 323, à quelques kilomètres de Bethel Road, dans une maison au bout d'un cul-de-sac. Tout à l'heure, j'ai transpercé les poignets des inspecteurs Mansfield et Black avec des couteaux en argent. Je vous attends.

Je raccrochai tandis qu'elle bredouillait un début de réponse et je passai la première. La porte d'entrée s'ouvrit violemment et Switch sortit de la maison comme une tornade. Ils m'avaient entendue parler au téléphone, comme je l'avais prévu, et ils venaient me faire taire. Malgré toutes leurs précautions, ils n'avaient jamais envisagé que Bones me fasse appeler la police. Voilà où mène l'orgueil.

Avec un sourire féroce à l'intention de Switch, j'appuyai sur la pédale de l'accélérateur. Les SUV me bloquaient le passage dans toutes les directions – sauf à l'avant. *Vous êtes prêts les gars ? J'arrive !*

La voiture démarra en trombe et Swich évita de justesse de se faire écraser en sautant sur le capot. Il cassa immédiatement le pare-brise d'un coup de poing et essaya de me saisir, mais j'avais déjà une arme à la main. Je plongeai la lame dans son cou et la tournai. Une plaie béante apparut sur sa gorge, et je m'abritai derrière le volant alors que la voiture percutait la maison.

Le véhicule défonça l'une des fenêtres de la façade en une spectaculaire explosion de bois et de briques. Le crissement du métal et du verre cassé était assourdissant. Sans hésiter, je bondis à travers le pare-brise et je fis une roulade sur le capot en lançant des couteaux en argent sur tout ce qui s'approchait de moi. Bones savait qu'il devait se baisser, et des cris de douleur accompagnèrent les derniers sifflements du moteur fumant avant qu'il rende l'âme.

Hennessey se trouvait dans ce qui restait de la pièce avec environ vingt-cinq autres vampires. Dieu du ciel, ils étaient plus nombreux que nous l'avions prévu. Ma mère était dans un coin, les mains et les pieds attachés. Ses yeux, écarquillés et incrédules, étaient rivés sur moi. La colère noire que j'avais pris soin de maintenir sous contrôle depuis que j'avais découvert les corps sans vie de mes grands-parents se déchaîna alors en moi, et je la laissai me submerger. J'émis un grognement de vengeance et mes yeux se mirent à briller d'un feu émeraude.

Bones profita de la distraction causée par mon arrivée inattendue. Ils étaient en train de l'enchaîner au moment de mon entrée en fanfare dans la maison. Il enroula les fers qui pendaient de ses poignets autour du cou du vampire le plus proche de lui, tira sans pitié sur les chaînes et décapita le vampire avant de se tourner vers le suivant à la vitesse de la lumière.

Trois vampires me sautèrent dessus. Leurs crocs allongés ne laissaient aucun doute quant à leurs intentions, mais mes lames étaient prêtes à les recevoir. J'évitai leur morsure en leur distribuant des coups de pied. L'un d'entre eux trébucha et je me jetai immédiatement sur lui pour lui plonger un couteau dans le cœur. Une seule entaille me suffit à le mettre en lambeaux et je me dégageai d'une roulade pour faire subir le même sort aux deux autres.

Un vampire aux cheveux noirs eut la présence d'esprit de s'en prendre à ma mère. Je me projetai dans les airs et volai quasiment jusqu'à l'autre bout de la pièce pour atterrir sur son dos. Je lui plantai une lame en argent dans le cœur juste au moment où ses mains s'apprêtaient à la toucher. Je l'achevai en tournant méchamment le couteau dans son dos avant de recevoir un coup violent qui me fit perdre l'équilibre et partir en avant. Plutôt que de résister et d'être écrasée par mon agresseur, je me roulai en boule et le laissai passer au-dessus de moi. Aucun d'entre eux ne s'attendait que je sois aussi rapide. Mon adversaire se retrouva projeté contre le mur derrière lui avant d'avoir eu le temps de me frapper de nouveau, regardant stupidement le manche en argent qui lui sortait de la poitrine.

Avec l'une de mes armes, je tranchai les liens de ma mère.

— Sors tout de suite, vite !

Je la poussai pour faire face à mes adversaires suivants et sautai à la verticale pour retomber derrière les deux vampires qui me chargeaient. Je laissai libre cours à ma force surhumaine et fracassai leurs têtes l'une contre l'autre assez violemment pour leur fendre le crâne avant de les poignarder dans le dos, un couteau dans chaque main. Emportées par mon élan, mes mains s'enfoncèrent dans leurs cages thoraciques. Avec un grognement cruel, je me retournai et me servis de leurs cadavres comme boucliers. Des crocs destinés à mon cou s'enfoncèrent dans leur chair morte. Je poussai plus avant ma lame ensanglantée dans la poitrine de mon nouvel agresseur jusqu'à ce que mon bras ressorte totalement de la poitrine du vampire qui se balançait sur ma lame comme un pantin. Je projetai le corps empalé sur mon autre bras sur la vague suivante d'assaillants. Cela les ralentit assez pour me permettre de me débarrasser du deuxième cadavre et de lancer d'autres couteaux en argent avec une précision diabolique. L'un d'entre eux s'enfonça dans l'œil d'un vampire qui s'avançait vers moi. Il ouvrit la bouche et poussa d'atroces hurlements avant qu'une autre lame vienne se planter entre ses canines.

J'avais l'impression de faire un numéro de jonglerie morbide : je n'arrêtais pas de retirer mes couteaux des corps dans lesquels je venais de les enfoncer pour les relancer immédiatement. Lorsque je n'en avais pas le temps, je passais au combat au corps à corps, même si c'était plus dangereux. Je fus envahie d'une extase furieuse quand je tordis la tête d'un des vampires avec assez de brutalité pour la briser instantanément, puis je la lançai ensuite à travers la pièce, comme une boule de bowling, visant le dos d'un vampire qui s'approchait de Bones. Ce dernier avait toujours une chaîne attachée à l'un de ses poignets, et il la faisait tournoyer si rapidement qu'elle semblait n'être qu'une traînée grise et floue.

Un homme tenta d'escalader l'épave de la voiture pour m'attaquer par-derrière. Sans la moindre hésitation, je lançai sur lui un couteau qui se planta dans son crâne. Le hurlement qu'il poussa et le silence qui suivit me firent comprendre que je venais de tuer un humain. Les vampires ne mouraient pas si facilement. Bizarrement, je ne ressentis pas le moindre remords. S'ils étaient contre moi, c'est qu'ils étaient malfaisants, qu'ils aient ou non un pouls.

Des sirènes commencèrent à retentir au loin. Le bruit se rapprochait. Visiblement, Mansfield avait reçu mon message. À travers la façade écroulée, j'aperçus les gyrophares bleu et rouge. Il y en avait beaucoup. C'était une petite armée qui nous fondait dessus. Les vampires encore debout les virent également et essayèrent de prendre la fuite. C'était ce que nous avions espéré. Ils étaient beaucoup plus faciles à tuer lorsqu'ils étaient de dos. Mes lames firent de nouvelles victimes parmi ceux qui s'échappaient des ruines de la maison.

Je ressentis alors une joie impie, et je laissai échapper un hurlement de victoire. La puissance de mon cri fit se briser les quelques carreaux qui tenaient encore et je me mis à rôder entre les cadavres pour trouver d'autres survivants à anéantir. Du coin de l'œil, je vis Bones, un sourire diabolique sur les lèvres, occupé à démembrer un vampire qui avait eu le malheur de se trouver devant lui. Un bras vola dans les airs et atterrit sur la pile de morceaux de cadavres, suivi d'une tête.

—Police ! Lâchez vos… !

La voix qui sortait du mégaphone s'interrompit soudain lorsque les projecteurs de la police illuminèrent la scène. Il ne restait que six vampires, dont trois transpercés de plusieurs lames. Les policiers commencèrent à faire feu sur tout ce qui bougeait sans avoir la moindre idée de ce sur quoi ils tiraient. En réponse, les vampires encore debout les attaquèrent. Je m'allongeai par terre, car les balles étaient beaucoup plus dangereuses pour moi. Ainsi étendue sur le sol, j'aperçus ces deux ordures d'Hennessey et Switch qui rampaient derrière l'épave de la voiture. Ils étaient presque arrivés à l'ouverture dans le mur. S'ils l'atteignaient, ils pourraient courir jusqu'au bois voisin.

Une haine implacable éclata en moi, et je n'eus plus qu'une seule pensée à l'esprit. *Il faudra me passer sur le corps.* Je lutterais jusqu'à mon dernier souffle pour les empêcher de s'échapper.

— Hennessey! grognai-je. Je te tiens!

Il tourna la tête et me lança un regard incrédule. Switch, lui, se contenta de ramper plus vite. Sa gorge ne portait plus aucune trace de la blessure que je lui avais infligée, mais, à le voir fuir ainsi, je compris qu'il n'avait nullement envie d'une revanche.

Il ne me restait plus qu'un seul couteau, mais un gros. Je l'attrapai d'une main ferme. Je m'accroupis en rassemblant toute mon énergie et je bondis sur eux sans me soucier le moins du monde de la pluie de balles qui sifflait autour de moi. Switch profita de sa petite taille pour plonger sous le châssis déformé de la voiture. Hennessey était d'une carrure plus imposante, ce qui en faisait une cible idéale. Je lui tombai dessus avec toute la force de ma fureur. Nous heurtâmes tous deux le mur de la maison.

De nouveaux morceaux de plâtre tombèrent sous l'effet du choc. Hennessey plongea en direction de mon cou, mais je le tirai en arrière au même moment si bien que ses dents atterrirent sur ma clavicule. Je ressentis une douleur intense alors que ses canines me déchiraient la chair. Comme nous étions coincés entre la voiture et le mur en ruine, il m'était impossible de le repousser. Hennessey secouait la tête comme un requin et élargissait la blessure – l'un de mes bras, coincé sous moi, m'était complètement inutile. Je lui donnai un coup de pied brutal, mais il ne lâcha pas prise. C'était la pire situation qui soit face à un vampire, et c'était pourquoi je m'étais entraînée avec une telle intensité à les tuer à distance à l'aide de mes couteaux. Bizarrement, les mots de Spade me revinrent en mémoire. *Le pouls qui bat à la surface de ton cou est ta plus grande faiblesse…* Hennessey savait comme moi qu'il n'avait qu'à s'accrocher pour me tuer. Chaque mouvement de sa bouche le rapprochait de ma gorge.

En une fraction de seconde, je me décidai. *Je suis peut-être fichue, mais je ne mourrai pas seule.* J'enroulai mon bras libre avec lequel je le tenais à distance autour de lui. Hennessey releva la tête, suffisamment pour que je le voie esquisser un sourire, ses mâchoires dégoulinantes de sang, puis il l'abaissa de nouveau en direction de mon cou offert.

Au moment même où ses canines effleuraient ma peau, j'enfonçai mon couteau en argent dans son dos. Hennessey se rigidifia, mais je ne pris pas le temps de m'arrêter pour voir si cela avait suffi. Je continuai à tourner la lame pour la faire pénétrer encore plus profondément dans son corps. À chaque mouvement de la lame, il était pris de spasmes, puis il cessa complètement de bouger, et sa bouche menaçante se relâcha complètement. Lorsque je le repoussai, Hennessey était un poids mort, dans tous les sens du terme.

Je n'avais pas le temps de fêter l'événement. Une fusillade à l'extérieur de la maison me fit lever la tête juste à temps pour voir Switch disparaître au milieu des arbres. Il avait réussi à franchir le barrage de police et il était en train de s'échapper.

Je bondis dans l'intention de le poursuivre, mais une balle me frôla et me força à plonger de nouveau à terre.

—Bones! criai-je. Switch s'est sauvé! Il est parti dans le bois!

Bones lança son poing dans le cou du vampire qui était le plus près de lui, et je vis sa main ressortir de l'autre côté. Quatre balles l'atteignirent coup sur coup, mais c'est à peine s'il regarda ses blessures. L'indécision se lisait sur son visage. S'il se lançait à la poursuite de Switch, il devrait me laisser seule ici. Notre objectif avait été de filer avant l'arriver de la cavalerie. Nous n'avions pas prévu que les hommes d'Hennessey seraient aussi nombreux. Dans le pire des cas, Bones se serait servi de son corps comme d'un bouclier pour me protéger pendant notre fuite. Mais à présent, aucune de ces options n'était envisageable. Pas s'il voulait attraper Switch.

Je n'avais qu'une seule image en tête : le regard accusateur de ma grand-mère et le corps de mon grand-père allongé sur le sol de la cuisine.

—Suis-le, tu reviendras me chercher plus tard. Et tue-le!

Je criai ces derniers mots avec toute l'énergie dont je disposais. Je voulais que Switch meure. Qu'il meure vraiment, dans la douleur. Le reste pouvait attendre.

Sa décision prise, Bones fonça tel un éclair à travers la pièce. Les balles n'étaient pas assez rapides pour le toucher. En un clin d'œil, il avait disparu.

L'un des vampires encore en vie prit l'initiative et me lança l'un de mes propres couteaux. La lame en argent s'enfonça dans le haut de ma cuisse, à quelques centimètres de l'artère. Sans prêter attention à la douleur, je le retirai de ma chair et le renvoyai droit dans son cœur. Il poussa un bref cri d'agonie.

Tout à coup, une explosion résonna à mes oreilles et je me sentis projetée sur le côté. Alors que je m'étais assise pour viser, quelqu'un d'autre m'avait prise pour cible. Une balle brûlante pénétra dans mon épaule, déchirant ma chair. Haletante, j'essayai de localiser la blessure à l'aide de mes doigts et j'entendis des voix au-dessus de moi.

— Ne bougez pas ! Les mains en l'air, bordel !

Un flic tremblant de peur était debout devant moi, flanqué de trois collègues. Terrorisés et horrifiés, ils parcouraient du regard le carnage qui s'étendait devant eux. Lentement, je levai les mains en grimaçant à cause de la douleur qui irradiait dans mon épaule.

— Vous êtes en état d'arrestation, siffla un agent paniqué en roulant des yeux.

Je pouvais sentir sa peur au sens propre, et la puanteur qui emplissait mes narines me fit suffoquer.

— Dieu merci, répondis-je.

Tout bien considéré, les choses se terminaient mieux que je ne l'aurais cru.

CHAPITRE 24

Ils me lurent mes droits, mais je n'y prêtai pas vraiment attention. Je n'avais pas besoin d'écouter leur litanie pour savoir que garder le silence était ce que j'avais de mieux à faire. Je me trouvais à l'arrière d'une ambulance, menottée à un brancard. Au bout d'une demi-heure, face à mon refus persistant de répondre aux questions, un flic grand et maigre se fraya un chemin jusqu'à moi.

— Je l'emmène avec moi, Kirkland.

L'agent Kirkland, qui m'avait lu mes droits, hésita.

— Inspecteur Isaac ? Mais...

— Les médias vont arriver d'une minute à l'autre, et on a besoin de réponses, alors oublie le protocole ! dit sèchement l'homme.

— Hé, les gars, je me suis pris une balle. Je saigne, j'ai besoin de soins, etc., les interrompis-je.

— Ferme-la, dit Isaac d'une voix brusque tout en détachant mes menottes du brancard.

Les infirmiers le regardèrent, incrédules. Isaac me força à le suivre en tirant sur mes mains menottées, réveillant la douleur dans mon épaule.

Kirkland ouvrit la bouche toute grande, mais ne dit rien. Il avait l'air plus que pressé de partir de cet endroit.

L'inspecteur Isaac me poussa sans ménagement à l'arrière d'une voiture de police banalisée. Tout ce qu'elle avait d'officiel, c'était le gyrophare posé sur le tableau de bord. Je regardai autour de moi, surprise. Était-ce bien la procédure habituelle ?

— Je suis blessée, et vos bouffons de collègues m'ont déjà interrogée pendant une demi-heure. N'êtes-vous pas censé m'emmener à l'hôpital ? demandai-je alors qu'Isaac démarrait.

— Ferme-la, dit-il de nouveau en se frayant un chemin dans le dédale de voitures de police qui entouraient les décombres de la maison.

— N'importe quel avocat dirait que c'est une violation de mes droits, continuai-je comme si je ne l'avais pas entendu.

Il me regarda méchamment dans le rétroviseur.

— Ferme ta gueule, répondit-il en appuyant sur chaque mot.

Tout ça ne me paraissait pas normal. Bien sûr, c'était la première fois que je me faisais arrêter, mais quand même. Je reniflai. Isaac dégageait une odeur particulière, mais je n'arrivais pas à identifier ce que c'était. Je n'avais pas l'habitude de me servir de mon odorat pour faire des diagnostics.

Au bout de quelques minutes, l'agitation qui régnait autour de la scène du crime fut derrière nous et nous atteignîmes la route. Isaac poussa un grognement de satisfaction et croisa de nouveau mon regard dans le rétroviseur.

— Quel dommage, Catherine. Une fille comme toi, qui a toute la vie devant elle et qui gâche tout en s'impliquant dans une affaire de traite des Blanches. Dire que tu es allée jusqu'à tuer tes grands-parents pour couvrir tes activités ! Quelle tragédie.

442

— Hé, inspecteur « Tête-de-Nœud », dis-je clairement, allez vous faire foutre.

— Ooh, comme elle me parle, gloussa Isaac. Mais ça ne me surprend pas, venant de toi. Tu t'apprêtais même à vendre ta propre mère à cette filière, hein ?

— Mais vous êtes le roi des..., commençai-je avec colère avant de m'interrompre et d'inspirer une nouvelle fois profondément.

Isaac en savait trop, et je savais maintenant quelle était cette odeur.

À l'instant même où il lança son bras dans ma direction, je me projetai vers l'avant de la voiture. Il tira une fois, mais la balle qui m'était destinée s'enfonça dans la banquette. La voiture tanguait dangereusement et Isaac tenta une nouvelle fois de viser.

Je lui écrasai la tête contre le volant. La voiture fit un écart de l'autre côté de la route, qui était heureusement vide à cette heure de la nuit, et je saisis le volant pour éviter l'accident. Lorsque Isaac releva les yeux, quelques secondes plus tard, sonné et ensanglanté, je tenais son arme pointée sur lui.

— Gare-toi gentiment ou je fais gicler ta cervelle sur le pare-brise.

Il essaya de s'emparer du pistolet mais je le frappai à la mâchoire avant que ses doigts aient eu le temps de l'effleurer.

— Essaie encore, Renfield[1], et tu verras où ça te mène.

Il écarquilla les yeux. Je partis d'un rire mauvais.

---

1. Renfield est le nom d'un personnage du roman *Dracula* de Bram Stoker. (*NdT*)

—Je sais ce que tu es. Quel surnom tu préfères : Renfield, serviteur des vampires ou adorateur des chauves-souris ? Tu pues le vampire, et pas seulement le vampire mort. Une fois flétris, ils changent d'odeur, bizarre non ? Alors, à qui tu sers de coursier ? De quelle ordure à sang froid tu lèches les bottes dans l'espoir d'être transformé en vampire ?

Isaac arrêta la voiture. Nous étions déjà sur le bord de la route.

—T'es en train de commettre la plus grosse erreur de ta vie.

Je serrai le frein à main et saisis ses testicules sans même lui laisser le temps de crier. Cela dit, il cria lorsque je les serrai violemment.

—C'était qui ? Qui t'a envoyé me finir ?

—Je t'emmerde.

Je malaxai ses bijoux de famille comme je l'aurais fait d'une boule relaxante. Isaac poussa un cri aigu qui résonna douloureusement dans mon crâne.

—Je vais te reposer la question, et je te conseille de ne pas m'énerver davantage. Qui t'a envoyé ?

—Oliver ! répondit-il d'une voix étouffée. C'est Oliver !

Ce n'était pas le nom du maire. En fait, ce nom n'apparaissait même pas sur notre liste de suspects, qu'il s'agisse d'humains ou de vampires.

—Je te conseille d'être plus convaincant. Oliver qui ?

—Ethan Oliver !

Je me figeai, abasourdie. Isaac laissa échapper un petit hennissement.

—Tu n'étais pas au courant ? Hennessey était persuadé que Francesca l'avait dit à Bones.

444

— Ethan Oliver, murmurai-je. Le gouverneur Ethan Oliver ? C'est un vampire ?

— Non, il est humain. Il fait juste des affaires avec eux.

Tout se mettait en place.

— C'est lui, le partenaire mystérieux d'Hennessey ? Mon Dieu, et dire que j'ai voté pour ce salopard ! Pourquoi a-t-il fait ça ?

— Lâche-moi les couilles ! cria Isaac d'une voix âpre.

Au lieu de cela, je raffermis ma prise.

— Je te lâcherai quand j'aurai tout compris, et l'heure tourne. À chaque minute qui s'écoulera, je serrerai un peu plus fort. D'ici très peu de temps, j'en aurai fait de la bouillie.

— Il veut se présenter aux élections présidentielles, et il se sert de l'Ohio comme tremplin, dit précipitamment Isaac sans reprendre son souffle. Oliver a croisé la route d'Hennessey il y a quelques années. Sûrement quand il s'offrait des filles en douce. Hennessey lui a proposé de ratisser pour lui la population, comme il l'avait fait au Nouveau-Mexique, et cette idée a tout de suite séduit Oliver. Le problème, c'est que ce sont les filles jeunes et jolies qui se vendent le mieux, mais qu'il y a toujours des problèmes quand trop d'entre elles disparaissent. Alors ils ont passé un accord. Hennessey était chargé de débarrasser les rues des sans-abri, des dealers, des prostituées et des paumés, et Oliver s'occupait de faire disparaître la paperasse concernant la disparition des filles haut de gamme dont Hennessey avait besoin pour satisfaire sa clientèle. Mais ça commençait à faire trop de travail, alors Hennessey s'est mis à récupérer les adresses des filles pour empêcher que leur disparition soit signalée. Du coup, ça facilitait beaucoup mon boulot, car je n'avais plus à écouter les pleurnicheries des proches des disparues. C'était parfait. Le taux de criminalité baissait, l'économie s'améliorait, les électeurs étaient contents, Oliver passait pour le sauveur de l'Ohio… et Hennessey se remplissait les poches.

Je secouai la tête, abasourdie par la cruauté impitoyable de toute l'opération. Franchement, je ne savais pas qui était le pire – Hennessey, qui avait organisé toute l'affaire, ou Oliver, qui se faisait passer pour un héros en profitant de la mort tragique de centaines de victimes.

— De toute évidence, Oliver t'a envoyé pour me tuer. Mais pour ce qui est de ma mère et des autres filles qui étaient dans la maison, que comptiez-vous en faire ? Et je te préviens, n'essaie pas de me mentir.

Une nouvelle pression de ma main lui fit pousser un cri aigu, et il comprit que je ne plaisantais pas. Ce qu'il me dit ensuite n'avait rien d'un mensonge.

— Oliver a pris peur quand il a appris que la police avait investi la maison et que certaines des filles avaient été retrouvées vivantes. Il veut effacer toutes les traces susceptibles de conduire les flics jusqu'à lui, c'est pourquoi j'étais censé te tuer et poser une bombe à l'hôpital où les filles ont été emmenées. Oliver avait l'intention de mettre ça sur le dos d'extrémistes musulmans. Il a vu la façon dont Bush a grimpé dans les sondages après le 11 septembre, et il s'est dit que ça le mettrait en position idéale pour la prochaine présidentielle.

— Quel enfoiré, grognai-je. Où est la bombe ?

—Dans le coffre.

Je réfléchis rapidement. Oliver s'attendrait à une explosion dans les prochaines heures. Si elle n'arrivait pas, il enverrait quelqu'un d'autre terminer le travail.

—Isaac, dis-je d'une voix agréable, tu viens avec moi. Je souhaiterais revenir sur mon vote.

La résidence du gouverneur, à Bexley, était richement décorée pour les fêtes. Devant la maison, un grand chêne vert arborait des lumières, des guirlandes et divers ornements. D'autres lumières avaient été installées à l'extérieur, et les jardins, en plus de leurs fleurs saisonnières, regorgeaient de poinsettias. Isaac se gara devant la grille en fer forgé, à une centaine de mètres de l'entrée.

—C'est quoi ton plan, sonner à la porte ? demanda-t-il d'un ton moqueur.

J'étais assise sur la banquette arrière, juste derrière lui, et je tenais son arme enfoncée dans ses côtes. La propriété bouillonnait d'une énergie d'outre-tombe. Oh, j'avais tiré le gros lot, aucun doute.

—Ils sont combien ? Et ne fais pas semblant de ne pas comprendre.

Il se garda de jouer les imbéciles.

—Trois vampires, peut-être quatre, plus les gardes de service.

À en juger par les battements de cœur que je percevais, il y avait six gardes humains. Peut-être des types innocents qui faisaient simplement leur boulot. Ou peut-être pas. En revanche, m'occuper des vampires présents ne me posait aucun cas de conscience, mais pas pour mes raisons habituelles. S'ils étaient ici pour protéger Oliver, c'est qu'ils savaient très bien ce qui se passait.

—Ils te connaissent, les gardes ? Tu es déjà venu, non ?

—Des dizaines de fois, ricana-t-il d'un air méprisant. T'es pas tombé sur le bon pigeon, ma poule. Le patron m'a à la bonne.

—Je vois.

J'ôtai mon tee-shirt et mon soutien-gorge d'une seule main sans cesser de menacer Isaac du pistolet. Ensuite, je cachai la blessure de mon épaule à l'aide de mes cheveux. Quant aux autres traces de sang que j'avais sur le corps… eh bien, je ne pouvais rien y faire.

Je vis dans le rétroviseur les yeux écarquillés d'Isaac.

—Conduis jusqu'à l'entrée et dis-leur que tu apportes un cadeau de Noël, dis-je sans aucune émotion en me rasseyant. Je suis sûre que ce ne sera pas la première fois. Et n'oublie pas, j'ai un flingue pointé sur ta tête, alors si tu fais mine de dire autre chose, je te fais sauter la cervelle.

Isaac sourit d'un air narquois. J'étais sûre qu'il tenterait quelque chose, mais j'espérais que son arrogance l'aveuglerait assez pour attendre que nous soyons à l'intérieur.

—Jolis nichons.

—Roule.

Il s'engagea dans l'allée sans protester. Alors qu'il s'approchait du poste de garde, je camouflai l'arme derrière ma hanche pour que personne ne la voie.

Isaac baissa la vitre lorsqu'il s'arrêta devant le portail. L'un des gardes jeta un coup d'œil à l'intérieur.

—Salut, Frankie, dit Isaac. Me revoilà.

—Deux fois dans la même journée, Jay ? demanda l'homme. Qu'est-ce que tu nous amènes là ?

Isaac baissa également ma vitre – elle était en verre teinté. Lorsque le garde m'aperçut, il reluqua mes seins d'un air lubrique, puis il rit.

—Laisse tomber. J'imagine qu'il vaut mieux que je ne sache rien. Bon timing. La bourgeoise est partie il y a deux heures.

—Bon timing, tu l'as dit, acquiesça Isaac, qui semblait se sentir beaucoup plus en confiance. À plus tard, Frankie.

Nous franchîmes le portail et la voiture s'engagea sur l'allée étroite qui menait à la maison. Je m'apprêtais à remettre mon tee-shirt lorsqu'une personne sans pouls apparut à la porte d'entrée pour voir qui arrivait.

—À l'aide ! cria Isaac.

Puis il se baissa.

Le vampire fonça sur la voiture au moment où j'appuyai sur la détente. Si j'avais été seulement humaine, Isaac s'en serait sorti. Mais j'étais à moitié vampire, et mes forces étaient décuplées grâce au litre de sang de Bones que j'avais bu. Isaac n'avait pas la moindre chance. Sa tête explosa. Le sang gicla dans tous les sens, m'éclaboussant autant que les vitres.

Le vampire arracha ma portière la seconde suivante, mais j'avais eu amplement le temps de viser de nouveau, et je tirai aussitôt dans la bouche ouverte du vampire. Il fut projeté en arrière et je continuai à appuyer sur la détente jusqu'à ce que le chargeur soit vide, puis je lui sautai dessus.

Son visage n'était plus qu'une plaie béante. Il était en train de se régénérer, mais comme son crâne était dans le même état que celui d'Isaac, cela lui prendrait trop longtemps. Je saisis avec soulagement un couteau dans sa ceinture et je le lui enfonçai dans le cœur avant de me retourner juste à temps pour faire face aux deux autres vampires qui fonçaient dans ma direction.

L'un d'entre eux bondit sur moi. Je me baissai aussitôt, si bien qu'il atterrit sur la voiture, ce qui m'offrit le répit dont j'avais besoin pour me jeter en courant sur son partenaire. Deux coups plus tard, il agonisait, une expression incrédule sur le visage. Être sous-estimée était le plus grand des avantages.

L'autre vampire s'était repris et tournait autour de moi, les canines au vent. Des cris me parvenaient de la maison et du poste de garde. J'entendis Frankie appeler des renforts, puis se mettre à courir. Zut. Bientôt la propriété serait envahie de flics. Ou pire.

Je reculai et fis semblant de trébucher. Croc-Blanc mordit à l'hameçon et sauta en avant. Du fait de son élan, le couteau que je lui lançai pénétra encore plus profondément dans sa poitrine. Alors qu'il s'effondrait sur moi en poussant un grondement féroce, je fis une roulade arrière et poussai sur mes jambes pour le projeter à travers la baie vitrée de la façade. Je me remis immédiatement debout et pénétrai à sa suite à l'intérieur de la maison, profitant du passage royal qu'il m'avait ouvert.

Des coups de feu retentirent à l'intérieur et à l'extérieur de la maison alors que les gardes humains essayaient de défendre leur employeur. Je saisis le vampire agonisant et le lançai sur les deux tireurs les plus proches, qui tombèrent à la renverse. Je traversai ensuite la salle à manger en courant, je passai devant la cheminée en pierre sans prendre le temps de m'extasier devant les magnifiques poutres apparentes du plafond et je m'engouffrai dans l'escalier. Derrière moi, mes poursuivants faisaient un boucan de tous les diables.

Je ne m'occupai pas d'eux. J'avais entendu Oliver parler au téléphone et appeler des renforts, et c'est sur lui que je fixai toute mon attention. J'arrivai à l'autre bout du couloir en me servant de son pouls affolé comme d'une balise et je défonçai la porte qui se dressait entre moi et ma proie.

Grâce à l'écart brusque que je fis en apercevant le pistolet, j'évitai de justesse la balle destinée à ma poitrine mais elle m'atteignit néanmoins à l'épaule. Oliver tira de nouveau et me toucha à la jambe. L'impact de la balle me fit tomber, et je me sentis momentanément étourdie, me maudissant de m'être précipitée aussi bêtement.

Frankie et deux autres gardes arrivèrent en haut des escaliers, à bout de souffle. Je ne me retournai pas, mes yeux toujours rivés sur Oliver qui s'apprêtait de nouveau à pointer son arme sur moi d'une main très ferme.

— Isaac est mort, dis-je avec difficulté, presque paralysée par la douleur. Aucune bombe n'explosera à l'hôpital.

— Monsieur le gouverneur, dit l'un des gardes d'une voix essoufflée, vous n'êtes pas blessé ?

Les yeux d'Oliver étaient d'un bleu azur très clair, et ses cheveux bruns parsemés de blanc étaient aussi bien coiffés que sur ses photos de campagne.

— Frankie, Stephen, John… dégagez d'ici, dit-il distinctement.

— Mais, monsieur ! répondirent-ils en chœur.

— Elle est à terre, et je tiens une arme braquée sur elle, alors barrez-vous ! rugit-il. Maintenant !

Je percevais le hurlement des sirènes, mais elles étaient encore trop loin pour qu'ils arrivent à les entendre. Les trois hommes sortirent et fermèrent la porte derrière eux sur un signe de tête d'Oliver. Je me retrouvai seule avec le gouverneur.

— Alors c'est toi Catherine Crawfield ? demanda-t-il sans faire dévier l'arme d'un centimètre.

Je ne bougeai pas. Tandis que j'essayais d'évaluer la gravité de mes blessures, je remarquai dans un nouvel accès de colère que le papier peint sur les murs avait des motifs bleus et rouges et qu'au sol il y avait du parquet. Oliver était forcément le violeur masqué d'Emily. Cette pièce correspondait parfaitement à la description qu'elle avait faite à Bones.

— Tu peux m'appeler Cat.

— Cat, répéta-t-il. Tu ne m'as pas l'air si redoutable que ça, à te voir te vider de ton sang sur mon parquet. Dis-moi, où est ton copain, le chasseur de primes ?

Les sirènes se rapprochaient. Je n'avais plus beaucoup de temps.

— À mon avis, il est en train de tuer Switch, le lieutenant d'Hennessey. T'es fichu, Oliver. Ils sont tous morts. Définitivement.

Sa main ne trembla pas.

— Vraiment ? (Il sourit. Un sourire glacial.) Des types comme Hennessey, ça court les rues. Je n'aurai aucun mal à trouver quelqu'un pour reprendre le flambeau, surtout avec les repas offerts en prime ! Une fois à la Maison-Blanche, je vais m'occuper de nettoyer le pays. Les contribuables économiseront des millions et on débarrassera les rues de toute la racaille. Tiens, mes prochaines cibles, ce seront les bénéficiaires des aides de l'État et les maisons de retraite. L'Amérique sera plus forte et plus prospère que jamais. Je suis sûr qu'on me permettra même d'exercer plus de deux mandats présidentiels.

Des crissements de pneus retentirent à l'extérieur. Je n'avais plus que quelques secondes.

— Ça n'arrivera pas.

Il sourit.

— Disons plutôt que tu ne seras plus là pour le voir. Je vais te tuer en état de légitime défense. Je vois déjà les gros titres : « Le Gouverneur déjoue courageusement une tentative d'assassinat ». Ça me fera gagner douze points dans les sondages d'ici demain.

— Ethan, dis-je doucement en écoutant les renforts qui s'approchaient de la maison. Regarde-moi.

Je laissai mon regard devenir vert. Abasourdi, il écarquilla les yeux, et je profitai de cette seconde d'inattention pour me précipiter sur lui et envoyer valdinguer son pistolet. Le coup partit, mais la balle se ficha dans le mur.

— Tu saignes… donc tu es forcément humaine, mais tes yeux… Qu'es-tu donc ? murmura-t-il.

La lueur émeraude de mon regard illuminait son visage.

— Je suis la Faucheuse, grognai-je en serrant mes mains autour de son cou. (Les bruits de pas se faisaient de plus en plus proches…) La Faucheuse aux cheveux roux, comme dirait Bones.

Je lui brisai la nuque juste avant que la porte s'ouvre à toute volée. Lorsqu'une demi-douzaine de policiers se précipitèrent dans la pièce, mes yeux avaient repris leur couleur normale et j'avais déjà les mains en l'air.

—Je me rends.

Chapitre 25

Trois gardes étaient stationnés devant la porte de ma chambre, au onzième étage de l'hôpital. Ils avaient même fait évacuer tout le service – je le devinais au silence qui régnait dans les chambres environnantes. De toute évidence, ils prenaient le meurtre du gouverneur très au sérieux.

Toute la matinée, les médecins avaient défilé dans ma chambre pour assouvir leur curiosité, mais pas à cause de l'identité de ma victime. C'était ma guérison miraculeuse qui suscitait leur intérêt. En quelques heures, mes trois blessures par balle avaient disparu. La plaie causée par le couteau également. Les marques des crocs d'Hennessey s'étaient volatilisées. Ils ne m'avaient même pas posé de perfusion – l'aiguille ressortait toute seule de mon bras. Je me demandais pourquoi je n'avais pas encore été transférée dans une cellule conventionnelle, mais, après mon expérience avec Isaac, je n'étais pas très pressée de me retrouver de nouveau dans une voiture de police.

À midi, j'entendis des pas qui s'approchaient de ma chambre, et une voix dit « FBI ». Il y eut une pause, puis ma porte s'ouvrit.

Un homme entra. La cinquantaine, de taille moyenne, des cheveux en voie de disparition, plus gris que noirs.

Ses yeux étaient du même gris que ses cheveux, et ils pétillaient d'intelligence. Son compagnon, qui referma la porte derrière lui, était beaucoup plus jeune, il avait entre vingt-cinq et trente ans. Il avait les cheveux bruns, coupés court et coiffés en brosse. Un militaire, à n'en pas douter. Ses yeux bleu foncé étaient rivés sur moi avec une intensité que rien ne semblait pouvoir ébranler.

— Le FBI, hein ? Quel honneur, dites-moi.

Ils n'avaient pas besoin d'un sixième sens pour percevoir l'ironie derrière ma phrase de bienvenue. Le plus jeune me lança un regard mauvais.

Cheveux Gris se contenta de sourire et s'avança vers moi, la main tendue.

— Ce n'est peut-être pas un honneur pour vous, mais c'en est un pour moi. Je m'appelle Donald Williams, et voici Tate Bradley. Je dirige une unité du FBI qui enquête sur les comportements paranormaux.

Je lui serrai la main, car ma bonne éducation m'interdisait de refuser, mais je le fis à contrecœur. D'un signe de tête, je désignai Tate Bradley.

— Et lui ? Il ne doit pas être du FBI… pas de graisse ni de brioche.

Williams rit en dévoilant des dents légèrement jaunies, signe d'une consommation excessive de café ou de tabac.

— Tout à fait exact. Tate est sergent dans une unité très pointue des Forces spéciales. C'est mon garde du corps pour la journée.

— Pourquoi auriez-vous besoin d'un garde du corps, agent Williams ? Comme vous pouvez le voir, je suis menottée à mon lit, dis-je en agitant mes charmants bracelets.

Il sourit avec bienveillance.

—Appelez-moi Don. Je suis d'une nature prudente. C'est pour ça que Tate porte un Colt 45.

Ce dernier me montra la crosse de son arme qui dépassait de son étui d'épaule. Je lui adressai un petit sourire auquel il répondit en me montrant les dents de manière hostile.

—Mon Dieu, je suis morte de peur! Alors, qu'est-ce que vous voulez?

Je me doutais de la raison de leur venue. Ils voulaient certainement m'entendre avouer que j'avais tué le gouverneur, connaître mon mobile, etc., mais j'avais la ferme intention de rester muette comme une tombe et de m'échapper à la première occasion. Bones ne tarderait pas à venir, j'en étais sûre, et nous partirions nous cacher avec ma mère. Deux vampires avaient réussi à s'enfuir, et ce serait trop dangereux pour elle de reprendre une vie normale au cas où ils voudraient se venger du bain de sang que Bones et moi avions orchestré. Il fallait s'attendre à des représailles de la part des vampires comme de la classe politique.

—Vous êtes étudiante, vous avez même de très bonnes notes, à ce que nous avons pu voir. Vous aimez les citations?

Génial, un test de culture générale. Ce n'était pas ce à quoi je m'attendais, mais j'étais partante.

—Ça dépend.

Sans y être invité, Don prit une chaise et s'assit à côté de mon lit. Bradley resta debout en tapotant la crosse de son arme d'un air menaçant.

—Que dites-vous de celle-ci, elle est tirée des *Aventures de Sherlock Holmes*, d'Arthur Conan Doyle:

«Après avoir éliminé tout ce qui est impossible, il ne reste plus que la vérité, aussi improbable soit-elle.»

Je fus instantanément sur mes gardes. Bien qu'aucune vibration dangereuse n'émane de ces deux-là – ce qui laissait supposer qu'ils n'étaient pas dans le camp d'Oliver ou d'Hennessey –, quelque chose me dit que je ne devais pas les prendre à la légère.

— Et alors?

— Catherine, je dirige un service qui enquête sur des meurtres à caractère surnaturel. Beaucoup de gens vous diront qu'un meurtre n'a par essence rien de naturel, mais vous et moi savons parfaitement qu'ils peuvent avoir des causes plus profondes que la colère humaine, n'est-ce pas?

— Je ne vois pas du tout où vous voulez en venir.

Don ne prêta aucune attention à ma remarque.

— Notre service n'est pas publiquement reconnu par le FBI. En fait, nous sommes un point de rencontre entre la CIA, le FBI et les forces armées. Notre unité est l'un des rares exemples de collaboration harmonieuse entre ces différents services. C'est pour cette raison que j'ai choisi M. Bradley comme équipier, et pas un débutant tout juste sorti de l'école. Il a suivi un entraînement en vue de commander une nouvelle unité de soldats qui s'engagera dans une lutte très spéciale. Une lutte qui se déroule sous notre nez depuis des siècles. Vous savez de quoi je parle, Catherine. Arrêtons de tourner autour du pot. Je veux parler des vampires.

Dieu du ciel, il l'avait dit. À présent, j'étais plus que méfiante – j'étais accablée.

— Vous n'êtes pas un peu vieux pour croire aux vampires, Don?

J'espérais avoir encore une chance de m'en sortir en bluffant. Peut-être venait-il de me tendre un piège grossier dans l'espoir de m'y voir tomber.

Don ne souriait plus. Son visage était devenu aussi impénétrable qu'un bloc de granit.

— J'ai examiné beaucoup de corps étranges au cours de ma carrière. Des corps âgés de cent ans, parfois même de mille ans, et qui pourtant portaient des vêtements modernes. Ça, encore, on aurait pu réussir à l'expliquer, mais pas leur pathologie. Leur ADN contenait une mutation qui n'avait jamais été observée jusque-là, ni chez l'homme ni chez aucun animal. De temps à autre, on tombait sur un autre de ces cadavres, et le mystère ne faisait que s'épaissir. Or la maison de la nuit dernière était jonchée de cadavres de ce genre, tout comme celle du gouverneur. Jamais nous n'en avions encore trouvé autant dans un même endroit. Mais vous savez quelle a été notre plus belle prise ? Vous.

Don baissa la voix.

— J'ai passé les six dernières heures à lire toutes les infos que j'ai pu dénicher à votre sujet. Votre mère a porté plainte pour viol il y a un peu plus de vingt-deux ans. Dans sa déposition, elle raconte une histoire abracadabrante, selon laquelle son agresseur aurait bu son sang. Les enquêteurs se sont probablement dit qu'elle était sous le choc et ce détail a été laissé de côté. Puis cinq mois plus tard, vous êtes née. Ils n'ont jamais retrouvé le coupable.

— Et alors ? Ma mère ne savait plus ce qu'elle disait à cause du traumatisme qu'elle venait de subir.

— Je ne suis pas d'accord. Votre mère a dit la vérité, mais personne n'a voulu la croire. Certains détails qu'elle a donnés sont trop précis. Les yeux qui virent au vert, les crocs qui s'allongent, une force hors du commun, une rapidité de déplacement incroyable – ce sont là des choses qu'elle n'a pas pu inventer. Mais là où son histoire diffère de celle des autres, c'est qu'elle vous a mise au monde. Vous, qui, selon vos analyses ADN, possédez la même mutation sanguine que nos mystérieux cadavres. La vôtre est moins prononcée, mais la structure génétique est la même. Vous voyez, Catherine, c'est véritablement un honneur pour moi de vous rencontrer, car j'ai passé toute ma carrière à chercher quelqu'un comme vous. Vous êtes l'une d'entre eux, mais pas complètement. Le fruit d'une humaine et d'un vampire. Cela fait de vous la découverte la plus précieuse qui ait été faite depuis des siècles.

Zut. J'aurais dû tenter de m'enfuir après avoir tué le gouverneur, même si je risquais de me faire cribler de balles.

— Sympa, votre histoire, mais beaucoup de gens ont des anomalies sanguines et une mère psychotique. Je vous assure que rien ne me distingue des autres filles de mon âge. Sans compter que les vampires, ça n'existe pas.

J'avais parlé d'une voix ferme. Bones aurait été fier de moi.

— Vraiment ? (Don se leva et fit un signe de tête à Bradley.) Sergent, je vais vous donner un ordre et je veux que vous l'exécutiez sur-le-champ. Tirez une balle dans la tête de Mlle Crawfield, entre les deux yeux.

Quoi ? Je bondis hors des couvertures, j'arrachai la barrière du lit à laquelle j'étais menottée et je la balançai sur Bradley qui levait son pistolet dans ma direction. J'entendis le craquement de ses os qui se brisaient. Dans le même mouvement fluide, je frappai Don à la rotule et j'arrachai l'arme des mains de Bradley avant de la pointer contre sa tête.

— J'en ai marre qu'on me tire dessus. Par ailleurs, on ne vous a jamais dit qu'il ne fallait pas faire de bruit dans un hôpital ?

Don, qui s'était effondré sur le sol, le visage contre terre, se retourna lentement pour me regarder. Il arborait une expression de pure satisfaction.

— Vous êtes une fille tout ce qu'il y a de plus normale, et les vampires n'existent pas, c'est ce que vous avez dit ? Je n'avais jamais rien vu d'aussi impressionnant. Vous avez réagi si vite que vos mouvements me sont apparus flous. Tate n'a même pas eu le temps de viser.

Je percevais les battements accélérés du cœur de Bradley, et la peur qui commençait à suinter de chacun de ses pores. Quelque chose me disait que la peur était une émotion qui ne lui était pas familière.

— Qu'est-ce que vous voulez, Don ?

C'était donc ça, son petit test, et je l'avais réussi haut la main.

— Pourriez-vous s'il vous plaît lâcher Tate ? Vous pouvez garder l'arme, bien que vous n'en ayez pas besoin. De toute évidence vous êtes plus forte que lui, même sans arme. Voyez cela comme un geste de bonne volonté.

— Et si, pour preuve de ma bonne volonté, je préfère lui faire sauter la cervelle ? dis-je d'une voix menaçante. Ou la vôtre ?

—Je ne pense pas que vous irez jusque-là, car j'ai une offre à vous faire qui pourrait bien vous intéresser. Mort, il me sera difficile de vous en parler.

Il avait marqué un point. En outre, le calme dont il faisait preuve jouait en sa faveur. Je relâchai brusquement Bradley et le poussai de l'autre côté de la pièce. Il glissa et s'écroula sur le sol à côté de Don.

Quelqu'un frappa à la porte.

—Tout va bien, monsieur?

Le garde semblait inquiet, mais il n'ouvrit pas la porte.

—Parfaitement bien. Restez à votre poste. N'ouvrez la porte que lorsqu'on vous le dira.

Don avait parlé d'une voix forte et sûre, malgré la douleur vive qui irradiait de son genou et que je pouvais lire dans ses yeux.

—Et si vous vous étiez trompé? Et si Rambo m'avait tiré une balle dans la tête? Vous auriez eu du mal à expliquer la situation.

Don me regarda, comme pour m'évaluer.

—Ça valait la peine de prendre le risque. Avez-vous déjà cru en quelque chose assez fort pour tuer en son nom?

Répondre par la négative aurait été hypocrite de ma part.

—Quelle est votre offre?

Don s'assit en grimaçant.

—Nous vous voulons, bien sûr. En l'espace d'une seconde, vous avez réussi à arracher la barrière en métal de votre lit et à désarmer un soldat surentraîné. Aucune personne vivante ne peut être aussi rapide, mais certains morts le sont. Ayant étudié votre biographie, j'ai le sentiment que vous n'avez rien contre le fait de tuer des morts-vivants les uns après les autres. Mais, désormais, ils seront plus nombreux à vouloir votre peau. Ils connaissent votre identité. Je peux arranger ça. Oh, je sais qu'Oliver trempait dans des choses malhonnêtes, beaucoup de gens le savaient, mais nous n'avions jamais réussi à prouver quoi que ce soit, parce que aucun des agents que nous avons envoyés enquêter sur lui n'est jamais revenu. Avec vous dans notre camp, ce serait différent. Nous pourrions envoyer à ces créatures un adversaire à leur mesure, et aucune des accusations qui pèsent sur vous n'aurait plus la moindre importance, car Catherine Crawfield serait morte, et vous commenceriez une nouvelle vie. Avec des renforts et des troupes. Vous deviendriez l'une des armes les plus précieuses du gouvernement américain pour protéger ses citoyens de dangers qu'ils n'imaginent même pas. N'est-ce pas pour cette raison que vous êtes venue au monde ? Ne l'avez-vous pas toujours su au fond de vous ?

La vache, il était fort. Si Timmie avait été là, il aurait été aux anges. Il y avait vraiment des *Men in Black*, et on venait de me proposer de rejoindre leurs rangs. Je pensai aux avantages que cela me procurerait, au bonheur de pouvoir commencer une nouvelle vie sans avoir à craindre la police, ni à enterrer de cadavres, ni à cacher ma vraie nature à mon entourage. Six mois plus tôt, j'aurais saisi cette chance sans la moindre hésitation. Mais à présent…

—Non.

Le mot avait résonné dans la chambre. Don cligna des yeux.

—Aimeriez-vous voir votre mère ?

Il avait accepté mon refus trop facilement. Il avait quelque chose derrière la tête. Lentement, j'acquiesçai.

— Elle est ici ?

— Oui, mais on va la faire venir dans votre chambre. Vous ne pouvez pas vous promener dans les couloirs avec cette barrière en métal au bout du bras. Tate, dites au garde de faire venir Mme Crawfield. Et demandez-lui aussi d'apporter un fauteuil roulant. On dirait que mon arthrite me joue des tours.

Il regarda ses genoux avec des yeux à la fois amusés et tristes.

Je fus prise d'un léger remords.

— Vous l'avez cherché.

— Ça en valait la peine, Catherine, pour prouver que j'avais raison. Certaines choses méritent qu'on en paie le prix.

En pensant à Bones, je ne pouvais qu'être d'accord avec cette dernière phrase.

Lorsqu'il ouvrit la porte, le garde resta interdit devant ce qu'il découvrit : Tate Bradley tenant son bras cassé, tordu selon un angle bizarre, et Don étalé sur le sol. Son expression était impayable. Quant à moi, j'étais innocemment allongée sur mon lit, maintenant en place la barrière de mon lit à l'aide de ma main.

— J'ai trébuché et mon collègue m'est tombé dessus en voulant m'aider à me relever, déclara Don en guise d'explication.

Le garde déglutit et acquiesça promptement. Il aida Don à se relever et, très vite, ma mère arriva en chaise roulante. L'espace d'une seconde, j'envisageai de nouveau de m'échapper, cette fois en sautant avec elle par la fenêtre, mais un rapide coup d'œil à son visage me fit comprendre que cela ne marcherait pas.

—Comment as-tu pu ? demanda-t-elle dès que la porte fut refermée.

Elle me regardait, et je lus dans son regard déchirant qu'elle se sentait trahie.

—Ça va, maman ? Je suis vraiment désolée pour papy et mamie. Je les aimais beaucoup tous les deux.

Les larmes que je retenais depuis si longtemps coulèrent enfin librement, et je m'assis en lui tendant la main.

Elle recula précipitamment, comme si je la dégoûtais.

—Comment oses-tu dire que tu es désolée, alors que je t'ai vue avec ce vampire ?

Elle avait crié ces derniers mots. Je regardai la porte avec anxiété, imaginant le garde de l'autre côté sur le point de s'évanouir. Tout à coup, le visage de ma mère se fit suppliant.

—Dis-moi que je me trompe. Dis-moi qu'il n'y a pas un mot de vrai dans ce que m'ont raconté les bêtes sauvages qui ont tué mes parents et qui m'ont enlevée. Dis-moi que tu ne baises pas avec un vampire !

C'était la première fois que j'entendais ce mot dans sa bouche. Il trahissait son dégoût. À son expression, je compris que mes pires craintes venaient de se concrétiser. Comme je le craignais, elle me méprisait pour ce que j'avais fait.

—Maman, j'allais justement t'en parler. Il n'est pas comme les autres. C'est lui qui m'a aidée à tuer tous ces vampires, pas Timmie. Cela faisait des années qu'il traquait Hennessey et sa bande.

—Pour de l'argent? (Chacun de ses mots claquait comme un coup de fouet.) Oh, j'en ai beaucoup entendu parler pendant ma captivité. Ils n'arrêtaient pas de parler de ce vampire qui tuait pour de l'argent. Ils riaient en parlant de toi en disant que son point faible, c'étaient les femmes. C'est ça que tu es devenue, Catherine, la putain d'un mort-vivant?

Je laissai échapper un sanglot. Présentée ainsi, notre relation paraissait tellement vulgaire.

—Tu te trompes sur lui. Il a risqué sa vie en entrant dans cette maison pour te sauver.

—Comment pourrait-il bien risquer sa vie, puisqu'il est mort? Et il sème la mort dans son sillage! C'est à cause de lui que ces assassins sont venus chez nous, et aussi à cause de toi, parce que tu as entamé une relation avec lui! Si tu n'avais pas couché avec un vampire, mes parents seraient encore en vie!

De tout ce qu'elle m'avait dit, ces dernières paroles étaient celles qui me faisaient le plus mal. Peut-être que je n'arriverais jamais à me disculper à ses yeux, mais il n'était pas question que je la laisse accuser Bones de la sorte.

—Tu n'as pas le droit de dire ça, maman! Je chasse les vampires depuis que j'ai seize ans, et tu m'as toujours encouragée à le faire, même si tu savais le danger que cela représentait. Tu le savais mieux que personne, à cause de ce qui s'était passé avec mon père, et pourtant tu n'as jamais essayé de m'en dissuader, alors si c'est la faute de quelqu'un, c'est la tienne! Quant à moi, j'ai continué, encore et encore, j'ai refusé d'arrêter, malgré les avertissements répétés de Bones, j'ai donc ma part de responsabilité! Même si je n'avais jamais rencontré

Bones, même si je n'avais jamais couché avec un vampire, papy et mamie auraient quand même pu se faire tuer à cause de tout ce que nous avions déjà fait toutes les deux. Si quelqu'un doit se sentir coupable dans cette affaire, alors c'est toi et moi. Pas lui. Nous savions que les vampires risqueraient tôt ou tard de suivre ma trace jusqu'à la maison. Pour cette raison, nous sommes plus responsables qu'il le sera jamais.

Son visage pâlit.

—Peut-être que tu as raison, dit-elle enfin. (Elle parlait doucement mais sa voix résonnait dans la chambre.) Peut-être que je suis responsable de la mort de mes parents, et c'est une chose avec laquelle je vais devoir vivre jusqu'à la fin de ma vie. Mais je ne veux pas passer le reste de mes jours aux côtés d'un vampire. Catherine, je t'aime, mais si tu choisis de poursuivre ta relation avec cette créature, je ne veux plus jamais te revoir.

Ces mots me blessèrent plus profondément qu'une rafale de balles. Je croyais que je serais capable de les encaisser, mais ils me firent beaucoup plus mal que je m'y attendais.

—Ne me fais pas ça, maman. Tu es la seule famille qui me reste!

Elle se redressa sur sa chaise autant que le lui permettaient ses côtes douloureuses.

—Je sais ce qui t'est arrivé. Tu as été empoisonnée. Cette créature a perverti ta conscience et fait ressortir ton côté le plus obscur. C'était ma crainte depuis toujours. Si seulement ces monstres m'avaient tuée avant que je découvre mon échec en tant que mère.

Chaque mot me transperçait comme un poignard. Son kidnapping et le meurtre de ses parents avaient anéanti toutes mes chances de lui faire comprendre que tous les vampires n'étaient pas forcément maléfiques. Elle était enfermée dans sa haine et je n'avais aucun moyen de la libérer.

—J'espère qu'ils attraperont ce monstre et qu'ils le tueront une bonne fois pour toutes, continua-t-elle. Au moins, tu seras libérée de son emprise.

Je levai brusquement la tête.

—Qui? Mais de quoi tu parles?

Elle me regarda d'un air de défi.

—Les hommes qui viennent de sortir. Je leur ai dit la vérité. Je leur ai expliqué que tu avais été entraînée sur le mauvais chemin par un vampire et que ce monstre s'était enfui de la maison hier soir. Le plus âgé des deux hommes était au courant de l'existence des vampires. Ils sont à la recherche de celui qui t'a pervertie. J'espère qu'ils le massacreront. Pour que tu sois enfin libre.

—Don! Venez!

Je sautai de mon lit et ouvris brutalement la porte. Le garde fit mine de sortir son arme en voyant que je n'étais plus attachée, mais Don le bloqua rapidement avec sa chaise roulante, suivi de près par Tate.

—Tout va bien, Jones. On contrôle la situation.

—Mais elle… elle…

Jones regardait d'un air ébahi la barrière en métal qui pendait au bout de ma menotte droite. Sa bouche s'ouvrait et se refermait comme celle d'un poisson rouge.

—Surveillez la porte, c'est tout, dit Bradley d'un ton brusque avant de l'écarter de son chemin de son bras encore valide.

—Alors mesdames, vous avez bien discuté? demanda Don.

—Espèce de salopard. À quoi vous jouez?

Don semblait aussi calme que s'il était en train de siroter un thé lors d'un déjeuner mondain.

—Madame Crawfield, pourriez-vous nous laisser seuls quelques instants avec votre fille? Le garde va vous raccompagner jusqu'à votre chambre.

Elle ne dit pas au revoir, et moi non plus. Nous nous sentions toutes les deux furieuses et trahies. Mais contrairement à elle, je savais que je ne cesserais jamais de l'aimer. C'était ma mère, quoi qu'il advienne. Je pouvais tout lui pardonner, même ça.

—Votre mère vous a dit qu'elle nous avait informés de votre… relation avec un vampire? Elle pense qu'il vous a plus ou moins ensorcelée. Est-ce vrai? Est-ce que vous êtes sous sa domination?

—Seulement du point de vue sexuel, répondis-je sans ciller.

Autant leur faire croire que ce n'était que physique.

Bradley me lança un regard qui trahissait son dégoût. Je commençais à en avoir plus qu'assez.

—Oh, tes préjugés, tu peux te les mettre où je pense, si tant est que t'arrives à faire entrer quoi que ce soit dans ton short moule-burnes!

L'opinion de ma mère, c'était une chose, mais je n'avais pas à supporter les jugements de cet homme.

Il rougit d'indignation. Don toussota pour masquer son sourire.

—Quoi qu'il en soit, je note avec intérêt que vous n'aviez rien dit au sujet de votre relation intime avec un vampire. Peut-être penchez-vous plus de leur côté que vous ne le laissez paraître ?

— Écoutez, Don, ce que je fais de mes fesses ne regarde que moi. Lui et moi poursuivions un but commun. Ma mère vous a-t-elle dit qu'il tuait aussi des vampires ? Elle a certainement dû oublier, toute à sa hâte de le voir disparaître. Nous partagions le même objectif, et ça nous a menés un peu plus loin que prévu. Ça n'avait rien de sérieux, c'était juste une passade.

— Une passade ? dit-il, sceptique. C'est pourtant bien ce même vampire qui a broyé la main de Danny Milton dans un bar au mois de novembre ? La police pense peut-être qu'on ne peut pas faire autant de dégâts d'une simple pression de la main, mais il est vrai qu'ils ignorent tout de l'existence des vampires et de leurs capacités.

— Tiens, tiens, vous êtes un petit malin, vous, hein ? Au cas où il ne vous l'aurait pas dit, ce minable de Danny Milton a abusé de moi quand j'avais seize ans. J'ai simplement demandé à mon ami de lui donner une leçon. On ne le prendra plus la main sous la jupe d'une mineure avant un bon moment. (Les mensonges me venaient toujours aussi facilement à l'esprit.) Et pour votre information, chez les vampires, une passade dure effectivement plusieurs mois. Ils n'ont pas la même notion du temps que nous.

— Dans ce cas, vous allez pouvoir nous dire où le trouver, intervint Bradley, qui n'avait toujours pas digéré mes propos de tout à l'heure.

Je secouai la tête en riant.

— Bien sûr. Excellente idée. Moucharder un vampire qui n'a aucune raison de m'en vouloir, et le rendre furax alors que je ne sais même pas si vous êtes en mesure de me protéger. Je suis peut-être à moitié humaine, mais pas complètement stupide.

— Vous savez ce que je pense, Catherine ? Je pense que vous êtes tout sauf stupide. (Don parlait d'une voix douce et arborait toujours ce même petit sourire agréable.) Je crois même que vous êtes sacrément maligne. Vous devez forcément l'être, n'est-ce pas, pour avoir réussi à cacher votre vraie nature pendant toutes ces années, et à tuer tous ces morts-vivants. Bon Dieu, vous n'avez que vingt-deux ans et vous avez une plus grande expérience du combat que la plupart de nos soldats en activité. Je pense que vous allez essayer de vous enfuir. Que vous irez chercher votre mère et que vous partirez, avec ou sans votre amant vampire. Mais il y a un petit problème, comme vous venez de le découvrir. Elle refusera de partir avec vous. Vous voyez, elle ne vous a jamais acceptée telle que vous étiez. Et maintenant qu'elle est au courant des détails de votre vie sexuelle, elle est encore plus bouleversée. Si vous voulez disparaître, vous devrez la laisser derrière vous, et si vous le faites, combien de monstres sortiront de leur tanière et tenteront de se servir d'elle pour vous ferrer ? Combien de vampires avez-vous tués ? J'imagine qu'ils avaient des amis. Oliver aussi. Et rien de ce que vous pourrez dire ne changera quoi que ce soit à la manière dont elle vous voit. Pour l'instant, elle vous perçoit comme un vampire, et jamais elle ne partira avec un être de cette espèce. Vous feriez aussi bien de la tuer vous-même avant de partir, ce serait plus charitable.

— Espèce d'ordure !

Je bondis hors du lit et frappai Bradley à la tête tandis qu'il essayait de me bloquer le passage. Il s'écroula d'un seul coup. Puis je saisis Don par le col de sa chemise et le soulevai hors de sa chaise roulante.

— Vous pouvez nous tuer tous les deux, Catherine, haleta-t-il. On ne peut rien faire pour vous en empêcher. Peut-être que vous arriverez à vous enfuir par la fenêtre sans recevoir de balle. Que vous atteindrez sa chambre et que vous parviendrez à l'emmener en la portant sur votre épaule malgré ses coups de pied et ses appels au secours. Peut-être que vous réussirez à vous procurer une voiture et un faux passeport et à retrouver votre amant pour tenter ensemble de quitter le pays. Peut-être que vous arriverez à faire tout ça. Mais combien de temps s'écoulera avant qu'elle vous quitte ? Avant qu'elle s'enfuie à cause de la peur que lui inspire sa propre fille ? Et ensuite, combien de temps avant que quelqu'un la trouve et la fasse payer pour tout ce que vous avez fait ?

Don me regardait sans ciller tandis que je le tenais fermement par le col. Je lisais dans ses yeux qu'il disait la vérité. Je voyais ma mère tenter de s'échapper chaque fois qu'elle en aurait l'occasion. Son malheur la pousserait certainement au suicide, ou bien elle serait de nouveau enlevée à cause de moi et de Bones. Nous tenterions de venir à son secours, bien sûr, mais si elle mourait, ou si Bones mourait ? C'était une chose de me brouiller avec ma mère parce qu'elle rejetait l'homme que j'aimais. Mais je ne pouvais pas sacrifier sa vie à mon bonheur, pas plus que je ne pouvais risquer celle de Bones. Même en fuyant au bout du monde, nous ne pourrions échapper à ce que nous étions au fond de nous, et cela finirait par causer notre perte à tous.

Je relâchai mon emprise sur Don. Il s'écroula sur le sol, ses genoux démolis ne pouvant le soutenir. Il y avait un moyen d'assurer à la fois la sécurité de Bones et celle de ma mère, et ce moyen n'exigeait qu'un seul sacrifice. Le mien.

Je compris alors que je devais accepter l'offre de Don. Cela me déchirait le cœur, mais refuser reviendrait à condamner Bones et ma mère. La haine qu'elle nourrissait à l'égard des vampires était si forte qu'elle préférerait mourir ou voir Bones se faire tuer plutôt que de nous suivre si nous tentions de fuir, ce que nous serions forcés de faire étant donné le nombre de personnes qui seraient à nos trousses.

Nous ne pourrions pas échapper éternellement aux amis d'Hennessey et d'Oliver, à la police, et désormais aux agents du gouvernement américain! Les uns ou les autres finiraient par nous attraper. Ce ne serait qu'une question de temps. En m'engageant aux côtés de Don, j'éliminerais deux de ces trois menaces. Bones et ma mère n'en auraient que plus de chances de s'en sortir. Comment pouvais-je refuser, si je les aimais autant que je le disais? Je n'avais pas le droit de ne songer qu'à moi. Je devais faire ce qu'il y avait de mieux pour eux.

—Ça marche, dis-je à Don en m'armant de courage, si vous acceptez mes conditions.

—Je vous écoute. Je vous dirai tout de suite si c'est possible ou pas.

Il se rassit avec beaucoup de mal sur sa chaise roulante, mais je le regardai faire sans la moindre compassion.

—Premièrement, je veux commander toutes les unités qui chassent les vampires. Pas question que j'écoute les inepties de vos brutes galonnées pour tout ce qui touche au combat. J'en sais plus que tous vos hommes, et je me moque qu'ils soient plus vieux que moi. On fera les choses à ma manière et c'est moi qui sélectionnerai les membres de mon équipe et qui les entraînerai. Ceux qui ne répondront pas à mes exigences seront exclus.

Je parlais d'une voix dure, sans cligner des yeux. Don acquiesça d'un air sérieux.

— Deuxièmement, on part tout de suite d'ici et on ne revient pas. Vous oubliez mon copain mort-vivant. Pas question que je trahisse celui qui m'a aidée à sauver ma mère et qui ne m'a fait aucun mal. Si vous ne pouvez pas me promettre ça, inutile de poursuivre cette conversation, car si jamais j'apprends qu'il lui est arrivé quelque chose, vous regretterez que j'existe, plus encore que ma mère en ce moment même. Croyez-moi, vous aurez suffisamment de vampires à exterminer sans vous préoccuper de mon ami.

Don hésita une fraction de seconde, puis haussa les épaules.

— Je veux gagner la guerre, pas une simple bataille. C'est d'accord. À condition, bien sûr, que vous coupiez tout contact avec lui, ainsi qu'avec tous les autres morts-vivants que vous avez pu rencontrer. Je ne veux pas exposer mes hommes à un danger inutile ni risquer qu'un vampire s'infiltre dans ma division juste parce que l'une de ces… créatures vous a impressionnée au lit.

Il avait délibérément appuyé sur le mot « créature ». Ainsi, lui aussi avait des préjugés contre les vampires.

— Troisièmement, je veux qu'on parle de la durée de mon contrat. Je n'ai pas envie d'être enchaînée au gouvernement pour le reste de ma vie, aussi courte qu'elle puisse être. D'ailleurs, même les soldats quittent le service au bout d'un certain temps. Je vous donne dix ans, c'est à prendre ou à laisser.

Il fronça les sourcils.

— Et si jamais des choses exceptionnelles surviennent au bout de ces dix ans ? Les monstres ne nous envoient pas leur emploi du temps en recommandé pour nous avertir de ce qu'ils comptent faire. Que diriez-vous de dix ans de service plein, et, après ça, trois missions de notre choix par an pendant trois années supplémentaires ? Ça me paraît honnête, non ?

— Trois missions par an, qui au total ne devront pas durer plus d'un mois. D'accord.

Treize ans. Jamais Bones ne m'attendrait si longtemps, même si le temps n'avait aucun effet sur lui.

— Quatrièmement, vous nous installez ma mère et moi dans des résidences séparées, mais pas trop éloignées. Deux villes différentes dans le même État, ça devrait faire l'affaire. Je ne veux pas voyager comme une gitane de caserne en caserne, quel que soit le terme que vous employiez. Je veux une maison, rien d'extravagant, mais un endroit à moi, et un salaire, que vous continuerez à verser à ma mère si je meurs en service. C'est clair ? Et vous allez aussi vous occuper des filles qui ont été retrouvées la nuit dernière. Offrez-leur les meilleurs avocats possibles, et veillez à ce qu'elles retrouvent une vie normale, un emploi stable et un endroit pour vivre. Si elles ont été choisies, c'est justement parce qu'elles n'avaient rien de tout ça. Et je veux que vous arrangiez ça.

Don sourit presque imperceptiblement.

—On l'aurait fait de toute façon. Vous verrez que si vous coopérez, notre association sera avantageuse pour toutes les personnes concernées.

—J'en doute, dis-je avec lassitude. Mais j'y tiens quand même. Pour finir, et ce n'est pas négociable, je refuse de m'attaquer à des vampires qui ne tuent personne. Cela peut vous sembler contradictoire, mais croyez-en mon expérience. J'ai rencontré des vampires qui ne sont pas des tueurs ; ils se contentent de prélever la quantité de sang indispensable à leur survie, sans même que leurs victimes en gardent le moindre souvenir. Je tuerai des meurtriers, pas des vampires qui ne font qu'assurer leur subsistance. Pour ceux-là, trouvez quelqu'un d'autre. Je vous souhaite bonne chance.

Tate Bradley remua en gémissant doucement et s'assit en appuyant une main sur sa tête ensanglantée. J'avais dû lui ouvrir un peu le crâne. Il se leva en chancelant et me lança un regard sombre.

—Frappe-moi encore une fois et je vais…

—Tu vas quoi ? Saigner encore plus ? Merci, mais je ne bois que des gin tonic. C'est l'une des caractéristiques des vampires que je ne possède pas. Je n'ai pas de crocs, tu vois ?

J'affichai un large sourire pour lui montrer mes dents en lui rendant son regard hargneux. Il pensait me détester ? Qu'il attende le début de mon entraînement. Là, il saurait vraiment ce qu'est la haine.

Don toussa.

—Je suis persuadé que nous trouverons suffisamment d'individus peu recommandables à éliminer sans avoir à pourchasser les vampires que vous pensez inoffensifs. (Au son de sa voix, je comprenais que pour lui, rien de ce qui était mort-vivant n'était inoffensif. Mais les vampires n'avaient pas l'apanage du mal, si j'en croyais mon expérience.) Je crois que nous avons terminé. Je vais faire le nécessaire pour que votre mère et vous quittiez l'hôpital sur-le-champ. Tate vous accompagnera jusqu'à l'aéroport. Vous devriez faire plus ample connaissance. Tate, je vous présente votre nouveau chef de groupe, Catherine.

— Je m'appelle Cat.

Les mots sortirent tout seuls. Tous les aspects de ma vie allaient changer, mais certaines choses resteraient les mêmes.

Bradley ouvrit la porte pour laisser passer Don dans son fauteuil roulant. Il s'arrêta un moment et secoua la tête à mon intention.

— Je ne peux pas dire que j'ai été ravi de te rencontrer, mais on se reverra bientôt. La prochaine fois, essaie de ne pas me faire perdre connaissance.

Je haussai un sourcil, en souvenir du vampire que j'aimais.

— On verra.

CHAPITRE 26

Il fallait rendre à César ce qui était à César: Don arrangea mon départ de l'hôpital comme il l'avait promis. Moins d'une heure plus tard, j'étais habillée et j'attendais dans la chambre de ma mère, sans menottes. J'avais enfin pu me doucher et me débarrasser des traces de sang. Dans l'intimité que m'offrait la douche, j'avais laissé mes larmes couler et se confondre avec l'eau qui ruisselait sur mon visage. Et pourtant, alors que je regardais ma mère, j'avais les yeux aussi secs que du sable.

— Alors?

Je venais de lui faire part de l'offre de Don et de la décision que j'avais prise. Au fur et à mesure de mon exposé, la répugnance avait quelque peu disparu de son visage. Enfin, elle me prit la main.

— Tu as fait le bon choix. Le seul qui te permettra d'échapper à un avenir dominé par le mal.

Je fus envahie par l'amertume; une petite part en moi la détestait. Égoïstement, je me disais que si elle n'avait pas été là, j'aurais pu disparaître avec Bones et passer le reste de mes jours avec l'homme que j'aimais. Mais elle n'était pas responsable de la haine implacable qu'elle ressentait à l'égard des vampires, pas plus que je n'étais responsable de ma naissance. De ce point de vue, nous étions à égalité.

—Je ne pense pas que cela me sauve d'un avenir dominé par le mal, mais je le fais quand même.

—Ne dis pas de bêtises, Catherine. Combien de temps aurait pu durer ta relation avec cette créature avant qu'il te transforme en vampire ? S'il t'aimait autant que tu le prétends, il n'aurait jamais accepté de te laisser vieillir sans rien faire, non ? De te voir te rapprocher un peu plus de la mort à chaque année qui passe, comme tous les humains ? Pourquoi l'aurait-il fait, alors qu'il pouvait te transformer et prolonger ta jeunesse à l'infini ? C'est ce qui se serait passé si tu étais restée avec lui, et si l'amour ne t'aveuglait pas, tu l'aurais déjà compris.

Cela me faisait mal de l'admettre, mais elle venait de soulever une question très douloureuse que j'avais refusé de me poser. Que deviendrait notre couple dans dix ans ? Vingt ans ? Et au-delà ? Mon Dieu, elle avait raison. Bones n'accepterait jamais de me laisser mourir de vieillesse sans rien faire. Il voudrait que je devienne un vampire, et je refuserais. Notre amour était peut-être condamné depuis le début, comme ma mère et Don semblaient le penser. « On s'engage dans les combats que l'on peut gagner », disait souvent Bones. C'était là un combat que je ne pouvais pas gagner, mais je pouvais au moins me servir de ce qui était en moi pour le protéger, lui. Ainsi que ma mère et d'autres personnes. Vu sous cet angle, un cœur brisé n'était pas un prix très lourd à payer. Bones ne ferait peut-être pas partie de mon avenir, mais au moins j'avais un avenir. Quand je pensais à toutes les victimes qu'Hennessey avait fauchées en pleine jeunesse, cela aurait été une insulte à leur mémoire de dilapider ma vie alors qu'on leur avait volé la leur.

La porte s'ouvrit et la tête de Tate Bradley apparut dans l'embrasure. Il avait le bras en bandoulière et un bandage au niveau de la tempe.

—C'est l'heure.

Je fis un petit signe de tête et le suivis dans le couloir de l'hôpital en poussant le fauteuil roulant de ma mère. Le hall avait été évacué et toutes les portes des chambres étaient fermées. Huit hommes armés jusqu'aux dents marchaient derrière moi. Visiblement, Don devait avoir peur que je change d'avis à la dernière minute.

Il restait environ deux heures avant que le soleil se couche. Nous devions encore rouler quelques kilomètres jusqu'à un hélicoptère qui nous emmènerait à une base aérienne où nous attendait un avion militaire. Je m'installai avec ma mère sur la banquette arrière. Tate, qui ne pouvait pas conduire à cause de son bras cassé, prit le siège passager. Un homme qui se présenta sous le nom de Pete s'assit au volant. Le reste des gardes prirent place à bord de trois autres véhicules, un devant et les deux autres de chaque côté de notre voiture. Quelle ironie du sort : c'était exactement la formation qu'avaient utilisée les vampires la nuit précédente. Nous démarrâmes et je fermai les yeux en réfléchissant au moyen de dire au revoir à Bones. Je laisserais peut-être un message à Tara. Elle saurait comment le contacter. Je ne pouvais pas partir comme ça, sans un mot.

Tate brisa le silence au bout de quelques minutes.

—Pete fera partie de l'unité, Cather… excuse-moi, Cat, se corrigea-t-il.

Je gardai les yeux fermés.

—Seulement si j'accepte. T'étais évanoui quand j'ai posé mes conditions ? C'est moi qui choisis les membres de l'équipe. Il en fera partie seulement s'il réussit mon test, et ça vaut pour toi aussi.

—C'est quoi, ce test ? demanda Pete d'un ton condescendant.

J'entrouvris les yeux.

—Je veux voir combien de fois tu arrives à te relever après que je t'ai envoyé au tapis.

Pete éclata de rire. Tate en revanche ne desserra pas les dents. Le regard qu'il me lança montrait qu'il m'avait crue. Il n'était peut-être pas aussi bête, après tout.

—Écoute. (Pete me regarda dans le rétroviseur, l'air sceptique.) Je sais qu'il paraît que tu es hors du commun, mais… Nom de Dieu !

Pete s'était interrompu brusquement en voyant un homme au milieu de la route. Je retins ma respiration et ma mère hurla.

—C'est lui ! C'est…

Tate réagit immédiatement. Il sortit son arme et tira sur Bones à travers le pare-brise quelques secondes avant que la voiture le percute.

C'était comme si nous étions rentrés dans un mur de briques. Sous l'effet de la collision, l'avant de la voiture fut totalement embouti. Les vitres éclatèrent et tous les airbags se déclenchèrent. Je fus violemment projetée vers l'avant. J'entendis les véhicules qui nous suivaient freiner en catastrophe pour éviter de nous rentrer dedans. Les deux véhicules qui encadraient le nôtre nous dépassèrent avant de freiner pour faire demi-tour. D'autres voitures arrivaient. Celles qui s'étaient déportées sur la droite ou sur la gauche pour nous éviter entrèrent alors en collision avec celles de notre escorte qui revenaient en sens inverse. Dans une terrible réaction en chaîne, les véhicules se percutèrent les uns à la suite des autres, dans un fracas assourdissant de métal.

Tate et Pete étaient évanouis sur leurs sièges, le visage en sang. Le tableau de bord était recouvert d'éclats de verre. La portière du côté de Tate fut soudain arrachée. Au milieu de la fumée qui sortait du moteur, je vis Bones qui souriait en jetant la portière derrière lui comme s'il s'agissait d'un frisbee géant. Les autres agents, qui essayaient en vain de trouver la meilleure ligne de tir pour l'atteindre, se dispersèrent lorsque la portière atterrit sur leur véhicule, faisant éclater le pare-brise. Une deuxième portière vola bientôt dans les airs. Lorsque Bones s'attaqua ensuite à la mienne, ma mère hurla de terreur.

— Salut, Chaton !

Malgré la décision que j'avais prise, j'étais très émue de le revoir. Il détacha ma ceinture et attrapa ma mère qui essayait de s'enfuir de son côté.

— Pas si vite, maman. On est un peu pressés.

Tate gémit sur le siège avant, et Bones lui donna nonchalamment un coup sur la tête.

— Ne le tue pas ! Ils ne me voulaient aucun mal.

— Bon, d'accord. On va juste les envoyer faire un tour.

D'un mouvement sec, il sortit Tate de la voiture et appuya sa bouche contre son cou quelques secondes avant de le projeter dans les airs. Tate retomba dans l'herbe près du bord de la route. Pete essaya de s'enfuir en rampant, mais Bones se saisit de lui et lui fit faire le même vol plané après avoir prélevé quelques gouttes de son sang.

— Sors de la voiture, ma belle, ordonna Bones.

Je sautai hors de l'épave.

Il tenait toujours ma mère par le bras. Elle pleurait en proférant des menaces contre lui.

— Ils vont vous tuer, ils savent ce que vous êtes ! Catherine a…

Je la réduisis au silence en lui assenant un coup de poing à la mâchoire qui la mit à terre. Elle en aurait trop dit, et si Bones apprenait l'accord que je venais de passer avec Don, il réussirait à me convaincre d'y renoncer. Je croirais toutes les choses qu'il me dirait, même les plus improbables, parce que mon cœur n'était capable d'aucune logique.

Une balle passa près de nous en sifflant. Je me plaquai au sol car je n'avais aucune envie d'être de nouveau blessée. Bones jeta un regard irrité en direction des tireurs et saisit le plancher de la voiture. Comprenant son intention, j'écarquillai les yeux. Mon Dieu, il ne pouvait pas faire ça, quand même !

Les agents des voitures qui se trouvaient devant nous s'étaient abrités derrière l'un de leurs véhicules retournés pour nous tirer dessus. De toute évidence, ils avaient reçu l'ordre de me conduire à bon port ou, en cas de problème, de s'assurer que je ne m'échappe pas. Le plan A ayant échoué, ils mettaient le plan B à exécution. Bones souleva la voiture du sol avec un sourire carnassier. Tel un discobole, il pivota de cent quatre-vingts degrés sur lui-même avant de lancer l'épave de la voiture sur la barricade improvisée.

L'explosion qui suivit l'impact fut assourdissante. Des volutes de fumée épaisses et âcres s'élevèrent dans les airs. Au milieu de ce chaos, les jambes écartées et les yeux d'un vert électrique, Bones était aussi magnifique que terrifiant.

L'autoroute fut bientôt sens dessus dessous. Sur la voie opposée, les voitures n'avançaient plus, les conducteurs médusés s'arrêtant pour regarder le carnage sur leur gauche. Freinages secs et collisions se succédaient à un rythme effréné. Bones ne prit pas le temps d'admirer son œuvre. Il me prit la main et jeta ma mère sur son épaule, puis nous nous mîmes à courir en direction du bois.

Il avait garé sa voiture à environ huit kilomètres du carambolage. Bones déposa ma mère sur la banquette arrière et lui colla un morceau de ruban adhésif sur la bouche avant de prendre la route.

—T'as bien fait de lui en mettre une, ma belle. Ça m'a évité d'avoir à le faire. Ta hargne, tu ne la tiens pas de ton père, elle te vient d'elle. Elle m'a mordu.

Pour quelqu'un qui venait de se prendre de plein fouet une voiture roulant à 100 km/h, il faisait preuve d'un entrain remarquable.

—Comment as-tu fait ? Comment as-tu réussi à stopper la voiture ? Si les vampires ont de tels pouvoirs, comment se fait-il que Switch ne m'ait pas empêchée d'enfoncer le mur de la maison hier soir ?

Bones eut un petit rire moqueur.

—Ce gamin ? Il n'arriverait même pas à arrêter un bébé sur un tricycle. Il n'avait que la soixantaine, c'est jeune pour un mort-vivant. Seuls les vieux Maîtres comme moi peuvent réussir un tel coup sans le regretter amèrement. Crois-moi, c'est très douloureux. C'est pour ça que j'ai pris une petite gorgée sur tes deux copains avant de m'en débarrasser. C'était qui d'ailleurs ? Ils n'étaient pas de la police.

C'était une question à laquelle je devais répondre avec beaucoup de précautions.

— Euh… ils travaillent pour le gouvernement, ils ne m'ont pas dit dans quelle branche. Ils n'étaient pas franchement bavards, tu sais. Je crois qu'ils me transféraient vers une prison spéciale à cause du meurtre d'Oliver.

Il me regarda.

— Tu aurais dû m'attendre. Tu aurais pu te faire tuer.

— Je ne pouvais pas! L'un des flics ripoux d'Oliver a essayé de m'abattre, et il devait ensuite poser une bombe dans l'hôpital où ils avaient emmené ma mère! C'était Oliver le coupable, Bones. Il me l'a avoué, il se vantait presque de la manière dont Hennessey nettoyait l'État pour lui. Comme si tous ces gens n'étaient que des déchets. Bon Dieu, même la mort n'est pas un châtiment suffisant pour une ordure pareille.

— Qu'est-ce qui te fait croire que ces types qui t'emmenaient n'étaient pas aussi à sa solde?

— Ils ne l'étaient pas, j'en suis sûre. En tout cas, toi, tu ne leur as pas laissé le bénéfice du doute. Te rends-tu compte que tu leur as lancé une voiture dessus!

— Oh, t'en fais pas, dit-il d'un ton détaché. Ils avaient filé avant l'explosion. Et s'ils avaient été assez idiots pour ne pas bouger, alors ils méritaient de mourir pour leur bêtise.

— Elle est à qui, cette voiture?

Nous étions à bord d'un 4 × 4 Volvo noir. D'après l'odeur, c'était sûrement une voiture neuve.

Bones me lança un regard de biais.

— À toi. Elle te plaît?

Je secouai la tête.

— Je voulais dire avant que tu la voles. Tu n'as pas peur que son propriétaire porte plainte ?

— Non, répondit-il. J'avais prévu de te l'offrir pour Noël. Elle est enregistrée au nom qui est inscrit sur ton faux permis de conduire, la police n'a aucun moyen de la repérer. J'espère que tu n'es pas trop déçue que j'aie gâché l'effet de surprise, mais, vu les circonstances, c'était la meilleure solution.

Je restai bouche bée. De toute évidence, il était on ne peut plus sérieux.

— Je ne peux pas accepter un cadeau pareil. C'est bien trop cher !

Le monde s'écroulait autour de nous et j'étais là à me plaindre de l'extravagance de mon cadeau de Noël. Décidément, je ne pouvais rien faire normalement.

Il poussa un soupir d'exaspération.

— Chaton, pour une fois, tu ne peux pas te contenter de dire merci ? Franchement, ma belle, je croyais qu'on avait dépassé ce stade !

Je ressentis une pointe de tristesse en me souvenant qu'en effet nous n'en étions vraiment plus là, mais pas comme il l'entendait.

— Merci. C'est magnifique. Moi, je ne t'avais acheté qu'une nouvelle veste.

Deux semaines seulement nous séparaient de Noël, mais cela aurait aussi bien pu être deux siècles.

— Quel genre de veste ?

Mon Dieu, comment aurais-je la force de me séparer de lui ? Ses yeux marron foncé valaient à eux seuls tous les trésors du monde. Je déglutis avec difficulté et lui décrivis la veste. Parler me permettait de retenir mes larmes.

— Eh bien, elle était longue, comme un trench-coat, en cuir noir, pou te donner une allure terrifiante et mystérieuse. La police a dû fouiller mon appartement – ou ce qu'il en restait après le passage des vampires – de fond en comble. J'avais fait un paquet cadeau, que j'avais caché sous la plaque décollée du meuble de cuisine.

Bones me prit la main et la serra doucement. Je n'arrivais plus à empêcher les larmes de couler.

— Et Switch ?

Il était bien temps de poser la question, même si la présence de Bones à mes côtés la rendait presque inutile.

— Il se dessèche dans l'Indiana. Cet enfoiré a couru à toutes jambes pendant des heures. Désolé de ne pas avoir pris mon temps avec lui, Chaton, mais j'étais inquiet à ton sujet. Lorsque je l'ai enfin rattrapé, je lui ai planté un pieu dans le cœur et j'ai laissé son cadavre pourrir près de Cedar Lake. Avec tous les corps qui se trouvent dans la maison d'Hennessey, un de plus, un de moins, ça ne va pas changer grand-chose. D'ailleurs, c'est dans l'Indiana qu'on va.

— Pourquoi l'Indiana ?

La nouvelle de la mort de Switch m'apportait une vague satisfaction. Désormais, mes grands-parents pourraient peut-être reposer en paix.

— Je connais quelqu'un là-bas, Rodney. Il pourra vous procurer à toi et à ta mère une nouvelle identité. On va dormir chez lui cette nuit et on repartira demain après-midi. J'aurai juste deux ou trois formalités à régler demain matin, et ce sera bon. Ensuite, on se planquera dans l'Ontario pendant quelques mois. On retrouvera les deux salopards qui se sont enfuis, fais-moi confiance, mais sans nous faire remarquer, une fois que toute cette affaire avec Oliver sera retombée. Quand les mecs du gouvernement en auront marre de te courir après en vain, ils trouveront autre chose à faire.

Si seulement c'était si simple.

— Comment as-tu su à quel moment ils allaient nous transférer ?

Il poussa un grognement amusé.

— Il suffisait de regarder. À un moment, ils ont vidé tout un étage pour dégager un chemin jusqu'à une porte de derrière et ils ont placé des gardes armés dans plusieurs véhicules. Ça crevait les yeux. J'ai pris un peu d'avance sur eux et j'ai attendu le bon moment.

Un énorme bruit sec attira mon attention sur la banquette arrière. Bones sourit.

— On dirait que ta mère est réveillée.

Chapitre 27

A lors que je m'attendais à rencontrer un vampire,
je découvris à ma grande surprise que Rodney
était une goule. Bones souleva ma mère de la banquette arrière et me la tendit pendant qu'il faisait les
présentations. Rodney ne cilla pas. Il devait avoir
l'habitude de recevoir chez lui des inconnus ligotés
et bâillonnés.

Je remis ma mère sur ses pieds et, tout en l'empê-
chant de s'enfuir, je serrai la main de Rodney du
mieux que je le pouvais.

— Sans vouloir abuser de ton hospitalité, Rodney,
peux-tu me dire où est la salle de bains ?

— Rien de plus normal. C'est sur la gauche, me
répondit-il avec un sourire.

J'entraînai ma mère avec moi.

— Je reviens tout de suite, Bones. Je vais l'aider à
faire un brin de toilette et lui dire deux mots.

— Prends ton temps, ma belle.

Je fermai la porte derrière nous et fis tout de suite
couler de l'eau dans la baignoire. Pendant le trajet, j'avais
réfléchi à un plan, mais il fallait que ma mère accepte
de jouer le jeu. Elle poussait des grognements furieux
sous son ruban adhésif. Je soupirai. Même avec l'eau qui
coulait, Bones risquait peut-être de nous entendre.

Je regardai le miroir de la salle de bains d'un air méfiant et j'ouvris le robinet d'eau chaude à fond. Très vite, la vapeur envahit la pièce. Bingo.

Avec le doigt, je traçai quelques mots sur le miroir embué :

ON PART DEMAIN. NE DIS RIEN
IL POURRAIT T'ENTENDRE

Elle écarquilla les yeux.

— Il a tué l'homme qui a assassiné papy et mamie, maman, dis-je d'une voix claire. Il ne nous fera aucun mal, ni à toi ni à moi.

À son tour, elle écrivit quelques mots à côté des miens :

ON PART SANS LUI ?

Je fis oui de la tête, même si cette idée me donnait la nausée.

— Je sais que tu détestes les vampires, et je sais que ça va être dur, mais il faut que tu écoutes ce que j'ai à te dire. (IL NE LE SAIT PAS, SINON IL NOUS EN EMPÊCHERAIT, écrivis-je sur le miroir.) Laisse-moi un peu de temps. Tu dois me faire confiance. Notre vie en dépend. (JOUE LE JEU, QUOI QU'IL ARRIVE.) On va dormir ici cette nuit, et demain on quittera le pays. C'est la seule solution. (Je n'arrêtais pas de me répéter que c'était vraiment la seule solution. Mais c'était plus que je ne pouvais supporter.) Alors ? Tu vas être raisonnable ? Je peux retirer ton bâillon ?

Elle me regarda fixement et écrivit de nouveau sur le miroir :

— Fais-moi confiance. Je te le promets.

Ma mère acquiesça et j'arrachai le ruban adhésif. Elle jeta un coup d'œil en direction de la porte mais ne dit pas un mot.

J'attrapai l'une des jolies serviettes de toilette accrochées à côté du lavabo et effaçai les mots sur la glace.

— Essaie d'être aimable quand on sortira.

Bones et Rodney étaient assis autour de la table. Ma mère les regarda méchamment, mais sans rien dire. C'était toute l'amabilité dont elle était capable.

— Il y a deux chambres d'amis, une à l'étage et une au sous-sol, expliqua Rodney.

— Montre-moi celle du sous-sol, répondis-je instantanément.

— Volontiers, suis-moi.

Je pris ma mère par le bras et nous descendîmes l'escalier qui menait au sous-sol. Rodney poussa une porte qui s'ouvrit sur une chambre aussi coquette qu'accueillante. Mais son plus grand attrait tenait au fait qu'elle n'avait pas de fenêtres.

Je poussai doucement ma mère à l'intérieur.

— Tu seras très bien ici, maman.

Elle me regarda ressortir de la pièce avec incrédulité.

— Où t'en vas-tu ?

— Je remonte. Je vais retrouver Bones. Bonne nuit.

Je claquai la porte et regardai Rodney la fermer à clé de l'extérieur avec une satisfaction sinistre. Le simple fait que sa maison dispose d'une chambre au sous-sol avec un verrou extérieur avait de quoi surprendre, mais ce n'étaient pas mes affaires.

Ma mère se mit immédiatement à tambouriner à la porte.

—Catherine ! Tu ne vas quand même pas…

—On en parlera demain, maman, quand on sera seules. Et tiens-toi tranquille, tu excites l'appétit de Rodney.

Je n'avais aucun moyen de vérifier la véracité de cette dernière phrase, mais Rodney me fit un clin d'œil et émit un gargouillement guttural. Le bruit dans la chambre cessa sur-le-champ.

—Merci, murmurai-je avec gratitude. Elle aurait donné des coups contre la porte toute la nuit.

Il sourit tandis que nous remontions l'escalier. Il verrouilla également la porte du sous-sol et me regarda d'un air entendu.

—Au cas où elle s'énerverait trop.

Bones m'attendait dans l'autre chambre d'amis. Je me jetai dans ses bras et m'enivrai de son odeur. Pendant quelques minutes, nous nous tînmes serrés l'un contre l'autre. Égoïstement, j'essayais de graver la sensation de son corps contre le mien. J'avais beau savoir que le seul moyen de le sauver était de le quitter, j'étais déchirée.

—Je t'avais bien dit qu'on survivrait à la nuit dernière, ma belle. Toi tu en doutais, hein ?

—Oui, répondis-je doucement. Mais tu avais raison, et vous êtes tous les deux vivants. C'est tout ce qui importe à mes yeux.

—Pour moi, c'est toi qui comptes plus que tout.

Il baissa la tête et ses lèvres frôlèrent les miennes. Je passai mes bras autour de lui et le serrai si fort contre moi que j'aurais certainement des bleus le lendemain matin.

—Pourquoi pleures-tu ? murmura-t-il.

Je m'essuyai les yeux. Des larmes s'étaient mises à couler sans que je m'en aperçoive.

—Parce que je… je ne pourrai pas supporter qu'il t'arrive quelque chose.

Il m'embrassa.

—Il ne m'arrivera rien, je te le promets.

Moi aussi, je te le promets. D'ailleurs, je vais même parier ma vie là-dessus.

—Je veux que tu saches que malgré tout ce qui s'est passé, je suis vraiment heureuse de t'avoir rencontré, sanglotai-je. C'est la plus belle chose qui me soit arrivée dans la vie. Si je ne t'avais pas connu, je n'aurais jamais su ce qu'on ressent quand on est aimée entièrement. Tu m'as acceptée telle que je suis, y compris les facettes de moi que je détestais. Sans toi, j'aurais vécu une existence vide marquée par la culpabilité, mais tu m'as ouvert un nouvel univers, Bones. Je ne pourrai jamais te remercier pour tout ce que tu as fait pour moi, mais je te promets de t'aimer jusqu'à mon dernier souffle.

Peut-être se souviendrait-il de cela une fois que je serais partie. Peut-être ne me détesterait-il pas d'avoir fait ce que j'estimais être mon devoir.

—Chaton, gémit-il en m'attirant sur le lit, avant de te connaître, j'avais seulement l'impression de vivre. Tu dis que tu m'aimeras jusqu'à ta mort ? Moi, je veux qu'on s'aime pour l'éternité…

Je maudissais chaque rayon de soleil qui envahissait progressivement la pièce et nous rapprochait du moment fatidique. Bones m'avait déjà dit qu'il allait s'absenter pendant quatre heures avec Rodney pour s'occuper des derniers détails avant notre départ. Tous deux partiraient dans la voiture de Rodney et me laisseraient la Volvo au cas où nous devrions nous retrouver quelque part. Il ne lui restait plus qu'à partir, sans savoir que nous ne nous reverrions jamais.

Rodney, parfait dans son rôle de goule domestique, prépara le petit déjeuner. Pancakes et omelette pour ma mère et moi. Elle mangea sa part sous mon regard menaçant et paraissait au bord de l'étouffement à chaque bouchée. Par politesse, je forçai mon appétit. Je n'avais pas faim du tout, mais je ne voulais pas avoir l'air malpolie. L'une des seules choses qui me consolaient était que Rodney attende que nous ayons fini pour prendre son propre petit déjeuner, qui devait se composer de choses auxquelles je n'avais guère envie de penser.

Je vis Bones se diriger vers la porte. Aussitôt je lui passai les bras autour du cou et j'enfouis mon visage au creux de son épaule.

Je ne peux pas déjà te laisser partir. C'est trop tôt!

— Qu'est-ce qui t'arrive? dit-il, surpris. Je ne suis pas encore parti que je te manque déjà?

Je sentis mon cœur se serrer.

— Je ressentirai toujours un manque loin de toi.

Je jouais avec le feu, mais je n'avais pas pu m'empêcher de le dire.

Il m'embrassa avec une tendresse qui me mit à l'agonie. Je le serrai dans mes bras en tentant désespérément de ne pas pleurer. *Ça fait si mal ! Comment supporter de te laisser partir ? Comment supporter de te voir passer cette porte ?*

Comment pourrais-tu faire autrement ? me souffla la voix de la logique. *Tu l'aimes, oui ou non ? Alors prouve-le en pensant d'abord à sa sécurité.*

Courageusement, je ravalai mes larmes, tandis que la voix dans ma tête poursuivait : *Il vaut mieux en finir maintenant que plus tard. Tu sais que c'est la bonne décision. Il vivra beaucoup plus longtemps que toi et il finira par t'oublier.*

Je me dégageai en caressant son visage avec la plus grande douceur.

— Donne-moi ta veste.

Au lieu de prolonger notre étreinte jusqu'au dernier moment, je terminais de clouer mon cercueil. Bones retira sa veste et haussa un sourcil, l'air surpris.

— Au cas où on doive partir et se retrouver quelque part, dis-je en guise d'explication. Il fait froid dehors.

Bones me tendit la veste en jean délavée qu'il portait la veille au moment du gigantesque carambolage sur l'autoroute, et je la pliai sous mon bras. Ses lèvres frôlèrent une dernière fois mon front alors que je me préparais à refermer la porte derrière lui. *Tu peux le faire. Laisse-le partir. C'est la seule solution.*

— Sois prudent, Bones. S'il te plaît… sois prudent.

Il sourit.

— T'en fais pas, ma belle. Tu n'auras même pas le temps de t'apercevoir que je suis parti.

Je regardai dans le judas bien après que leur voiture eut disparu, puis je tombai à genoux, laissant libre cours à la douleur qui m'étreignait le cœur.

Je pleurai jusqu'à en avoir les yeux brûlants et le souffle coupé. Cela faisait tellement plus mal que les balles.

Vingt minutes plus tard, lorsque je me relevai, j'étais une autre personne. Le temps des larmes était passé. J'avais une tâche à accomplir. « Tu joues les cartes qu'on t'a distribuées », avait coutume de dire Bones. Si j'étais née hybride, c'était pour une raison, et j'avais maintenant l'occasion de le prouver. *Amenez-vous, les suceurs de sang, tous autant que vous êtes ! La Faucheuse aux cheveux roux vous attend !*

Je m'avançai vers ma mère et lui parlai d'une voix grave et sèche. Il fallait commencer par le début.

— Habille-toi, on s'en va. Je vais t'expliquer exactement ce que tu devras dire, et tu as intérêt à ne pas en dévier d'une virgule…

L'hélicoptère flottait au-dessus de nous comme un énorme scarabée mécanique. Don Williams insista pour être amené à terre en fauteuil roulant malgré le sol inégal, et dix autres agents se répartirent sur le reste du périmètre. Au milieu de cette scène gisait le cadavre de Switch, contre lequel je m'étais pelotonnée. Je n'avais eu aucun mal à le trouver. Bones m'avait dit l'avoir laissé dans les bois à côté de Cedar Lake. Grâce à mon nouvel odorat, je l'avais localisé dès mon arrivée sur place. Une veste en jean couvrait désormais ses restes décomposés, et un couteau en argent lui sortait du dos de manière grotesque.

Même cloué dans son fauteuil, Don restait aux commandes.

— C'est lui ? demanda-t-il en approchant.

— Oui, c'est lui.

Don regarda le cadavre méconnaissable et fronça les sourcils.

— Ce n'est plus qu'un tas d'os !

— C'est drôle que vous disiez ça, répondis-je d'une voix morne. C'était précisément son nom. Bones.

Le vent froid me fit frissonner et je regardai autour de moi. Le paysage – des arbres nus et une terre froide – était lugubre.

— Puisqu'il était déjà mort, où était l'urgence ? Quand vous avez appelé, vous avez dit que si on n'était pas là au bout d'une heure, vous partiriez parce que c'était trop dangereux d'attendre. On est venus en quarante-cinq minutes, et je n'ai pas l'impression qu'il aurait pu aller bien loin.

Je me levai et me plaçai juste devant son fauteuil roulant.

— Je vous ai demandé de venir parce que hier il m'a dit que des vampires chercheraient à se venger de ce qui s'est passé il y a deux nuits. Oliver avait des amis. Qui plus est, l'équipe n'est pas prête et je ne suis pas en mesure de les affronter toute seule. Je tiens à ma peau, je n'ai pas envie de servir de dîner à un vampire. Il faut que vous nous évacuiez, ma mère et moi. Tout de suite.

— On l'emmène, lui aussi, insista-t-il. On veut examiner le corps.

Je haussai les épaules.

— Si ça vous amuse, mais je vous suggère de faire vite. Les vampires peuvent sentir la chair à des kilomètres. Si vous laissez des hommes sur place pour relever des empreintes sous chaque pomme de pin, vous pouvez être sûr qu'ils y passeront.

Don me regarda fixement.

— Pourquoi devrais-je vous croire ?

Je passai la main dans mes cheveux, comme si j'étais gênée.

— Parce que vous êtes moins bête que vous en avez l'air. Ceux parmi vos hommes qui ont été blessés hier doivent aussi être évacués d'urgence. Les vampires vont essayer de leur soutirer des informations, et je suis sûre que ces agents savent des choses que vous préféreriez ne pas partager avec des morts-vivants.

Il me regarda dans les yeux pendant de longues secondes, et je soutins son regard sans ciller. Enfin, sa décision prise, il s'adressa à ses hommes.

— On y va, les gars. Bougez-vous, on part dans cinq minutes ! Que quelqu'un appelle l'hôpital et demande que tous nos blessés soient évacués par hélicoptère. Pas d'information concernant la destination. Stanley, emballe le cadavre, et grouille-toi !

La zone devint une véritable fourmilière alors que les agents s'activaient. Pendant qu'ils terminaient leurs préparatifs, je m'assis à côté de ma mère. Elle mit sa main dans la mienne sans un mot.

— Madame Crawfield. (Don s'approcha de nous, les roues de son fauteuil crissant bruyamment sur le sol.) Désirez-vous ajouter quelque chose aux déclarations de votre fille ? Ne serait-ce qu'un petit détail ?

Ma mère le regarda et secoua la tête d'un air maussade.

— Comment le pourrais-je ? J'étais inconsciente.

Cet animal m'a frappée, une fois de plus. Lorsque j'ai repris connaissance, Catherine l'avait tué. Il est là, vous n'avez qu'à regarder par vous-même.

Don nous regarda tour à tour. Nous ne réagîmes ni l'une ni l'autre. Il soupira.

—Dans ce cas, mesdames, suivez-moi. L'hélicoptère va nous emmener jusqu'à l'aéroport. On recommence à zéro.

Huit heures plus tard, je marchais dans un long couloir de l'hôpital militaire de Houston, Texas. Don était à mes côtés dans son fauteuil roulant.

—Ça y est? demandai-je.

Il poussa un grognement affirmatif.

—Catherine Crawfield a été officiellement tuée par le FBI alors qu'elle tentait de s'échapper au cours d'un transfert. C'est l'explication qu'on a donnée pour le carambolage d'hier sur l'autoroute. On a mis le cadavre d'une inconnue à votre place.

Je hochai la tête. Mon seul remords concernait Timmie. Il aurait sûrement de la peine en apprenant la nouvelle. Mais peut-être qu'il n'en croirait rien. Après tout, il était du genre à voir des complots partout.

—Et pour le meurtre d'Ethan Oliver?

Don sourit froidement.

—Crise passagère de violence incontrôlée. Vu la campagne de propagande que menait Oliver, je me suis dit que cela convenait parfaitement.

Contrairement à lui, je ne souris pas, même si j'étais de son avis.

—Tate a demandé à me voir?

—Dès son réveil. Les médecins y vont mollo sur les calmants antidouleur, sinon il ne serait plus qu'un zombie.

—Il est gravement blessé ?

Cyniquement, j'étais plus curieuse qu'inquiète.

—Il a le nez, les jambes, les bras et six côtes cassés, une clavicule fracturée, des hémorragies internes, quelques écorchures et un taux de fer très bas. Sa convalescence va durer des semaines.

—C'est ce qu'on va voir, marmonnai-je.

Tate Bradley était à peine reconnaissable sous ses plâtres et ses bandages de gaze. Ses yeux papillonnèrent lorsque nous entrâmes dans la chambre.

Je pris une chaise et m'assis.

—Salut.

Je lus dans son regard la douleur intense qu'il ressentait.

—Est-ce que je suis pris dans l'équipe, Cat ?

Sa voix n'était qu'un murmure grinçant, mais ses mots me firent presque sourire.

—Tu es prêt à subir ce genre d'épreuves tous les jours ?

—Bon Dieu, oui, dit-il d'une voix oppressée mais ferme.

Je secouai la tête d'un air sardonique.

—Dans ce cas, félicitations, Tate. Je te déclare officiellement premier membre de mon unité.

Je me levai et me tournai vers Don.

—Appelez une infirmière et demandez-lui de me faire une prise de sang. Au moins un demi-litre. Ensuite, faites une transfusion à Tate.

Don me lança un regard interrogateur.

— Vous ne savez même pas si vous êtes du même groupe sanguin. Il faut d'abord vérifier.

Sa réponse me fit rire.

— Je suis de tous les groupes sanguins. Mon sang est à moitié celui d'un vampire, et ses propriétés ont provisoirement été renforcées grâce au don d'un vampire de deux cents ans d'âge. Mon supplément de force aura disparu d'ici un ou deux jours, alors je vous suggère de l'utiliser tant qu'il est encore efficace. Je vous ai dit que j'en savais plus que vous, alors voici ma première leçon : le sang de vampire a des vertus régénératrices. Il sera sur pied avant demain soir. L'entraînement doit commencer le plus tôt possible. On a du pain sur la planche.

Je relevai ma manche et Don appuya sur la sonnette d'appel.

— Qu'avez-vous d'autre à m'apprendre que je ne sache déjà ? demanda-t-il.

Mes yeux lancèrent des éclairs verts et il resta bouche bée tandis que leur éclat illuminait son visage.

— Vous n'imaginez même pas…

Plus tard, une fois installée avec ma mère dans un bâtiment militaire, je m'autorisai à penser à Bones. Cela devait déjà faire plusieurs heures qu'il était revenu chez Rodney et qu'il avait dû voir la lettre que je lui avais laissée. En termes brefs, j'avais essayé de lui expliquer pourquoi je refusais d'avoir de nouveau sur les mains le sang de ceux que j'aimais. Malgré toutes ses ruses et sa prudence, le gouvernement finirait par nous attraper tôt ou tard. L'un des vampires qui s'était échappé nous retrouverait. Ma mère envenimerait notre relation à cause de sa haine et de ses inévitables tentatives d'évasion. Le temps jouerait contre nous, car je vieillirais alors que lui resterait éternellement jeune. Nous devions jouer les cartes qui nous étaient distribuées, lui comme moi. Disputer les batailles que nous pouvions gagner.

Et pourtant, lorsque je finis par m'assoupir, dans cet état de quasi-inconscience où la logique s'évanouit pour laisser place aux rêves, je pouvais presque entendre la voix de Bones. Il me murmurait la même promesse qu'il m'avait faite plusieurs mois auparavant, au début de notre relation, et je me demandai si c'était un signe – et s'il avait vraiment parlé sérieusement.

« Si tu t'enfuis, je te poursuivrai. Et je te retrouverai… »

Achevé d'imprimer en octobre 2009 par CPI-Hérissey

N° d'impression : 112500 - Dépôt légal : octobre 2009

Imprimé en France

81120241-1